张小莉◎著

河南文艺出版社

·郑州·

图书在版编目(CIP)数据

轩辕黄帝/张小莉著. —郑州:河南文艺出版社,2019.3

ISBN 978-7-5559-0782-4

Ⅰ.①轩…　Ⅱ.①张…　Ⅲ.①长篇小说-中国-当代　Ⅳ.①I247.5

中国版本图书馆 CIP 数据核字(2018)第 286821 号

出版发行　河南文艺出版社
本社地址　郑州市金水东路 39 号出版产业园 C 座 5 楼
邮政编码　450018
承印单位　河南瑞之光印刷股份有限公司
经销单位　新华书店
纸张规格　700 毫米×1000 毫米　1/16
印　　张　19.75
字　　数　264 000
版　　次　2019 年 3 月第 1 版
印　　次　2019 年 3 月第 1 次印刷
定　　价　48.00 元

印厂地址　河南省武陟县产业集聚区东区(詹店镇)泰安路
邮政编码　454950　　电话　0391-2527860

开天立极　追寻滥觞(代序)

王立群

习近平同志在党的十九大报告中指出,深入挖掘中华优秀传统文化蕴含的思想观念、人文精神、道德规范,结合时代要求继承创新,让中华文化展现出永久魅力和时代风采。

怎样让泱泱中华的优秀传统文化历久弥新,焕发时代风采,是我们应该深思的一个课题。

在此背景下,河南省青年作家张小莉的《轩辕黄帝》迎势而生,她用全新的视角、鲜活的人物、精彩的讲述,调整千年的时差,回复文明之滥觞,还原了人文始祖轩辕黄帝的辉煌一生和不朽业绩。

炎黄子孙经过上下五千年的求索,成就了今日中华之空前盛景,时至今日,中国智慧启示全世界,中国方案推动全世界,中国贡献繁荣全世界。追本溯源,黄帝精神一直是激励我们战胜困难、勇往直前的强大动力和宝贵财富。

狂风呼啸几千载,英雄归无?

翻开《轩辕黄帝》可以看到,黄帝影响之广,威望之高,咸服四海之功,令后世铭记:

其一,播百谷草木为后世万民存生。

其二,始制造衣冠为后世万民建礼。

其三,创医经药方为后世万民生息。

其四，初建造舟车为后世万民寻道。

其五，自编制音律为后世万民立仪。

其六，其七……而至无穷也，他顺天应命，创下华夏万世之基业，始祖、神祇，当之无愧。

黄帝作为中华民族尊崇的“人文始祖”，是我们一代又一代炎黄子孙薪火相传的希冀，亦是每一个炎黄子孙的根源。如何撩开口口相传中神话传说的朦胧面纱，采撷源远流长的历史长河中的文化传承、精神力量？《轩辕黄帝》做到了。字里行间，包含了炎黄子孙的夙愿与信仰，蕴含着蓬勃旺盛的生命力与文化价值。

纵观此书，一方面，作家打破了神话传说的固有思路，她在传说的基调中将神怪志异、神兽天将之类虚无缥缈的事物完全掩盖，回归本真，让黄帝真真正正褪去神性，像一个普通的当世英雄一般站在所有读者的面前，他也有喜怒哀乐，也有七情六欲，也有儿女情长；另一方面，作家敢于创新，采用了一种大家喜闻乐见的话语体系、讲述方式，以讲故事的口吻、凡人的笔触，“写活了”黄帝波澜壮阔的一生，读来如品美酒般醇香浓厚，让人不忍释卷。

读者会知晓，伟大如黄帝，也会有缺点，也会有恐惧和绝望，他总是能够在困境中战胜各种磨难，取得最后的胜利，让当今的人们了解远古先祖圣贤们的不易，和他们与今人无二致的宏图大志。不忘历史才能开辟未来，炎黄子孙们自当秉承着这种一往无前、艰苦卓绝、顽强拼搏的奋斗精神，从延续民族文化血脉中开拓前进，在时代洪流的大浪淘沙下矢志不渝，才能做好我们今天的事业，昂首迈步进入崭新的时代。我想，这也是作家写作这部小说的初衷所在。

当然，此书所蕴含之大气磅礴，需要诸位读者自己品尝，书中以姬轩辕的感受与生平经历为线，我相信，人生的草蛇灰线并不稀疏，我们每一位读者，皆为方圆，亦可由方圆之内折射出心中所感、心中所念。黄帝的故事，定会代代流传下去，让我们在他的精神引领下，不断地激励自己不忘祖宗，牢记国家，团结一致，开拓创新，为实现中华民族伟大复兴的中国梦而努力奋斗。

目 录

开天立极 追寻滥觞(代序)/王立群 / 1

第 一 章 天命共我生 / 1
第 二 章 叹衣染尘埃 / 17
第 三 章 只身入洪流 / 33
第 四 章 命中遇斯人 / 50
第 五 章 初试锋与芒 / 66
第 六 章 矮人国借道 / 82
第 七 章 南下击烈山 / 98
第 八 章 席卷逐南天 / 114
第 九 章 丈夫志四海 / 130
第 十 章 黎明破晓时 / 146
第十一章 硝烟漫黄沙 / 162
第十二章 落花又逢君 / 176
第十三章 潮平两岸阔 / 191
第十四章 四海奋鹰扬 / 206
第十五章 振臂呼四海 / 221
第十六章 肃乱诸宵小 / 236

第十七章　一战定乾坤　/ 251
第十八章　成败论英雄　/ 266
第十九章　丹心治天下　/ 280
第二十章　声名万世传　/ 294
后　　记　/ 307

第一章　天命共我生

一　传说起源

混沌初开，一名叫作盘古的巨人在这片混沌之中沉睡了一万八千年，有一天他终于在沉睡中醒了过来，看到这片永恒般的黑暗，他抡起手中的擎天巨斧，顺势斩下，顷刻间，天崩地裂！

轻而清的东西向上飘浮，化作青天；厚而重的东西向下坠落，化为大地——天地就此分开，盘古顶天立地，随着天地的距离拉大，他的身体变得愈来愈高大，最终天地成型，盘古也终于累倒。

他倒在脚下的大地之上，整个身躯就此化为万物，此后创世神女娲造出人类，并替人类建立了婚姻制度，构建了人类社会。

人类逐渐进入了部族群居的时代，部族之间征伐杀戮频现，两大部族之主共工和祝融相争，最终共工被彻底打败，一怒之下冲撞不周山，天柱断，地维绝，天倾西北，旷世浩劫之下人类几近灭绝，在此危急存亡之际，女娲炼五彩石补天，拯救了整个人类。

女娲因此获得无量功德隐居天外道场，此后人类繁衍生息数百万年，生生不息。

时光流转，岁月更迭，上古三皇横空出世。伏羲、燧人、神农作为上古三大帝王，为中华大地的发展辛苦耕耘，中华大地的发展如旭日之东升，汹涌蓬勃。

三皇之后，又经历了漫长的岁月洗礼，中华大地出现了五大氏族，他们分别是有巢氏、燧人氏、伏羲氏、女娲氏、神农氏。

天下大势，分久必合，合久必分，无论再强大的部落也没有办法逃脱天道，最终五大氏族还是走向了没落，而作为五大氏族的最后一位神祇，神农部落的最新一任首领神农氏以火德之睿称王，被世人称为炎帝，结束了一个时代，自此天下共主。

天道轮回总是兴衰有数，时间的长线贯穿世俗的洪流，炎帝的统治终究被时间逐步侵蚀，部落的统治力逐渐衰弱，大不如前。

就在各大部族蠢蠢欲动，即将再次掀起乱世，搅动风云之际，具茨山姬水河畔（今河南新郑境内），轩辕之丘上一个叫作有熊国家的一声婴孩啼哭，正式拉开了故事的序幕。

此时有熊国的国君少典正喜悦地望着怀中的婴孩，这个婴孩的额骨微微隆起像一个太阳，白里透红的耳朵上耳轮分明。

婴孩虽在啼哭，但是他的眸子中却透出灵动的清光，稚嫩的脸蛋上淡黄的肤色中带着红润，彰显出婴儿的健康，他粉嫩赤裸的周身更是泛起淡淡的金色光芒。

少典见此情形，感到十分意外，心中更多的还是喜悦！他抬眼望向床榻之上的女子，只见那女子脸色苍白，看上去显得极为虚弱，但是她面容之上的喜悦温柔之情却半点也不少于抱着孩子的少典。

女子不是别人，她正是婴孩的生母附宝，只因为她无法忍受有熊都城的炎热，少典才决定搬到这座四面环山、清水长流的轩辕之丘上让妻子附宝安心养胎。正值暑热退去，秋凉升起，附宝心觉此地风景上佳，不愿这么着急回有熊，于是又在此地住了半年有余，终于在此时诞下婴孩。

“你看这孩子，他长得可真像一条龙啊！”附宝望着少典怀中的婴孩，宠溺地笑道，伴随着笑声，她苍白的脸庞上也浮现出一片红霞。

少典听罢，目光一凝，看着怀中的儿子，聚精会神地端详起来，半晌过后，他面上喜色更甚先前，左手摸了摸须髯，显得极为得意。

“我们的儿子生下来就如此不凡，我看他将来绝对会超过我，如今天下已经开始祸乱了，我希望将来此子能在我归天之后保护有熊国国泰民安、万世太平。”

附宝抬眼看着眼前这个有着坚毅面容的男人，她知道她的夫君心头烦恼不止万千，无论有熊氏未来的路该怎么走，他都要一肩挑起这无形的重担，她为有这样敢于担当的男人骄傲，在她心中，他就像一座高山，巍峨雄壮。

看着少典的身躯，她突然一阵心疼，因为她明白这个男人时至今日究竟有多么的不容易！

少典原先只是一个小部落少典族的部落首领，他擅长射猎，经常出入深山密林之中，一次意外之中替熊群射杀了一只食熊巨兽，成为熊的救命恩人，从此可以任意驱役熊群，后少典部落被南方的狼部落打败，损失惨重。

随之，少典又带着熊群赶走了狼部落的人，将失陷的土地和部落子民救了回来，重建了少典族的乐土家园，自此少典部落就更名为有熊部落，而少典则成了有熊氏。

在少典的引领下，有熊部落日益强大，直到多年以前在姬水河畔发展建立了有熊国，而他也从一名部落首领一跃成为有熊国的国君。

“我们的儿子以后一定会像他父亲一样优秀的，夫君你就放心好了，将来他肯定能够替我们和整个有熊国分忧的，你把心放宽些，别将所有事情都闷在心里，好吗？”附宝深情地看着丈夫的眼睛，温柔劝慰道。

少典略一沉默，片刻后他的脸上露出一丝微笑，迈步走到床榻旁坐下，将儿子放在母亲身旁，然后挽起附宝的手，放在掌心道：“这些年你是最懂我的人，部落的存亡和未来一直都是我心头的痛苦根源，现在天下再次陷入混乱，周边强敌林立，我怎能不愁？不过现在好了，我们的儿子出生了，有熊国后继有人了！”

“夫君，给我们的孩子取个名字吧！”附宝柔声说道。

少典听罢仰头思索片刻，伸出手摸着儿子的脑袋，说道：“生于此地，便叫他轩辕吧！”

“姬轩辕！”

二　雪雾迷影

北风呼啸，滴水成冰，漫天的飞雪铺满这片辽阔的土地，在一片白茫茫之中，一条缓缓流淌的河流贯穿其间，给无边的死寂平添了几分生机。

从雪中露出脊梁的群山好似褐色的长蛇般在无尽的白色荒原之上巍然盘旋，映衬着不远处的河流，这条河叫作姬水。

姬水于冰天雪地中流淌着，仿佛除了这流动的河水之外，荒原之上便再无活物，可是只要仔细看上去，就会发现事实并不是如此，因为就在离姬水河畔不远处的皑皑雪原上，一行三串整齐深刻的脚印正朝着远处延伸。

宛如苍云般的荒原雪地之上，三个黑点正在缓缓移动着，走近一瞧，原来是三名少年。

他们的脚步踩在皑皑白雪之上，发出“嘎吱嘎吱”的脆响。

三人中，左右两边的两名少年全都穿着豹皮衣裤，左边那少年强壮而精瘦，一头乌黑的长发沿着脊背而下，透出一股英气；而右边的少年则显然不同，他长得膀大腰圆，一对铜铃般大的眼睛上长着一双粗眉，浑圆锃亮的脑袋上没有半根头发，看上去敦实又憨厚。

他们之间的一名少年在最前方，身上穿着虎皮大袄，肩上系着一块虎皮披风，他看上去年龄很小，大概也就十三四岁的样子，但乍看之下，少年凸起的眉骨形似龙颜，天庭饱满有如日月，身强体壮，目露精光，却是三人之中最仪表不凡的一位。

三人的面上都带着浓重的倦容，毛皮大袄、肩上、头顶都沾着许多雪花，看上去略显狼狈。

他们一直朝着前方行走，时间随着踏下的脚步一分一秒地流逝，漫长的路途上没有人说话，枯燥的旅途显得更加寂寞。

似乎是无法忍受白雪"嘎吱"的单调声响，最左边的那名精瘦少年终于拂去了头顶的积雪，对着走在最前面的少年缓缓说道："王子，我们已经毫不停歇地走了一天一夜了，我怕您的身体受不住，依我看还是暂且停下歇歇脚吧？"

龙颜少年听罢停下脚步，只见他抬眼朝着身周四野望去，但白雪漫天飞舞遮挡住了他的视线，整片荒原的能见度不足百米，他无法看清太多。

片刻之后，他还是皱了皱眉头，却只是一瞬，他转头望着精瘦少年，严肃地说道："常先，我们这次出来的目的是去杜陵森林射猎，证明我们的能力，所以我们必须谨慎，虽然现在是严冬，在这片荒原上没有太多危险的野兽，可是这并不能代表我们就绝对安全。你要知道失去了部落或树木的掩护，在一望无际的平原上遇到兽群，结局只有死，所以我们就算日夜兼程，也必须尽快赶到杜陵去。"

龙颜少年这番话说得平淡无奇，但是他身边二人都能从他的话语之中听到刺骨冰冷的危机，那名叫作常先的精瘦少年更是点了点头，尊声说道："王子您说得对，那我们继续赶路吧！"

龙颜少年没有接话，只是突然伸出双手搭在常先的肩头，然后轻轻地拂去他肩头少许的积雪，露出了恬淡的笑容，这笑容如同和煦的春风，刹那间，仿佛让人在冰天雪地中也不再感到寒冷。

"常先啊，我都和你说了多少遍了，在重要场合你叫我王子没错，但是现在我们三兄弟出门在外，又没有旁人，你就不能叫我一声老大吗？”龙颜少年眉头一挑，打趣道。

常先有些紧张地眨了眨眼，随即挠了挠头，不好意思地笑了：“好……老大，我们还是快点赶路吧，我和大鸿在这雪地里走了一天一夜，已经饿得不行了，要是再不快点到杜陵打些野味充饥的话，我们都要饿死了！”

听到这里，龙颜少年下意识地摸了摸肚子，突然一股饥饿感升腾起来，或许是先前太专注于赶路，并没有想到饥饿，此刻被常先一说，倒是感觉饿极了。

“好吧好吧，我们在赶路的途中也留意一下附近有没有什么活物，有的话也好射来垫垫肚子。”龙颜少年极为赞同。

说罢，他举目远眺着来时的道路，风雪早已将先前踩下的脚印湮灭，而家乡也被浓重的白雪掩盖了视线，他无法看到，但是他是有熊国的王子，他一定要展现自己的实力，不只是告诉他的父母，也是给国家子民一个交代，他姬轩辕完全有能力成为有熊国未来的希望！

这时，随着他们前行的脚步，迷蒙的雪雾之外黑影闪动，为数众多却看不清形状，但是这样的场景还是引起了姬轩辕的注意，他眯着眼望向远处穿梭闪动着的黑影，神情也愈渐冷峻起来，逐渐握紧的双拳毫无疑问显露出他心头的紧张。

“离我们前方不远处有活物，而且我感觉那群活物绝非善类，你们小心一些！”姬轩辕伸手挡在常先和大鸿的身前，突然说道。

常先和大鸿朝着姬轩辕远眺的方向望去，果然见到数量众多的黑色身影，这同样令他们神情一凛。

常先望着闪烁的黑影当先说道：“老大，你说我们现在是绕开它们还是摸上去看个究竟？”

姬轩辕的脸色不变，他轻抚鬓角掩饰着内心的不安，目光闪烁着思考良久，低声道：“我们现在还是按照原定的计划，继续朝着杜陵前进吧!”

“我觉得不妥。”

姬轩辕循声望去,才发现说这句话的人竟是之前一言未发的大鸿,此刻他神情凛然地看着远处雪雾,凛然中透露着杀意。

“大鸿,你有什么看法吗?”姬轩辕问道。

“我们如果忽视它们继续向杜陵前进,一定会遇到它们,到时候如果它们骤然突袭,我们很难应对。”

大鸿这句话刚出口,那群黑色的影子却突然以肉眼可见的速度朝着他们狂奔而来。

姬轩辕的表情愈发冷冽,右手同时摸向腰间,冷声道:“不用想了,它们过来了!”

随着无数道黑影向着他们三人直冲而来,姬轩辕感到了无比的紧张,从出生到现在,这是他第一次在没有父亲的陪伴下外出狩猎,突发的危机仿佛能顷刻间吞噬他的性命。

所以他想,无论是为了保全性命还是向父亲或国民展现自身的能力,都必须好好地活下去,而活下去的必要条件,就是克服一切艰难险阻,完成自己此行的目的。

“既然如此,我们还是去探探究竟吧!”姬轩辕无奈一笑,同时右手向上一扬,一把石剑巍然出现在他的手中。

“遵命!”常先和大鸿齐声喊道。

于是,其余两人拔出腰间的长剑,三把石砾剑同时于半空中挥舞,在姬轩辕的号令之下,三人排成一条直线,常先和大鸿朝两边迂回,三人一道朝着黑影来处摸去。

空中飞雪愈来愈狂暴,席卷着这片天地,也让他们三人很难睁大双眼,姬轩辕紧握手中石砾剑,一双眼睛死死盯着逐渐明显的黑影。

终于这些黑影在不到百米的地方显露出它们真实的样貌,原来这些黑影全都是长着劲角的山羊,它们雪白的皮毛和这漫天飞雪交相辉映，羊群毫不停歇地向着姬轩辕的方向奔驰而来。

姬轩辕擦了擦额头的冷汗，心中暗骂了一句："怎么这么多？是想要踩死我们吗？"

他从前见到过飞驰在原野上的马群，那些驰骋的骏马让他感到无比的恣意纵横，可是今天这些在雪原上的羊群却让他莫名地警惕。

到底是什么让它们如此惊慌失措？

仅仅是瞬息之间，姬轩辕终于明白了羊群如此恐慌的缘由，原来在羊群的后方，几头巨大的雪原巨狼于雪雾之中骤然现形，它们龇着冷冽修长的獠牙，狰狞地向着前方的羊群发出可怕的嗥叫。

此时，再想退避已然是没有机会了！

姬轩辕不再犹豫，手中石砾剑向前一扫，他高声喊道："常先、大鸿，羊群已经朝着我们过来了，现在已经无法避免和它们的接触了，听我命令，避开前方羊群，把后方群狼全部消灭！"

常先和大鸿听罢，全都会意地点了点头，姬轩辕收回目光，专注地望着前方即将冲将过来的羊群，随后他的身躯也突然行动起来，朝着前方扑了过去。

他的身影于茫茫白雪之中化作了一道黑色的闪电，面对面地冲进狂奔的羊群之中，高速移动之下的姬轩辕在群羊之中来回穿梭躲闪，就像是逆流而上的孤舟，稍有不慎就会成为羊群蹄子下的残缺尸首。

白色洪流在不停地奔驰着，姬轩辕的面色专注而冷静。当他很小的时候，在父亲少典的指导下和狮虎搏斗，命悬一线，他知道怎样在极其险恶的环境下生存下来，此时此刻，他得益于这种经验，面对绝境仍能沉着应对。

三　砾剑狂舞

羊群尽管拼命奔逃，但是彼此之间仍有间隙，姬轩辕抓住这个规律，凭借着自小为了打猎练就的诡异身法在羊群中游刃有余地闪躲。

每当心情紧张，快要撞上前方的山羊时，他就挥动手中的石砾剑毫不犹豫地将阻挡他前进的山羊砍杀到一旁，然后继续前进。

很快，羊群的洪流已经从他的耳后冲过，雪原上落下点点桃红，外加上七八只横陈的山羊尸体。

姬轩辕的身影出现在雪原之上，只见他单膝跪地，手中的石砾剑倒插在积雪之上，整个人由剑身支撑，胸口的虎皮大袄上下起伏，他大口喘着粗气，显然是累坏了。

此刻的他已经顾不得疲惫，连忙转头朝着被羊群弄得雪雾迷蒙的周遭低声喊道："常先、大鸿，你们没事吧？"

片刻之后，两声略显惊恐的回答平复了他心中的不安，可是刚等他平静下来，眼前的景象再次让他的心"扑通"一声提了起来。

迷蒙的雪雾之中闪烁起十数道幽深冰冷的绿光，他清楚地知道这些绿光一定就是追赶羊群的雪原巨狼那深邃的眸子，姬轩辕的脖颈顿时感到一凉，同时一股冷汗从他的背上冒了起来，这是他人生中第一次在没有父王的陪同下和十几只猛兽如此近距离地对视，感受着那些冰冷嗜血的目光，他的心沉了下来。

"我会怕你们这些畜生？"想到这样僵持下去不是办法，姬轩辕把心一横，手中石砾剑骤然紧握，绷紧的全身瞬息而动，顷刻间整个人如同一把利剑般向着前方的狼群冲杀过去。

他身旁不远处两道黑影同一时间也冲了出来，原来是常先和大鸿两人生怕姬轩辕寡不敌众陷入危险，于是舍命随着他狠狠地扑向前方的狼群，三道黑色闪电好似三柄灵巧的利刃，直插十几头雪原巨狼的心脏。

"老大，接着！"

听到常先说的话，同时感受到他所在的方位，姬轩辕想也没想，伸手就朝着常先的方向接了过去，瞬间他的手上多出了一个箭袋和一张木弓。

下一秒他行云流水般张弓搭箭，就像这十多年以来一直训练的那样，摆好架势，抽出一支利箭，拉满弓弦后，朝着右前方一头向自己扑来的雪原巨狼狠狠射了过去，当弓弦震颤之时，木削的利箭早已贯穿雪狼的颈部。

紧接着，他再次抽出腰中的石砾剑，双手紧握向前一扫，突如其来的力道让他的剑锋快得异乎寻常，眨眼间又有一头迫近的雪狼重重倒地。

转瞬之间，两头雪原巨狼倒地毙命，而姬轩辕，只发了一箭、挥了一剑，此刻他望着前方耸动的狼群，咧开嘴快意地笑了起来。

“好久没有这么痛快了……”

他挥剑上挑、下劈，剑与人再次化作雪雾中的黑影，向着前方狼群密集处追了上去，此刻，他是雪原上可怕的屠狼者。

鲜血飞洒，哀号遍地，在姬轩辕雷厉风行的手段之下，三头雪原巨狼已成为三具尸体，而常先和大鸿的突袭也卓有成效，一人击杀了一头雪原狼。

转眼间，可视范围之内的狼群数量锐减，但是雪雾中幽深的绿光更甚。

姬轩辕的右手食指轻轻敲击着被鲜血染红的石砾剑，脸色紧绷起来，貌似看到了什么不得了的事情。

“你们小心点……这些畜生真不少…”姬轩辕咽了口口水，对着身旁向他慢慢靠近的常先和大鸿提醒道。

不远处的雪雾之中越来越多幽绿的光芒亮起，姬轩辕知道这些全是雪原巨狼的眼瞳，它们或警惕，或仇恨，全都盯着石剑在手的姬轩辕。

出乎他意料的是，这些畜生虽数量众多，却异常冷静，它们没有立马朝着三人扑过来，反而是退后隐入风雪之中。

姬轩辕冷静地聆听着，此刻常先和大鸿也同时来到他的身旁，只见大鸿脸色突变，急促警示道："它们像是在迂回，应该是准备把我们包围，我们马上就要成为瓮中之鳖了。"

狼群此刻已不再是畜生，它们更像是这场赌局的博弈者，有条不紊的行动一步步地将三人拉入险境。

姬轩辕面若寒霜，低声道："不能再拖了，再等下去它们就会把我们围杀，到那时候就真的回天乏术了！"

"杀！"

随着姬轩辕的命令，常先一马当先，他的手中出现一张长弓，同时从背上的箭袋中取出一支锋利的长箭。

拈弓搭箭，行云流水，顷刻间弓弦抖碎飞雪，箭声呼啸划破长空。

伴随着一声呜咽，一箭中的，姬轩辕面色一喜，"啪"的一声，手中石砾剑反转，凌空一踏，朝着常先射箭的方向暴射而去。

在这般生死存亡的关头，姬轩辕仿佛使出了吃奶的力气，不是这些畜生死，就是自己葬身在这片荒原。

"死在荒原上？这是一件多么丢脸的事情！"姬轩辕的脑海中一种念头浮现，他一声冷笑，不再去想。

手中石砾剑狂舞，破空声大作，与此同时狼群感受到了他们三人的极大威胁，终于改变了策略，纷纷朝着当先冲上来的姬轩辕扑了上去。

群狼的聪慧狡诈远远出乎姬轩辕的预料，在他正面一头体形较大的雪原狼直扑过来，似乎要与他决一死战，于是姬轩辕连忙做好格挡的架势。

可是就在他们即将正面碰撞之时，那头雪原狼却突然掉转身体，折冲回去。

姬轩辕手中剑锋已亮，来不及收回，同时他的心头一凉。

果不其然，另外一头雪原狼早已绕到他的身后，就在正面那头狼退后时刻，它犹如一道银色闪电般冲将出来，似乎想要抓住姬轩辕身体僵硬的空当，一击致命。

头狼在正面佯攻，另外一头狼在侧面伺机而动，这是如同军队一般的明确指令。

姬轩辕无可奈何，连忙扭动身体，朝着另一边躲闪，堪堪躲闪过雪原狼的利爪。

就在他心头一松，准备做出应对之际，异变再次陡生。

狼群的手段着实阴险而致命，把姬轩辕的一切选择都摸得一清二楚，宛如将他玩弄于股掌之间。

此时在他躲闪一侧，一头潜伏许久的雪原狼暴起，张开血盆大口，露出尖利的獠牙朝着姬轩辕的脖颈咬了过来。

姬轩辕已经无法再做出任何反应，就在他觉得自己必死之际，不远处一声破空尖鸣，下一秒，一道快如闪电的影子裹挟着寒风从姬轩辕的面前呼啸而过。

紧接着一声凄厉的嗥叫在他的耳边响起，那头准备置他于死地的巨狼躯体一软，撞在姬轩辕的身上，瘫倒在地。

姬轩辕瞟了一眼，发现此刻一支木箭正插在巨狼的咽喉正中，气绝身亡。

姬轩辕知道是常先在危急关头救了自己的性命，可是来不及感谢，他借着巨狼撞击的力猛然向右一跃，手中石砾剑化砍为刺，猛然向前一送。

剑刃锋利无阻，径直没入左边那头巨狼的身体。

可那巨狼还想反抗，姬轩辕眼中杀意毕露，又连刺了那头巨狼十余个血窟窿，但是此刻他的手臂也被狼爪抓出一条深可见骨的抓痕。

"老大，它们是三头狼组成一个小队来对付我们，外围还有几头狼在观察我们，我们现在饿得快没有力气了，如果不能速战速决，估计过不了多久就要成为它们腹中之物了。"

四　骨梳定情

勉强从雪地上站起身的姬轩辕正和眼前不远处那头佯攻的雪原狼对视着，此刻他也感觉到身体的疲惫，前面那番战斗已经消耗了他太多的精力。

可是还没来得及等他们休息，那些雪原狼就已经感觉到他们没有精力再战，于是改变策略，将扑杀改为不停地袭扰并寻找机会击杀。

久而久之，姬轩辕被狼群困在原地无法前进丝毫，体力上也已经快要筋疲力尽了。

“老大！怎么办？我快要撑不住了！”不远处大鸿的声音传了出来，音调中带着少有的绝望。

三个十多岁的少年面对十几头成年的嗜血巨狼，在体力濒临崩溃之际更是让人不抱任何希望。

姬轩辕执剑横扫，刚刚扫退一头雪原狼，另一头张着锋利獠牙再次扑了上来，他虽快速闪躲，但是胸口还是被撕裂了两道大血口子。

一阵剧痛传来，姬轩辕眼前一黑，跌坐在地。

下一秒他就看到三头巨狼张口扑来，似乎一切都晚了，于是他睁着眼，心道：“没想到我姬轩辕竟然会死在这个地方。”

突然，一声银铃般的声音传来，紧接着“嗖嗖”声突然大作，姬轩辕的眼中精光一现。

“有救了！”

他斜眼望去，只见一名穿着熊皮衣的女子骑着一只白额虎，粉嫩的皮肤与雪色争辉，一头长发在风中飘舞。

转眼间，姬轩辕周遭的几头巨狼被射成了筛子，而那声银铃嗓音再次传来。

“我是方雷氏女节，你们是何人？”

随着自称女节的女子开口，六头长着狰狞獠牙的黄皮大虎从雪雾之中冲了出来，它们嘶吼几声之后立即朝着那剩下的几头雪原巨狼飞奔过去。

突遭变故，这几头雪原巨狼的计划被打破，转眼间慌乱起来，随着几只猛虎加入战团，这群巨狼在严重减员之后已经生出退意，再加上它们的实力相比那些养精蓄锐的猛虎来说明显处于下风，几番接触之下，雪原狼以损失两头成员的代价慌忙逃窜了。

姬轩辕忍着胸口的剧痛，他的右臂已经被荒原上的积雪给完全冻麻木了，此时他艰难地站起身来，抬眼望向那名女子，同时迈着沉重的步伐向着她缓缓走去。

在离女子三五米的地方，由于他的靠近引起女子身下那只巨大白额虎的低吼警告，姬轩辕捂着胸口识趣地停了下来。

他近距离地看着眼前的女子，终于在风雪中把她的面目看得一清二楚，他没有发觉，自己的目光已经完全被女子的美貌所吸引，她那白皙无瑕的肌肤比雪还要白，桃红的朱唇上忽闪着一双明亮的大眼，玲珑的胴体藏在宽松的熊皮大衣之中，却仍依稀能够看到她凹凸有致的完美身材。

突然一双手重重地拍在姬轩辕的肩头，他这才从出神的状态中清醒过来，手足无措的他脸色瞬间通红，比他那被雪冻得通红的鼻子还要红润。这才发现拍他肩膀的是老二常先，他衣衫褴褛像是一个穷困潦倒的乞丐，而他身后站着的则是大鸿，相比之下大鸿比常先更加可怜，光溜溜的脑袋上被狼爪挠出一道狭长的血口，看上去有些瘆人。

两人此刻都是一副气喘吁吁的狼狈样，疲惫得连腰杆都直不起来了，姬轩辕看到这样的场景，原本哭丧的脸突然有了笑容，是啊，没有什么能比他的好兄弟活下来更让他感到开心的事情了。

“唉，小伙子，你胆敢忽视我们公主的问话？我看你是不想活了吧？”突然一道声音再次传入姬轩辕的耳中，这是一名中年男子的声音，姬轩辕转眼望去发现一名全身甲胄的蒙面男子从女子的身后走了出来,手中石枪高举,指着姬轩辕喝叫。

“哎哎!那你又怎么说话的呢!你们的公主是公主,我们的王子就不是王子了吗?你要是敢在我们有熊国用这种语气和我们王子说话,你现在早就成了兽笼里面的食物了!”常先立刻把石砾剑拔了出来,狠狠回击道。

“原来我救下的是有熊国的王子啊,那你们有熊国的国君应该怎么感谢我们方雷国?要不是我,你这个害羞的小男孩可能已经变成雪狼口中的食物了呢!”坐在白额虎背上的女节调笑说道。

姬轩辕听罢,冷静地拉住身旁欲冲将上去的常先,一旁的大鸿也怒愤不已,手中石剑紧握。

这个尴尬还是被姬轩辕冷静的话语打破:“我很感谢你的救命之恩,我姓姬,名轩辕,确实是有熊国的王子,之所以会到此地是因为我私下外出历练,能力不够没有什么好辩解的,但是这位小姑娘,你好像也没有和我相差几岁吧?”

“那又如何?比你大一天你也得叫我一声姐姐!”女节轻抚着白额虎的额头,笑靥如花:“我看你长得还挺俊俏的,就是有点呆,今日你我见面也算是有缘,我就勉强送你一件东西吧。”

轩辕苦笑一声,整理好身上凌乱的衣物,对着女节公主轻声说道:“承蒙公主的恩情,今日我们落难,只需要一些药剂还有这地上的狼肉便可,其他的我不敢领受。”

女节抬腿从虎背上跳了下来,右手微微一抬,对着身边的护卫说道:“疗伤的草药拿一些过来,荒原上的死狼帮他们收起来用袋子装好拿给他们。”

“是!”身旁两位护卫低头称是,领命离去。

女节迈着轻快的步伐来到姬轩辕的身旁,带着纯洁灿烂的笑容,姬轩辕第一次从女节的神情中看到她原本的天性,也许是因为长时间的公主生活让她承担了许多本不应该承受的事情，才会将应有的天真收起。

其实自己又何尝不是如此呢！

想到这儿，姬轩辕的心脏却又不由自主地蓬勃跳动起来，也许，这是他第一次看到除了母亲之外，长得如此漂亮的女子吧。更重要的是她的年龄和自己相差无几。

“姬轩辕，你这张脸到底要红到什么时候啊？”女节笑嘻嘻地问道。

“说实话，我是第一次看到你这么美丽的女孩子。”姬轩辕支支吾吾回道，整个身体都显得僵硬十足。

女节的面上不知何时竟也涌起一阵绯红，她在姬轩辕看不见的视线外轻笑一声，然后从颈上一扯，一块晶莹剔透的小型骨梳被连着绳子一起从她的脖颈上扯了下来，然后女节将骨梳递到姬轩辕手中。

“这份礼物看上去很贵重，我本来就欠你一份人情了，这东西我不能要。”姬轩辕推托道。

“我叫你拿着就拿着，真要是觉得过意不去的话，那就下一次见面的时候再还给我吧。”女节用不容置疑的口吻对着姬轩辕说道。

最终他还是拗不过女节，收下了这把骨梳。

接着，三人用草药敷了伤口，再用草藤袋装上切割好的狼肉，告别了方雷国众人之后再次踏上了前往杜陵的道路。

直到姬轩辕等人消失在远方的雪雾之中，女节才收回了自己的目光，她的目光中透着失望和些许不舍。

“公主，您怎么能把国王传给您的骨梳拿给那个臭小子啊！”她身旁的那名蒙面护卫明显有些气恼，抱怨道。

女节没有回答，而是径直转身踏上虎背飞驰而去。

第二章　叹衣染尘埃

一　杜陵猎兽

风雪已没，晴空万里，周围的雪地在阳光的照耀下越发显得晶莹剔透。

距离上一次和巨狼鏖战已有半月，姬轩辕一行三人已经跨越雪原，来到了杜陵森林的山脉路口。

大鸿头顶的抓痕在愈伤草药的作用下已经结疤，虽看上去略显狰狞，精神状况却明显大好。

连日来他们靠着之前打死的那些雪原狼充饥赶路，短短数天就完全恢复，或许加上了战斗的洗礼，他们看上去居然比离开有熊国都时状态要更好。

姬轩辕经历了十多天的魂不守舍后，终于从与女节公主分别的遗憾中走了出来。

他烦恼地摸了摸自己被利爪袭击的胸口，那里虽然也开始结痂，但是那种奇痒难耐的感觉却比受伤一百次要更加令他难以忍受。

看着眼前和雪原截然不同的景象，姬轩辕顿时眼前一亮。

即使这儿还是充满寒冷，但是一点也不阻碍茂密森林中茁壮成长的参天大树，这里就是野兽的乐园，也是许多奇珍异兽的天堂。

常先此刻早已将破碎的豹皮大袄换成了银白色的雪原狼皮，杜陵森林中雪色已失，满眼的绿意再次回到众人的眼前，三人顺着头顶的阳光，进入了这片杜陵森林。

郁郁葱葱的树丛中充满了昆虫与走兽的鸣叫，姬轩辕三人小心翼翼地在身周的草堆之中穿行，他的目光警惕地望着前方，生怕一不注意就有猛兽于暗影之中突袭出来，杀他们一个措手不及。

“老大，我们这次来杜陵到底要猎杀什么猛兽回去证明呢？而且我们这次是偷偷溜出来的，不拿点真正有用的东西回去的话，很难和国王交代。”大鸿此时环顾四周，有些担心道。

姬轩辕用手中的石砾剑拨开前方茂盛的杂草，随口应道：“这就不用担心了，父王他一定可以理解我的。”

停顿片刻，他突然转头望着常先和大鸿，语气中透露着狡黠的气息：“这次来这里，我的目的只有一个，就是杀一只猊兽。”

“什么！杀猊兽？”

“不可能！不可能！”大鸿听后，脸色立马阴晴变幻，显得极为惊悚，似乎听到了什么不可置信的事情。

常先也战栗起来，他握着石砾剑的手开始莫名地抖动起来，一脸惊惶：“老大你早说是来猎兽的啊，就靠我们三个差点葬身在雪原狼獠牙下的小孩子，如何是那可怕至极的猊兽的对手呢？”

大鸿附和道：“对啊，猊兽可是比巨獠虎等更加凶猛的异兽，虽数量稀少，却拥有极为嗜血的性格，而且还会口喷烈火，我们怎么可能将它猎杀呢？”

“你们怕了吗？”

姬轩辕扫视两人片刻，从他们的眼中感觉到了深深的恐惧，他不想让常先和大鸿感受到如此巨大的压力，毕竟这次私自出来也是他自己的命令，不管怎么说，一路以来，他们两个也够累了。

他向来不畏强大，举起石砾剑破空一声响，随后收剑，手往衣服内一掏，只见一块明黄的玉石出现在他的掌心。

两人不解，同时问道："这是……？"

姬轩辕哈哈大笑，说道："你们放心好了，我这次肯定是有备而来，看到了吧，这是龙图腾圣石，我已经掌握了我们有熊氏图腾的召唤之力，只要时机一到，这块圣石一定能够派上用场，到时候甭说一只猊兽，就是穷奇这等洪荒凶兽，也不在话下。"

姬轩辕这番话虽是这样说，但是他的心中明白，这也只是和常先、大鸿说说而已，目的就是让他们镇定下来，不要被猊兽的凶名吓破了胆子。

果不其然，自打他亮出了宝物，又说了这番话，原先惊惶的二人逐渐镇定下来了，就在这时，大鸿突然蹲下身，注视着身前灌木丛边的黄土，对姬轩辕招手示意："老大你快过来看一看，好像除了我们之外，还有别人也刚进入这片森林，像是早我们一步，而且人数不少。"

闻言，轩辕连忙上前蹲下，果然在这块黄泥上印满了大大小小的脚印，这些脚印有深有浅，略微一算人数在数十人左右，想到这里姬轩辕的心逐渐提了起来。

"现在是猊兽出没的时节，它的内丹对很多修炼者有很大的裨益，依我看这些人肯定也是前来寻找猊兽的，他们或许拥有强大的修为，我们还是小心为妙。"

他自小在有熊国都城长大，平日里外出狩猎总有父亲陪同，外加百骑相随，从来没有觉得危险如此逼近，此时此刻他望着密密麻麻的脚印，又想起半月前的险境，心不由得狂跳起来，渐渐地萌生了退意。

有熊国尚武之风盛行，只有最强大的勇士才能受到整个部落的敬重，他是有熊国未来的希望，如果不能展现出自己强大的实力，又怎么能够服众，并完成自己自小而生的宏图壮志呢？

想到这里姬轩辕把心一横，径直起身，对着身旁二人说道："不怕，我们跟着他们的踪迹走,见机行事,遇到危险不要恋战,趁机离开,我们的目的是猎兽,只要能够得到猊兽,我们立刻退出杜陵返回有熊。”

“遵命!”

他们正准备继续前进,就在这时,异变陡生!

林间传来了极猛烈的树叶扑簌声,下一秒头顶天空密密麻麻的飞鸟被惊起林梢,一声怪异喑哑的野兽嘶吼从远方传来,声音虽然深邃遥远,但是一股暴虐的气息却扑面而来,将三人骇得一阵气血翻涌。

“是猊兽!”

“看来那些人是和猊兽遭遇了!”

姬轩辕眉头紧皱,望向嘶吼声来处,片刻后他的表情转为平静,冷声严肃道:“走,我们过去看个究竟,找准机会趁机下手!”

话音未落,姬轩辕石剑倒背在身后,整个身躯化为一道黑影隐入前方的树丛,朝着嘶吼声处飞奔而去,常先和大鸿对视一眼,也都飞奔起来,紧跟着姬轩辕没入林中。

耳边树叶的扑簌声大作,姬轩辕在林中飞速奔驰,耳边的嘶吼声越来越响,猊兽的吼叫转为怒吼,显然战斗已经打响,他感到心中狂跳,豪情越来越澎湃,一股嗜血战意在胸中激荡。

“我姬轩辕将来要征战四方,统御四海,现在这点小阵仗是吓不倒我的。”他的脸上浮现出兴奋的神色。

虽然这句话听上去有些不知天高地厚,但这就是姬轩辕孩童时候看着华发已生的父亲暗暗立下的誓言,一直以来他都将这句话当作自己的人生格言。

穿过这片丛林,他突然感到眼前一亮,与此同时周遭两声树叶响动,常先和大鸿也同时从树丛中冲了出来,他立马抬手示意噤声,暗示他们俩从这片稀疏的灌木丛绕过去,而自己则以前方一片小树林为屏障，悄悄摸了过去。

猊兽的怒吼声已经近在耳旁，同时他也听到了人的喊叫声、喝骂声，武器碰撞声，这些声音杂糅在一起，让他感觉到特别刺激。

只要翻过这个山坡，就能够清楚看到场中的情况了，姬轩辕的心中如是想着，脚下的动作也同时加快，三下五除二便绕过身前的树丛，靠在长满杂草的阴坡上，他将手放在胸口抑制住内心的紧张。

片刻之后，他的心情逐渐平复，这时的姬轩辕谨慎地侧过身子，露出半截脑袋，望向阳坡下方正发生的一切。

他望向前方坡底的开阔处，此刻已经是一片狼藉，只见场中一只三人高的巨大猛兽在昂首怒吼，姬轩辕一眼就看了出来，这就是他此行的最终目标——猊兽。

二　未来对手

猊兽周身斑白，黄白色的毛皮上长着一圈又一圈黑色的条纹，狰狞的面目上长着角，面目狭长，两眼有若铜铃，在嘴角两边长着两根迎风飘摇的触须，它的脊背上还有一排骨质的突出，连接着突出末端的是它的尾巴。

猊兽的尾巴也是它最为独特的地方，姬轩辕以前在部落中听大人说到猊兽的尾巴时，他对一睹猊兽灵尾的真容是抱着极大的渴望的，今天一见果然不同凡响。它有九条尾巴，每根都有接近十米长，每根尾巴看上去都像是长鞭，各行其是在空中扭动飞舞，最为重要的是，猊兽的每条尾巴末端都长着一块红色的小肉球，而这些肉球上更是泛起九道不一样的异光。

仔细看去，这些异光竟是九道不同的异火，而这九道异火，就是人们口中天地间最为宝贵的九道真火，但是由于真火太过猛烈容易反噬自身，所以一般人不敢轻易染指，所以猊兽最为宝贵的部分仍是它的凶兽内丹。

姬轩辕内心一阵欣喜，此行能够见到梦寐以求的凶兽已经完成了他目标的一半，但是他所见的这只猊兽，此刻正被数道奇异的光芒压制，而这些光芒，竟然是从它周遭地面上形态各异的石头上发出来的。

这些石头上全都镌刻着各式各样怪异的符号，但是石头太小，姬轩辕没有办法看个究竟，但是这些光芒显然厉害极了，能够将不可一世的巨大凶兽困在原地手足无措，只能愤怒吼叫，从这些便可以看出其中究竟有多么大的威力了。

不一会儿，在离猊兽不远处的空地上，突然出现了数十个身影，他们挤满了这片空地，他们的出现让姬轩辕的心中一紧，手中也微微渗出汗水。

“这片森林怎么会出现这么多的人呢?”姬轩辕此刻一头雾水。

但是经过姬轩辕的细微观察，他终于发现了事情有些不对劲。原来这群人分为两个阵营，从地上二十多具尸身可以看出他们刚刚经历过一场战斗，两方此刻正陷入对峙态势，因为什么进行对峙，姬轩辕知道，无非和他一样，为了那只被困的猊兽罢了。

他心中有数，于是转头一看，两旁高坡上匍匐着两道熟悉的身影，他们的脸上均透露出询问的神色，显然是常先和大鸿已经就位，他们正在等待姬轩辕的指示，而他只是比了个手势，让他们在原地静观其变，然后目光再次回到空地上那群人的身上，准备看一看他们究竟要做些什么。

只见场中陷入短暂的寂静之后，两拨人中身穿黑衣的一伙人中出现了一个纤细的身影，诡异的黑袍仍然无法遮掩她傲人的曲线。

那名女子抬手朝着对面一指，率先发声道:“我主蚩尤现今已是姜水之主，余晖岂敢与初升朝阳争辉?我奉劝各位还是早点离开，否则休怪我们九黎族辣手无情，让你们全部葬身于此。”

这名女子的语调嚣张至极，显然没有将对面七人放在眼里，她的头被黑布遮盖,看不清楚面目,但是那抬起的手腕上一串银铃脆响,却让姬轩辕感到心中一凉。

他清楚地感觉到,这个女人,极度的危险!

“你们不要太嚣张! 现在这片神州浩土仍是我们烈山氏的领土,只要我主炎帝还在,尔等宵小胆敢放肆!”接话的是九黎族对面身穿藤衣七人中的一名花白胡子老头,他们自称是烈山氏的人。

姬轩辕的心头一凛,这两个部族的名字在这方浩土上大名鼎鼎,他又怎么可能不知道呢?

烈山氏就是现在中华大地的主宰者,也就是神农氏,而他们的首领则是强大无比的火德之王炎帝,他们统治了这片土地数十年,可谓搅动风云的大部落。

而九黎族则是近十年来迅猛发展的部落,在首领蚩尤手中发展壮大,部落之人个个剽悍,同时所用手段残忍至极,短短数年来被九黎族侵吞灭族的小部落已经不下十个,同时他们疯狂扩张,就连烈山氏的根基姜水流域也已有一半的土地被其霸占。

就在最近两三年,世道愈加混乱,而九黎族和烈山氏的矛盾也愈来愈激化,此刻见到两个部落的正面冲突,姬轩辕的内心久久无法平复,这是他第一次直面这片土地上真正有实力角逐的两大部落。

“原来是烈山氏和九黎族的人,刚好让我看看你们到底有多大的本事!”姬轩辕的目光变得炽热,被压抑住的战意在他的胸膛扩张。

伴随着藤衣老者的一声质问,烈山氏的所有人一字排开,向着九黎族众人呈半包围的态势,老者更是缓缓走出阵中,他的左手拿着一块火红的石头,这块石头除了颜色红润之外并无奇妙之处,不过在老者的手中自如翻滚,让人感到很不寻常。

姬轩辕的目光专注地望着此刻场中的情形,他自小唯一一次目睹如此真实的战斗就是在七岁那年随父亲剿灭边境流寇,但是流寇的数目也不过十余人,这次几十人的阵势他还是第一次见。

按照他之前所学，烈山氏的首领炎帝神农氏是这个时代的神祇，但是这些年来随着烈山氏的逐渐式微，各种部落纷纷从先前的钳制下解脱出来，九黎族作为其中最强大的一支，在神州浩土早已是赫赫有名，姬轩辕此时就想看一看这世界上最强大的几支部落中的两支交战，到底有着怎样的实力！

空旷的平地上，仿佛涌起了一阵狂风，老者突然将手中的火红石头往自己左手臂上砸去，石头正好击中了手臂藤甲上与之材质相同的另一块火红石盘。

刹那间，老者的手掌上涌起熊熊烈焰，在一旁窥伺的姬轩辕着实被吓了一跳，他的眼中闪过惊异之色，竟看见老者将手中被火焰包裹的赤石径直抛出，砸向九黎族当头那名女子。

千钧一发之际，九黎族五人并没有惊慌失措，当先那名女子更是一脸不屑地盯着朝他们飞来的熊熊火球，片刻之后，她轻轻抬手，一根木杖从大袖袍中滑落，向前横扫，裹挟着火焰的赤石顷刻间便化为齑粉。

老者的脸上没有任何表情，烈山氏的身后却有烟尘闪动，紧接着他右手向下一挥，身后排开的人群突然耸动着让开道路。

姬轩辕一眼望去，滚滚的烟尘中当先冲出了一只活物，这活物竟是一只体格雄壮的黑牛，但是不同的是，在黑牛的身体上竟然绑着两根锐利的石矛，整个黑牛身上附着了一块藤板，而藤板上燃烧着熊熊烈焰。

与此同时，九黎族众人都惊惶起来，他们纷纷掏出自己的兵器，对着腾出烟雾的火牛，发起了进攻！

看到烈山氏和九黎族战在一起，姬轩辕准备行动了，但是再三思考之下他还是提醒常先和大鸿不要轻举妄动，因为他知道就算没有其他两族的插手，就靠他们三人一时半会儿也没有办法消灭这只凶兽。

于是他只好再次平复下来，继续寻找最好的出击时机，只见两个部落越战越凶，很快便出现了大量的伤亡，冲入九黎阵营的一只火牛竟被五把石枪合力挑起，然后摔在地上一命呜呼。

三　渔翁之利

姬轩辕趴在草堆里细致观察，此时他不禁冷笑起来，心中想道："就这种战斗力还没有我们有熊的猛士能征善战，怎么会有如此的威名？"

"祝融，你这个老不死的已经不行了，你还以为你是以前那个呼风唤雨的人物吗？"突然间，九黎族女子清脆的笑声传遍四野。

白胡子老者怒目圆睁，手中赤石不断敲击手臂化为火球，将身边的九黎族战士纷纷砸死烧尽。

他望着女子怒喝道："想当年我随炎帝纵横天下之时，你们十二祖巫还不知道在哪里呢！我不动点真功夫看来你是真不知道我的厉害！"

说罢他双手陡然上扬，两个火球飞速射向黑衣女子，与此同时呈强劲霸道之势的火牛再次从烈山氏后方杀出，这一次共有二十只之多，矛头直指黑衣女子和所有九黎族战士。

阳炎炽天，银铃声动，整个空旷地面的空气仿佛都停滞不动。

姬轩辕的眼睛都看直了，也许他们的实力比不上有熊国的战士，但是他们的纪律性和严谨的战法战阵算是让他大开眼界，姬轩辕也开始明白了一个道理，一个真正强大的军队，到底需要什么。

"这么强大的能力，我应该试着去掌握。"

此刻火牛已裹挟着无尽杀意和喷薄欲出的怒火朝着九黎族众人冲杀过去，仿佛顷刻间便能焚尽脚下万物。

黑衣女子眼瞳骤缩，手上却立刻有了动作，只见她从怀中拿出一把橙黄色的金属圆球，接着如同播种般随手一撒，许多金属圆球竟在半空中迎风飘洒，仅仅只是一瞬，便不知所终。

"你以为九黎族派我到这儿来是为了什么，你难道没有发现天空有些阴沉吗？"

老者闻言抬头望天，姬轩辕也不自觉瞟了眼天空，这才发现原本晴朗的天空不知何时竟然暗淡下来，看上去阴云如织，将整片天空笼罩。

"轰隆轰隆……"

天地变色，滚滚隐雷暗藏在云端之上。

随着巨大火牛逼近，天空中又是一阵轰隆的雷声释放。

就在雷声将要消散之际，天际传来一声霹雳，此时空中的景象已经将姬轩辕完全震惊到了。他攥着高坡上的草根，久久说不出话来。

"祝融老贼，我电母名声在外，也不是好惹的，今天我就让你知道九黎族的厉害！"

说罢，天空中数百道雷霆划破天际，纯白色的雷电尽皆汇聚，朝着来势汹汹的火牛凭空劈下。

在火焰巨牛快要冲进九黎族众人之中时，雷电霹雳顿时落下，速度极快，数头火牛和十几名烈山氏的战士连哀号都没有发出，便被雷霆劈成灰烬。

下一秒，恐怖的天地威力如蛛网般蔓延开来，姬轩辕连忙朝着坡下滚落几步，几乎是同时，他藏匿的高坡被雷电的威力削掉了一块山石，他连忙望向两边，直到看到常先和大鸿惊慌失措的面色但仍然健在的身躯后，他终于松了一口气。

"我的天，还好我跑得快，这是什么鬼法术，实在太吓人了！"

稍做镇定之后，姬轩辕再次爬上高坡窥伺，场中尘土弥漫，地面上出现了数十个深浅可探的土坑，空地上的火牛已经被消灭大半，眼尖的姬轩辕很快发现了其中的玄妙。

在他的观察之下，他发现这些雷霆闪电的落点几乎都在相同的位置，偶尔会出现偏差，但也符合规律，而且刚刚黑衣女子撒出了一些橙黄色的圆球，他很确定应该就是这些圆球引来了天地雷霆。

过了一会儿，尘土渐渐落下，黑衣女子的身影率先出现在半空，此刻的她看上去十分狼狈，黑色的衣衫从袖口到腰间已然被火灼烧了一大片，殷红的鲜血在她隐约可见的肌肤上流淌着，她的面上也披着散乱的头发,手臂上还出现了强大撞击过后的乌青,但是一双眸子中却透着冰冷至极的杀意。

时间一点一点地推移,尘土完全消散,就在这个时候,一声高昂的怒吼声划破安静的空间,显得极为恣意狂野。

这时,躲在一旁的姬轩辕看清楚了场中的情况,他的内心狂喜:"我的机会终于到了!"

姬轩辕的面上喜色愈来愈浓,因为他看见了原本被光芒压制的猊兽,终于冲破了诡异石阵的禁锢,准确来说并不是它冲破了禁锢,而是由于刚刚烈山氏和九黎族打斗时有人撞到了石阵禁制,将其中一块石头从土壤中掀翻。

镌刻着怪异符号的石头一离开土地之后,原本夺目的光彩便骤然间消散,化为一块普通石头,而猊兽作为拥有天生灵性的凶兽,见到阵法出现了状况,于是便趁这机会开始猛烈地挣扎起来。

这些声响全被两个部落的打斗声给遮盖住了,没过多久,在数道光幕最后的几次颤抖过后,随着"啪嚓"一声脆响,插在地面上的另外一块石头碎成了数块,而这阵法也终于在猊兽的蛮力下化为虚无。

可是猊兽还是拥有灵智的,之前受到的屈辱并没有立即冲昏它的头脑,现在和那些实力强大的人类作对肯定没有什么好下场,于是它逃脱之后,也没多想,直接就朝着反方向飞速逃跑。

显然烈山氏和九黎族的人也发现了猊兽逃脱的状况,电母神色一凛,连忙示意手下上前追赶,可是九黎族众人正欲有所动作,烈山氏残存的二十余人立马抬起手中的兵器,将他们拦截下来,不让他们离开半步。

藏身于高坡的姬轩辕知道这是天赐良机,于是他和两旁等待指令的常先和大鸿打了一声招呼,便滑下高坡,朝着西面密林追去,常先和大鸿见老大动身,也都放轻脚步,连忙跟了上去。

与此同时,祝融的身影再次出现在电母的面前,只不过此刻的他要比之前更加佝偻,他不断咳嗽着,嘴角淌着点滴鲜血。

“我再奉劝你们一次,我主蚩尤需要这只猊兽,你们若是再三番五次地阻碍我们行事,我们九黎族便不会再顾及炎帝他老人家的面子,我也会在这里把你们烈山氏的人全部杀死!”

电母阴沉着脸威胁道,她的语气听上去已经完全没有回转的余地,只剩下冷冷的杀意。

祝融听罢仰天大笑起来,他擦去嘴角的血渍,对着电母说道:“看来你们九黎族还是受不住野心的诱惑准备造反了,但是我劝你们别太猖狂,过不了多久我们烈山氏的援兵赶到,我想你可能就走不出杜陵了。”

“哟嗬,祝融老贼,我主蚩尤乃旷古至今天下第一雄主,炎帝他已经老了,也该将这天下拱手让贤了,而且你真当只有你们烈山氏有人,我们九黎族就没有人了吗?”

“我告诉你,十二祖巫的其余兄弟们立马就到,到时候不是我走不出杜陵,而是你祝融老贼,你不是被世人称作火神吗?等我生擒了你之后就把你下到油锅去烹炸了,看你这把老骨头到底有多硬!”

这席话一出,祝融一张老脸气得通红,满脸的胡须都迎风狂舞起来,此时的他目光阴沉得好似杀人的剑,没有任何回应,他只冷冷地吐出一个字:

“杀!”

话音刚落,剩下四名烈山氏战士拿起手中的战刀,再次向九黎族众人扑了过去,他们的身上或多或少都带着伤,可是面上却皆是决然之意,部落的荣光在此时有甚于生命。

四　狩猎开始

九黎族所有战士看见冲杀过来的人后,他们也没有畏惧,同样提着手中利刃也纷纷迎了上去,整个空地再次陷入短兵相接的境地,而祝融手中火焰再起，脱手射去，紧接着一柄剔透的骨剑出现在他的手中，他以同样的方法点燃剑身，手拿腾着烈焰的骨剑朝着电母冲了过去，再次战在一起。

另一边，姬轩辕离开了那片空地之后便不再掩饰自己的声音，用自己最快的速度向着西方密林移动，身后常先手持弓弩，而大鸿则提着石砾剑相随，三人一声不吭却默契自如，摆着三角阵形有条不紊地继续前进。

不一会儿，三人相继进入了密林，林中长满了半人高的杂草，此时在姬轩辕的示意下，三人的步子再次轻了下来，他们小心翼翼地向着密林深处前进，他坚信那只猊兽一定就在这片密林的某个地方。

走着走着，周围的虫鸣声也逐渐消失，周遭的空气越来越安静，姬轩辕笃定他们离猊兽的藏身之所已经不远了。

突然他的耳中传来了几声怪异的喘息，这声音不大，可是在静谧的林中却显得很是突兀，于是他摆了摆手，示意两人跟上，显然他们两人也听到了这个声音，三人轻手轻脚地朝着右前方摸了过去。

当姬轩辕继续朝前探的时候，他发现他的手突然触碰不到茂密的杂草了，于是他整个人往前一跨，紧接着整个人就从杂草堆中钻了出去，眼前一片空地豁然开朗。

这片空地在周遭如此茂密的林中出现显得极为诡异，而在这片空地之上居然有一座石像，这个石像有三人高、两人宽，手持巨斧做劈砍状，更加诡异的是这座石像的半边脸是女子，另外半边脸却是男人。

虽然这座雕像显得疑点重重，但是姬轩辕此刻已经没有时间去理会雕像的事情，因为此刻匍匐在雕像底下的活物已经站了起来，从杂草堆中探出来的常先和大鸿也看到了这一幕，顿时面如土色。

在他们面前的活物便是他们寻找已久的猊兽，此时此刻它已经四肢站立起来，兽瞳中带着凶光，嘴里露出尖利的獠牙，狠狠地注视着眼前这三个小孩。

姬轩辕感到身体有些发寒，四肢也有些僵直，终于这么近距离地看见曾经梦寐以求的凶兽，此刻的心情不知道到底是害怕还是兴奋，总之他明白，面前这只猊兽的心情并不太好。

果不其然，他还没想完，只见这只猊兽巨口一张，一团火红的烈焰火球便从它的口中飞出，向着他迎面而来。

姬轩辕面色大变，但是反应却是奇快，电光石火之间，他转身推开常先和大鸿，自己也借着力道往后滚了两圈。

“狩猎开始！”

炽热的火焰顿时将他们原先站立的地方化为一片焦炭，燃烧的火苗霎时间点燃了周围的杂草，火焰如长龙一般蔓延开来。

此时杂草堆中一阵响动，紧接着一道身影从草堆中冲了出来，他的身上燃烧着火焰，此人正是姬轩辕，他本来为了躲避火焰滚进了杂草堆，谁知道那些草堆竟然在一瞬间就被点燃了，差点将他活活烧死。

他狼狈地上蹿下跳，最终在地上滚了十几圈，衣服上的火焰才熄灭。

与此同时，常先率先准备好阵势，他在起身之后便张弓搭箭，待姬轩辕窜出杂草堆时他已然松手，刹那间弓弦震颤，一支木箭瞬间飞出，“嗖”的一声直奔猊兽而去。

可是猊兽怎么会如此轻易地被击败，只见它张开利爪轻轻一扫，木箭顷刻间化为齑粉，常先面不改色，伸手往身后的箭袋中再抽出四支木箭，接着便是熟练地张弓，然后搭箭、射出，一套动作行云流水，四支飞箭再次朝猊兽袭去。

猊兽眼中透着浓重的不屑神色，它不再行动，只是九条尾巴中的一条向前一扫，那四支木箭顿时化为一缕青烟，兽尾上的青绿色火焰涌现出一丝明亮，但仅仅只是一瞬便再次恢复平静。

大鸿见常先动手，于是也开始行动，他趁着猊兽的注意力被常先吸引，悄悄绕到猊兽的身后，手持着石砾剑，倒握剑柄于身前，用最快的速度朝它狂奔过去，举剑欲刺，想要重创猊兽的后脚。

猊兽的尾巴仿佛有灵性一般，大鸿冲上来的那一刻，九条尾巴骤然缩紧，接着便朝大鸿扫了过来，九尾之力还未触碰大鸿的身体，他就感到了肌肤撕裂的声音。

在此千钧一发之际，突然一道黑影闪过，将大鸿的身躯飞速带离九尾的攻击范围，九条尾巴一击落空，全部击中地面，将平坦的地面击出了一个巨大的坑洞。

将大鸿救下的黑影不是别人，正是刚将身上火焰熄灭的姬轩辕，他一看大鸿做出如此危险的事情，便先一步动身冲上去将他救下，如果不是他这样做，大鸿现在可能就被猊兽九条尾巴的异火化为灰烬了。

一声咆哮划破长空，姬轩辕三人刚刚直起的身躯为之一滞，顿时头痛欲裂，这声咆哮似有分金断玉之威，三人立马倒在地上捂着头打起滚来。

姬轩辕不愧是少年天才，他捂住耳朵艰难地从地上站了起来，望向猊兽的目光透着微微的疯狂，他的一切目的都是为了猎杀猊兽，此时此刻，他必须挺过去，不能有丝毫的差错。

“我要杀了你！”

姬轩辕的这句话既不是威胁，也不是警告，这是因为从小在有熊国长大的他从来都不屑于用威胁和恐吓去与他人战斗，他现在所说的一切，不过是在陈述事实，一个他必将达成的事实。

就因为是陈述事实，所以此时的姬轩辕才是最为恐怖的时候，他私自离开有熊国，冒着被父王重责的风险离开，路途上差点成了雪原狼群的食物，一切都只是为了前往现在脚下这片叫作杜陵的土地，而最终目的，就是猎杀眼前这只据说活了上千年的猊兽！

猊兽喷出两声鼻息，口中发出低沉的吼叫，另一方面姬轩辕也不想再拖下去，因为烈山氏和九黎族的人终究会决出胜负，他不是他们的对手，若是真到了那个时候，可能就没他什么事了，也许还要将性命全搭进去。

一切都要速战速决！

姬轩辕毫无预兆地甩出右手，掌中一个圆咕隆咚的黑球激射向前方的猊兽，猊兽依旧没将其放在眼里，抬起利爪一挥，黑球顿时爆裂，但是不同的是，这个黑球裂开之后，空气中却突然滋生出许多浓重的白烟，将猊兽周遭的视线完全遮蔽。

这个时候，姬轩辕已然提刀冲进白烟之中，而一旁的常先也从箭袋中拔出五支箭，不过这五支箭的箭镞和之前不同，之前的木箭箭镞是石制的，而现在这五支箭的箭镞却是赤色玉石打造而成的，质地坚硬，十分锋利。

另一边刚逃出生天的大鸿也没有闲着，只见他从衣服里拿出了十二杆小旗子，这些小旗子上面都染着动物的鲜血，每杆旗子都呈三角形，他迈开步伐沿着石像边的空地将十二杆小旗插在土壤之中，接着大鸿用石砾剑划破自己的指尖，几滴鲜血从伤口滴落，渗入地面。

第三章　只身入洪流

一　拼死血战

这是有熊国典籍中记载的一种阵法，典籍是少典意外从远古神祇的废墟之中发现的，其中收藏了许多鬼兵之术、奇阵之法，而此“血狱锁魂阵”便是其中比较容易且威力颇大的一种阵法。

刹那间，空地上刮起一阵狂风，接着安静的四野突然响起了数百只野兽的凄厉嘶吼，与此同时，五道破空声响起，只见常先半跪于地，右手高悬，左手长弓在握，弓弦仍在震颤，五箭齐发！

紧接着空地上方一阵血色翻涌，十二道小旗子上血色仿佛透出表面，空气中似有一条看不见的细线牵引着，十二条血色汇聚在猊兽所在的正上方，一阵翻腾汹涌之下，血色中似有什么东西在逐渐成形。

血色雾气翻滚不停，空地上的白色烟雾则在狂风呼啸下以肉眼可见的速度消散，血雾之中有几十股宛如实质般的线条，在空中环绕交缠起来。

常先手中五支玉石箭镞的利箭也已没入白雾，与此同时姬轩辕的身影从白雾上方蹿了出来，如同飞出云海的仙人，他双手倒握着石砾剑的剑柄，双脚向后弯曲，双眼决然地望着身下若隐若现的雾气中那个庞大的身躯。

下一秒，他的身躯如同流星般再次坠入迷蒙烟雾，全身做出劈砍状，透出无匹的杀气。

逆风绝息誓不还！

姬轩辕一剑如盘古劈天，执剑猎兽！

空地中一片死寂，但终究只是片刻，在他的身影完全隐入烟雾之后，便突兀地响起一阵猛烈的怒吼与嗥叫，常先面露喜色，他摸了摸手中的弓把，又掏出一支木箭，搭在弓上，继续瞄准眼前这片即将散去的烟雾。

突然，空地上爆发出一阵更加愤怒的嘶吼，紧接着一股能量波纹以烟雾为中心向着四周猛然扩散，烟雾在顷刻间消失，露出场间的真面目。

“射杀！”一声暴喝突然传来，常先几乎没有任何犹豫，手中拉满弓的利箭陡然出手，木箭破空射向从雾气中显露出来的猊兽，目标正是它的左眼！

这句话自然是姬轩辕所命令的，原来他也受到了强大的能量波纹冲击，被可怕的气息震飞出去，竟然挂在了常先身后的树上。

而三人眼中那原本不可一世的猊兽，此时也显得很是狼狈，或许它自己也没有料到会被三个小屁孩整得如此狼狈，还没有回过神，又是一声“扑哧”轻响，猊兽立马跳了起来，口中爆发出狂怒的吼叫，它的右眼在一片雪雾之中被飞箭击中。

恐怖的力量在姬轩辕能感受到的范围内节节攀升，越来越强大的威能竟然快要将他的身体压制得无法行动，他神志也开始渐渐模糊起来。

他看着眼前变得模糊的场景，空地之上那只猊兽脸庞狰狞可怖，淌着鲜血的一只眼睛看上去应该完全瞎了，而他的身上此刻也淌着发黑的鲜血，在它的腹部有五支箭杆，可想而知这五支箭就是常先所发，那五个锋利玉石箭镞也已经没入猊兽的体内。

“你现在该知道,你的命就是我的。”姬轩辕从树上跳了下来,脸上浮现出快慰神色,他望着猊兽背上那柄只剩下剑柄的石砾剑,开口说道:“数年来没人能够抓住你,但是,今天我姬轩辕来了,你的末日到了。”

猊兽愈发愤怒,口中的烈焰朝着姬轩辕立身之地狂喷不止,火流宛如流星泻地,整片杜陵森林陷入了一片火海之中。

姬轩辕暗自发笑,他之所以出言惹怒猊兽,就是为了拖延时间,此刻的猊兽已经被完全激怒了,藏在骨子中的兽性在逐渐掩盖它经过后天培养的灵智,丝毫没有察觉头顶已然成型的百条血色锁链,血光逐渐化为实质,“血狱锁魂阵”已成!

猊兽一声愤怒的咆哮,同时张开血盆大口,十几道各色火球疯狂地从它的口中飞出,射向地面上的姬轩辕。

“启!”

就在同一时间,远处的大鸿一声暴喝,右手呈现出一个怪异的姿势,整个人周身顿时泛起血光,紧接着,半空中刚刚凝结的血光锁链突然“仓啷”一声,瞬间轰然砸下,阻隔在姬轩辕的身前。

接着十几道火球纷至沓来,猛烈地击打在猊兽的血光肌肤表面,姬轩辕只感觉到天地一阵震颤,但不可思议的事情却发生了。

这只血光巨熊将所有的异火火球完全挡了下来,却没有受到半点伤害。

“血狱锁魂阵竟然这么厉害!”姬轩辕张大嘴巴,惊叹道。

大鸿听到老大由衷的称赞,嘿嘿傻笑一声,感到特别骄傲,他舔了舔嘴唇,兴奋说道:“老大你平常又只在乎身体的淬炼,我就想着学一门法术,嘿嘿,也好取长补短,是吧?”

姬轩辕看着有些自得却仍旧腼腆的大鸿,心道大鸿实在是太老实了,打趣笑骂道:“我看你这白痴早晚要吃太老实的亏。”

此刻身处战局，情况刻不容缓，就在他们谈话之际，大地又是一阵震动，周围数棵大树被拦腰斩断，血熊再次挡下了猊兽喷射出来的火焰，火焰中带着的强烈杀意竟将周遭三人合抱粗的大树直接斩断，威力可见一斑。

炽热的火焰，从猊兽的口中喷射出来，炙烤着天空逐渐收缩的血色锁链，然后经由血色光芒的吸收，在鲜红欲滴的血光之中骤然熄灭，瞬间数十条血锁链变得更加明亮，周遭地面上那十二道血旗的光芒也愈来愈盛。

一声厉啸，暴风大作，无数团火焰，从猊兽的身躯之上猛烈燃烧起来，那些火焰呈现赤白之色，看上去好像没有温度，可是姬轩辕仔细看去，那些漫天席卷的枝叶与猊兽身周的火焰一经接触，便化成青烟，这让他倒吸了一口凉气。

转瞬间，猊兽扑了过来，赤白真火和血色红芒正面相撞，一声雷般的巨响，在空地之上炸开，血色锁链开始颤抖，摇摇欲坠，掉落了许多血红色的碎屑。

姬轩辕等人的身体也被莫大威能席卷，被震得向后飞去，姬轩辕一连撞断两棵大树，落地时一口鲜血顿时吐了出来。

经受如此猛烈的冲撞，饶是他强身健体多年，还是忍不住眼前一黑，差点昏了过去，而现在这个状态，想要在短时间内再站起身继续应对，已经是不可能的事情了。

密林旁，大鸿紧紧抱着一根粗壮的树干，他的两只手靠在一起，地面上十二道血旗被十二道血色光幕保护着，仍然插在土壤中没有受到任何损伤。

他的脸色非常苍白，当他看到姬轩辕口吐鲜血后，心中一急，正要前去救援，一阵罡风刮过，他的面颊顿时被划开数道大口子。

他连忙缩回脑袋，气喘吁吁地啐道："妈呀，差点削死老子了！"

一旁跪在断树旁的姬轩辕缓缓回过神，他来不及担心大鸿和常先，甚至都来不及检查自己的身体情况，只是一手扶着身边的树干，整个身体飞腾而起，同时伴随而来的却是一阵强烈的眩晕。

但是这股头晕最终还是被他忍耐住了，他冷冷望向和他一样浑身浴血的凶兽，冷笑道："你这是逼我和你玩命！"

二 生死一线

姬轩辕摔进前方的杂草堆之中，震荡起一片草屑，身体在草堆中一滚，鲜血顿时染红了这片草堆。

还没有等他站起，天空中再次响起一声暴烈的长啸，啸声愤怒而可怖，随着一阵撕裂声响起，他连忙抬眼望去，正好看见猊兽锋利的前爪撕开一方草皮，蓄势待发，整个平地杂草激荡，漫天飘零。

紧接着，周遭地面上十二道被光幕所笼罩的血色小旗发出十二道爆鸣，纷纷炸裂成碎屑，狂风威能渐熄，在血旗爆炸之时，抱着树干的大鸿突然"啊"地大叫一声，然后喷出一大口鲜血，整个人失去知觉，坠落下来，生死不明。

姬轩辕见大鸿坠落，常先不知去向，半空中的猊兽倨傲神色中带着些许疲倦，他把心一横，将手中圣石用力拍在胸口，口中就像是念咒般说出一长串奇怪的话语，似嘟囔，又似梦呓，这块石头是他的父亲在他年幼时交给他的，为的是保平安。

空地正中刚撕裂脚下土地的猊兽冷眼望着面前的一切，看着地面上的姬轩辕似在绝望祷告，神情显得极为怨毒，喷薄而出的鼻息仿佛在冷笑着，眼神凌厉，似乎要将他们三人的皮肉全都撕碎。

姬轩辕握着胸口圣石的手抓得更紧了，现在已经到了绝境，他的双腿不自觉地颤抖着，这是他离开有熊之后经历的第二次生死抉择时刻，要是论实力，他自知无法和猊兽抗衡片刻，之前或许不愿承认，但是正面接触之后他终于深刻地认识到了，实力的差距比天还要大。

但是他能够继续坚持下去的理由很简单,求生的欲望根植于他的内心,这股求生欲就像是河床,支撑着他的生命。

姬轩辕手中的这块玉石名为龙图腾圣石,龙图腾圣石原本只是一块供奉的石头,就连他的父亲少典也只是将圣石当作供奉的圣物,一直放在祭祀之地中,每五年以青鸟之血献祭,交给他后一直被他带在身上。

既然这是父亲交给他的护身符,又是有熊国供奉的宝贝,无论如何,只要有这颗圣石在,自己和常先、大鸿就一定不会死在这儿。

而且他还听说有熊国的人们也认为此圣石拥有无上神力,能够召唤上古应龙,直到几年前,一位云游姬水的长者告诉了少典圣石的来历,并且预言出,有熊国如果能保存两大宝物,便可以让国家走向强大,其中的一件,正是这龙图腾圣石,他不信这个,还曾经一笑置之。

可是,自姬轩辕七岁之后,他就对龙图腾圣石有了异常浓厚的兴趣,他忽然觉得自己的身躯中天生流淌着龙图腾的血液,再加上他有着真龙特征的面目,部落中竟也一致认为姬轩辕是上天真龙下凡。

从此后,他一直带着这颗圣石,不管这圣石是真是假,他都坚决相信,父亲少典给他的宝贝,就算无用也能保他安康。

所以他决定赌上性命一试这个有熊重宝的虚实。

他看着那只眼神肃杀,准备对他发起进攻的猊兽,心中冷笑,这家伙看起来已经将他们三人当作口中果腹食物,就连原先凶厉的眼神都变了。

他又低头望了一眼圣石,嘴角噙着笑意,莫名想道:"应龙是上古神兽,在远古时代曾呼风唤雨,纵横天地,这些传说自然有真有假,但我真的很好奇,到底可不可以见上一见那传说中翱翔九天的真龙呢?"

随即他摇了摇头,现在想那么多毫无作用,是斩杀猊兽还是被猊兽杀死,谋事在人,成事在天,现在也只能祈求上苍的眷顾了。

猊兽没有给这个自言自语的奇怪少年更多机会,嘶吼一声便张开獠牙对着姬轩辕径直冲了过来。

姬轩辕的目光骤然一缩，突然他觉得自己的脑袋有些沉甸甸的，原本遍体鳞伤的身体疼痛难忍，可是痛觉却在一瞬间消失了，姬轩辕一惊，他仿佛化成了一片浮萍，直入青云遨游。

这片浮萍直上九天，随着周围的场景变幻，他穿越云雾，霎时间他感到周身一阵沁人心脾的凉意，整个人也从幻境中清醒过来，饶是如此，骤然清醒的他还是吓得朝后一摔，因为此刻那只凶恶的猊兽整个身躯就已经在他面前，凶兽的鼻息和口中那阵恶臭都能够清晰感受到。

这时候姬轩辕才算完全看清这只凶兽，铜铃一般大的眼睛泛着青光，身上的毛皮如短毫，也似甲胄，可是此时这只猊兽的眼神中透着恐惧，竟让他满头雾水，且身周凉意渐生，他抬头一看，竟然下雨了。

雨势慢慢变大，接着便是瓢泼大雨，原先被折腾得乱七八糟的空地上一片泥泞，远处的大鸿半跪在雨水之中，浑身的血迹被雨水冲刷着，看起来可怜极了。

下一秒，他幡然醒悟，这一切好似镜花水月，本该束手待毙的他，为什么还活着？

姬轩辕摸着自己的脸，疑惑地看着身前一动一动的猊兽，他静止站立着，若不是周围的树木在风中摇曳，他差点就要认为整片天地突然静止了，但是事实摆在眼前，他将手中的圣石攥得更紧了。

姬轩辕低头望向胸口，龙图腾圣石在雨水的浸润下熠熠生辉，圣石表面凝结出透明的水珠，水珠无声蒸发，如水雾般拂过他的身体。

很快，姬轩辕觉得之前所受的伤痛在转瞬间好了大半，虚弱的感觉也豁然消散，莫名置身于如此陌生的感觉之中，他显得有些满足和享受。

突然姬轩辕想起了自己曾听来往平原的老猎户所说的一件趣事，如今想起，脸上喜色顿生，他望向眼前这只死了般的凶兽，缓缓起身。

随即他的目光停留在猊兽的九条尾巴上，与此同时姬轩辕的嘴角浮现出笑容，因为此刻猊兽这九条尾巴上的火焰已经尽数熄灭。

天空中云雾分散，只有漫天的雨珠如断线般滚滚落下，不一会儿，耳朵就完全被雨水击打地面的声音充斥，再无其他，眼前的猊兽虽没有动作，但它的目光中还是浮现出了一丝惊惧，直直地盯着眼前的少年。

天地为之一滞！

天降甘露，空谷来风！

“世有凶兽名猊，隐于杜陵之中，九尾，燃九种异火，火势愈大实力愈强，水克之。”

姬轩辕傻呵呵地笑了笑，就连他都没有想到，在这种搏命时刻，竟然横生出如此有利于他的变数，看着先前还嚣张跋扈不可一世的凶兽，现在就成了倾盆暴雨之中的落水狗，任姬轩辕的聪慧脑袋也没有想到，所以也就只能胡乱地傻笑两声。

可是眼尖的姬轩辕突然看到在雨水浇灌下的猊兽九尾尾端，那九种异火竟然有死灰复燃的迹象，缓缓有白烟蒸腾而起，这让他的表情大变，眉头也悄悄皱起。

就在这时，异变陡生，伴随着一声怒吼，突然一个人影从猊兽的身后蹿了出来，他手中拿着狩猎的石矛，趁势顺着猊兽的后腿踏上猊兽的身躯。

他满面的鲜血，已经看不清面目，但是姬轩辕一眼就认出了这个人，他正是之前不知去向的常先。

“不要，老二！快退回来！”姬轩辕突然嘶吼道，由于太过激动，声音说到一半便喑哑起来。

只见那人仿佛什么都没听见，避开猊兽一条尾巴的横扫，剑势再进。

石砾剑一往无前，他同时拔出之前姬轩辕在猊兽背上残留的石砾剑，随着剑身被抽出，猊兽痛苦的怒吼随之响起，在猊兽全身抽搐下，满脸鲜血的常先双剑在手，直刺猊兽的后脑。

瞬间,常先两只手臂泛起土色,他像是动用了什么怪异法术将两只手臂加固,获得了更加强大的威力。

同时他抬剑猛刺猊兽后脑死穴,剑光如练!

可是天不遂人愿,两柄石砾剑在接触到猊兽后脑的时候,本应该刺入的剑身竟被猊兽坚固的颅骨给完全折断。

三　借手灭猊

暴怒的猊兽卷起身后的尾巴,向着它背上的常先猛烈横扫,常先在猊兽的尾巴一击之下,发出一声惨嚎,整个身躯如同流星一般径直坠入远处密林,然后不再出声。

"常先!"姬轩辕大喊一声,见到常先飞进密林,他的全身都因为愤怒而颤抖起来。

他怒目望着眼前的猊兽,双拳握得嘎吱作响,常先从小陪伴着他长大,虽然表面上是他的奴仆,但在姬轩辕的心里,他已经把常先当作自己的兄弟,常先比他小半岁,脑袋活泛,总在他惹祸的时候帮他解围,也曾替他受过,是他最信任的人之一。

现在,常先却在他的眼前被猊兽的尾巴扫中,生死不明。虽说是生死不明,但是在姬轩辕的脑海中,他已经认为常先活不成了,无穷的空虚和迷茫充斥着胸膛,但在下一秒却尽皆化为狂暴的怒火,他嘶声咆哮道:"畜生!我要用你的命为我兄弟偿命!"

话音未落,姬轩辕早已泪流满面,无尽的杀意在空中荡漾开来,他握紧手中的石砾剑,周身的肌肉不住地抖动起来,抬手抹去脸上的泪水后他死死盯着眼前这只凶兽,无声向前。

"杀!"

姬轩辕没有选择再像先前那样与这个庞然大物硬碰硬,他的面上只有冷若冰霜的杀意和迸发而出的强大威势,这是一股从来没有在他的身上出现过的威势，而这股气势，让他显得更加冷静，只见他依仗着身形轻巧，在猊兽身旁游移，每次总是能将手中剑锋准确插入它身上已有的伤口，让这只畜生血流如注。

但是靠这种手段终归不是办法，猊兽被招惹得更加暴怒，可是姬轩辕不停地进攻却根本没有伤及它皮毛，更不要说性命了。

雨仍在下，姬轩辕全身都湿透了，但他没有半点慌乱，反倒是越来越镇定，他的目光死死盯着这只猊兽的尾巴，雨势不减反增，自从骤然落下后，竟越来越大，周围天地失色。

可是就算是奄奄一息的猊兽仍有相较姬轩辕更加强大的战斗力，裹挟着猛烈的气势，仍然让姬轩辕焦头烂额，无法相抗，雨中一兽一人，战斗难分难解，大雨似擂鼓助战，气吞山河。

姬轩辕此刻虽然表面平静，可是身体已经有些支撑不住了，两臂不停挥舞的酸痛感油然而生，再加上雨水冰凉刺骨，手脚有些麻木，但此时此刻不容他懈怠丝毫，只是他心中的绝望在一点一点地扩大，一双眼早已红透。

"你给我死!!"

姬轩辕大喝一声，手中石砾剑再次刺出。

猊兽嘶吼，似在挑衅，吼声中带着几分疲惫。

远处的大鸿强撑着身体站了起来，摇摇晃晃地向着姬轩辕行来，而远处树林中却毫无动静。

猊兽身躯犹在原地挪移，似乎是想擒住姬轩辕，将他分尸下肚，但是姬轩辕身形如游蛇，没有给它半点机会，此时它九条尾巴有三条已然再次熄灭，其他六道异火也只有点滴微光，在雨水之中挣扎。

这就是姬轩辕的全部生机，他的眼睛始终盯着这剩下的六道火焰，在心头祈祷。

突然，他的目光瞟向远处那尊奇异的石像，不知道为何他竟然觉得这片空地上除了他们还有潜藏在暗处的东西正在注视着他，而这座怪异的石像静静伫立，那双雕刻出来的眼眸似乎也正在雨帘中盯着他，露出悲悯的神色。

但是他再次瞟去时却又觉得石像的眼眸变了，此刻宛如金刚怒目。

姬轩辕心头大惊，难道这尊石像竟是活的不成？他这样想着，脚下自然有些松懈，突然只觉罡风刮过，一道鲜血从他的肩头飙出，竟是被那头凶狠畜生抓住机会，生生撕去了一块肉，姬轩辕只好将注意力收回，他可不想因自己的松懈被这只猊兽拍碎了脑袋。

地面上的猊兽此刻也没有了之前嚣张的气焰，尾部的火焰越来越小，生机也在一点一滴地消失，只见它全身上下战栗着，除了负隅顽抗的架势，已然没有了凶兽该有的气息威能，仅剩凶狠而已。

这场大雨，拯救了姬轩辕，而姬轩辕左手中紧握的龙图腾圣石，缓缓散发着光芒。

就在姬轩辕为自己一剑刺出而石剑折断感到绝望之际，突然一道黑影不快也不慢，从远处飞来，向着他的头顶坠落，眼疾手快的他跳起一抓，立马将其揽在手中，竟发现这是另一柄长剑，剑身温润如玉，竟是玉石所制。

看着这柄青色玉石所制成的宝剑，姬轩辕下意识朝宝剑飞来的方向望去，只见那尊怪异至极的石像前缓缓走出了一个高大黑影，缓步朝着他和猊兽战斗的地方走来。

“什么人？”

见到那人没有说话，姬轩辕轻轻抬手避开猊兽的进攻，顺势大喊：“请问阁下到底是何方神圣，还请出手相救！”姬轩辕一剑横扫，身躯翻转，额头早已大汗淋漓，看得出来此人身形魁梧，如果出手说不定能救他一命。

那个黑影只是静静地站在雨中，看不清相貌，也没有动作，如果没见到他之前缓步走来的动作，姬轩辕当真会把他当作一块岿然不动的磐石。

突然,他眼眸中闪过一阵明亮,将手中玉牌朝天举起,再次大声喝道:“请助我一臂之力!”

话音刚落,那个黑影终于行动了,这让姬轩辕眼前一亮,一改适才静止不动的样貌,抬手之间,一道黑影飞速而来,向着姬轩辕一阵清啸,像在回应。

站在地面之上的猊兽突然回身,口中不断低吟咆哮着,听到这声清啸,它仿佛受惊的兔子般,不再对姬轩辕下手,一声不吭便直接朝着石像的方向冲去,它的身影顿时在这块空地上化为一道流光。

姬轩辕呆呆地望着远方,凝神屏息,只见一大一小两道黑影骤然接触,过不多时,庞大黑影突然倒飞,小黑影再次追上,仅仅片刻,天地之中一声凄厉的野兽嘶吼声响起,接着再次归于平静,只有滂沱大雨的哗哗声。

四　逃出生天

姬轩辕死死盯着那躺在地上的庞大黑影,却再也没有见到另一个影子!

“小黑影呢?这难道是应龙幻化出来的影子吗?”这让他心中疑窦横生,脚下却是一步一步朝着那儿走去。

当他踏出五步,头顶的雨滴突然没有先前那般密集,再走十步,雨声戛然而止,姬轩辕看清楚了面前的景象,他呆滞地望着前方,仿佛之前的一切都是梦境,只有凶兽一动不动的尸体在告诉他,这一切都是真的。

步履蹒跚地走到那具庞大尸体身旁,姬轩辕一眼便望见猊兽残缺的躯体,心中骇然之意渐浓,它整个身体几乎干瘪了,而它尸体周围的土地竟在如此短的时间内变成了一个小土坑。

这时,姬轩辕突然想起了常先和大鸿,于是他连忙寻找起来。

没过多久，昏迷的两个人都被他找到了，大鸿可能是受了一些内伤陷入昏迷，万幸的是常先，姬轩辕检查了他的伤势，他虽然全身上下很多骨头都断了，但还没有死，此刻也在昏迷之中，只是如果不能及时救治，或许也撑不过今日。

想到这里，姬轩辕拿出上次女节给他治疗外伤的草药，碾碎一部分用水壶给他喂了些，然后又给他身上几道伤势较重的伤口敷了上去，再把他们扛到一个土坑里躺着，大汗淋漓的姬轩辕终于将目光看向了那只死去的猊兽。

“为了猎杀这只猊兽，真是损失惨重。”他只得无奈一笑，迈步走到猊兽尸体旁，蹲了下来。

他从怀中掏出一个袋子，这袋子是由牛大肠缝合制成的，弹性良好，可以装下很大很大体积的物体。

姬轩辕仔细检查了猊兽的尸身，他先是从靴子旁掏出一把小巧的骨刀，一刀捅进了猊兽的腹部，猊兽的内丹就在左边腹部这一块地方，将猊兽腹部划开一道豁口之后，他将手伸进猊兽的肚子中摸索起来。

不一会儿，一块纯白色鸡蛋般大的圆珠出现在他沾满鲜血的手掌之中，这就是猊兽的内丹！

他将圆珠和手臂上的鲜血擦拭干净，便把内丹放入衣兜中，同时拿起掉落一旁的青色玉石剑，一剑斩下猊兽的尾巴。

此时猊兽的九条尾巴上原本艳丽的火焰已经完全熄灭，只剩下九个滚圆的肉球连接在细长尾巴的尾端，姬轩辕感兴趣地伸手摸了摸尾巴末端的肉球，然后直接将它丢进了牛肠袋中。

剩下便是狩猎结束之后的清理，他蹲在一旁将猊兽的毛皮剥了下来，然后将它身上一切有用的东西都放进了牛肠袋。

此时大鸿已从昏迷之中醒了过来，在姬轩辕的指示下他转头照顾起了伤势严重的常先，天边的太阳逐渐西沉，赤色晚霞染透了天际，给周围的树梢也铺上了一层红晕。

在南边密林边缘，一双眼睛透过林中树叶目视着眼前一片狼藉的空地，空地上有一个石雕，石雕旁有一个深坑，而目光就聚焦在深坑边缘一个半蹲着和两个躺着的少年。

这目光的主人被笼罩在树叶的阴影之中，她的衣服也是黑色的，残阳透过叶片射下的光线中凹凸有致的玲珑身影显得很是迷人，也很是熟悉。

若是姬轩辕在此，他一定认得，这个人就是之前和烈山氏搏杀的九黎族那些人的首领，被称作电母。

“这个小子不简单啊，小小年纪竟然能靠一己之力杀了猊兽，我要猊兽的九尾，这小子也不能活着离开杜陵。”电母的面目隐藏在黑暗之中，但是声音仍旧幽深，继续说道：“你说我们是将这小子抓回去呢，还是剐了他呢？”

她突然媚眼如丝，望向身旁一名男子，这名男子也藏在阴影之中，他的面目在暗淡的光影下仍可以看清，华发半白，神情凌厉，眸中似有风雷，身材也比电母要高上许多。

这名男子自然而然地接过电母的话头，说道：“这次行动的目的是猊兽的九道异火，现在猊兽已死，异火也熄灭了，我们的行动算是彻底失败了，但是九尾仍对我们有用处，而猊兽的内丹也是难得的珍宝，这小子嘛，杀了吧。”

“哦？我记得你可没那么残忍嗜杀，这又是为何？”电母问道。

男子眼中凶光闪烁，他低头抬手把弄着右手指甲，一个男子的手却如金雕玉琢般柔嫩，他冷笑一声，望向远处土坑旁正忙碌着的姬轩辕，冷笑道：“你瞧一瞧这小子的装束，虽然算不上豪奢，但放在一个小部落之中也算得上顶尖，以他的心性和手段，能杀得掉猊兽必然不俗，想必气运也是极好，若真是部落继承人，我们今日也是为九黎除一大敌。”

电母沉吟片刻，最终点了点头，表示赞同，随即她转身轻轻摆手，随着身体的摆动，胸前的黑衣中一抹滑腻的白色肌肤呈现在林梢斑驳光影之中,同时随着她的指令,周遭的树林暗影中出现了一个个黑色的人影,他们一律穿着九黎族的衣饰,摇晃着从树丛中向前走去。

另一边土坑处,姬轩辕此刻已经将所有有用的东西打包整理好,然后正欲扛起昏迷不醒的常先,一边呼唤着身边的大鸿起身,可就在他弯腰的时候,突然一股若有若无的血腥味,透过空气传入他的鼻腔。

姬轩辕顿时警觉起来,他立刻捡起插在土丘上的玉石剑,谨慎地从土坑中爬了出来,一双眼紧紧盯着北方的密林,他的嘴角紧紧地抿在一起,看上去显得有些勉强。

突然密林中一阵响动,紧接着一人穿林而出,此人正是之前和电母说话的那名男子,此刻在余晖的照耀下相貌显得更加清晰。

他有着一头过肩的秀发,全身上下被黑色笼罩着,可是五官却显得俊俏十足,棱角分明的脸庞让人第一眼便觉得友好亲近。

姬轩辕知道事情并不简单,果然不出所料,在男子出现过后,密林中又是一阵窸窣作响,二十余道黑色身影穿梭而出,落在男子身旁的地面上,其中包括浑身褴褛的电母。

姬轩辕一眼扫去,这些熟悉的衣服让他感到心头一凉,当他的目光落在电母身上时,他眼中的冷峻之色已显露无遗,他已知道了之前那场战斗的获胜者到底是谁。

"小子,你是谁? 是哪个部落的啊?"男子笑了笑,随意地弯了弯腰,高声问道。

姬轩辕面不改色,淡然回答道:"你又是何人?"

男子笑了笑,缓步从山坡上走到了空地,脸上的笑意逐渐消散,冷冷地望着他说道:"我是九黎族的人,世人称我雷公。"

姬轩辕也笑了笑,说道:"原来你就是雷公,看来我今天到这里也见了许多大人物,不虚此行啊!"

雷公漠然道:"你不想死的话,就如实回答我的问题。"

姬轩辕说道:"我不想死,但我也不想回答你的问题。"

闻言，雷公陷入了沉默，过了许久，他说道："看来你不怕死。"

姬轩辕回答道："所有人都怕死，我也一样，但是现在怕死难道你就能让我活下去吗？倒不如痛快地战一场，要杀尽管来。"

雷公再次沉默片刻才道："看你年纪轻轻却有这种胆识，我对你很感兴趣。"

话虽这样说，他的手却已然握紧了手中的剑柄，似乎下一秒就要拔出剑发号施令了。

九黎族的目的是猰兽，而猰兽已经被姬轩辕杀了，九黎族自然不会放过他，这个道理姬轩辕十分清楚，更何况现在常先重伤将死，大鸿也受了很重的内伤，自己虽然勉强支撑，却也是强弩之末。

想要在这么多九黎族高手底下扛着两个人离开，那简直是痴人说梦，为今之计只能够和他们决一死战，这个决定既简单又唯一，但是这个决斗的环境是不公平的，也必然是不公平的。

他很清楚自己的性命可能就要撂在杜陵了，但是为了部落的安全，他不能给部落树立这么强大的敌人，所以他一定不会透露自己一丝一毫的信息。

身为一个十几岁的孩童，死在一群部落精英战士的手中，的确不是什么羞耻的事情，反而能让人感到敬佩，所以姬轩辕的脸上有的只是深深的桀骜之色。

雷公似乎早已看穿了姬轩辕的一切心思，他微微眯眼，看着姬轩辕道："看来你是准备把你的秘密带进坟墓里去了，但是你放心，我改主意了，我不杀你，我要将你带回姜水，请入九黎族做客。"

姬轩辕玉石剑霍然拔出，指着雷公，吼道："想要活捉我？做梦！有本事就来杀我！"

"既然你想死在我的手里……"

便在这时，平地一声惊雷起，空地中的石雕颤抖了起来，紧接着又是一声轰鸣，九黎族最后的三名战士不知怎的，竟被抛飞起来，霎时间尘土飞扬，九黎族众人大乱。

姬轩辕被突然起来的轰鸣声搞蒙了，不知道发生了什么事情。

轰鸣声再起，只见黑衣的九黎族战士拼命向四周散开，顿时几名九黎族战士便死于这怪异的轰鸣，他们身上的黑衣破损不堪，显然是被什么炸碎了。

"什么情况！"雷公阴沉质问道。

一旁的电母神情阴郁地掩着小腹，显然之前和祝融的战斗让她受了很重的伤，现在一直强撑着，她举目四顾，回答道："我确定烈山氏的人已经跑光了，不可能再回来，现在这些敌人的身份暂时不明。"

话音未落，密林之中闪出四十多道身影，这些身影快如闪电，且来势汹汹，一出密林就朝着九黎族众人扑了过去。

第四章　命中遇斯人

一　一入西陵

突如其来的变动让原本平静的空地上再次陷入了动乱之中，姬轩辕一眼望去，这些从四野窜出来的人全都穿着白色的毛皮大衣，在密林中显得极为亮眼。

他的胸口突然感到一阵痛楚，看来之前和猊兽激战时的伤势已经裂开，他不由望向脚边仍在昏迷的常先，看着他煞白的面容，身上伤口还在微微渗着鲜血，隐约的忧虑浮现在他的眉间。

他知道常先的伤势不能再拖下去了，必须马上救治，不然就算不会因为伤势过重而死，也会因为鲜血流干而死。

这个时候，突然一阵清淡的香味袭来，这股香味伴随着一阵清风，姬轩辕只觉得眼前一花，回过神来身边已经站着一人，这是个女子，她像所有突然出现的人一样，口鼻皆有遮掩，看不清面容，但是她的手润白如精雕美玉，身上的皮毛珍贵，一看身份就不同凡响。

她转头望向姬轩辕，眼中透着盈盈笑意，突然她从身上掏出了一个小陶罐，声音有如婉转之夜莺般清脆动听："这位公子，这瓶药有凝血固元的良效，你还是先给那位公子服用吧，我看他身体状况很成问题，需要尽快服药。”

姬轩辕闻言大喜，他从女子的手中接过陶罐，连忙谢过，便跳下土坑，正好落在常先身边，他从大鸿身上抓过水壶，再将瓦罐中的药和水壶中的水先后喂进常先的口中，做完这些之后，他也只能祈祷常先自己能够福大命大，他起身再次向土坑上方的女子点头示意，女子也点头回应。

姬轩辕再度登上平地，站在石雕旁土坑边缘，向混乱的四周望去，天色已经快要黑透了，隐约能够看见刀剑挥舞，只是距离比较远，纵使他凝神四望，也无法看清雷公和电母两人的方位，这也是他现在最为担心的事情。

他在明处，而他们在暗处，只能在心里默默地提防。

不出所料，就在他思绪刚止之时，斜刺里闪出一道黑影，这道黑影泛起一阵清光，姬轩辕知道那是骨剑在逐渐明亮的月光下反射出来的光芒，他心中骤然一缩，想要后退，但是剑光已到眼前，再想避开已是不可能的了。

就在他万念俱灰之际，“铿锵”一声鸣响在他的耳边炸开，他的视线在轰鸣的影响下也显得有些模糊，模糊之中一个身影出现在他的面前，他没有站稳，身躯向后连退数步，撞在了一旁的石雕上。

待他视线回归正常之后，这才看见他面前正站着一个有两个他这般高的魁梧身影，他穿着雪白的毛皮大袄，在月光清辉下的侧脸布满胡茬，显得很是沧桑，更为重要的是他的手臂在姬轩辕看来实在是粗壮得有些吓人，他在有熊国从没有看见双臂如此粗壮的汉子。

而此刻，一击不中被迫停下现身的人，正是姬轩辕之前一直想要寻找的九黎族雷公，他正一脸阴沉地盯着面前的男子，咬着牙说道：“阁下究竟是何人？我们九黎族应该没有招惹你们吧？”

说到这里，雷公停顿片刻，他用双指轻轻拂拭着手中染血的剑刃，眼中精光一闪，继续说道：“还是，你们决定要和我们九黎族作对？！”

魁梧男子先是低着头，随即哈哈大笑道："我们部落没有和你作对的念头，但是这个孩子我们保定了。"

说罢，他转身对着之前给姬轩辕愈伤药的女子恭谨说道："公主，请您带着他们先行离开，我带着战士们随后赶到。"

听到魁梧男子的话，姬轩辕竟一时无语，他一拍脑门，心中郁闷："真是怪了，第一次私下出来，竟然遇见两个部落的公主！"

想到这里，他瞟向一旁纤细高挑的女子，想起她温柔的声音，忍不住搓了搓自己的脸，然后无声地笑了起来。

"你笑什么呢！"熟悉的清脆嗓音再次响起。

姬轩辕顿时一个激灵，立马绷起脸，他突然想到了什么，对着魁梧大汉喊道："大叔，你得再给我配个高手，他们还有个电母没有出手，但是她应该是受伤了，只要有人保护我们，她就不会出手。"

魁梧大汉听罢，便对着远处吼道："铁牙，带六个人护送公主和三位少年离开！"

话音一落，一名黝黑壮汉应声而来，身后六名汉子紧随，在公主的交代下，六名战士扛起了昏迷的常先，姬轩辕也扶起一旁的大鸿，一行数人纷纷向着东方火速离开。

最终，杜陵森林中没有再发生激战，这边九黎族刚结束战斗几乎全都受了伤，人数也不占优势；另一边的白袍部落，人数众多，整装待发，却显然只想要人而不想招惹九黎族，所以在漫长的对峙之后，最终随着白袍部落全体撤退而宣告结束。

三日后，一队人马正在护送着姬轩辕等人缓缓前行，他们身着白袍骑着一只只獠牙细长的花虎，一个少年坐在虎背上，他的嘴里叼着一节枯草，一条腿盘着，另一条腿压在其上，空悬着。

少年看上去显得很是稚嫩，可是面上却透着这个年龄不该有的成熟，此刻他身后，一个少年脸色苍白地倚靠在他的背上，他脖子以下的部位都被暖和的毛皮裹得严严实实，除此之外，还有一个光头的少年正骑着另一只花虎,同时手里拿着一本牛皮书正聚精会神地看着。

这些花虎显得分外安静,两旁策马的白袍士卒满脸警惕地注视着四周,他们单手持缰而立,姬轩辕的目光扫过他们俊俏的脸庞,最后落在前方监督行军的将领身上,他正是那日挡在他身前救他性命的汉子。

连日来的奔波并没有使他们疲累,而这几天那些人除了送饭和送药之外,并没有和他们说过一句话,这让姬轩辕内心感到很是奇怪,这种奇怪的感觉说不上是好还是不好,但终究是他心中的郁结。

常先的伤势已经稳定下来,他的高烧已退,但就是还没有清醒过来,姬轩辕最终决定什么都不去想,等他自己醒来就好。

雏鹰只有在跌落尘埃的危机之下磨砺才能直上青云,这次我们挺了过去,下次我们一定还能挺过来,想到这里,姬轩辕的目光望向头顶湛蓝的青天,脸上露出了一丝笑容。

这时他注意到前方一个穿着白色小袄的小姑娘正逆着队伍行进的方向奔跑,姬轩辕扬起嘴角微微一笑,因为他知道,自己终于可以有机会了解情况了。

果不其然,小女孩在姬轩辕身前停了下来,她喘着粗气,口中呵出白雾,微笑道:“公子,我家主子找你过去,你赶快和我过去一趟吧。”

“找我?”姬轩辕听罢,沉吟片刻后,只见他单手一撑,整个人从虎背上跳了下来,沉声道,“好,你带路吧!”

不一会儿,姬轩辕就被带到了前方一头体形魁梧的花虎旁,公主坐在虎背上,雍容尊贵,一双大眼睛忽闪忽闪的,显得极为清纯干净。

“请问公主,找我何事呢?”

“欢迎来到西陵。”

明眸善睐,两张脸庞,四目相对,情愫暗生。

二　斗智斗勇

姬轩辕似乎早就料到了一切,他看着四周怪石嶙峋的山川,徒步随着这只比他还高的花虎走着，开口说道："公主，你的品位还真是不凡。"

公主的脸没有了遮掩，此刻已然清楚地呈现在他的眼前，短暂的惊诧之后他很好地掩饰了自己的表情，并没有被她察觉到丝毫的不妥。

公主眼中似有波光，她笑了笑，脸颊上带着两个酒窝，好奇地问道："这位公子，我还没问过你的名字呢，我先说吧，我的名字叫嫘。"

姬轩辕和她再次对视，都看出了对方目光中的羞涩。

这只花虎是他见过的最健硕的一只，由此可见她便是所有人中地位最高的那位，她救了自己一行三兄弟，他的心中不由得对她平添了几分好感。

他笑着回道："嫘，真是个美丽的名字，很高兴认识你，我叫姬轩辕。"

嫘听罢，表情显得有些奇异，也不掩饰，问道："姬姓？你难道是姬水河畔有熊氏部落的人吗？"

姬轩辕十分震惊，他没想到这位女子竟然能从他的姓氏说出他的部落，他对面前这位叫嫘的公主的兴趣更加浓郁了。

但他还是装作不知，只是佯装震惊，赞叹道："不愧是西陵国的公主，见多识广，一眼就看出我是有熊氏的人。"

嫘轻笑道："我很奇怪，你们大老远到杜陵猎杀猊兽，而且还是三个少年，真不知道你们是怎么想的。"

姬轩辕摸了摸脑袋嘿嘿傻笑，神情中的异色被一声轻笑掩过，他转移话题，反问道："你不也是小孩吗，那你去杜陵干什么？"

嫘忽然回道："这个事情我不好说，但是这次请你来西陵却是另有原因。"

"噢？你们直接把我们拉到你们的地界上了，什么时候变成请了？"姬轩辕心中暗笑，话题已经转移，突然觉得她口中的"请"说得有些可笑，继续说道，"不过我早就知道了，我会跟着你们过来，一是为了报答你们的救命之恩，二是为了长长见识。"

“有件事，我想要问问你。”嫘的面色突然一紧，正色道。

姬轩辕回答：“你问吧。”

嫘问道：“在杜陵出现的应龙是你召唤出来的吧？”

姬轩辕感到一股危机感，于是装傻，说道：“什么龙？我可不知道。”

“你就别和我装傻了，我早就看到了，你手上不是还有召唤应龙的图腾圣石吗？”

姬轩辕见自己的谎话被戳穿，不好意思地摸了摸后脑勺，感觉她也不会伤害自己，于是如实说道：“好吧，那我就告诉你，这个圣石确实在我身上，之前有个黑影确实是我召唤出来的，但我也不知道它是不是应龙，你怎么知道它叫作应龙呢？”

嫘似笑非笑地挑了挑眉毛，灵动的大眼睛忽闪几下，调皮地说道：“这个世界上很多东西我都知道，就比如应龙，它是上古的神兽，长居苍穹天际道场，擅长使水，能化巨谷为大泽，你竟然能够让应龙臣服，虽然你年纪尚小，但足以获得我西陵国的尊重和礼待。”

姬轩辕笑了一声，感到有些不好意思，摆手说道：“这怎么好意思，你们救了我们的性命，此等大恩尚未报，但是你能否告诉我，这次带我们来西陵，究竟为了什么？”

嫘沉思了片刻，车厢中顿时陷入了安静，良久，她终于开口道：“这次是仓古叔叔想让你到西陵做客，顺便有些事情想向你请教。”

姬轩辕心中一动，道：“我只是有熊部落的无名小卒，你们西陵大部落到底有什么东西问我呢？”

说罢，嫘忽然掩嘴笑了起来，片刻后便觉失态，连忙止住笑容，说道：“这些我也不太清楚，轩辕公子这段时间还请好好休息，另一位公子的伤势怎么样了？”

“已经稳定了，没有大碍。”姬轩辕回道。

这一番谈话足足谈了两个时辰，正所谓男女有别，姬轩辕觉得自己一直待在西陵公主的身边实在不妥，于是便告退了。

转眼间又过了十天,周围的环境由平原变为高山,由高山变为索道,他们已经放弃了骑虎,改为徒步前行,又风餐露宿了十余天,姬轩辕终于望见了人烟,找到了部落所在。

来到西陵氏部落,姬轩辕和常先等人被分到一间装饰整洁的岩穴,他们安顿下来之后又休养了几日,一直没有人前来和他们见面,直到第三天的傍晚,终于有一名西陵部落的护卫前来,邀请姬轩辕前去参加西陵国王的晚宴。

姬轩辕整理好衣服,就随着侍卫一路来到一间巨大的树上居,这间房子修建在树上,装饰极为华美,火光通明恍如白日。

一路走来,姬轩辕很明显地发现,西陵部落的资源和兵马要比他们有熊氏富庶而雄壮。

他随着侍卫进入了华美的树上居,这座树上居建在十几棵大树上,面积巨大,他一进门便看见了两边护卫林立,两排木桌旁坐着很多人,一眼便能看出这些都是西陵氏的臣子。

姬轩辕被侍卫带到了大殿正中,他举目望去,前方高台上摆放着三张案牍,右边一人正是西陵公主嫘,她今天穿着华美,看上去光鲜动人;左边一人也是姬轩辕见过的,正是曾经救他的壮汉,也是嫘口中所说的仓古叔叔。

正中坐着的那名中年男子,看上去器宇轩昂,神情威严无比,他坐在正中,不难看出他就是西陵国君主,只见他微微摆手,看着姬轩辕高声说道:“请坐吧!”

在侍卫指引下,姬轩辕看到左手边的空座,于是向着西陵国国君鞠躬,转身入席。

随着宴席的开始,大殿正中一群穿着美艳暴露的舞女走了进来,在音乐的伴奏下翩翩起舞。

这个时候,高台上的西陵国君终于开口,他拿起觥,朝着下首的姬轩辕一举,高声说道:“这位小英雄,你的事情我已经听小女说过了,小女说你是有熊国的王子,你有话要说吗?”

姬轩辕的心中一惊,心想他似乎从来也没有和嫘表明过自己王子的身份,不知道她从哪里知道的,于是他故作镇定,抬头望向嫘,问道:“我不知道公主您是从哪里听出来我是有熊国的王子?”

嫘满含深意地看了姬轩辕一眼,沉默片刻,她轻声说道:“姬公子,你是姬姓,身边又有两个随从,地位自然不低,身上能带着你们有熊氏的镇族宝物龙图腾,不是国君或者王子还会有谁?看你年岁和我相差无几,自然是王子。”

听罢,姬轩辕无力反驳,只好起身鞠躬回道:“公主真是聪慧无双,不错,我就是有熊国的王子姬轩辕,出门在外不想声张,所以这才隐瞒,还请西陵国君休要见怪。”

西陵国君点了点头,突然开门见山道:“我就直说吧,你的气运非凡,我想将你留在西陵,日后小女便嫁与你。”

嫘闻言俏脸一红,姬轩辕目光却有些阴沉,他再次鞠躬道:“恕难从命!”

此时,高台上的仓古指着他,高声道:“别忘了你的命是我们西陵救的。”

姬轩辕沉吟片刻,也高声回道:“命与国,我知孰重。”

三　许下约定

自从他懂事以来,父亲少典为国家操碎了心,挥洒了多少鲜血,这些都历历在目地呈现在他的眼前,他也从来没有彷徨过,让国家强大是他想要实现的,习惯成自然后,他的生命已经没有国家的强大更重要,现在西陵国君要将他软禁在西陵,放弃有熊,这件事万万没得商量。

在杜陵,他曾说过自己将来是要率领有熊氏和烈山氏、九黎族这样的绝顶部落一较高下的人,要成为炎帝和蚩尤的对手,因为姬轩辕知道自己有时候确实有些小虚荣,但是从来不会争强好胜,会以大局为重,但是这个时候的他,没有按照以往的习惯,而是在西陵国的宴会上,当着西陵国君和所有重臣的面,说出了如此掷地有声的话语,这些他都明白,对于国家,他一步也不能后退,就算是娶西陵这位美若天仙的公主也不行。

西陵国君的脸色逐渐阴沉下来,肃然说道:“小小年纪骨气却不小,但是你要知道为了救你我们西陵可是得罪了九黎族,若是收不到一些回报,我们西陵吃大亏了,这样不行。”

姬轩辕抬头望向西陵国君,他的心中仍然有些惴惴不安,但是面上却丝毫不紧张,反而镇定回应道:“我既然能够带着两位少年赴杜陵再赴西陵,那就说明我不怕,而我认为有熊国将来一定可以强大起来,你们的救命之恩就当作我姬轩辕欠下的,将来一定报偿。”

这时,坐在对面席位上的一名长髯老者突然站起,指着姬轩辕骂道:“我们西陵比你们有熊国要强盛得多,你这小子不要再油嘴滑舌,给你两个选择,一是留下来娶了公主,二是我们把你送到九黎族去,别得了便宜还卖乖!”

姬轩辕面色一寒,转头盯着那名老者道:“凭什么?”

老者冷笑一声,继续说道:“凭什么?就凭你的命是我们西陵救下的,而你现在也在我们西陵,现在你的命可不是你自己能够决定的!”

姬轩辕面色越来越冷,目光也如坚冰一般,他低头沉思片刻,然后抬头说道:“听你的意思,你们西陵是在威胁我吗?”

这时,坐在上首位置的西陵国君突然挥了挥手示意手下无须再言,然后望着姬轩辕说道:“我们西陵没有威胁你,你的命是我们救的,而我对你的气运十分在意,西陵气运衰竭,需要依附于你的气运才行。”

言虽如此,其意自知!

姬轩辕伸手摸了摸下巴,这是他经常会做出的动作,若是和他亲近的人,比如常先或者大鸿就应该知道,每当他做出这样的动作时,那就代表着他已经开始压抑心头的暴怒。

他的食指刮过下巴上的肌肤，表情却逐渐平静下来，眼中的凌厉怒意竟也慢慢消失。

“公主殿下，这可不是你之前和我说过的待客之道。”姬轩辕突然转移目光，望向一旁一直沉默不语的嫘，语气中满是失望。

嫘此时的面上也透着愧疚之色，脸色有些羞红，姬轩辕见她如此，不觉心情竟然有些缓解，单纯天真又睿智善良如她，还让他真是生不出半点的厌恶之心。

“或许她也是被蒙在鼓里吧。”姬轩辕心想。

良久，嫘充满愧色，转头轻声对着他的父亲说道：“父亲，姬公子此行是来我们西陵做客的，你这样做是不是不太合适，我们虽然救了他，还是要给他选择的权利，不然传出去，我们西陵就是这样对待客人，到时候西陵的脸面何存呢？”

听罢，西陵国君有些不悦，但是最终还是没有责怪他的女儿，他微微摇头，说道：“罢了，既然我女儿都为你说话了，我也没有什么好说的，但是我们确实是救了你，你觉得如何报偿为好呢？”

姬轩辕略一思忖，立即鞠躬说道：“我这儿有一颗上古凶兽的内丹，明日得空我会献给国君您，当然这不足以报偿你们对我的救命之恩，将来你们西陵遇到什么麻烦，我有熊国必将倾力相帮。”

他的这一席话礼貌而谦恭，让人挑不出任何毛病，西陵国君最终还是点了点头对姬轩辕表示谢意，也同意了姬轩辕的这种答谢方式。

西陵国君表情转换，严肃的面容上浮现一丝笑意，显然对掌上明珠非常宠溺，拊掌说道：“小子，入座吧，这几日就在西陵好好游玩一番，等你的同伴伤势好了再回去吧！”

姬轩辕淡淡笑着坐回了座席，他的目光飘过之前威胁他的那位西陵朝臣，却不忘狠狠地瞪了他一眼，这才自得其乐地拿起陶觥一饮而尽。

突然他感觉到有股异样，抬眼一看，竟发现坐在高台上的西陵公主嫘此时正直勾勾地盯着他看，看到姬轩辕的目光望来，她不知怎的，脸色一红，立刻别过头去。

姬轩辕心中一动，突然觉得这女子很有意思，不由又多了几分好感。

他收回目光，看着眼前的陶觥，微微皱眉。

然后他伸手擦去了陶觥边缘的酒渍，自言自语道："等常先的病好了就该回有熊了，我好想念家里的白米烧。"

酒宴持续了两个多时辰，终于在一片醉意中结束，临走之前那魁梧汉子仓古还找到姬轩辕再商谈圣石召唤的问题，但是最终都被他巧妙回绝了；除此之外，嫘也找到了他，说之后几天将由她带着他好好领略西陵的风光。

他听完嫘的一番话，不知为何心情突然便高涨起来，离开树上居后，他高兴地哼着小曲回到西陵给自己安排的岩穴，看着明亮月光下树梢头黑暗的叶影随风摆动，愉快说道："看来这次来西陵，也不错嘛。"

轻抬脚步，他朝着来时路慢慢走了回去。

第二天一早，当姬轩辕整理好着装踏出岩穴时，他就看见站在岩穴外的曼妙身影。

嫘穿着一身白狐大袄，雪白色的肌肤隐隐约约透过皮毛的缝隙露了出来，看上去竟是绝美的风景，她的脸儿红润，显得特别可爱，那一对柳眉下水汪汪的大眼睛更是勾起了无数男人的疼爱之心。

没想到会有这么美的女子，姬轩辕突然觉得自己以前竟然没有发现嫘这样美丽。

就在他有些发怔时，嫘的脸颊露出两个小酒窝，笑着道："姬公子，我已经等你很久了。"

姬轩辕挠了挠头，连忙抱歉道："你看你怎么也不驱人叫我一声，让公主屈尊在这里等我，多不好意思啊！"

嫘白了他一眼，嗔道："就会耍嘴皮子，你自己不也是一个王子吗？"

看着有些不好意思的姬轩辕，嫘心中明白，于是正色说道："我昨天就已经说过了，今天找你是想带你去看看我们西陵的神道。"

姬轩辕又怔了片刻，终于开口说道："好啊，一切都听你的安排！"

西陵的天气很冷，要比之前所涉足的雪原更加冷冽，这是姬轩辕在姬水河畔无法感受到的寒冷。好在他现在穿上了西陵侍卫专门带给他的雪白大袄，这才能够抵御住严寒的侵袭。而此刻的一条狭长山道上，两个白雪般的人儿，在山道上缓缓向上前行。

前面领路的正是嫘，而后面跟着的则是姬轩辕，他们一前一后，默契十足，在这坚实又狭窄的山道上走着，周围一片幽静，偶尔响起踏步的回声。

四　回归有熊

两人的步伐出奇地一致，险峻的山道之下是更加险峻的重峦叠嶂，让人望而生畏。

就在这个时候，姬轩辕平静而沉稳的嗓音悠然响起："你说这周围白雪纷飞，为何只有这山道如此干净，只有些许积雪，和周围截然不同。"

嫘回道："神道每个时辰都有专人打扫的，这条道是我西陵的神道，可是神奇得很呢！"

姬轩辕追问道："有什么神奇之处呢？"

嫘回道："这条神道是我们西陵进出的必经之路，天堑阻隔了外敌部落的入侵，更有传说这条神道是我们西陵氏初代首领手中的藤条幻化而成，随着首领的意志护佑着我西陵氏子民，也正是因为它，我们西陵氏才有今天的繁荣，你说这还不够神奇吗？"

姬轩辕怔了怔。

“没有想到你这么睿智的一个女子,竟然还会信这些古老的传说?”姬轩辕微笑说道:“你真是一个奇女子。”

嫘听罢掩嘴“扑哧”一声笑了起来,她轻声说道:“人要对万物抱有敬畏之心,听说你能够凭借圣石召唤出传说中的应龙,那么你还有什么理由不相信传说的真实性呢?”

“你说得好像也对……”

山道中不时刮起凛冽的寒风,远处苍穹的流云如同破碎的山峦倒影,太阳透过云层射向大地,他望着在阳光下静静伫立的万山,心中感到一阵开阔。

这种景色在姬水河畔是没有办法看见的,而今日他站在西陵神道上,望着万山连绵,还有西陵公主在侧,寒风伴随着一张少女精致绝美的脸庞,大风将她的秀发吹得上下翻飞,不知怎的,他从嫘的侧脸中竟看到了之前搭救他于狼口之下那女子的影子。

“方雷氏……女节……”

耳朵灵光的嫘从他的喃喃自语中听到了一些内容,于是便疑惑地重复了自己听到的两个字,问道:“方雷?”

姬轩辕回过神来,连忙支吾道:“呃……没什么,我就是随口一提,公主你知道这个部落?”

嫘的目光显得有些奇怪,她眨了眨眼,微微蹙眉,轻声说道:“正好前两天听我父王说起,不过他们确实挺惨的!”

闻言,姬轩辕皱眉,连忙问道:“惨?发生了什么事?”

嫘抬头望着他,说道:“这段时间你都在西陵,自然不知道,我听父王说,这个叫作方雷的国家,在前段时间被九黎族灭国了,整个部落被屠杀殆尽,光是想一想就觉得实在太残忍了!”

“被灭国了!”姬轩辕惊呆了,他的脸色顿时煞白。

嫘感觉到了他的异样,于是连忙问道:“公子,你怎么了?难道方雷国有你牵挂的亲人吗?”

姬轩辕自觉失态，但还是过了许久才稍微镇定下来，不知道为什么，听到这个消息之后，他只觉得心中疼痛难忍，每每想起那个女子，他就觉得一股莫名的温暖，她的音容笑貌一直萦绕在自己的脑海。

那么热情活泼又美丽动人的女子，怎么说死就死了呢？

他感到怅然若失，一股深深的遗憾和无助涌上他的心头，复杂的情感突然令他眼角泛酸，不觉伸手擦拭。

“我有一个好友，她是方雷氏的，她救过我。”

嫘看到姬轩辕眼角泛泪，突然有些不知所措，连忙安慰道：“不好意思，我不是故意提这个的，公子还请你节哀……”

“没事，不提这个了。”

姬轩辕擦去眼角的泪水，控制住了泛滥的情绪，挥手示意停下来的嫘继续向前走，自己则在后头慢慢跟着。

神道的气氛陷入了清冷，没有了说话的声音，周遭只剩下寒风的呼啸，气温仿佛又下降了几度，让人感到手脚冰凉。

突然，嫘的话语从前方飘来：“公子，你以后可不可以不要叫我公主，叫我嫘就好了。”

姬轩辕还沉浸在悲戚的情绪之中，心头的郁结难以解开，他抬眼望去，发现嫘并没有回头，于是他应了一声，说道：“好，那还请公主以后也叫我轩辕吧，就别叫什么公子了。”

闻言，嫘还有话要说，可是不知道怎么，却欲言又止了。

风儿继续吹着，天空中的雪花也还在下着，两个并没有见过几面的人陷入了沉默，他们并不熟悉对方，今天或许是他们说过最多话的时候了。

两人沿着神道走了一圈，保持着沉默，一前一后，仿佛没有交集。

终于两人下了神道，短暂陪伴后，就要告别了，姬轩辕向嫘告别正准备离去，突然嫘的话语打断了姬轩辕前行的脚步。

“轩辕，我能经常来找你吗？”

姬轩辕闻言身体一震,他缓缓回身看向嫘,看到她美丽的面容上带着恳求之色,于是下意识地回了句:“好的。”

听到姬轩辕的回答,嫘突然笑了起来,紧接着让姬轩辕感到不可思议的事情发生了,她突然三步并作两步跑到姬轩辕的身前,开心地抱住他的胳膊道:“谢谢你!”

姬轩辕从小到大没有被除了母亲之外的任何女子抱过,突然被这么美丽的女子抱住胳膊,他整个身体立马僵硬起来,吞吞吐吐地一句话都说不出来,最后只是挤出了一句:“不用……谢……”

感受着鼻息中清馨香甜的香味和怀中的温热,姬轩辕有些呆滞,整张脸顿时红到了耳根,他的手随着嫘的呼吸节奏竟不自觉地颤抖起来。

下一秒,嫘放开了姬轩辕,腼腆地笑了一声,不再说什么,转身蹦跳着便离开了,只剩下姬轩辕一人呆呆站在那儿,看着眼前这女子渐渐远去的身影。

“好香啊……”

在姬轩辕有空的时候,嫘便会来到他住的岩穴找他,然后带着他在西陵四处转悠,两人渐渐熟络起来,也越来越亲密无间,每次嫘都是只身一人前来,身边没有带任何随从,不管去哪里,两个人都显得如此的默契。

又过了半个月,常先的病终于好了大半,这次的他,毫不夸张地说就是在鬼门关里走了一圈又出来了,整个人消瘦了一大圈,只剩下骨头了,看得姬轩辕是既难受又心疼。

这一日,姬轩辕在西陵氏部落中闲逛,忽然看见一个妇人正抱着怀中的宝宝让他入眠,不知为何看到这里他的泪水就淌了下来,他知道这都是因为他想家了。

此次离家已经两个月有余,是他离开有熊最久的一次,而且自己还是私下偷偷溜出来的,不知道父王和母后究竟急成了什么样子,想到这里,姬轩辕归心似箭,终于,在常先可以走路之后,姬轩辕决定告别西陵,回归有熊了。

站在凹凸不平的山峦上,姬轩辕向周围的西陵战士鞠躬致意,感谢他们一个月来的照顾,看着面前梨花带雨的小公主,他的心头温热,其实自己最应该感谢的还是她。

他缓缓走上前,伸手握着嫘的手,轻声说道:“我要回有熊了,你要保重。”

第五章 初试锋与芒

一 相见时难

嫘站在原地，她低着头轻声啜泣着，任由姬轩辕握住她的手，垂下的眼中满是恋恋不舍。

良久，她止住了啜泣，抬眼看着面前这个俊朗阳光的少年，红肿的双眼让人看了都觉得疼惜。

久久的沉寂，山峦两侧的西陵战士们也沉默地站着，没有人发出任何声响。

这时，嫘抬起头，轻启朱唇道："轩辕，你以后还会来西陵看我吗？"

闻言，姬轩辕的心中忍不住激荡起来，宛如一塘平静的湖水中心投下一粒石子，震荡起层层涟漪。

他如鲠在喉，不知说些什么好，四目相对下，终于开口说道："嫘，你等着我，以后我一定会回来看你的，姬轩辕就在此别过了！"

嫘已无语凝噎，她抽出手，转身背对着他，不再言语。

姬轩辕知道她此刻的心情，是不忍目睹他的离开，于是也不再多说什么，只是转身朝着一旁的仓古鞠躬拜别。

"仓古大叔，我要回有熊了，你的救命之恩，轩辕没齿难忘，将来定当报答!”

仓古之前看着姬轩辕和嫘过分亲密的举动,心中很是不悦,但姬轩辕的一席话却又令他怒气渐渐消散。

他站在原地,昂首而立,望着眼前这个身高只到他肚子上的孩子,罕见地笑道:“小子,我没别的本事,就是看人向来比较准,只要你能活着回去,将来必定不同凡响。”

姬轩辕笑了两声,抱拳再度鞠躬说道:“多谢仓古大叔吉言。”

“将来别忘了我们西陵国就行了。”仓古摆了摆手,催促身旁的西陵战士纷纷加快手中的准备工作,马上上路。

在一片吆喝声中,姬轩辕终于踏上离开西陵的道路,三辆板车捎带着六名西陵侍卫护送。

姬轩辕每隔一段路便回首望去,嫘和仓古的身影都逐渐化作山道间朦胧白雾后的黑影,可是嫘最终还是没有回头,这段路程所见的背影,竟成了姬轩辕在很长一段时间魂牵梦绕的梦境……

神道崎岖,登临难于上青天,山峰险壑,每每看起来将行至绝境,最终却都能够峰回路转。

之前进西陵时骑的是花虎,来时郁结难平,没有心情观赏,这次离去再次骑上花虎,视野开阔,鬼斧天工的景致尽收眼底。

此时,后面两个板车装载着姬轩辕的个人物品和他们在杜陵获得的战利品,当然还有嫘送给他的礼物,只不过她不让他这么快拆开,他就没有去看究竟是什么。

而他本人则坐在一头高大的花虎背上,举目俯视,一览众山,在他身后,大鸿的光头还是油光锃亮,他正聚精会神地看着一块石板。

这块石板是大鸿通过姬轩辕请嫘找到的,上面记载着神州浩土上比较出名的阵法、兵器,就像是世间最全的兵器录般,他这一路看得津津有味,将周遭的一切都忘了。

大鸿的身旁还有一人,就是大病初愈的常先。

杜陵猎兽给他的身体造成了很严重的伤害，从鬼门关逛了一圈回来的他瘦成皮包骨，就连以前爱唠叨的性格都变了，愈来愈沉默寡言。

在姬轩辕坚持追问之下，也不过只是套出常先的一句“没力气说话”，于是姬轩辕最终放弃了这种无用功，平日里就让他好好休养，自己尽量不去打扰他。

三日后，他们一行走到了神道的尽头，前方只剩下几段比较崎岖的山道，之后便是一马平川的平原，再往东行月余，就能够回到令他魂牵梦绕的有熊了。

想到这里，姬轩辕本来沉重的心情逐渐轻快起来，他抬眼仰望苍穹，一行大雁正向东行去。

“我也要回家了……”

一个月前，下了神道，靠近剑阁之时，他们突遇探骑飞马回报，在询问之后才知道原来是九黎族的雷公和电母前来西陵要人。

至于要的是谁，姬轩辕的心里比谁都要清楚……本想一人做事一人当的他在常先的劝说下放弃了返回的念头。

这样的决定全凭着常先的一句话：“我们若是就此离去，西陵国自然有办法化解一切；如果我们现在回去的话，就是给九黎族找到西陵与之作对的把柄，到时候不要说我们死无葬身之地，就是整个西陵都要因为老大你付出代价。”

最终，西陵六名侍卫离开了四名，他们推着两架木轮踏上回程的道路，而在嫘的嘱咐下，剩下的两名侍卫则担负起使命，推着剩下的木轮，并用四头花虎继续护送姬轩辕三人前往有熊。

在姬水河畔霜草遍地雪满枝头之际他们离开了，又在春风过境融化冬雪之际回来了，看着不远处那座熟悉得无法再熟悉的部落，感受着那儿飘起的阵阵炊烟，想象着那儿欢声笑语的人儿，他的眼眶渐渐湿润了……

是的，不止他一人，就连一直沉浸在典籍中的大鸿和时常昏睡的常先此刻也都目不转睛地盯着部落的方向，毫无疑问，不管身在何处，部落的情结仍然存在每个部落子民的魂魄深处，他们的胸膛之中此时都升起了一股炽热的火焰。

终于到了有熊的都城，姬轩辕拜谢了两位护送他们千里迢迢归国的侍卫，也将嫘赠给他的几颗价值不菲的宝玉转赠给了这两名侍卫。

告别了他们之后，三人转身看着许久未见的家乡，每个人的眼里都含着泪水，三个少年离家前往遥远的杜陵，经历九死一生，最终完好无损地回家了，任谁都会激动得落泪。

大鸿搀扶着常先，姬轩辕走在前头，三人一道从都城正门走了进去。

就在他们走进大门的那一刻，原本准备上来盘查他们身份的人认出了他，惊喜地高声喊叫起来："王子回来啦！我们的王子回来啦！"

在这声喊叫之后，原本平静的部落骤然间人声鼎沸起来。

姬轩辕内心泛起一股壮志豪情，离家数月，归来时仍是这番场景，他回头看了一眼，发现常先和大鸿的脸上也泛起自豪之情。

他笑着说道："老二、老三，把我们这次外出所获得的战利品拿出来给大家看一看！"

言讫回身，姬轩辕发现越来越多的有熊国子民纷纷从居所中跑了出来，夹道欢迎姬轩辕回来，同时大鸿将手中的袋子打开，袋口上的青玉有保存尸身不腐的功效。

摘掉袋子上的玉珠，大鸿伸手一掏，里面的东西立刻便被他拉了出来，阳光照射下竟然是一只硕大的兽头，这正是之前在杜陵森林姬轩辕利用龙图腾圣石召唤应龙斩杀的猊兽兽头，两个多月过去，兽头被保存得很是完好，丝毫没有腐败的迹象，反而簇然如新。

接着他又将另一只袋子打开，这只袋子装着猊兽完整的毛皮，尤其是它那易于分辨的九条尾巴，他将猊兽的毛皮和尾巴一股脑儿丢到常先的怀中，说道："把他挂身上，让族人也看看我们的威风！"

就在这时，一名女子驾驭着一头棕熊，从远处狂奔过来，一靠近便立刻跳了下来，几步便来到姬轩辕的面前，姬轩辕看到女子，眼眶中的泪水顿时溢了出来，喊道："母后！"

女子也伏在姬轩辕的肩头哭泣起来，相见时难，的确很难。

二　白云苍狗

"王子可算回来了！"

"哎哟，你们瞧，他们身上带的到底是啥野物，我可从来没有见过这么奇怪的猎物。"

"天哪，应该不会错，这是杜陵里的猊兽啊！"

"猊兽是什么？"

"这可是上古的凶兽，活了上千年，屠戮周边部落无数，竟然被王子杀了！"

"凶兽！？王子强大到了这个地步，竟然能够诛杀上古凶兽！"

"哈哈哈哈，看来我们有熊国的强盛一定能延续下去，有熊的将来很有希望啊！"

…………

部落子民们目光都盯着大道上的四人，你一言我一语地说了起来。

此刻，母子两人却哭得一塌糊涂，姬轩辕从小到大很少哭泣，这是他至今为止哭得最凶的一次，泪水止不住地夺眶而出，之前的九死一生和委屈纷纷涌上心头，也只有这个时候，他才能让别人感受到，自己不过是一个十几岁的孩子。

姬轩辕的母亲附宝捧着自己儿子的脸，满眼泪水地端详着，她轻声说道："儿子啊，你怎么什么都不说就跑出去了呢，而且一走就是好几个月，你可知道我有多担心，多着急？"

姬轩辕满脸愧疚道："母后，我不该瞒着您和父王私下跑出去历练，我错了,再也没有下次了,您别哭了!"

他一边说着一边拭去母亲眼角的泪水,附宝破涕为笑道:"回来就好,回来就好!我一听说你回来就立刻赶来了,我们现在就回去见你父王。"

姬轩辕点了点头,将母亲搀扶着,在众人喜悦又尊敬的目光中向着家的方向走去。

很快,姬轩辕的名声便在姬水河畔嘹亮起来,周边的许多部落都开始知道姬轩辕这个名字,也都知道了年仅十四岁的姬轩辕只带了两个同龄的孩子,就前往杜陵击杀了上古凶兽!

姬轩辕一战成名,不仅成了有熊的风云人物,更成了整个姬水河畔的风云人物,他的威望已经随着名声的扩散而逐渐树立起来了。

一晃十年过去了。

如今的姬轩辕已经长成了一个二十多岁、充满朝气的小伙子,在这十年里,他成了部落中最有智慧的人,所有臣民都信服于他。

父亲少典日渐衰老,让部落的权柄逐渐朝着姬轩辕倾斜,但是无论是处理事情的手段还是应对问题的解决方法,他总是能够找到最佳的方法,在管理子民和掌控全局方面有着得天独厚的天赋,在七年前,其父少典终于将有熊国的正统大位传给了年仅十七岁的姬轩辕。

不仅如此,姬轩辕还在这七年来带领着部落的战士们征南逐北,将有熊国的疆域扩大了两倍有余,几乎独占了三分之一的姬水河畔,成为真正意义上的强国。

而这些年来,神州浩土之上的时局也越来越乱,许多部落纷纷步入灭亡。

天下已经不再是烈山氏一家独大,在某种程度上已经算得上是烈山氏和九黎族平分天下,或者严格意义上来说,九黎族蚩尤已经成为这片土地上最强的霸主,他在称霸的道路上不断前行,似乎很快就要将神农氏这最后一个神祇从世上亲手拔掉。

姬轩辕在十年前便见识过烈山氏和九黎族的厉害，这些年来他不仅学习拳脚和狩猎，更是熟读百家兵法和阵法，并向父亲请教权谋之术，如今已经真正成为一国之主，并且还是一名天赋绝伦的君王，他需要的也仅仅是大展拳脚的舞台而已。

常先在经过那场生死考验之后得到了血与火的历练，在这十年里也逐渐成为有熊国数一数二的大将，替有熊国的扩张立下了汗马功劳；而大鸿也同样成长为有熊国的支柱，十年来的成长让他的武艺大为精进，一跃成为有熊国的兵法大家和指挥官。

十年韶光，白云苍狗，很多事情都变得太快。

三年前，姬轩辕率兵进入大泽讨伐各部落，他善待俘虏和不杀异族子民的行为让很多部落对他产生了好感，有些部落的首领纷纷前来投诚，其中有个畜牧氏族的首领带领子民和战士离开大泽前来投靠，这个首领不仅擅长牧羊，还拥有高超的射术，足以与有熊第一擅射的常先大将媲美。

姬轩辕十分器重这个首领，派常先和他比试箭术，最终他和常先均拉开强弓射穿两百米外的陶环，不分胜负，于是姬轩辕拜他为将，因为畜牧氏族没有姓名之分，所以姬轩辕赐他名为力牧。

得到力牧大将之后，姬轩辕每日忙于政务，不得歇息，突然有一天他伏案进入了梦乡，在梦中他目睹了一场罕见的大风，大风把平原上的尘土吹得一干二净，他置身其间，脚踏过的地方竟然激荡不出半点尘埃，突然又是一阵大风吹过，世间的一切全都消散，只剩下了一片清白，突然的变故将姬轩辕从睡梦中惊醒，此后数日，这个梦一直在他的脑海中反复播放。

一日，他将自己的梦境告诉大鸿，希望大鸿能够替自己答疑解惑。

他问道："大鸿，你说这个梦到底是什么意思呢？"

大鸿听罢，思考了良久，低声说道："主公，你说的这个梦确实奇妙，风作为号令，垢去了土，就剩下后，这可是能够助主公统领天下的大人物，我们部落里面可有这号人物？”

姬轩辕闻言顿悟，他连忙说道：“你说的是姓风名后的人物吗？”

大鸿默然点头。

此后数日，每每想起这件事，他就茶饭不思，派出人手四处查访，最终竟然真的给他在海隅这个地方找到了。

找到这个叫作风后的人之后，姬轩辕亲自前去拜访，发现风后无论是长相还是气质都显得极为不凡，一番交谈过后，姬轩辕发现此人精通“易”术，洞察天道，生活清贫却安为此间乐，姬轩辕心想自己捡到了宝贝，于是连忙请风后出山相助。

可是风后似乎没有居于庙堂之上的想法，他自称以躬耕陇亩为乐，此后姬轩辕三番五次地拜访，风后终于答应了他的请求，出山相助。

为了让风后出山，姬轩辕可谓煞费苦心，不仅给予了风后惊人的权柄，还为他设立了一个前无古人的位置，称为相，权力之大为一人之下，万人之上。

有熊国在姬轩辕的治理之下一步步走向了繁荣昌盛，短短七年，有熊国的进步有目共睹，他的地位也逐渐稳固。

一日，昏黄的灯火照耀着岩洞，岩洞石壁上的装饰华美而精致，一个黑色的影子倒映在石壁之上，影子被灯光拉得很长，案牍之旁，姬轩辕正盘腿坐着。

他已经不是以前那个稚气未脱的小男孩了，现在的他已经长成了一个壮硕的男子，面貌随着时间的洗礼而更加俊朗帅气，整张面孔看起来英武极了，此时的他手里握着一把骨梳，在烛光下呆呆望着。

这根骨梳他戴在身上十年，从不曾摘下。

“女节姑娘，我现在终于有能力了，相信我，早晚有一天我会替你报仇的。”

三　野牛部落

姬轩辕褪去少年的稚嫩,已经成为一个比他父亲更加优秀的国君,他一步步开疆扩土,试图统治整个姬水流域的土地。

这一天,他像往常一样站在岩洞外眺望着远处奔腾的大河,姬水的翻滚声让人胸怀激荡,生出无穷豪情。

他的脸上平静得像是一潭深水,胸中城府让他不再喜形于色,他知道怎样控制自己的情绪。

他的身旁,有一人正躬身侍立,此人微微抬头,小麦黄的脸庞和姬轩辕相似,轩辕也正是因此将他封官,常跟在左右。

他的面庞上一对眉毛处均有个肉痕,看上去就像是两只闭着的眼睛,一张脸上就像是生出了四只眼睛,的确不同凡响。

此人很是恭谨,站在姬轩辕身后,一动不动,就像是座雕塑。

“颉,你说我要到多大的岁数才能够一统这姬水流域,又要多少时日才能统一整个神州呢?”

被姬轩辕叫作颉的男子正是身后这人,他闻言,连忙恭敬回道:“主公有承天之资,顺天之命,统一姬水自然不费吹灰之力,一统神州也在常理之内,不足为虑!”

姬轩辕听完此番话,突然哈哈大笑起来,他说道:“好,说得好,不过就算我一统这神州浩土,将来后世又有何人能记起,人生在世,百年过客,死后终将被历史淡忘。”

“主公此言差矣,自盘古开天以来,无数神祇或传说口耳相传至今日,岂能说是被历史淡忘呢,像主公这般英武非凡的圣君一定会被后世永远铭记。”

姬轩辕自嘲地笑了笑,说道:“那终究是些传说罢了,这个世界上有谁又可以证明这一切都是真实而不是伪造出来的呢?”

颉听到姬轩辕的感慨，不由笑了起来，当姬轩辕转身疑惑地看向他时，他才说道："既然主公怕您的丰功伟绩世人看不见，下官决定做一个史官，专门记录您的功勋，您看如何？"

姬轩辕微微一笑，心胸为之一阔，高声说道："这个主意不错！我即刻封你为有熊国史臣，赐姓仓，你看如何？"

"遵命！"

姬轩辕点头道："好，那从今天起，你的名字就叫作仓颉……"

一日，姬轩辕正在居所批阅政务，案牍上摆放着许多石块"书册"，上面都是各式图案，这些就是姬轩辕他们的文字，但是每日批阅这些图像，十分不易。

姬轩辕每每被这些东西弄得头大，心情也不太好。

就在这时，岩洞外传来一声急切喊声："禀告主公，炎帝统御下的野牛部落侵占了我们姬水南边的野牛铺，已经在那里占地为王，还把我们派去谈判的战士杀了！"

姬轩辕听罢，勃然大怒，他拍案而起，直冲到洞口，正看到一名战士半跪在门旁。

他将这名战士扶了起来，连忙说道："快去把一众大臣召来，就说有急事商议！"

战士领命告退，姬轩辕则返回岩洞中坐定，等待着手下大臣们的到来，虽然他的外表平静，但是眼眸中的火焰却越来越旺，仿佛可以灼烧起来似的。

不一会儿，常先、大鸿、风后一干人等纷纷进入岩洞王宫，他们在姬轩辕的示意下围绕着他坐了下来，纷纷凝神屏息，等待着姬轩辕的指示。

姬轩辕见人都到齐了，于是直接开门见山道："各位，今日我找你们来，想必你们也了解到了，对，就是我们有熊被欺辱的事情。"

他顿了一顿，目光环视着周遭所有人，片刻后继续开口道："他炎帝部落的附属小部落竟然都敢欺负到我姬轩辕的头上来了!"

场中一片寂静,终于没过多久,坐在一旁身穿纯白色雪狼皮短裳的风后率先开口道:"主公不要生气,依我看炎帝本人是完全不知道这件事情的,不然以他老人家的智慧,是万万不会做出如此儿戏的事情的,我们可以慢慢解决这件事。"

姬轩辕平复了一下自己的心情,他深呼吸数次,然后轻声道:"既然如此,有谁知道野牛铺是什么地方?有谁知道那野牛部落又是何方神圣?"

只见常先突然笑道:"主公,你还不知道吗?这地方不就是五年前你让我们在姬水河畔南岸开辟出来的牧场吗?"

姬轩辕皱眉,突然有些明白了,点头道:"不错,那为什么叫作野牛铺呢?"

一旁的仓颉突然抬手说道:"哦,此事与臣有关,这个野牛铺的名字是微臣所取,因牧场中有许多野牛,所以我觉得叫它野牛铺正合适,就取了这样一个名字。"

姬轩辕轻轻地点了点头,表示明白,当仓颉说完,一旁的力牧立马开口道:"还有那个野牛部落,之前微臣和他打过交道,他们见到我们有熊的战士就立马逃跑了,没有一点骨气!"啐了一口后,他又说道:"这个野牛部落的首领叫作黑牯,长得像头大水牛般强壮,皮肤黝黑,嘴巴和眼睛都硕大无比,手拿一柄牛皮鞭,他的坐骑是一头野牛王,他手下有四名大将,被他们部落的人称作四大魔头,这四人都骑着一头野猪,每个人的头发凌乱得看不清面目,而且头发的颜色也分红绿蓝灰,他们的眼睛涂着黑色的眼圈,手中武器分别是鞭子、石斧、棍、箭弩,据说本事不小。"

姬轩辕冷笑,看着力牧道:"那你看他们和你还有在座的所有人相比,又怎么样?"

力牧听到国王拿野牛部落的人和自己比较,顿时着急了,连忙说道:“嘿,那些野蛮的泼皮算什么东西?也能和我们有熊部落的勇士比?我现在就提着我的硬弓把他黑牯的牛头射爆,把野牛铺夺回来!”

众人听到力牧的话后,霎时哄堂大笑起来,姬轩辕原本有些阴沉的面孔上也有了一丝笑容,于是在大家的建议下,他走到岩洞的石壁上,从小羊皮剑鞘中拔出手中的青色长剑,这把剑是由有熊珍藏的矿石打造,能削金碎玉,是姬轩辕十七岁那年登上国君宝座之后,父亲少典赠给他的宝剑。

姬轩辕转身,以剑指天,高声说道:“尔等随我亲率士卒讨伐野牛部落!”

众人闻言,被姬轩辕的气势感染,纷纷起身鞠躬,震声道:“遵命!”

商讨完毕之后,姬轩辕立刻派常先和力牧调配两百名有熊精锐士卒,同时自己亲点常先、力牧、风后、大鸿四人为副将随自己左右,同时还有仓颉等人相随。

两百多名战士尽皆穿着豹皮大衣,外面覆盖着牛角打磨而成的甲胄,头顶戴着虎头盔,神情肃穆,整军待发。

他们跨越平原,花费了两日时间,终于来到了野牛铺。

当亲眼看见野牛铺后,姬轩辕不由赞叹道:“这里草肥水美,当真是个好牧场。”

话音未落,他就望见远处尘烟滚滚,仔细一看才发现竟然是一大群健硕的黑色野牛整齐地朝着他的方向冲了过来,表情顿时为之一变。

四 闯野牛阵

远处尘土飞扬,数百只奔驰的黑色野牛气势恢宏,顿时让两百有熊将士为之一惊,面色纷纷变了,姬轩辕的脸色也不太好,若是军队被这野牛的铁蹄冲散,很有可能要全军覆没了。

这个时候,一旁的风后缓步上前,站到姬轩辕的身侧,遥望着远处气势汹汹的野牛，突然说道："主公，看来我们被野牛部落发现了，这个应该就是他们所用的野牛阵。"

话音刚落，身后的大鸿也忍不住说道："对，这个野牛阵虽是雕虫小技，但是这些野牛看上去十分强壮，数量这么多的情况下，发挥出的作用肯定不小，而这个阵法主要讲究一个势，指挥整齐的牛群正面冲击踩踏敌军，目的就是想乱了我们的阵型，再随后掩杀，想要破阵，其实不难，准确来说就两个字。"

说到这里，他故意卖关子，目光瞟向风后，此刻风后也盯着大鸿，四目相对之下两人的面上都浮现出了意料之内的笑容，异口同声道："破势！"

姬轩辕闻言，心中一动，呢喃重复道："破势？"

风后说道："既然敌人之阵在于势，那我们只要破掉这个势，野牛阵的优势就荡然无存了，到时候我们打对方一个措手不及。"

这时他突然停顿了一下，看了一眼姬轩辕，发现他正仔细聆听着，于是风后伸手指向野牛群的正中偏左的位置，意味深长道："主公你看，在野牛群东北方向的位置上，有一头牛明显不同，这定是这群野牛的首领，只要击杀之，此阵必破。"

姬轩辕沉吟片刻，转身望向常先和力牧，出口说道："常先，力牧，我命你二人张弓搭箭将野牛群中那头长耳巨角的黑色大牛射杀。谁射死了那头牛，我有重赏。"

两人纷纷应声拿出硬弓，步调一致地从箭袋中抽出石镞长箭，张弓搭箭，正欲拉开弓弦时，一声浑厚粗鲁的嗓音陡然传入众人耳中，两人的动作为之一滞，随后便被姬轩辕挥手制止。

"来者何人，竟敢闯我野牛部落的领地，我告诉你们，我们可是炎帝老人家的手下，希望你们识相一点！"

说话的人是一个黝黑大汉，他头戴牛头盔，身披着野牛皮，满脸红色短须，一双眼睛铜铃般大，说起话来一张大嘴几乎快要咧到耳根去了，他手握着一根三米余长的牛皮鞭，从牛群后方出现，几个箭步便飞入牛群，正好骑在姬轩辕准备射杀的那头巨牛背上。

与此同时，他一挥手，手中长鞭迎空挥舞，发出“啪啪”的破空巨响，鞭声一响，所有奔驰的野牛眼中全都闪过惧色，竟全体紧急停了下来，烟尘再度大作。

风后望着那名黑脸大汉对姬轩辕说道：“主公，那就是野牛部落的首领黑牯，你看他身后军队前的那四人，就是之前所说的四大魔头。”

姬轩辕举目眺望，正好看见牛群身后整列的野牛部落战士，他们尽皆穿着牛皮甲胄，前面四人头发颜色极为夸张，也和之前在岩洞的描述十分吻合，看来该出现的人全都到位了。

姬轩辕看着嚣张跋扈的黑牯，面无表情，上前一步说道：“我是姬水流域有熊部落的首领姬轩辕，你们占领了我们的牧场野牛铺，这次前来是为了要回你们脚下这些土地的。”

语罢，野牛部落的军队中讥讽嘲笑声逐渐响起，牛群中的黑牯更是笑得极为夸张，他执鞭指着姬轩辕，纵声道：“你们的土地？你说是就是了？我他娘的还说你是条狗呢！”

话音一出，常先和力牧等人纷纷动怒拔出武器，有熊部落的战士们也尽皆抽出手中的战刀，场面一时间剑拔弩张。

姬轩辕打断了紧张的气氛，沉着说道：“这是我们部落开垦出来的土地，自然为我们部落所有，如果你执意不归还的话，就休怪我不客气了。”

黑牯吼道：“怎么样？想来找死吗?!”

姬轩辕平静的脸色寒霜渐生，眼中的怒火也逐渐旺盛起来，但是他的语调还是那般缓慢而冷静：“这位兄弟，你这样做事，你们首领炎帝他老人家能答应吗?”

黑牯冷笑道：“嘿嘿，我家炎帝可是乐意得很呢，谁会嫌自己的地盘大啊！”

常先听着黑牯的话，心头一阵怒火，忍不住说道："妈的，难怪这些年炎帝的土地越来越少，都是因为手下有这些无耻的败类。"

姬轩辕没有说话，因为他此刻的脸色已经阴沉到了极点，眼眸也明亮到了极点，其中蕴藏的，全都是炽热的火焰。

这种火焰，代表着愤怒。

他再次警告道："兄弟，我劝你现在还是带着你的部落子民们撤回你主子的宛丘，再迟一些的话，我保证你们谁都走不出这地方！"

黑牯的黑脸更黑了，他脸上的讥讽意味正浓，突然扬鞭一挥，数百头野牛"哞哞"声大作，他哈哈大笑起来道："哈哈，听到了吗？就算是我黑牯想撤，这数百头野牛它也不答应啊！更何况你们是哪个野沟中的小部落，也敢和我野牛部落说这样的话，我看你是不想活了！"

说完，黑牯长鞭向上一甩，一声清脆的爆鸣声响起，数百头野牛如同听见号令般再次向着山坡上的有熊战士们冲了过来，野牛群身后的野牛部落战士们紧随其后，随时准备掩杀被冲散的有熊部落战士。

姬轩辕的愤怒已经填满了胸口，不等他发话，力牧和常先早已张弓搭箭，拉满弓弦，下一秒，两支箭伴随着黑影和厉啸射向牛群中的巨牛和黑牯，速度之快令人咂舌。

但是黑牯显然也不是省油的灯，只见他手中长鞭用力一挥，鞭子顿时向着前方卷去，顷刻间两支高速移动的飞箭被长鞭击中，射向两边，这一番动作行云流水，他的目光中没有半点惧色。

姬轩辕见二人没有射中，又望向一旁的有熊国战士，他们神情凝重非常，全都显露出淡淡的惧意，有的已经开始瑟瑟发抖起来。

军队出征，士气为先，发现战士们已经开始丢了士气，姬轩辕的心中有些着急，想了一会儿后，野牛群已经冲过一半的平原，过不了多久就要冲上山坡了。

不能再继续拖下去了，姬轩辕把心一沉，心道："现在最能够提升士气的方法就是身先士卒，我得先破野牛阵，才能派出战士们冲锋。"

想到这儿，姬轩辕高声说道：“战士们！我姬轩辕作为你们的首领，军队的主帅，破阵的任务就交给我了！”

随后他转身看着风后，声调转小，但足以让周围几名将领听见。

“我意已决，谁都不要拦我，一旦我破势成功，立刻派出所有兵力冲杀！如果……我死了，前军换后军，轮流抵御撤退。”

众人的表情都很沉重，常先和大鸿不让姬轩辕涉身险境，但无奈姬轩辕下了死命令，大鸿作罢，而常先则是被力牧全力控制住才不再纠缠。

眼看战机便要错过，姬轩辕深吸一口气，纵身朝山坡下冲了下去，他的速度如同闪电一般，在山坡上纵横穿梭，与此同时，他手中的青石剑也亮了出来，下一秒，他和野牛群正式短兵相接。

只见他抬手挥剑，身形如游鱼般灵动，眨眼间挡在眼前的野牛双腿被斩断，如巨山崩塌倒下，姬轩辕足蹬牛头，凌空而上，宛若战神！

第六章　矮人国借道

一　一剑惊鸿

姬轩辕这一系列动作如行云流水，没有丝毫的停滞，从山坡上飞驰而下，斩牛双足，御首而起，只身冲入野牛阵。他没有半点畏惧，只是死死盯着野牛阵东南方向的黑牯和他胯下的野牛王。

黑牯嚣张跋扈，一脸讥讽地盯着只身前来的姬轩辕，笑道："好啊，我看你是不知道死字怎么写，今天我就教你！"

姬轩辕仍在野牛群中来回穿梭，但是神情却非常凝重。他根本顾不得接话，而是凭着自己的机敏和能力，在数百牛蹄下步步为营，慢慢朝着野牛王和黑牯逼近。

只见他手中青石剑上下飞舞，刚刚躲过一头野牛的迎面冲撞，转头一看，又有一头健硕的野牛冲了过来。

姬轩辕面如寒霜，手中青石剑竖立在身前，剑刃上的青光照耀在他的脸庞上，将他的脸映得铁青一片。

同时再搭配上他眼瞳中熊熊的火焰，乍看之下宛如杀神降世。

黑牯似乎也被姬轩辕身上散发出来的气势给震慑到了，于是长鞭挥动，高声道：

“青牛、黄仙、灰彘、赤猿，你们四人给我上去宰了那个家伙!”

这四人便是野牛部落的四大魔头，四人应声而动，纷纷伸手去拉挂在野猪背上的缰绳。

紧接着，四头野猪在一系列的指令下全都用力一蹬，从野牛群的后方直接踏上牛背而来，在野牛群上方飞驰，如履平地，径直朝着姬轩辕冲去。

姬轩辕眼中寒光一闪，也没有退让，脚下疾风更骤，迎面而上。

不多时，姬轩辕便和敌人正面冲撞起来，只见四大魔头之首的赤猿当先来到，他一头红发宛如魔神，手中一条猪皮鞭迎空舞动，神情凶恶。

下一秒，柔软的猪皮鞭缠上了姬轩辕手中的青石剑，赤猿阴恻恻地冷笑道:“就你这种小杂碎也敢打我们部落的主意？看我现在就活剥了你!”

姬轩辕闻言大笑，纵声道:“哈哈，就你?”

说罢，姬轩辕右手霎时一勾，手中这柄能够粉金碎银的青石剑陡然切断了猪皮鞭的鞭身，从束缚中挣脱出来。

赤猿的脸色一变，正欲从腰间重新扯出一条长鞭时，姬轩辕的剑光已至他的身前。

此刻就算他再想要躲闪也没有办法完全躲过，剑光一闪而过，他避开了致命的一击，却还是被姬轩辕斩掉了一只耳朵。

鲜红的血液顿时飙射而出，伴随着赤猿凄厉的吼叫，姬轩辕并没有手下留情，一剑刚结束，手腕一抖，又是一剑从斜刺里杀出，直取赤猿项上人头!

千钧一发之际，远处青牛终于骑着野猪杀到二人身前，手中半人高的石斧横陈，直接劈向姬轩辕，将他手中的青石剑架住，救了赤猿一命。

就在这时，不远处的灰彘却迂回到了姬轩辕身后，他张弓搭箭直指姬轩辕，想要暗算。

但是这一切都被山坡上有熊氏的众位将领看得一清二楚。

常先和力牧原本看着野牛群越来越接近，野牛王和野牛首领黑牯也逐渐进入弓箭的射程之内，于是立马使弓尝试射杀黑牯和野牛王，但是黑牯早有防备，所有飞箭都被他的牛皮鞭击碎或扫开，无法得手。

就在这个时候他们看到了想要趁机偷袭主公的灰毳，于是两人同时毫不犹豫地便将箭对准灰毳的脑袋。

顷刻间，箭镞闪着寒光的飞箭离开弓弦，暴射入野牛阵。

伴随一声瞬间戛然而止的惨叫，灰毳后脑先中常先一箭，咽喉再中力牧一箭，短短数秒，直接断气。

他刚拉开的弓弦瞬间弹出，弓弦上的飞箭也“嗖”的一声射了出去。

灰毳从野猪背上掉落，葬身于野牛的洪流之中，由于他射出箭时意识已经消失，箭的方向也完全偏离。

这支箭飞越过青牛和姬轩辕，直接射向后方。

只听一声惨叫，染毒的箭镞“扑哧”一声扎入执棍而来的黄仙的左胸心脏部位。

黄仙继续向前冲了五六米，口中突然涌出许多黑色的血，接着便翻落野猪身，坠入野牛群的铁蹄之下，化为了肉泥。

此番巨变令与姬轩辕相抗衡的青牛大惊失色，再加上姬轩辕天生神力，一个分心之下他手上的力道减弱了几分，但两人抗衡时，分毫的气力都是取胜的关键，就是少了这几分的力道，姬轩辕手中的青石剑如蛟龙出海，迅疾而出。

剑身将石斧抵开，顿时青牛的胸膛门户大开，姬轩辕剑柄转移到身后的左手上，同时用最大的力度由后而前横扫过来，一切都在一眨眼间。

远处的黑牯看见情势不对，但是他一直被常先和力牧角度刁钻的飞箭压制，无法出手相救，只能一边随着野牛群奔驰一边格挡着致命的飞箭，对于姬轩辕，他无可奈何。

转瞬间，青光如虹扫过，青牛的惊恐表情自此定格，姬轩辕收剑于身后，看都不看青牛一眼，也不顾捂着断耳向后疾退的赤猿，飞速踏着脚下的野牛群朝黑牯欺身而去，眼中寒芒不再掩饰地暴涨，杀意随着青石剑锋上犹热的鲜血蔓延。

只不过短短数分钟，野牛部落战斗力最强的四大魔头，三死一伤，几乎尽亡于姬轩辕之手，野牛部落后方战士们目睹，都觉得不可思议！

"这人……是个怪物吧！"

"四大魔王就这样被他全杀了，这么强的人我们怎么打得过啊！"

"完蛋了，我们还是跑吧……"

野牛部落的战士中出现了骚动，士气在姬轩辕的剑下受到了严重的打击，虽然还没到完全溃散的地步，但也折了七八分。

黑牯的面庞本就黝黑，此刻更是阴沉得可以滴出水来，他怨毒地盯着飞身而来的姬轩辕，恶狠狠地说道："你杀我兄弟，我黑牯一定要杀了你祭奠他们的亡灵！"

姬轩辕豪气纵横，高声道："若是炎帝亲来，或许我要给他几分面子，但是你这个跳梁小丑也敢到我的地盘撒野，他们几个死不足惜，你的命我也要了，今天我就让你看看我们有熊氏的厉害！"

说罢，姬轩辕全力一蹬，脚下的野牛在他一踏之下竟然抵挡不住他的力道，整头牛双腿一软，直接跪倒在地，而姬轩辕借着反弹的力道直上一丈高的高空，他高抬双手，握着青石剑，向着黑牯扑了下来。

"长虹贯日！"

一声暴喝从黑牯的头顶响起，黑牯望向头顶的姬轩辕，惊恐的面庞上露出了浓重的绝望和哀求，他握着长鞭的手无法控制，开始发抖，同时另一只手遮住姬轩辕身周刺眼的阳光，眼看着姬轩辕破空而至身前。

下一秒，整个时空仿佛静止了一般，除了滚滚的牛蹄声在旷野上激荡之外，两军都如同死一般的寂静，就连风声都悄然停息。

姬轩辕伴着身前暴涨的剑光顺势斩下，黑牯毫无还手之力，青石剑势如破竹直接将野牛王背上的他劈成了两半。

剑势如锤，姬轩辕手中握着的仿佛已经不只是一把利剑，更像是千钧重锤，转瞬间就将黑牯化为一片血雾。

青石剑一往无前，剑势再进，黑牯身下的野牛王最终也没有幸免。“哞！”一声凄厉的野牛嘶吼还未结束，巨牛的身躯骤然间化为两半！

二　收复失地

嚣张无比的野牛部落首领黑牯竟然不到一个回合就被姬轩辕斩杀，所有在场的人表情各异，但共同的一点就是惊讶，谁也想不到，黑牯这般壮硕的汉子在姬轩辕的剑下竟然连一招都挡不下，更没有想到他的坐骑野牛王也被捎带斩杀。

场中对决已有了结果，野牛阵势也被姬轩辕一剑破除，整个平原战场立马混乱起来。

野牛王一死，原本整齐奔腾的野牛群顿时乱作一团，混乱的牛群向四处奔逃，互相践踏，一时间哀声遍野，姬轩辕竟也差点跌落野牛，像四大魔头一样被乱蹄踏死。

他急中生智，纵身一跃，扑到一匹身材明显健硕的野牛身上，双手紧紧环绕着它的脖颈，这头野牛身材强壮，野性十足，并没有被其他野牛踏在脚下，而是强行冲开了一条路。

饶是如此，姬轩辕全身上下还是在碰撞中不知道断了几根肋骨，他在混乱之中还不忘举目眺望野牛群后，原本旗帜招展的野牛部落战士在首领死亡后气势已溃，又被混乱的牛群回头冲撞，已全线溃逃。

姬轩辕忍受着身体的痛楚，心道：“时机已到了，风后怎么还不下令！”

远处高坡上有熊军队正平静地看着这场乱局，偶尔有几头盲目奔逃的野牛上了高坡就立马被有熊战士们猎杀，相比之下，他们以逸待劳，胜败已经非常明显了。

这时，常先突然走上来对着风后高声喊道：“主公把军机大权交给你，现在主公陷入危机之中，你怎么还不动兵！我看你是图谋不轨！”

风后看着常先，没有动怒，平静说道：“你看，主公已经快要冲出牛群了，现在贸然出击的话主公会更加危险，先不要着急，且看我的吧。”

常先气呼呼地说道：“如果主公有个三长两短，我先取了你的人头！”

一旁的大鸿看见二人争吵连忙走过来拉住常先，劝道：“风后的忠诚是不容置疑的，他素来胸中藏有经略，既然主公把军权交给他，你不相信他也要相信主公，是吧？”

常先被大鸿这样一劝，即使心中再急切，也不好再说什么，只好随着大鸿走到后头静观局势发展。

风后从两百名有熊战士中挑出二十多名精壮汉子，每人身上带着一只小的牛皮鼓，然后骑着二十多只棕熊，整装待发。

大鸿摸着下巴，点了点头，明显了解了风后的想法，常先仍一脸急切盯着野牛群中的姬轩辕，提心吊胆的。

风后和常先一样，目光也仅仅盯在姬轩辕的身上，终于他看到了姬轩辕的身躯随着野牛一起冲出了野牛阵，他才长吁了一口气，和身后常先的表情如出一辙。

但是战机稍纵即逝，他也明白这个道理，当下风后不再拖延，振臂一挥，喊道：“随身带鼓的战士顺坡而下骑熊驱牛！其余战士们举着明火朝两边包抄，放开一条出口让野牛群离开！现在行动！”

战斗终于爆发，穿着豹皮大衣的有熊战士如猛虎下山，爆发出巨大的喊声，声震四野！

二十余只巨大的棕熊从高坡上奔驰而下，每只熊背上都坐着一个有熊战士，他们用力挥动手中的鼓槌，用力擂着胸口的牛皮鼓，鼓声震天响，让人热血沸腾。

原本混乱的野牛群被鼓声一吓，更是完全乱了阵脚，更加混乱起来，向着鼓声的反方向全力奔逃，一时间踩踏发生，无数野牛沦为同伴脚下的尸体。

看到有了效果的有熊战士们更加卖力地擂鼓，奋力驱赶着平原上奔驰的野牛群。

与此同时，平原两边的有熊战士骑着各色的骏马，手中全都拿着明亮炽热的火把，将妄图从两边逃走的野牛逼退回去，迫使它们全力朝着野牛部落撤退的方向亡命。

没过多久，逃亡的牛群很快就赶上了亡命溃逃的野牛部落，他们没有了首领的指挥，已经完全丧失了战斗力，只顾着抱头鼠窜，而这群牛群的铁蹄，就如同悬在他们头颅上的剃刀，下一秒，牛群冲进野牛部落的逃亡大军中，剃刀终于落下了。

这场战斗持续的时间相当短暂，牛群如疯了一般践踏着一切阻拦它们的东西，野牛部落的战士纷纷沦为铁蹄下的亡魂。

每当野牛群奔驰而过，骑着大熊的有熊战士径直前冲继续擂鼓，而两旁的有熊大军则驾马围上，将所有重伤或是已死的野牛部落战士的头颅斩下，挂在马前腿的缰绳上。

当野牛群被有熊战士们放出了缺口，身影渐渐消失在远方的湿地后时，平原上显得异常惨烈，也异常安静，风后和众位大臣没有片刻耽搁，纷纷跑到了一旁已经被两个战士扶坐起来的姬轩辕身前，一言不出，纷纷跪下。

风后率先叩首，高声道："微臣没有第一时间出兵，差点伤了主公的性命，臣罪该万死！"

众人沉默，都将额头叩在平原之上，等待姬轩辕的指示。

姬轩辕面色有些煞白，但是神情依旧平静，他静静地看着面前的风后，片刻之后，他挣脱开身旁的两个战士，摇摇晃晃地起身走到风后的身边，艰难地蹲了下来，将他从地上扶起来。

还未扶起风后，姬轩辕的双腿一软，差点摔倒在地，所幸被风后反手扶住，姬轩辕自嘲地笑了笑道:“剿灭区区毛贼却差点伤了性命，不怪别人，是我自己的问题，与尔等无关!”

他停顿了一会儿，喘了一口气，继续道:“风后啊，我懂你，你不必请罪，我有熊阵中大将里哪个胸中经略能与你相比? 你有大功! 何罪之有?”

风后神情一滞，身体骤然一松，扑倒在地，全身剧烈抖动起来，哭着说道:“主公是全天下最圣明的君主，也是全天下最懂我的明君，我风后从今以后，为你生为你死，定当肝脑涂地!”

姬轩辕站在他的身前，望着匍匐脚下的风后，装作肃然道:“这些我都知道，你现在给我站起来，不然我才要治你的罪!”

闻言，风后缓缓从地上爬了起来，姬轩辕面带笑意拍了拍他的肩膀，说道:“打扫战场的任务就交给你了。”

随后，他转头望向常先，开口道:“常先啊，过来扶我回去，还有你们也都跟我回去。”

“晚上，大伙一起吃牛肉!”

说罢，姬轩辕还是没忍住胸中的内伤，“哇”的一声，暗红色的瘀血从他的口中吐了出来。

众人见姬轩辕吐血，立马慌了神，一阵手忙脚乱将其架上大熊，由常先带回有熊都城找医生疗养，其余人马分批撤回，风后率领小队人马打扫战场，将战利品运回有熊。

三日后。

姬轩辕的住所外，他正坐在一块大石礅上，望着远处辛勤耕地的有熊子民，独自出神看着，四处炊烟升起，一幅祥和安宁的部落图画展现在他的眼前。

就在这时，一个声音传来，来者儒雅长髯，正是仓颉，他道:“主公，你伤才刚好，还是回去躺着好好休息，别在外面一直吹风了。”

姬轩辕从自己的世界回过神来，他转头看向仓颉，笑了一声，说道:

“我还年轻，这点小伤不足挂齿。”

仓颉缓缓走到姬轩辕身旁的石礅下，站在一旁，嘿嘿笑道：“主公尚且年轻，未来无可限量，看来我将来就有的忙活咯！”

三　趁势南进

姬轩辕看着眼前部落一片祥和的景象，欣慰之情溢满胸膛，豪气干云道：“部落子民现在生活稳定了，也不用再受周边大部落的欺凌，有熊国农田万顷，牧场肥沃，牛羊肥硕，战马何止千匹。”

仓颉随着姬轩辕的目光看着眼前这片大好风光，随即延伸至远处云雾缭绕的深山远处，忧虑说道：“有熊国势已经日益强盛，但是主公还是要明白居安思危啊！”

姬轩辕转头望向仓颉，淡然说道：“若这都需要你的提醒，我还如何做这一国之君？”

仓颉恭敬地点了点头，表示是自己多虑了，但是姬轩辕却将手放在他的肩头，笑着说道：“这次野牛部落的事情是一个信号，也是一个很好的借口。”

“哦？主公所指的是……”仓颉问道。

姬轩辕面露狡黠之色，轻声说道：“炎帝现在已经衰落了，但是他手下的土地尚且辽阔无比，许多部落都在等着分一杯羹，只是碍于炎帝的余威不敢轻举妄动罢了。”

停顿片刻之后，他拿起散落在地面上的一片枯枝残叶，在黄土上画着圈，继续说道：“我想以野牛部落犯境为由，趁势南进攻打姜水流域，将炎帝的领土趁机侵占下来，有了这个借口也不会招惹众怒，而且炎帝侵犯我们在先，以我们现在的实力也有能力和他们一战，乱世不思变，何以立足啊！”

仓颉点头，面带沉思之色，说道：“主公说得有道理，但我觉得主公还是得和几位大臣商议一番，毕竟这不是一件小事情，还是慎重为好。”

姬轩辕丢掉手中枯枝，起身拍了拍手，哈哈笑了一声，回身走向居所，爽朗说道：“这样，你快去召大鸿和风后前来见我，就说有要紧事要商议。”

仓颉躬身说道：“遵命！”

说完他就转身离开了，姬轩辕看着他的背影，片刻之后径直转身走进居所，原本黑暗的岩洞逐渐亮起了明黄色的烛光。

光线昏黄的岩洞之内，有一方宽大的磨石案牍，案牍上亮着一盏猪油明灯，灯芯是用野生荨麻的梗制成的，有它的存在，整个岩洞显得亮堂温暖多了。

此时围绕着石制案牍坐着六个人，坐在案首的正是有熊国的首领姬轩辕。

而从他左手往右数，五人围成一圈，分别是常先、大鸿、仓颉、力牧、风后。

他们正有说有笑地谈着，窗外空虚寒冷的黑夜似乎也无法侵入这温暖的岩洞。

姬轩辕正抱着怀中的陶碗大口饮酒，而其他人每个人的面前都摆着相同的陶碗。

陶碗上描绘着有熊都城内的部落情景，一草一木非常传神，栩栩如生。

姬轩辕很快注意到了陶碗上描绘的写实景象，不由得惊叹出声：“仓颉，你带来的这几只陶碗还真有趣，我从来没有见到过这个世界上还有如此精美的碗。”

仓颉饮了一口水酒，爽快地笑道：“哈哈，我也是觉得这几只碗世间独有，所以这才呈上来送给主公，主公觉得好就行了！”

姬轩辕端详着手中酒水已尽的陶碗，抬眼望着仓颉，说道：“你这几只陶碗是从哪里得来的？”

仓颉回道："实不相瞒，我有一好友，素有鬼斧神工之技艺，不仅能够制作精美陶器，还有妙手回春的医术，这六只陶碗便是他的杰作。"

姬轩辕惊讶道："哦，还有这等人物？他是我们有熊氏的子民吗？"

仓颉点了点头，说道："他是有熊人氏，三十来岁，叫作雷祥，是白水县（渭南白水）人，我的同乡，我等与之交好之人皆称他为雷公。"

姬轩辕沉默片刻，追问道："你刚刚说他不仅能够制陶，还会医术？"

仓颉再次点头。

姬轩辕又问："那你说说他的医术相比烈山氏炎帝，如何？"

仓颉摇了摇头，笑道："神农氏他老人家尝遍百草替世人立下了无量功德，这是谁也撼动不了的地位，单论深知药性就算十个雷公也比不上一个神农氏，但是若论医术，神农氏诚不及他。"

姬轩辕听罢，眼眸中精光绽放，他一直苦于没有良医在侧，上次野牛铺一战内伤犹在，瘀血也没有完全消散，而且有熊部落时常发生疫病，战士们的生命是无价的，可却总是饱受病痛的折磨，若是有一个神医相助，就算是带出一批徒弟也好，这都是有熊部落天大的福分！

"他在哪里，你快快将他召来，我要封他为处方，全权掌管我部落的医药事宜！"

仓颉起身拜谢，说道："我替雷祥谢谢主公，我明日就去将他找来，一定不负主公所托。"

说罢，在姬轩辕的指示下，仓颉坐回了位置上。就在这时，一旁的常先突然插话道："主公，你今天找我们来肯定不是让我们看着你和仓颉说用人的事情吧？都这么久了也该说说了，我都快憋死了。"

姬轩辕听罢，顿时一拍后脑勺，笑道："你瞧我这记性，这么重要的事情都给我抛之脑后了，来来来，我现在就说。"

就这样，姬轩辕把之前和仓颉谈的想法告诉了在座诸位，他的言语平静中带着张力，从容不迫中带着自信，让所有人的脸色都放起光彩。

说了良久，姬轩辕终于停下话头，他手中的陶碗在石桌上轻叩，发出“噔噔噔噔”的响声，除此之外，再无其他声音。

一语毕，满座静。

场中陷入了沉默，一段时间后，风后英俊白皙的脸庞上笑意渐浓，眼角下的一颗痣似有点睛之意，他又倒了一碗水酒，开口道：“主公的意思是要和烈山氏宣战吗？”

姬轩辕哈哈一笑，说道：“现在的烈山氏就是一块大肥肉，他太大了，也有太多人虎视眈眈盯着他想要从中分得一些肉羹，我们和烈山氏虽同属夏族，他炎帝为夏族仲裁宗主，但是现在他不仅要忌惮蚩尤，还有夷族的仲裁宗主少氏。”

停顿片刻，姬轩辕继续说道：“蚩尤为九黎族之主，更是黎苗族共主，手下有八十一大兄弟氏族，威势滔天，暗藏消灭烈山氏的野心。除了他们之外还有淮河流域的风太昊，剑阁以西的西陵氏，都包藏祸心，就算我们现在按兵不动，将来他们也会吞掉我们。与其坐以待毙，不如趁势南下，在他们犹豫不决时抢占先机，这就是我的想法。”

常先原本满怀顾虑，因为炎帝的名头实在是太响了，作为这个时代的人，炎帝神农氏作为最后一位神祇，深受夏族百姓爱戴，但是为了谋求发展，乱世之中，人们也只能谋取利益，听完姬轩辕一番话后，常先更是激动地拍案而起。

他高声喊道：“痛快！想一想我们有熊氏终于有机会向夏族九鼎烈山氏宣战，我就觉得刺激！他烈山氏名为夏族共主，可是从来没有考虑过我们夏族底下部落的感受，我们有熊从没受过恩惠，更不用忌惮什么共主不共主的，直接灭了他们就是了！”

常先一句话立马煽动了岩洞内的气氛，力牧不知是不胜酒力还是过分激动，他的整张脸红润异常，也起身，兴高采烈说道：“我同意主公的决定，我们是代表复仇的正义之师，绝不会输，若是开战，我力牧的氏族一定作为先锋部队参战，保证以一当十，奋勇杀敌！”

在这群情激昂之际，风后的脸色不变，他站起身，不顾周围众人兴奋嘈杂，对着姬轩辕鞠躬说道：“主公，决定是没错，但是您还有东西没有考虑到。”

姬轩辕看向风后，望着他严肃的表情，立马察觉到风后可能考虑到自己没有思虑周全的地方，因为当事者总会被一些事情冲昏头脑，更不要说他从小就想和烈山氏一争天下，做事难免会急功近利。

四　访矮人国

姬轩辕收敛情绪，示意大家全都坐下，目光却一直看着风后的脸，开口道：“风后，你思虑最为周全，你就说说这个决定还有哪里不妥？”

在众人疑惑的目光之中，风后轻笑一下，缓解岩洞内的气氛，接着说道：“主公难道你忘了吗，我们南下前往姜水必经的一座山，也是无法避开的一个地方。”

姬轩辕沉吟片刻，迟疑道：“你说的是矮人山？”

“正是矮人山！”

“矮人山有个矮人国，国家里全都是尚武的矮人，他们说的话与我们不同，无法沟通，而且我部落常年来开辟牧场，我们和他们之间时常会发生摩擦，战争也时有发生，我们想要借道，除非将他们消灭，否则不太有可能通过。”

听完风后这番话，厅内再次陷入沉默，每个人脸上的表情各异，常先的脸色阴沉，嘟囔道：“我们可以派人过去和矮人国的国王商谈一下，顺便消除矛盾。”

风后看了他一眼，答道：“两个部落之间语言不通，又有旧仇，就怕派人过去，还没有说话，就被他们砍了。”

力牧把陶碗一拍，喊道：“既然解决不了，那就直接将他们全部消灭，不就是个矮人国嘛，那些个矮小的畸形人还能有多大的能耐？”

风后叹了一口气，继续回答道：“矮人国尚武，战斗力绝对不低于我有熊国，我们不一定能够打败他们，况且就算打赢了他们，我们难道还有气力继续南下进攻烈山氏吗？”

这句话直戳要害，噎得常先和力牧说不上话来，一旁的大鸿赞同得连连点头，仓颉则像个无事人似的继续喝着陶碗中的水酒。

姬轩辕微微点头，赞同道：“风后说得没错，我确实是被眼前的计划冲昏了头脑，竟然忘了这茬。”

接着，他转头望向身后岩壁上挂着的那把藏在牛皮剑鞘中的青石剑，蹙着眉头思考着，良久，他终于转回身子，望着众人说道：“我决定亲自走一趟矮人国，拜访一下他们的国王，顺便商谈一下借道的事宜。”

说罢，姬轩辕起身走到岩壁边，将挂着的青石剑从岩壁上取下，仰着脸庞看着光滑的洞顶，说道：“此去艰险，人多无益，我只需二人随行。”

众人连忙起身劝道：“主公万万不可拿生命开玩笑，你的性命关乎有熊国的兴亡，千万不能以身试险！”

姬轩辕道：“既要南下，必经矮人山脉，也必定会从矮人国的领地通过，既然无法避免就要好好商谈，我不管派谁前去都不放心，现在我对自己最有信心，我意已决，谁都不要拦我。”

仓颉这时却和众人不同，他看着姬轩辕的背影，竖起大拇指，称赞道：“主公好魄力，我认为主公此去一定能马到成功，成就不世之霸业！”

姬轩辕将青石剑挂在身旁，年轻的面容上满是傲气，心想在这个乱世之中求生存本就是艰险重重，那么以身试险也不过如此，大概仓颉的这句话不是拍马屁，而是真正的从心底油然而生的想法吧。

“常先、力牧，你们随我连夜起程，前往矮人山脉。”

…………

清晨的微光将大地上的黑暗驱散，三头黄牛载着人影在平原上不停地奔驰着。姬轩辕和常先、力牧已经在辽阔的平原之上纵牛驰骋了整整一夜了，披星戴月地奔波，他们面上都有些倦容。

原先的醉意在夜风的吹拂下已然完全清醒，他觉得自己更加精神起来，在他身旁随着牛儿奔驰而上下抖动的青石剑的剑柄上已然凝结出无数细小的露珠，这些露珠不仅留在了剑柄上，还留在了三人穿着的皮衣表面。

姬轩辕仍在随着黄牛驰骋，冰凉的露珠从他头顶的虎皮帽上滑落，滴落在他的鼻尖，一股沁人心脾的清凉触感从他的鼻尖传来，身侧逐渐从地平线跃出的朝阳仿佛染着鲜血，它像是离得很近，又仿佛很远。

整片静谧的平原上，除了牛蹄踢踏的响声和剑鞘与剑锋相撞的声音，就剩下常先和力牧背上的硬弓与几桶羽箭发出的碰撞声响。

“离矮人山脉已经很近了。”姬轩辕的声音带着淡淡的疲惫，却依旧平静。

又过了一个时辰，三人终于跨越了平原，来到了怪石嶙峋的山脉脚下。

眼前的景色让姬轩辕三人眼前一亮，原来山脚下并不像他想的那般只有黄色的山岩光秃秃地矗立在那儿，此时呈现在他们眼前的，竟然是一片茂盛的桃花林。

繁茂的桃花林安静地生长在重重山峦之下，姬轩辕三人跳下牛背，牵着缰绳缓缓走近，想要看个清楚。

当他们走近这片桃花林时，一股花香直扑过来，浓郁的香味让他们心旷神怡，力牧和常先随着姬轩辕向前走去，常先吃力地揉了揉自己的大腿，想要舒缓一下自己颠簸了一夜的酸痛。

他望着姬轩辕，好奇问道：“老大，你会不会觉得这地方有些不对劲啊？”

这是他与姬轩辕曾经的约定，在有熊国的时候，他和大鸿需要守君臣之道，喊他一声王子，现在是主公，而出了这有熊国，没有什么人的时候，他就可以直接喊姬轩辕老大，就像十年前在杜陵那样。

力牧听到常先说话，先是带着疑惑的神情看向常先，但当他看到姬轩辕并没有丝毫介意的时候，随即转回头不再去理会。他心中很清楚，主公从小就和常先还有大鸿一起长大，他们的关系自然不是别人能够比的。

姬轩辕四处观察许久，终于说道："一片桃花林长在周围如此光秃秃的山峦之下，边上也没有其他植物，这当然不对劲。"

随即他又狡黠地笑了一声，道："不过还好大鸿天天在我面前阅读解析那些怪异的阵法，其中便有这矮人国的桃花阵，又正好被我看了破解之法，看来正是天助我也！"

说罢，他招手示意二人跟上，然后绕到桃花林左边一处茂密的地方，从没有入口的地方挤了进去。

他察觉到常先和力牧的犹豫，于是安慰道："这个阵法我已经有了破解之法，你们只管跟着我，我保证我们很快就能进入矮人国了。"

常先和力牧闻言，双双对视了一眼，将信将疑地硬着头皮挤进了这片桃花林。

果然没过半个时辰，三人就在左迂右绕下走出了桃花林。当常先和力牧发现周遭的景色已经完全变样，且面前竟然出现了一条宽阔的通道时，他们才终于相信了姬轩辕的话，不由心中对他的敬佩又添了几分。

姬轩辕带着二人登上了大道，顺着层层石阶缓缓向上爬去，没过一会儿，三人就已经累得满头大汗，但是他们没有放弃，而是继续向上爬，爬上最后一个台阶之后，面前的宽阔山谷映入他们的眼帘。

这个山谷暗藏在山峦之中，一眼望去，藏风聚气，福地洞天，山谷两边山壁上搭建了许多木梯和围栏，除此之外还布满了密密麻麻的坑洞，看上去就像是蚂蚁的巢穴一般。

姬轩辕望着这样的场景，惊叹道："想必这就是矮人国的所在地——盘龙洞了吧！"

第七章　南下击烈山

一　初见矮人

三人站在山谷路口纵观这雄壮巨大的山谷，倍感震惊，如果没有一睹这世间奇妙之境，自然无法相信在这神州浩土之上还有这样蔚为壮观的景象。

姬轩辕指着前方幽暗的山谷深处说道："若我等想要出兵南下，必由此道通行，否则便要绕远横渡姬水，或是爬过雪山之巅，那些方法只有迫不得已才会使用，但如果真的这样做，不知要损失多少兵马。"

常先点头道："此山谷当真是一片风水宝地，不由让人心生豪迈之情，若是我们能够得到这块宝地，无论是用来屯粮还是凭借天险保我姬水流域太平，都能够无忧了。"

力牧眼眸中闪着光芒，附和道："依我看我部不如直率大军前来趁势取了矮人山脉，如此宝地不为我们所有，实在可惜。"

姬轩辕笑了笑，对他二人道："急什么，今日非我之地，待我们南进姜水谋取寸地，要将两地贯通，自然还要取了这山脉险隘，现在要将目光放得长远，顺应时机。

"如果错过了这个机会的话，待到周边部落反应过来或是抢占先机，以后再想南下进攻烈山氏就难上加难了！所以说就现在来看，矮人山脉和姜水旁大片的疆土相比，孰轻孰重？”

二人闻言纷纷点头，就在他们谈话之际，突然喧嚣声骤起，只见周遭山谷岩壁两侧的坑洞之中突然拥出了许多矮小的人影，他们手中亮出的刀剑在谷口投进的熹微阳光下熠熠生辉。

突生变故，三人皆是一惊，他们第一时间从腰间拔出了武器，严阵以待。

但是过了许久，他们发现这群矮人原来只是站在岩壁坑洞口拿着武器对着他们而已，似乎没有接到进攻的指令，并没有下一步的举动。

整个山谷中充斥着令人听不懂的叽叽喳喳声，除此之外，场间气氛显得更为诡异。

过不多时，前方幽深的山谷中突然出现了十余个矮人，他们全身都穿戴着牛皮铠甲，神情肃然地盯着三个不速之客。

为首的一位强壮矮人还未来到他们面前就开始叽叽喳喳地大声喊叫起来。

由于语言不通，姬轩辕三人根本没有办法听清楚他所说的话，但是姬轩辕细细揣摩了一会儿，大概知道这个矮人首领无非就是问他一些关于他们是什么人、从哪里而来的问题，心下考虑了一番转头对常先说道：“速速呈上我带来的赠礼，他们或许能明白我们的目的。”

闻言，常先将背上箭筒旁的牛肠袋卸了下来，动作极为迅速。

周遭的矮人被他突如其来的举动吓坏了，于是纷纷端起手中的石枪准备动手，还好为首的矮人还有些眼力，他挥手制止了手下的行动，眼中带着疑惑，盯着姬轩辕三人。

常先伸手拿出一块璀璨夺目的宝玉，这块宝玉形如一块石头，但是切口处却晶莹剔透，很明显是一块天然的玉石，玉石表面在阳光照射下闪着绿光，犹如轻泛涟漪的翠湖。

姬轩辕踏步上前，在十余把枪尖指着的情况下，对着为首的矮人微微行礼，然后将从常先手中拿过的天然玉石双手呈上，朝前一推，示意那矮人接下。

虽然他们语言不通，但是先表明态度却是最为重要的步骤，姬轩辕自然也深知这样的道理，除此之外，他还明白一个更加有用的情报，那就是矮人的秉性。

姬轩辕少年时曾阅读了很多关于其余部落的典籍，其中自然有记录矮人国的部分。

“姬水以南，山脉阻隔，盘龙断穴，中有一国，矮人存焉，尚武爱财，重峦叠嶂，莫道南来。”

这一段话是姬轩辕按照记载而做出的解释，记载是以图画的形式记录，而姬轩辕则从这些画面自动悟出语句，记在心头，而其中他紧紧抓住的一点，就是“尚武爱财”之中的爱财，矮人不仅崇尚武力，还十分贪婪。

果不其然，当这些矮人的目光注意到姬轩辕手中的天然玉石时，他们的眼中不约而同地闪烁起贪婪的光芒，为首的矮人更是直接一把将他手中的玉石拿到面前，端详起来。

伴随着他手中玉石的来回转动，矮人的口中还不时发出一声声怪叫，这个时候所有矮人的目光都在那块天然玉石上，姬轩辕才终于有时间去仔细观察这些矮人的模样。

这些矮人矮小如孩童，身高皆不足三尺，男子全都留着须髯，这些须髯的颜色和长短不尽相同。他看着为首矮人下巴上飘逸的红色长髯，不由猜测道：“看来这些矮人的地位和等级和他们胡须的长短与颜色有关。”

除了战士之外，所有走出洞口好奇观望着他们的矮人国百姓，大人们无论男人还是女人都只在腰间系着一片遮羞的树叶，而小孩则全身赤裸着，没有丝毫遮掩，就连年轻的女子也全都袒胸露乳，她们和男人一样，都有着棕黄色的肌肤。

姬轩辕见为首矮人的目光终于从玉石上恋恋不舍地移开,转而望向他,四目相对之下,姬轩辕伸出手比了比天,又指了指矮人后方,随即收回双手,希望这些矮人聪明一些,能够立刻明白他的意图。

所幸为首的矮人尚且聪慧,很快就明白了他的意思,于是他叽叽喳喳喊了一通,原本石枪林立的道路上立刻自动让开了一条路,矮人士兵也全都放下了手中的石枪,向两边让道散开。

姬轩辕心中顿时一松,面上也缓和许多,他命令常先与大鸿收起武器,然后随着矮人手中邀请的动作朝着他所指的方向缓缓走去。

没过多久,他们上了石壁边的木梯,这只木梯仿佛通向天际,他们在矮人的带领下,从一段岔路插了出去,开始笔直沿着岩壁前进,由于岩顶上方高度很低,他们不得不弯着腰前进。

弯腰行走的姬轩辕看着身边矮小的围栏和底下宛如深渊的地面,心中惴惴不安,心脏也止不住狂跳起来。他身后的常先和大鸿也和他一样,身体全都贴着岩壁,小心翼翼地慢慢向前挪动,生怕一个不注意便会跌入万丈深渊。

行不多时,前方出现了一个巨大且灯火通明的岩洞,前面带路的矮人先走进岩洞,姬轩辕三人尾随而入,终于摆脱了时时提心吊胆的折磨。

姬轩辕一走入岩洞便觉得眼前豁然开朗,这个岩穴开在山体内部,被矮人们开凿出了一个极为巨大的空洞,但是即使岩洞巨大,却仍旧火光通明,其内点燃着大大小小数百只烛火,而在最里面的铺着兽皮的软座上,坐着一位衣着华丽、全身珠光宝气的长胡子矮人,矮人的胡须是金色的。看到姬轩辕进入岩洞,他连忙起身相迎。

"这一定就是矮人国的国王。"姬轩辕心里说道。

这时边上走来了几名矮人侍卫,不由分说就将他们佩戴的武器撤去,接着矮人国国王咿呀喊了几声,示意他们坐下,姬轩辕等人依言坐了下来。

接着,几个面目清秀的矮人族女孩端着一盆盆新鲜的水果上来,其中两个女孩还对他甜甜地笑了一下。姬轩辕见这些女孩全都赤裸着上身,脸色顿时一窘,不敢与之对视,但是他的目光瞟到其中一名女孩时,却发现她,穿着兽皮衣裙,和其他矮人有所不同。

就在他们双方为语言不通发愁时,突然一旁刚刚对姬轩辕笑了一下的女孩用他能听懂的话说道:“我会夏族语言。”

二 常先显威

姬轩辕闻言,立马喜出望外,情不自禁拉住女孩的胳膊,欣喜道:“你竟然会夏族语言,真是太好了!你能不能帮我和你们族长翻译一下?”

女孩脸色羞红点了点头,姬轩辕这才发现自己失态了,连忙松开抓着小女孩胳膊的手,坐回座位上。低矮的座位让他坐得十分不习惯,但是这个时候也不能表现出来,再怎么说他们也是有求于人。

见众人都不说话,力牧也是真性情,拿起盆中的水果便吃了起来,这时,除了会说夏族语言的小女孩留了下来之外,其余人又出去拿进来了一些竹筒,竹筒中盛着干净的清水,每个竹筒的清水中都放着几片叶片。

最上座的矮人国国王叽里呱啦了一通,一旁的小女孩顿时接话道:“我们国王说,这些果子是刚刚采摘的新鲜水果,这水也是山脉上流下的山泉水,还请各位上宾慢慢品尝。”

姬轩辕点头示意,拿起一颗果子丢入口中,接着又捧起竹筒喝了一口,顿时一股甘冽的清泉顺着喉咙向下流淌。

他转头望着矮人国国王,说道:“我到这里这么久了还不知道怎么称呼您。”

国王说罢,女孩翻译道:“我们国王让你们叫他矬王,他问你们是何人，赠此厚礼所为何事。”

姬轩辕的思绪急转，缓缓开口道：“我们是姬水流域有熊部落的使者，特此前来是想要向你们借道南下的，还请矬王能够同意我们的请求。”

女孩听罢如实将原话翻译给矬王，但是当矬王听到女孩的话后，脸上竟然浮现出不悦的神情，被姬轩辕尽收眼底。

姬轩辕心中发怵，明白了有熊部落和矮人部落这几年的矛盾已经太过激烈，现在突然拜访果然不是什么好主意，但是他已经到了这儿，就没有办法逃避，一旦示弱，恐怕他们三个人连这个岩洞都走不出去。

况且姬轩辕心头还有一个保险策略，那就是赠礼。他看着国王说话，转头望向女子，她点头领会，开始传话：“国王说你们的请求不可能，而且你们有熊族占了我们平原下的土地，杀了我们许多战士，他让你们赶紧离开，不然就让刀斧手把你们推出去砍了。”

女孩说话的神情有些混乱，也许是心头有些急切，似乎在使眼色让他们赶紧离开。姬轩辕岿然不动，转头示意常先。

常先心领神会，伸手从衣服里掏出了一把金光闪闪的匕首，岩洞中的气氛骤然一紧，全体矮人士卒纷纷拔剑上前想要将常先斩杀，坐在上座的矬王更是神色大变。

就在危急关头，姬轩辕大喊一声：“且慢！”

众人的动作全都被这声高喊给吓住了，姬轩辕连忙让女孩翻译道：“矬王，我们此行完全是为了借道，为了对之前的行为表示歉意，我们有熊氏君王派人费尽心力打造出一柄全金的匕首，这把匕首削铁如泥、斩木如丝，是不可多得的利器，还请矬王一看！”

矬王闻言，脸色稍稍缓和，他沉思片刻，眼瞳中的精光渐盛，不多时便将场中拔剑的矮人战士们喝退至一旁，和那名女孩说了一番话。

女孩听完国王的话后立即上前，接过常先手中的黄金匕首，将之呈上献给矬王。

姬轩辕见此情景，心中暗笑，想道："看来我所料不错，矮人果然都是些唯利是图之人，就连他们的国王也改不掉这样的毛病，而且矮人素来尚武，对兵器自然情有独钟，我看这事已经成了七八分。"

于是他微微行礼，趁热打铁道："矬王，我们主公说了，只要你们借道让我们南下，从今往后我们有熊氏每年向你们提供两百石粮食再加战马两百匹，如何？"

矬王听完女孩的如实翻译，眼中的光芒更甚，他摇着手指说了几句话，女孩依言翻译道："我们国王说不行，至少要四百石粮，四百匹战马。"

姬轩辕心中一冷，想道："这矮人国国王还真是贪得无厌，竟然涨了一倍。"

他也不拒绝，高声说道："如果矬王您能借道让我们通过，报酬的事情我们再做商议，怎么样？"

矬王思考片刻，哈哈大笑起来，让女孩翻译道："这样吧，我也不为难你们，若是你们中谁能胜得过我矮人国第一战神岘天，我就答应你们借道的事，每年的报酬按照你说的算！若不然，你们就不用回去了，这路你们也别想过。"

姬轩辕转眼看着矬王所指的战神，正是之前接收玉石并带着他们前来的金髯矮人，他开始沉思，考虑的正是要不要答应的问题。

他觉得三人中无论谁迎战，都有一定的胜算，可是万一不胜，就万事休矣。

突然，一声豪迈的喊声响起，姬轩辕转头一看，竟是常先。

"好，我来！"

说罢常先起身走到了岩洞中央，而这时站在矬王身边的红髯矮人也缓缓走到岩洞中央，站在常先的对面，眼中极尽挑衅神色，嚣张至极。

他高声咿唔了一句，女孩立刻翻译道："论打架，我们矮人从来没有怕过谁，你们就是占着人多而已，今天让我来教训教训你！"

常先冷笑一声，没有多说，目光冷冷地盯着面前的岘天，他看着矮人国战神的目光宛如在盯着有熊部落外密林中的猎物。

岘天感受到了常先的威胁，却比之前更加嚣张，古铜色的肌肤在烛光下显得很是耀眼，他在场中转了两圈，便唤来一名矮人国小卒，小卒的手中拖着两柄大石斧，显得非常沉重，他步履蹒跚地拖着石斧来到岘天身边。

岘天看都没看一眼，径直将两柄石斧一手一只举了起来，并伴随着手臂的摆动当空挥舞，呼呼生风，显得极为轻松。

姬轩辕突然喊住常先，他让女孩取来他的青石剑，并将青石剑掷给了常先，笑道："老二，小心点，下手别太重，也别让自己受伤了！"

常先也笑着点了点头，这才转过头去，恢复严肃表情，和岘天对峙起来。

矬王点头，示意可以开始比试，岘天立马怒吼一声，还没等宣布声停止便朝着常先扑了过去。

仿佛听懂了岘天的怒吼中带着肮脏的侮辱，常先也愤怒起来，他手中那把青光闪闪的玉石长剑开始随着他愤怒的身体而剧烈颤抖起来，几乎震得四周空气都快要发出嗡鸣的厉啸。

他的双手搁在膝上，手臂轻抬于眼前，望着离眉心只有一寸距离的剑锋，他的目光渐渐转为柔顺，缓缓闭上了眼，只是片刻，当他再次睁眼之际岘天的身影已在眼前，而他眼中的怒火已散，此时的眼瞳中，只有让人觉得毛骨悚然的冷静。

与此同时，岘天大喝一声，如陨石般坠落的巨斧裹挟着开天辟地之势自上而下猛击，气势雄浑，如一座小山般压向常先精瘦的身躯，仿佛下一秒钟就会将他剁成肉泥。

常先镇定十足地望着就要临头的巨斧，身形微微一转，势不可当的巨斧擦身而过，这个时候，他出手了！

常先趁着岘天因为用力太猛而出现的分秒停滞之机，双手翻转，青石剑由右往左横扫，同时双脚横踏在岘天身上，他的秀发无风自动，剑身毫不停滞，切断了岘天的头发，随即他右手化拳，翻身弯曲手臂，朝着岘天擦身而过的面门就是狠狠一记重拳。

一时间，满堂俱静，姬轩辕手中的茶盏，还未离开嘴唇……

三　挥师南下

岘天只出一招，虽威势如惊雷霹雳，却只是徒有其表。

常先之拳横贯直上，势如破竹，将岘天的斧势完全卸去，顺带躲避了他的凌厉攻势，径直朝着他的面门击去。

电光石火间，呼啸而过的铁拳便“砰”的一声直接命中岘天的面庞，巨大的爆鸣声陡然响起。

一击之下，岘天矮小而健硕的身躯宛如流星坠地般向后激射，须臾间触及远处石架台，将其整个撞倒，石架台倒落在地，碎成数截，台上的白烛如飞星倒流，被巨力震颤，飞至远处的岩壁上，留下数道火光，这才缓缓熄灭。

姬轩辕稍稍停滞片刻，又继续若无其事地饮下杯中山泉，像是早就已经预料到结果似的，场中顿时鸦雀无声，死寂一片。

周围把守侍立的矮人国战士们全都呆立当场，他们瞪大眼睛看着倒地不起的岘天，诧异战无不胜的战神大人怎么可能连一回合都撑不到就被眼前这个其貌不扬的大个子击败了?!

常先将利剑负于身后，收回悬在半空的手，他瞟了地上的岘天一眼，神情中尽是嘲讽之色，也没说话，转过头便径直回到姬轩辕的身旁。

常言道浮生莫欺人，凡是欺人者势必付出代价。

此刻矬王脸色已然大变，毕竟岘天丢的是整个国家的脸面，坐于高台的矬王脸色阴郁，显得极为恼火。过不多时，两名矮人战士急忙上来，将昏迷的岘天扛了下去。

场中再次陷入寂静，良久，矬王平复情绪，悠悠开口，让女子翻译道："我今日算是见识到了有熊勇士的厉害，竟能一举击败我矮人部落的战神，话不多说，你们借道的事我同意了，报酬按照先前你说的算。"

姬轩辕连忙起身，鞠躬致谢，他笑着回道："矬王如此厚义，我有熊国没齿难忘，今后若有什么难处，请随时知会！"

矬王思虑片刻，出言道："如此甚好，但我有一言在先，那就是若你们有熊以借道为名趁势袭我矮人国，我定会和你们决一死战，不会让你们讨得半分便宜。"

姬轩辕听完女孩的转述，连忙解释道："矬王言过了，我们有熊氏都是忠义之士，定不会做出如此下作之举，还请矬王莫要猜忌。"

闻言，矬王欣然离座，迈步走到姬轩辕身边，揪住他的衣角，将他领到他的高台之上，接着他呼喝几句，两名婢女就拿着一张竹椅放在矬王面前的石案前，矬王示意姬轩辕坐下，不多时，婢女们又抱着两只陶罐走了上来。

姬轩辕有些蒙，不知道矬王意欲何为，就在这时一旁的女孩突然说道："我们国王很是开心，他想要和你一醉方休呢！"

听到女孩的话，姬轩辕终于松了一口气，他立刻笑脸相迎，将刚倒满酒水的陶碗举起，和矬王碰杯，一饮而尽，原本肃然的岩洞中逐渐升腾起一股温暖的气息。酒过三巡，姬轩辕感觉微醺，他自知不胜酒力，于是找了一个借口说要回去交差，在矬王的多次挽留下终于寻得了脱身之机。

姬轩辕带着常先和力牧出了岩洞，看着脚下形如天堑的窄小栈道，一阵夜风拂过，原本醉意迷蒙的脑袋突然清醒了许多，他带着常先和力牧正欲顺着栈道而下，这时一个熟悉的声音从身后飘来。

姬轩辕回首，却见说话之人竟是之前帮助他与矬王沟通的那位矮人国小女孩。姬轩辕看着她娇小的脸庞，那隐藏在皮裙之下玲珑纤细的身材就像是一颗有待采撷的青果，尚未成熟却已有动人风姿，姬轩辕不由将目光移开。

“小姑娘,是你叫我?”

小女孩郑重地点了点头,她的身躯比较矮小,仰头看着姬轩辕的小脸看上去竟有几分童稚,煞是可爱。

她一字一句缓缓说道:“我的名字叫作朋丝,我的父亲是矮人国的,而我的母亲却是姜水流域方雷国人,我从小随父母在方雷成长,五六岁时随父亲来到矮人国定居,在我八岁那年父亲战死了,母亲也和我断了联系,你们不是要去南方吗? 我求求你们帮我去方雷国寻找一下我的母亲好吗? 她的名字叫作白芷。”

当姬轩辕从小女孩的口中听到已有十年未曾听到过的字眼“方雷国”时,他的心中突然一阵悸动,心跳竟有些紊乱,他的右手不由自主地摸到胸口外的衣服上,因为他知道,此时衣服内贴着温热胸膛的地方,有一块晶莹剔透的骨梳,静静地挂在那儿。

他心头突感一阵悲戚,心头想道:“方雷啊,这真是一个久远的名字了,这么多年都过去了,我和她虽然只有一面之缘,但她却成了我心头难消的梦魇,还有这枚骨梳,我竟一戴就是十年。”

想到这里,姬轩辕不禁苦笑了两声,他望着面前的小女孩,说出了一个善意的谎言:“好啊,我这次南下一定去方雷国替你找你的母亲,你就等我的消息吧。”

此时,他在心中也暗暗说道:“女节啊,这次我南下征战,我会顺道去曾经的方雷国走一遭,顺带祭奠你一下,也算不负十年前你的救命之恩。”

夜风渐起,姬轩辕觉得有些凉,他将身上的衣服勒紧了一些,和小女孩告别。当他回头的最后一眼,望见小女孩脸上天真无邪的笑容,他的心不觉又疼了一下:“世间之情,真真最痛的是生离死别的感情。”

离了栈道,下了阶梯,姬轩辕三人终于踏在结实的平地之上,他望着两侧灯火通明又密密麻麻的坑洞,看着周边站岗的矮人族战士,他含有深意的目光深邃而平静，只是短短几个呼吸间，他再度迈开步子，从身边矮人战士的身上拿回兵器，在战士们的带领下离开了盘龙洞。

离开盘龙洞的第四天，矮人山脉下的平原，一行八百人的军队正如一字长蛇般缓缓前行，这些战士皆穿着斑点豹皮大衣，衣服外面套着牛皮甲，头戴牛皮盔，全都是有熊国的精锐部队。

姬轩辕骑着健硕青牛随大军而行，身后数头野牛相随，牛背上几人个个英武不凡，常先、大鸿等人赫然在列，全是姬轩辕帐下心腹猛将。

姬轩辕眺望前方，一眼便望见前方不远处的桃花林，而站在桃花林前面的一队军队，正是矮人国派出来给他们引路的战士。姬轩辕眼睛锐利，一眼便望见，在两边的背坡位置暗伏着两队士兵，他们全是矮人族的战士。

姬轩辕心知肚明，身后的将领也都明白，矮人族虽然已经和他们谈好了筹码，但他们还是信不过，所以这才暗自备下伏兵，以防不时之需。

姬轩辕让大鸿给战士们传达暗自小心的指令，但是不能表现出来，他骑着牛很快就来到军队前方，身后大鸿、力牧等人紧紧相随。

待有熊战士们来到桃花林前，两边都没有言语，因为就算是沟通也没人听得懂，他们都心领神会，两边一接触，那队矮人便立刻掉转坐骑朝着桃花林中行去。

姬轩辕挥手，众人随着他的手势而行动，尾随在矮人战士们的身后纷纷钻进了桃花林。良久之后，他们离开了桃花林，在宽阔迢迢的山谷中前行，大概过了一个多时辰，他们和矮人族战士告别，出了矮人山脉。

四　智斗虢王

一出山谷，眼前景色尽收眼底，极目远眺，纵横百里连绵的林海在风吹下如同波涛缓缓流动，涛声阵阵，“唰唰”的声响在他们的耳旁回响，碧空上仍是一练如洗，湛蓝的天空没有半点浮云，明媚的阳光普照在大地之上，蓝绿两色楚天一线，蔚为壮观。

姬轩辕站在军队的正前方，负手而立遥望远方，神情中尽是豪迈之色，他触摸着手边一块两人高的巨石，面带欣喜之色拍着这块巨石说道："我们有熊终于踏出姬水两岸，从今往后，天高地阔，纵情驰骋！"

他手下的众位将领全都顺势躬身称贺，齐声道："主公英明神武，定能成就不世之伟业，我等愿赴汤蹈火，为主公殚精竭虑，在所不惜！"

他们的声音出奇地一致，在身后山谷激荡回响，声势惊人，有熊将士们闻言无不心潮澎湃，竟全体齐声大呼必胜，八百多人声震四野，凌山峦之上，纵万里豪情，冲天而上！

姬轩辕心中激动，指着手边这颗巨石大声笑道："哈哈哈哈，如此甚妙！仓颉，你快快记下，我们发兵姜水，这是第一程，这块巨石就叫作承天石，我等南进，承上天之命，伏虎吞狼，无胜不还！"

仓颉的脸上也露出少有的激动之色，他拿出一块巴掌大的牛皮，开始仔细地刻画起来，不久就记录完毕。姬轩辕更是豪迈，径直拔出腰间宝剑，挥剑在巨石之上刻下了有熊氏的图腾，随即高声命令道："使出全力，挥师南进！"

八百有熊壮士再次爆发出强烈的呐喊声，他们迈开步伐越过重重山峦向着前方密林进发，风后则在一旁监军，力牧部落的战士们皆是先锋，力牧亲自在前指挥，大鸿跟在姬轩辕身侧，仓颉则随军前进，唯独不见常先。

大鸿显然发现了这一点，他小声问道："大哥，怎么没有看到二哥，他究竟去了哪儿？"

姬轩辕转头看着大鸿，笑着说道："矮人族恐我部有诈，我姬轩辕自然也要防他一手，我已派常先调配一部分士兵驻扎在桃花林左侧，日夜派人潜上山脉巅峰查看，若矮人族突然断我军归路，我则鸣烟示警，老二他但见空中生烟，就和我两面夹击，攻打矮人国。"

大鸿恍然大悟，但片刻间忽然大惊道："还是大哥想得周全，但是二哥手中的士兵从何而来？我们家里的守军只够支撑守备，主公莫非动了家中守备？”

姬轩辕回道：“还记得上次我们剿灭的野牛部落吗？这将近两百号人尽是野牛部落归顺的战士，我承诺他们只要完成好这次使命，就可以免受屠戮，并加入有熊部落享受子民的待遇，想必在常先的管束下不会出什么乱子。”

大鸿稍稍安心，正待两人还要交谈之际，风后忽然骑着一头纯白色的牛摇晃着来到二人跟前。

姬轩辕看到风后似乎有事相商，于是先开口道：“风后，是不是有什么情况？”

风后面色平静，缓缓说道：“主公，没什么大事，不过我觉得有件事还是要和你说一下。”

“你说吧。”姬轩辕执着缰绳问道。

风后闻言称是，只见他遥指着左前方的方向，姬轩辕的目光望去，却只有层层繁密的树叶，这时，风后轻声道：“主公，我们要想走出这片森林就只有这一条路线，如果随意乱闯很有可能迷失其中，损失惨重，而前方守住这片森林出口的部落，正是炎帝手下的部落，叫作黑虎部落。”

姬轩辕听完风后的话语，略带疑惑神色问道：“这事你怎么知道得如此清楚？”

风后回答道：“士兵刚刚在这附近抓住一个人，他就是黑虎部落的人，来森林里狩猎，在我们的逼问下他全都说了。”

“哦？怎么说？”

风后继续说道：“他们黑虎部落以豢养猛虎出名，猛虎为其作战，而现在的部落首领名叫黑虓王，首领世代豢养黑毛猛虎，黑虓王勇力超群，以一当十，神通广大，我们只有战胜他们才能离开森林，所以特此前来让主公定夺。”

姬轩辕听着风后的话，跨牛而下，从地上捡起一块石头，笑着对风后说道："此石坚硬否？"

风后答道："此石虽硬，剑锋可破之。"

姬轩辕说道："若用宝剑破石，难免心疼，若是巧用良计，石可自碎矣。"

风后眼中精光一闪，追问道："不知从何说起？"

姬轩辕走到一棵三人合抱的大树前，小心翼翼地观察起树皮表面被猛兽抓划的痕迹，目测着抓痕的距离和深浅，许久，他转身翻身上马，开口说道："把抓来的黑虎部落的人放回去。"

"这不是暴露了我们的行踪吗……"风后说到了一半，突然眼前一亮，但是思索片刻神色暗淡下来，道，"主公你是想让这个人回去通风报信？但他毕竟是黑虎部落的人，怎么可能为我们所用？"

姬轩辕忽而大笑，说道："风后，你这么聪明的人什么时候也变得这么着急了呢！你有没有问出他们部落的方位和他们物资辎重的地点呢？"

风后答道："在我们的严刑逼供下他已经全都招了，黑虎部落的粮草辎重都保存在正南方向，这个地方是森林开垦出来的空地，人员守备很少，我们可以趁机先夺了他们的粮草辎重，再做打算。"

姬轩辕摇了摇头，说道："就算得到了粮草又如何，最后还是要和他们正面对决，我不想徒耗兵力，依我之见，你们在那个俘虏面前先透露我们要偷袭他们粮仓的意图，然后再不让他察觉地故意将他放回去。"

"他回去之后一定想要将功补过，我们立即赶到正南偏东方向寻找易于埋伏的位置，布置一半兵力埋伏，分作两队，等到他们前军一过，立刻点火杀出，将他们首尾截断，另一支部队包抄他们的尾翼，但不要恋战，向粮仓方向让出一个缺口让他们逃离，然后用剩下的兵力再设下两重埋伏，到时候他们斗志尽散，必定束手就擒。"

风后瞪大了眼，听罢忍不住快意大笑起来："主公真是圣明！竟能够想出如此绝妙的计策！能够追随主公，我风后三生有幸啊！”

姬轩辕拍了拍他的肩膀，轻声笑着说道：“你就不要恭维我了，你就是太急了，要不然这等计策你风后怎会想不出？好了，你快去办吧！”

风后领命而去，姬轩辕立刻命令大鸿率领三军原地驻扎。

过不多时，军中突然有人高声喊道：“不好了！黑虎部落的俘虏逃走了！”

大鸿见众人都急忙去寻找俘虏，连忙将他们喝止，命他们原地待命，而风后则亲率一队人马前去追回俘虏。

过一会儿，风后空手而回，对姬轩辕说道：“主公，已经走远了！”

姬轩辕一喜，号令三军，道：“有熊战士们听令，随我疾行，勿要贻误战机！”

随即他一马当先朝着正南方向奔驰而去，身边数员大将紧紧相随，所有的战士全都快步跑了起来，向着南方前进。

午后，太阳渐渐毒辣，透过林梢照射在地面上。

一条人工修建的通道横贯繁密的森林，道路两旁的草丛中，铺满了有熊氏战士的身影，若不仔细查看，还真无法发现。

他们已在此等待多时，就在这时，远处突然传来了沉重的脚步声！

第八章　席卷逐南天

一　剑势如虹

姬轩辕听见远处的脚步声，心头一喜，对着身边的力牧开口说道："你准备就绪，等到黑虎部落大军行军至此，你率领部下突然袭击，务必将他们首尾截断！"

接着他又拍着大鸿的肩膀，郑重说道："老三，你率领布置在前方阵地埋伏的那一队人马，将黑虎部落完全放过去，等到这里击鼓出击，你再率领部下杀出，将他们向粮仓方向驱赶，不能让他们突破你们的防线！"

力牧和大鸿同时低声应道："遵命，保证完成任务！"

清风徐徐，波澜不惊，此时的森林静谧非常，穿透树叶照射而下的斑驳破碎的阳光平铺在地面和杂草深处，温暖得让人有些倦意，但是此时明媚的树林中暗藏着杀机，无数双眼睛阴沉锐利地盯着正在踏入陷阱的羔羊。

终于，黑虎部落的人在一阵"噼里啪啦"的脚步声中跑入了姬轩辕的视野，只见这些黑虎部落的战士也像他们一样穿着全套牛皮盔甲的武装，不同的是他们手中的武器尽皆是用兽骨打磨而成的，其中有斧子，有弯刀，有长剑，但是大多是短兵器。

姬轩辕冷眼看着眼前这些急于增援粮仓的黑虎部落战士，看出他们已经跑了不少时辰，有些体弱的战士此刻已经满头大汗，力不从心。

于是他伸手从边上的一个战士手中拿过一个木制鼓槌，然后开始静静等待着羔羊完全进入他们的圈套。

就在这时，姬轩辕随意一瞟，突然发现在黑虎战士身侧有几个骑着强壮大虎的战士，他们的装束和普通士兵不尽相同。姬轩辕再定睛一看，终于发现他们紧紧相随着的前方一人，穿着花纹虎皮大衣，外束牛角甲胄，头戴牛角盔，一支灰褐色似石又似玉的长枪反手负于身后，正监督着部队的前行。

而让姬轩辕感到眼前一亮的正是他胯下那只皮毛发亮的纯黑色大虎，这只虎皮毛完美，身形矫健，堪称上品。

“此人就是黑虒王！”姬轩辕用不容置疑的语气，缓缓说道。

片刻之后，他指着黑虒王座下的黑虎缓缓说道：“没想到这个陷阱竟然将黑虒王这样的大鱼都引诱上钩了，看来这个声名赫赫的部落首领也没有多么智慧的头脑嘛！”

姬轩辕见黑虎部落行军已过身前，等不多时，他手中鼓槌一扬，狠狠砸在身前的牛皮鼓上。

霎时间，四周鼓声连绵响起，宛如百道雷电撕裂大地，紧接着埋伏在两侧的有熊战士全都发出了雷霆般的咆哮。

骤然间，原本静谧无比的密林深处爆发出的强烈呼喊和鼓鸣声划破寂静，惊飞了缱绻林中的鸟儿。

转眼间，数百名有熊战士手持利刃和盾牌，从丛林两侧冲出，杀向行军途中的黑虎部落战士。伴随着轰鸣的鼓声，黑虎战士们一时间只见漫山遍野的敌人杀了出来，不由慌了手脚。

有些人刚想抵抗便被砍翻在地；有些人丢盔卸甲妄图逃跑，还没跑出几步就被斜刺里射来的一支飞箭命中，扑倒在地；剩下一些人拿着手中的兵器茫然四顾，不知道到底该如何是好。

黑虎部落的战士们乱作一团，有熊部落的战士们如猛虎下山一般。率先带着部族战士们冲锋在前的力牧更是奋勇杀敌，只身冲入敌阵大肆杀戮，转瞬间黑虎部落的军队被冲撞得支离破碎，首尾不能相顾。

姬轩辕见此情形，立即丢下手中的鼓槌，拔出腰间的青石剑，率领身边十名护卫死士加入了战团。他身轻如燕，青石剑大开大阖，带着势不可当的锐气朝着敌人砍去，转瞬间三四名黑虎部落的战士便倒在他的脚下。

风声逐渐呼啸，带着呜呜的悲鸣声，婉转于林间，一股浓重的血腥味随着风蔓延开来，无数道血花在空中盛放。

姬轩辕再挥剑斩掉一名敌人的头颅，举目四顾，终于找到了黑虎部落的首领黑虒王，只见他正全力和上身赤裸、杀得兴起的力牧在场中鏖战，他身旁的黑虎满嘴鲜血，在一旁保护着黑虒王的后方。

姬轩辕连忙回头对身旁一位死士急声说道："快取黄杨硬弓来!"

说罢，身边那名死士立马卸下了身上的硬弓交到姬轩辕的手中。姬轩辕接过硬弓时顺势从死士背上的箭篓中抽出两支利箭，转瞬间张弓搭箭，动作一气呵成。

他的箭尖直指二十步开外的黑虒王，眼神凌厉中带着浓重的杀气，这股杀气好似凝聚成实质性的剑刃，欲择人而噬!

周围的死士们见主公正在凝神射箭，于是纷纷贴了上来紧紧保护着姬轩辕，生怕有人此时突然偷袭伤了他。

瞄准待发，姬轩辕骤然松开弓弦，弦上飞箭"嗖"的一声离开了硬弓，直直避开路径上的所有敌人，径直射向与力牧战得难分难舍的黑虒王的后脑勺。

箭声呼啸已至黑虒王的身后，似乎下一秒黑虒王就要血溅当场，倒地毙命，但就在这个时候，突然起来的异变让姬轩辕吃了一惊。

原来飞箭就要射到毫无察觉的黑虒王时，他身旁正在和众多有熊战士厮杀的黑虎却突然仿佛预警般朝着身后暴射而回，扑到了黑虤王的身上，就这样，那支飞箭实实在在地扎入了黑虎的肋下。

“嗷呜！”一声凄惨的厉啸随之响起，黑虎将黑虤王扑倒在地后忍着剧痛立刻爬将起来，将主人挡在身后，面目狰狞地盯着身前的力牧，满是鲜血的虎口大张，发出愤怒威胁的低吼，浓稠的血液顺着它锐利的牙尖缓缓滴落。

黑虤王也迅速从地面上爬了起来，他看到黑虎身上的箭伤，立刻勃然大怒起来，扬起手中巨斧再次冲向力牧，黑虎见主人已动，也没有丝毫迟疑，竟也一跃而起扑向力牧，力牧也没有畏缩，一把长刀在手，迎了上去。

两人一虎战作一团，力牧显然独木难支，很快便落了下风。姬轩辕见状，丢下弓箭，一把拔出插在地上的青石剑，朝着不远处的黑虤王就冲了上去，他一路上砍翻七八个敌人，几个呼吸间已到黑虤王身前。

他没有丝毫迟疑，剑锋横陈，对着一斧砍毕，面门洞开的黑虤王心脏陡然刺出，剑势如虹，快若闪电。黑虤王突遭变故，大惊失色，猛然回拉石斧想要抵御姬轩辕如毒蛇般的杀招。

姬轩辕一剑刺空，再进一步，又刺一剑，这剑势毫无停滞，不给黑虤王以喘息之机。就在这时，黑虎悄无声息而至，一口咬住姬轩辕出剑的手臂，给了黑虤王短暂的机会，他趁机拉开身形，直接朝粮仓方向遁逃。

力牧正欲上前杀虎，黑虎身形灵动，转眼间松开虎口，凌空一跃，如闪电般追随主人逃离，力牧正欲追赶，姬轩辕出言制止。

姬轩辕用手捂着被黑虎咬伤的伤口，神情有些痛苦，低声道：“别追了，他们逃不掉的。”

于是姬轩辕原地坐下，随军而行的雷祥立刻赶来替他敷药包扎。过了很久，一名将士急匆匆赶到接受治疗的姬轩辕身前，跪下禀告道：“禀告主公，我部斩杀黑虎部落近半数战士，其余全部俘虏。”

“那黑虤王呢？”姬轩辕问道。

“黑虓王在逃亡途中被我军最后一道伏兵截住，已被风后大人杀了！”

二　围兔儿岭

姬轩辕面色不变，因为这一切早已在他的意料之中，就算他身边有那只极富灵性的黑虎相助，也插翅难飞。

想到这里他突然眼前一亮，追问道：“那黑虓王身旁的那只黑虎呢？”

那名将官思虑片刻，郑重回答道：“那只黑虎见首领身死，负隅顽抗至力竭，伤损我军很多战士，最后撞树自绝了。”

姬轩辕听罢，叹了一口气，转而摇头道：“真是可惜了！”

他觉得若是能得到如此通人性且忠诚的坐骑，该有多好，姬轩辕这样想着，不由又叹了几口气。

密林的小径上，粗壮的树干旁，满野的草堆中，到处匍匐着冰冷的尸体。没有用多长时间，姬轩辕手下的战士们便将敌人的尸体分作一堆，同样也把同伴们的尸身抬到空地上摆放整齐，一字排开。

一边的尸体堆积如山，而另一边摆着二十余具尸体，这番景象就出现在微寒的密林深处。拾起兵刃，擦干血迹，包扎着他们身上累累的伤口，活下来的人们沉默地进行着这一系列的动作，他们的脚在地面上踩出了一道道触目惊心的血色莲花，他们没有说话，全都在等待着正中坐着的男人发布命令。

正中的男子，手臂上绑着干净的兽皮，受了些皮外伤，但他的表情依旧是如此平静，仿佛根本没有受伤似的。

这男子正是姬轩辕，他望着几乎没有多大损失的部下。又过了一会儿，所有的人马终于收拢集合完毕，这场埋伏围歼黑虎部落的战役最终以损失二十三人的代价而结束。

姬轩辕欣慰地望着精神尚佳的战士们，他将俘虏交给刚回来的风后，然后站在一块大石头上，指着南方，像是越过层层林涛，直指辽阔大地道："一路向南，今天我们用一场大胜消灭了黑虎部落，明天我们就能提着战刀敲碎烈山氏这只迟暮老虎的牙齿。"

有熊战士们闻言，个个胸膛中的热血顷刻间被点燃，他们举起手中的刀剑，朝着苍穹发出了充满力量的怒吼。

北方的狼群，终于要露出锋利的獠牙了！

姬轩辕从炎帝部落手中接过了黑虎部落的控制权，从手下调度了十几个战功卓著的将士代替黑虓王成为首领和帮手，同时俘虏中大多数人向姬轩辕投降。

除此之外，黑虎部落还向姬轩辕进贡了一只纯白色的大虎，据说这是两只纯种血脉的黑虎所生，世间少有，姬轩辕便收下作为坐骑使用。

姬轩辕等人一路向南，不出两日，终于离开了森林。前方的平原辽阔开朗，让他有一股想要骑着这只白虎纵横的冲动，若隐若现的姜水就在那儿静静地流淌。

"真快。"

姬轩辕骑在虎背上眺望着远方，他的眼中满是豪迈之情，就算是此时他的右手被包扎得看上去肿胀不堪，但还是无法掩盖他身躯上所散发出来的光辉，而青石剑，也被他握在了左手，垂在身畔。

他从黑虎部落那里得到了炎帝手下部落的全部消息，其中重点提到了一个部落，就是往南二十里外兔儿岭上的兔儿部落。

兔儿岭虽是炎帝管辖的一个大部落，但是从来不受炎帝的重视，非但如此，烈山氏还常年派人在兔儿岭生事杀戮，兔儿岭部落的人怨声载道，同时他们又被黑虎部落常年欺压，就连部落圣物圣水筒都被黑虓王夺走。

这一切都源于兔儿岭的内部斗争。从黑虎部落手下战士的口中得知，兔儿部落共有三位首领，他们是三兄弟，三兄弟为了争夺首领之位分裂了整个部落，三方势力时常爆发战争，部落虽大却生灵涂炭，内忧外患更是让部落子民苦不堪言。

此时姬轩辕骑着纯白大虎，与手下军队一起在平原上缓缓前行，他的手中正拿着一个淡黄色石头雕琢而成的精致水筒。这个水筒形如竹节，表面光滑饱满，触手冰凉且不会被手掌的温度影响，把玩许久还是有一股滑滑的冰凉感觉。

一旁骑着牛儿跟在姬轩辕身旁的大鸿看到主公如此认真地盯着手中的石质水筒，不由出言问道："大哥，难道这就是风后之前所说的兔儿部落圣物圣水筒？"

姬轩辕闻言点了点头，他将这个物件丢给了大鸿，执着缰绳晃晃悠悠道："这个东西也能称作圣物？我一点也没看出来这水筒除了材质奇异了些还有什么神奇之处，倒是兔儿岭的事情让我更感兴趣些。"

大鸿连忙接住抛过来的水筒，仔细观察起来，半天才回道："兔儿岭，大哥你是想要打下兔儿岭吗？"

姬轩辕听罢笑了笑，随即又缓缓地摇了摇头，说道："我们有熊国的将士虽然能征善战，但是这样长途奔袭，接连应战，就算是铁人也扛不住，况且兔儿岭不是小部落，部落情况又复杂，万一把他们惹急了联手起来，当真不好对付。"

大鸿点了点头，追问道："想必大哥心里早已有了主意？"

姬轩辕回道："主意自然是有了，引子就是你手中这个水筒。"

"哦？"

"此物是兔儿部落圣物，持有者得部落首领之位，现在圣物遗失，那兔儿岭三兄弟就会争夺兔儿岭上的圣水潭，得之而为主。我认为我们不必与他们为敌，既然他们对烈山氏毫无忠心，而我们又手握他们部落的圣物，自然结盟更为稳妥，让他们为我们所用，一起攻打烈山氏。"

听着姬轩辕侃侃而谈，大鸿茅塞顿开，说道："大哥的意思是想以圣物为承诺，推举出他们的首领，同时让他们反水，归顺我们有熊氏？"

姬轩辕回道:“差不多吧。但是我的想法是先派大军将兔儿岭团团围住给予压力,再派使者约见兔儿部落三兄弟,同时以圣物为许诺,并给予更多的承诺,让他们为我们所用。况且我们还帮他们消灭了黑虓王,这个恩情他们也得和我们清算一下。”

说罢,姬轩辕大笑,高声喊道:“全军听我号令,就地驻扎,午后进军兔儿岭!”

晌午过后,姬轩辕的大军起行,跋涉二十里来到兔儿岭,以雷霆之势摆开架势,将兔儿岭围得水泄不通,同时将兔儿部落的哨骑全部扣押下来,并派出使者通知兔儿部落的三个首领在山脚下相会。

姬轩辕仅带着十名死士和力牧、大鸿二人,坐在山峦之下,他的面前有一块木案,案上摆着一只陶壶,壶中装着水酒,再加上三只陶杯。

姬轩辕仰头望着这座并不高大的山岭,山岭之上挂着三束旗帜,旗帜上描绘白灰黑三只兔子。姬轩辕数着旗帜,感到煞是有趣,这三只旗帜分地域林立,每个地域周围都有高耸的木头栅栏。

“看来传言非虚,这三兄弟还真可以为了首领大位而大动兵戈。”姬轩辕倒了一杯酒,一饮而尽。

就在这时,山上尘烟骤起。

“看来人已经到了。”

三 兔岭结盟

姬轩辕话音刚落,山峦三个方向都有尘烟大作,不一会儿,只见连绵的兔儿岭上无数整装待发的将士从山峦之后冒了出来,他们脸上透着敌意与杀气,只不过这股杀气并不是冲着姬轩辕而来,相反地,他们只是在互相对峙着。

姬轩辕眼看着他们已到了眼前却突然按兵不动,生怕自己的计划被那三个莽夫给搞砸了,于是连忙高声喊道:“三位兔儿部落的首领,还请你们不要妄动刀兵，请下岭与我一叙，我有要事相谈。”

说罢，左边山岭上一名穿着白衣且长满络腮胡的男子出声说道：“你们有熊部落来此不怀好意，我又怎么相信你？”

姬轩辕笑着回应道：“你们莫要害怕，我姬轩辕以人格担保，这次我到山脚只带了十名战士和两个心腹，倒是你们却带了这么多的士兵前来，我姬轩辕是前来和你们商谈的，不是和你们打仗的！”

一言既出，山峦之上再无回声。不久之后，兔儿岭上白色旗帜拥戴的那名络腮胡男子率先动身，骑着胯下的山羊沿着山峦纵跃而下，转眼间便来到山脚的空旷处。他与姬轩辕对视两眼后，环顾四周，自认此地无法伏兵，没有危险，这才缓缓行来。

看到大哥率先下山，山峦上的其余两兄弟也沉不住气了，他们的坐骑皆是山羊，只见他们拍着山羊的屁股，同时“咩”了一声，山羊身姿矫健，纵横穿梭，迈着灵动的步伐向着山岭下腾跃而去。

不多时，三人先后来到了姬轩辕的面前，姬轩辕满含笑意请他们入座，他一眼瞟去，发现这三兄弟长得还真少有相似之处，其中白旗的大哥长着一脸络腮胡，而灰旗的二哥则留着锃光瓦亮的光头，最后是黑旗的三弟，一脸儒雅相貌，极像一名书生。

三人入座毕，姬轩辕也不卖关子，直接开口说道：“今天我不请自来，邀请三位首领前来，是为了和各位交好，同时有一事相求。”

原本姬轩辕还担心兔儿岭的人听不懂夏族语言，但是想到兔儿部落属于炎帝部落的附属，而烈山氏又是夏族的共主，于是决定尝试一番，果不其然，兔二哥听完姬轩辕的话后便立刻咋呼起来，明显是听懂了。

“交好？你们有熊氏居于姬水之岸，如今迢迢南下姜水，你安的什么心思路人皆知！况且你用大军将我兔儿岭团团围住，还和我们说交好，你当我们兔儿岭好欺负吗？”

姬轩辕听罢，笑着饮了一口水酒，缓缓说道：“我要是没有诚意，就不会只带着十人前来和你们商谈，就拿你们现在互相攻伐、生灵涂炭的状况，我有熊大军所到之处，定是片甲不留。”

话音刚落，兔大哥一拍木案，而兔二哥更是摔了手中的陶碗正欲发作，山峦两边的兔儿岭战士们纷纷抬起手中的石枪和硬弓，准备迎战，而力牧和大鸿加上姬轩辕身后十名死士更是纷纷拔出手中的刀剑，霎时间，原本风平浪静的山脚，顿时剑拔弩张，周遭的温度好似受到感染，急剧下降。

场中只有两人岿然不动，一人是兔三弟，另一人则是姬轩辕，姬轩辕和兔三弟对面而坐，四目相对，两人都从对方的目光中看出了一些端倪，随即姬轩辕移开目光，哈哈大笑道：“众位还请息怒，是我失言了，不过这个东西你们应该认识吧？”

说罢，姬轩辕从怀中掏出一物，将其重重地按在木案之上，松开手掌之后，一个淡黄色的水筒立刻出现在众人的眼中。

“圣水筒！”一见到此物，兔儿岭三兄弟异口同声地喊道。

兔大哥脸上表情异常精彩，他急忙问道：“不知道大王你是从哪里得到我们兔儿岭的圣物的？”

姬轩辕暗道这个老鬼还有些心机，明明就是想要从他的口中套话，于是他也不隐瞒，直接说道：“我部灭了北边森林的黑虎部落，这只水筒是我从黑虎部落拿来的，听说是你们兔儿部落的圣物，所以特此前来归还，可是我现在不知道要还给谁呢。”

三人听罢，先是震惊，然后是猜忌，随后是欣喜。当他们看到姬轩辕所言并不像开玩笑，于是脸上都露出了喜色。但是圣物只有一个，意识到这一点的他们开始互相暗中环伺观察，都从对方的目光中看到了浓重的敌意。

就在这时，光头的兔二哥突然觍着脸谄媚起身，一边伸手一边奉承道：“大王英明神武，智勇无双，竟然在翻掌间就将不可一世的黑虎部落给灭了，我兔某实在是佩服佩服！这个圣物是我们部落的重宝，既然姬大王执意归还,我就不客气了啊!”

手刚伸出去,突然便被身边另一只手直接拍掉。兔二哥转头一看竟是兔大哥,顿时勃然大怒起来,他拔出腰间利剑,吼道:“你这个窝囊废,你再动我一下,我就把你的手剁成肉泥,你想不想试一试!”

兔大哥也不示弱,喊道:“我是兔儿部落的大哥,兔儿部落的首领本就应该由我继承,圣物也应该归我所有,你如此放肆,看来我是要给你点颜色瞧一瞧了!”

兔二哥冷笑一声,嘲讽道:“呵呵,父亲临死前也没有宣布谁做这部落之主,你仗着自己年长便了不得了?我兔二爷告诉你,就算你是我亲哥,我也照样砍了你!”

于是两人便在木案旁吵了起来,场面顿时陷入僵局,姬轩辕也没有打断他们争执的打算,只是坐在一旁把玩着手中的淡黄水筒。

就在这时,一直沉默不语的兔三弟终于开口,他极为儒雅地起身道:“两位哥哥暂且不要争吵了,我看这位大王有话要说,还是先听他说完吧。”

兔三弟的一番话让他的二位哥哥暂时停止了争吵,两人都气呼呼地坐了下来,不再看对方,这时兔三弟转身望着姬轩辕道:“大王,不知道你可否知道,这些年我们兔儿岭三兄弟为了兔儿岭的圣地圣水潭争破了头,可是还没分出个胜负,现在你又带着圣水筒前来,不知您到底是何居心?”

姬轩辕看着眼前这个深藏不露的儒雅男子,面上仍是和煦的笑容,他缓缓开口道:“这次前来我是为了和三位首领结识,更是为了和三位首领共商大事。”

兔三弟惊讶问道:“哦?大王如此雄才大略,又有这么大的野心,却想和我们这三个山中莽夫论什么大事?”

姬轩辕沉思片刻,说道:“我想要和你们谈的,正是开疆扩土的大事,但还是那句话,我不知道你们兔儿岭主事的究竟是哪一位大王,我这话该和谁说?”

兔二哥率先开口道:“依我看大王还请移驾我灰兔部落,我们慢慢商议!”

兔大哥眉头一皱,同样不甘示弱道:“我是兔儿岭的大哥,还请大王到我白兔部落详谈!”

“怎么? 你又想要找打?”兔二哥指着兔大哥,喝道。

兔大哥怒目而视,吼道:“哦? 那就试试到底是谁找打!”

姬轩辕见气氛再次闹僵,不想再拖下去,于是开口制止道:“这样吧,我看我就和三位首领一起商谈此事,我有熊氏和你们兔儿岭今日结盟,共图烈山氏的疆土!”

三人面色一滞,都显得有些古怪,兔三弟开口道:“你的意思是让我们反了炎帝?”

“正是,和我为伍,你们所获,何止一座兔儿岭?”

四　鸷鹰偷袭

三人听到姬轩辕的话,都陷入了沉思,良久,兔大哥低声问道:“不知道大王对于此等承诺做何担保?”

姬轩辕说道:“黑虎部落可算强?”

三人回道:“很强。”

姬轩辕说道:“我剿灭黑虎部落四百余精锐战士,仅损二十余人,此可为担保。”

场中再次陷入沉寂,最终还是坐在一旁的兔三弟开口说道:“我黑兔愿意同大王结盟,和您一起共举大事。”

这时,兔二哥在一旁嘲讽道:“三弟,就你那一点点兵马还想和别人一起举大事? 大王你还是和我结盟吧,我兵强将广,定能够给予您最大的帮助。”

姬轩辕打断他们的争吵，说道："我选择结盟的是你们兔儿三兄弟，而不是单独的某一人，你们互相争斗三年，没有胜负，让原本强大的部落变成如今这种状况，任人欺凌，我姬轩辕的盟友，不能如此。"

他见三人没有说话，于是继续说道："还请三位首领化干戈为玉帛，我们一起追求更大的利益，如今既然是我充大头，若我战胜三位首领，可否号令三位？"

兔大哥沉默，兔二哥却爽快答应，只有兔三弟坐在一边独酌杯中水酒，片刻后缓缓说道："大王不用动手，我黑兔愿意听从您的号令。"

姬轩辕对着黑兔点头示意，随即他离座邀灰兔一战，短短五个回合之内就赤手空拳将灰兔径直打倒在地，令其久久无法爬起。不久后灰兔起身，拜服。

事已至此，白兔也不好再推托，最终听从姬轩辕的号令，自此兔儿岭三大分裂部落全都向姬轩辕俯首。

随后，姬轩辕命人摆好祭台，放上祭品，与三人歃血为盟，共称兄弟。在姬轩辕的命令下，灰兔掌握三个部落的王权，掌管圣水潭；黑兔手握三个部落的兵权，掌管三个部落的军队；白兔掌管兔儿国，可调度灰兔与黑兔二人，掌握圣水筒。

三人各自都得到了好处，喜不自胜，就此忘记了争斗。姬轩辕也终于松了一口气，这次只身前来不仅免了一场兵戈，获得了盟友的帮助，除此之外他还得到了意外的收获。

在兔儿三兄弟向姬轩辕拜别离开后，姬轩辕偷偷将兔三弟黑兔留了下来，以瞒天过海的手段让他和自己一道回到有熊军驻扎营地。

姬轩辕带着黑兔领略了有熊氏的雄壮兵卒和精锐武器，让黑兔和风后、力牧等众位大臣相见交谈，许久，他们才返回营帐，入了酒席。

姬轩辕坐在将首之位仰头饮酒，而黑兔则坐在下首陪饮，二人虽豪饮，可酒席之上却落针可闻，没有人吵闹，更没有人说话。

终于，坐在下首的黑兔耐不住性子，开口问道："大王你暗带我到此，肯定不只是为了带我游览和饮酒吧？如果有什么事还请大王明示。"

姬轩辕回道："看来三首领还是心中有数的，既然如此，我也不和你卖关子了。依我看来，兔儿岭三兄弟中只有你一人堪大用，你大哥白兔外强中干，优柔寡断，不足与谋；你二哥野心太大，生性贪婪，恐与虎谋皮；只有你善于隐忍，也识时务，我想和你合作。"

听到这里，黑兔故作惶恐，连忙起身拜谢道："大王如此盛誉我岂敢承受？大哥和二哥都是堪大用之才，我黑兔区区一个小势力的头领，三年来都在大哥和二哥的夹缝之中求生存，真是惭愧！"

姬轩辕见他如此惺惺作态，也佯怒喝道："难道我姬轩辕与你合作的诚意还不够吗？"

黑兔身躯一震，没有说话。

这时姬轩辕才施施然起身，迈步走到黑兔的身边，将他搀扶着坐了下来，温声道："你这些年最缺的东西不就是士卒吗？以你这份心智，拥兵之后不出多久，一定可以把你两个不成器的哥哥打败。难道我这份大礼不是助尔生翼吗？"

黑兔闻言再不作态，连忙起身跪拜叩首，高声道："姬大王大恩大德，我黑兔没齿难忘，从今往后我黑兔一定为您肝脑涂地，唯您驱驰，在所不惜。"

姬轩辕连连称好，和颜悦色地将其扶了起来，搀扶就座，原本安静的营帐内终于传出了两人的欢声笑语。

…………

两个时辰之后，天色已黄昏。

姬轩辕领着醉眼蒙眬的黑兔出了营帐，正要派人将他偷偷送回兔儿岭，突然一阵杀意陡然出现，姬轩辕的酒意忽而清醒，转眼看去只见一支利箭已经呼啸而至，想要躲闪已是来不及了。

就在这时，一位离姬轩辕最近的死士早姬轩辕一步察觉到了这支呼啸夺命的飞箭，他想都没想，纵身一跃扑到姬轩辕的身前，下一秒，利箭“扑哧”一声扎入死士的背部，两人一同翻倒在地。

“快来护驾！敌袭！敌袭！”

周遭几名死士见状立即大声喊叫起来，骤然收紧围成一堵圆形的人墙，将姬轩辕围在其中，而四周的有熊战士们也闻风而动，力牧和风后立刻率军四下寻找袭击者，大鸿则赶忙冲来查看姬轩辕是否安全。

只见脸色有些潮红的姬轩辕伸手推开身上沉重的死士，他随即高喊，想让雷祥赶来救治这名替他挡了一箭的死士，与此同时他的双指摸到死士的脖颈，发现已然没有了脉搏。

姬轩辕脸色一暗，显得极为沮丧，他坐在地上，低着头轻声说道：“来人，将这位将士的尸体厚葬。”

就在两名有熊战士正欲上前将尸体抬下去的时候，一旁微醺的黑兔却突然指着死士背上那支黑色的飞箭大声说道：“这……这是鸮鹰国的箭矢！”

与此同时，赶来查看的仓颉也蹲下身子缓缓将箭矢拔出观察。片刻之后，他皱着眉头对姬轩辕说道：“主公，这支箭矢名叫杀矢，箭头是兽骨磨制，箭尖接有毒蛇獠牙打磨的尖端，浸染蛇毒，呈叉器形，两侧都有向外凸显出来的锋利短刃，只要射中，被击中者立即死亡，无可救药！”

姬轩辕眉头紧皱，他转头望着黑兔，严肃问道：“你刚刚说这是谁的箭矢？”

黑兔的酒意也被突如其来的变故给激醒了，他知道事态的严重性，郑重说道：“这箭矢是炎帝部落下属鸮鹰部落的特有武器，威力非常，让周边部落十分忌惮，所以我一眼就认出了这支箭矢。”

姬轩辕追问道：“鸮鹰国离这里多远？”

黑兔回道：“不远，两日足矣。”

姬轩辕寒声说道：“哼，就让我亲眼去见识见识这些只会暗箭伤人的鸳鹰!”

就在这时,远处爆发了激烈的战斗,四面喊杀声骤起,仿佛到处都处在激战之中。姬轩辕连忙起身大声质问情况,而一道高声大吼却从远处骤然响起:

“不用去了,我鸳鹰王就在此地,今日奉炎帝之令取你狗头!”

姬轩辕面色有如寒霜,他深知自己的军队肯定已经被鸳鹰部落所包围,情急之下急忙对着身旁的大鸿喝道:“立刻带着黑兔突围上兔儿岭,让他搬救兵前来!”

说罢姬轩辕拔出腰间青石剑,高声喊道:“全都不要惊慌,全员听令,都跟着我向前厮杀!”

说罢姬轩辕朝鸳鹰王发声的方向冲了上去,身旁所有将士也都怒吼一声,随着姬轩辕杀将过去。短短一个时辰内,风云变幻,原本静谧的兔儿岭成了一片战场!

第九章　丈夫志四海

一　短兵相接

漆黑寂静的四野突然亮起无数灯火，火光四起，沿着远山朝平原收紧，原本寂寥黑暗的平原很快被这数百道火光照耀得亮如白昼。

伴随着火光的，是那震耳欲聋的喊杀声，敌人的吼叫声声势浩大，由远及近。

姬轩辕左手持着青石剑，一往无前地向着远处杀去，他的右臂由于之前击杀黑虓王时被其坐骑黑虎咬伤，此时仍吊着绷带，不能行动。

身旁力牧和大鸿紧紧跟随，以防主公不测，剩下的九名死士也都寸步不离地跟随，用自己的生命替主公廓清前方道路。

很快，鸮鹰王的军队就和有熊氏的军队碰撞在了一起。两军对垒，如汹涌洪流，风后早已冲杀在前，将旗在火光中挥舞，手下有熊战士喊杀震天，刀光剑影，血色弥漫。

姬轩辕不多时已踏入敌阵之中，他左手依旧有力，顺势向前横扫。青石剑何其锋利！他身前的几名鸮鹰部落战士转眼间就成了其剑下亡魂。杀了两人之后，姬轩辕眼都没眨一下，他挥剑再度向前，身旁力牧和大鸿等人都陷入了死战，死士为了姬轩辕的安全都不敢恋战，纷纷跟随着长驱直入的姬轩辕而去。

风声鹤唳，草木皆兵，鸶鹰王的军队带着衔远山吞长江之势滚滚而来，士气大盛。由于突然遭袭，纵然有熊第一时间反抗且反抗之势极猛，奈何驻扎在不同地方的部队无法及时收拢，他们终究还是损失惨重。

但是由于有熊氏战士们顽强地反抗，另外周边驻扎将士们赶回，鸶鹰部落也付出了惨痛的代价。

可是就算回援的战士再奋力厮杀，被鸶鹰战士们围堵得水泄不通的姬轩辕还是左冲右突，依然冲不出重围。

外面的人进不来，里面的人出不去，鸶鹰部落的伏兵宛如铜墙铁壁一般令人感到绝望。

姬轩辕看见手下的战士们一个接着一个地倒下，他的心如刀割，疼痛不已。

血色浸染了他的周身，就连他的脸庞也仿佛被鲜血浸泡。与此同时浓重的嗜血杀意从他的身体上激荡而出，姬轩辕的眼中已是血红一片，喷薄的杀气更加可怖。

他挥动青石剑，火光中连绵成青虹光练，翻手便斩杀一人，覆手再杀一人，身前三尺，人鬼皆殁，无人敢近。

这时，姬轩辕遥望远处一人，身高七尺，双目狭长如电，身穿褐色羽衣，长相清秀，心中料想此人定是鸶鹰王。只见他身周围着一圈士卒严阵以待，此人手拿一把硬弓。火光映照下姬轩辕见他站在一座木台之上，向着四处射箭毙敌，几乎将他身周一丈之内的有熊战士全部肃清。

姬轩辕见手下战士纷纷惨死，心中无名之火顿起，一把抢过身边一名死士的黄杨硬弓，顺带抽出一支羽箭，搭在弓弦上将弦拉满，“嗖”的一声羽箭飞出，径直射向不远处的鸶鹰王。

鸶鹰王竟也不是酒囊饭袋，他在转瞬间感觉到箭矢传来的杀机，于是连忙侧身，躲避掉姬轩辕射来的飞箭，同时也发现了姬轩辕。两相对视之下他也不由分说,拉开弓弦对着姬轩辕便回敬了一箭。

本欲提着青石剑冲上去手刃鸶鹰王的姬轩辕被这突如其来的致命一箭所迫,连忙停下来抵挡。当他挥动青石剑将飞来的箭矢挡住时,只见箭矢扎入了十余米外的地面上,姬轩辕一眼便认出来这箭和之前偷袭他的那支箭矢几乎一模一样。

姬轩辕勃然大怒,喊道:“无耻鼠辈!你可敢和我堂堂正正地一决雌雄?!”

鸶鹰王啐了一口道:“有何不敢!”

他将手中雕弓丢到一旁,接过了身边下属递来的三环刀,纵身跃下木台,昂首指着姬轩辕说道:“你姬水小小一有熊氏,竟敢侵犯我炎帝部族疆土。身为炎帝臣子,你祸乱夏族疆土,今日我鸶鹰王奉炎帝上命,特前来取你性命,还不快快献上你的头来!”

说罢,鸶鹰王挥刀而上,而姬轩辕也不畏缩,一柄青石剑改执为拖,倒拖在身后地面,刻画出一道锋利绵长的剑痕。

转眼间,两人就已碰撞在了一起,鸶鹰王三环刀从上往下连劈三下,姬轩辕青石剑横于头顶,亦连挡三下,紧接着在第三刀来势渐退时,姬轩辕顺势一推,使得鸶鹰王胸膛处露出一个破绽。

早年间的狩猎和常年来的征战让姬轩辕早已能够清晰地洞察一切杀机,进入战斗状态的他,从来不会手软。于是他毫不迟疑,手中青石剑一抖,瞬间直指鸶鹰王胸口,接着轻轻一送,青石剑穿过三环刀的遮挡,以极其刁钻的角度直逼鸶鹰王的心脏。

鸶鹰王在此生死存亡之际竟不变色,没有收回三环刀抵御刺向胸口的利剑,而是直接挥动手臂,向着姬轩辕的脖颈处斩去。

“此人好生厉害,竟然毫不畏死,想要两败俱损,当真是条汉子!”姬轩辕心想,瞬间,他做出了抉择。

只见姬轩辕原本下一秒会刺入鸶鹰王心脏的利剑朝左一偏,居然避开了如此宝贵的杀机,而他的人也朝左飘飞,顺势往左斜侧方滚了一圈，回身站定。

这次显然是鸳鹰王赌赢了，他横扫而过的刀锋落空，没有斩杀到姬轩辕，但是他的嘴角却咧了起来，顿时哈哈大笑起来。

姬轩辕站定之后提着青石剑严阵以待，却突然听到鸳鹰王的嘲笑声响起，顿时更为恼怒，但是心中当下立判，明白了一个结论。

“这个鸳鹰王真的是一个不好对付的狠角色。”

姬轩辕不甘示弱，再次冲将上去和鸳鹰王斗在一起，刀剑碰撞，频繁的敲击声不断传出，十分激烈。

就在这时，远处兔儿岭上火光骤起，紧接着一声呼啸传来，姬轩辕适逢机会出剑再度刺向鸳鹰王心脏，被其用刀抵住，转瞬间，呼啸声停止，一支飞箭“扑哧”一声射进鸳鹰王的后背，同时他手上力道一松，姬轩辕的剑锋直接滑下，没入他的腹部两寸。

一刹那间鸳鹰王后退三米，同时两人的耳畔响起了旷远的呐喊声：“大王，我兔儿部落全体将士前来救援！”

姬轩辕很快就听出了说此话的人正是先前离开的黑兔，而鸳鹰王听完脸色顿时又白了几分，只见他强忍着伤势，吹了声口哨，突然黑暗的天际飞下一只巨大的灰鹰，他三两下便爬上鹰背，扶摇而上。

同时四周“撤退”声大作，由于有熊战士苦战已久不愿再追，很快鸳鹰战士们便如潮水一般退去，只剩下一地的狼藉，上百具尸体散落其中。

无数的火把倒在地面上，点燃了平地之上的草堆，还有的星星点点遍布四周，整块平地宛如星火苍穹。

姬轩辕望着眼前这一切，一股凄凉与荒芜的感觉从心底升腾起来，抬头看着鸳鹰王消失的方向，不免摇头惋惜道：“可惜还是让他跑了。”

“他中了我的三虫箭，活不了的！”突然一个声音传来。

二 情感鹰王

疲惫不堪的姬轩辕将剑收回腰间，正巧遇见小跑而来的黑兔，只见他慌忙赶来，看到姬轩辕后拍了拍胸口喘道："大王你还好没事，恕我来晚了，我真是该死！"

姬轩辕看他想要跪下，于是连忙将他扶住，安慰道："我等的性命都是你救的，你不仅没有罪，反而有大功劳，快快起来！"

将半跪的黑兔扶起，姬轩辕连忙追问道："你刚刚说的三虫箭到底是何物？难道说中了那箭的鸷鹰王就活不了了吗？"

黑兔笑着点了点头，说道："三虫是我兔儿岭毒性最强的三种毒虫，而三虫箭的箭镞则是浸染了这三种毒虫的毒液所制成的，中者不会察觉，但是五日后必因全身溃烂而死！"

听到这里，姬轩辕竟沉下脸，显得极为失落，拍手抱憾道："哎呀！我可是不想要他性命的啊！你真的不应该射此等毒箭！"

黑兔疑惑不解道："鸷鹰王偷袭你们，致使你们损失了不少人马，我用毒箭杀了他，究竟哪里不应该呢？"

姬轩辕摇头叹道："此人耿直无畏，又是奉炎帝之命前来消灭我等，实非他之过也，我很欣赏这样的人才，想让他为我所用，谁知道却给你一箭射成了半死不活，你说应该还是不应该？"

黑兔抱歉一笑，缓缓说道："如果大王真的想用鸷鹰王，那救他的方法也不是没有，我们兔儿部落既然能配制三虫毒药，自然也配制出了相应的解药。只不过你替鸷鹰王解除虫毒，他会不会对你感恩戴德呢？如果不会，那又有何用，只不过徒增一强敌罢了。"

姬轩辕目中闪着光芒，笑道："精诚所至，金石为开。我姬轩辕自认此次南下为正义之师，从来只杀奸佞残暴之徒。对于此等真英雄，当然要用仁义去感化他！"

黑兔无法辩驳，只能点头赞同。

就在这时，满脸都是血渍的力牧从一旁走了过来，只见他神情沮丧，摇头道："这次我们损失了将近两百名战士，现在全军只剩六百多人，伤亡不小。"

姬轩辕低头默然，良久他缓缓抬首，目视着面前的力牧，用手拂去他脸上的血渍，轻声道："怎么了，是不是受伤了？"

力牧见主公如此关心自己，突然觉得很是感动，连忙抱拳鞠躬道："属下无事，这些血迹皆是敌人的鲜血。"

姬轩辕欣慰颔首，拍着他的肩头安慰道："行军打仗，伤亡在所难免，你替我去给士兵们传些激励士气的话，我们远征的部队最不能丢的就是士气，忙完了你也早些去休息吧。"

力牧点头遵命，就在他眼光向下之时，突然看见姬轩辕原本包扎固定的绷带上正向下淌着鲜血，他顿时大惊。

原来姬轩辕之前和鸷鹰王一战，左手被鸷鹰王踢了一脚，又因为动作太大难免会牵扯到，所以这才导致伤口再次迸裂，鲜血沿着伤口向外汩汩冒出，看上去极为严重。

"处方！处方！快过来！主公的旧伤复发了！快点过来看看！"

看着力牧焦急地喊叫，姬轩辕连忙将其制止，低声说道："现在三军刚定，军心浮躁，你这样大喊大叫，战士们还以为我出了什么事，这样军心涣散，我们接下来的硬仗还怎么打？"

力牧被一语点醒，立马住嘴不再多言，但是姬轩辕的伤口还在淌血，他只能瞪着眼干看着。

力牧也是一个急性子，实在没法，他一溜烟便跑开了。姬轩辕知道他是到处找处方雷祥去了，于是也不管他，转头看向黑兔说道："把三虫毒的解药给我，我要亲自去给鸷鹰王医治。"

黑兔闻言大惊，连忙摇头道："大王您给他解药就是了，怎么还要亲自上门医治呢？他鸷鹰言之凿凿奉炎帝之命取你首级，你这样做不就是羊入虎口，纯属送死嘛！”

姬轩辕笑了笑，摊开掌心伸向黑兔，黑兔见此情景，只得从怀中掏出一个小陶瓶，递给姬轩辕，姬轩辕一抓就将其收了起来，哈哈笑道：“我姬轩辕乃天命之人，又岂会轻易死去！”

说罢，他扬长而去，黑兔望着他健硕的背影，眼中透着光芒，心中想道：“我从没有见过如此奇怪的人，他到底是自负，还是自信呢？”

只见姬轩辕越行越远，而更远的地方，衣衫褴褛的力牧正拽着一个书生气的长髯中年人向姬轩辕狂奔。

黑兔渐渐闭上了眼：“姬轩辕，真的不简单啊！”

…………

三日之后，姬轩辕带着大鸿和两名死士，走在怪石嶙峋的山道之上，他们四人的身影显得风尘仆仆，显然已经走了多时。

此路迢迢，又过了半日，下午时分，他们终于来到了峰顶之下，鸷鹰部落所在的石洞门前，在姬轩辕的示意下，大鸿叩门。

他们表明了身份，向鸷鹰部落的战士表明了来意之后，竟然没有任何阻碍，就被鸷鹰战士带进了石洞。历经一路蜿蜒曲折的隧道，他们终于来到一个空旷的石室，只见石室最前方的高台上坐着一人，正是鸷鹰王。

姬轩辕连忙扬声道：“我对旗鼓相当的对手从来都是英雄相惜，几日不见，甚是想念！”

鸷鹰王咳嗽一声，冷笑道：“我怀疑你是真的蠢货，这个时候上门不怕被我砍了？”

姬轩辕笑道：“我今天是来给你医治三虫剧毒的，你应该知道你自己的身体状况，如果想要杀我那就来吧！”

鸷鹰王沉默片刻，终于道：“你到底何意？”

“我想要你弃暗投明，归顺我。”

“炎帝待我不薄，我怎能背叛！”

“我奉天而行，为复仇而南下，炎帝虽怀柔天下，却优柔寡断，迟早会被九黎族蚩尤部落侵吞，我此次南下不只为复仇，更重要的是为了夏族共御大敌。今日我只带三人前来，我敬你是条汉子，就算是我死了，我也舍不得见你这般真豪杰死去！”

鸶鹰王再度沉默，这次沉默是因为他已然动摇了。姬轩辕看在眼里，缓缓上前，正准备掏出刀枪的士兵很快便被鸶鹰王喝退，姬轩辕走到高台前，吩咐周遭士卒拿来清水和陶碗，接着将陶瓶打开，将绿色的丹药倾倒入碗中，他拿着石杵捣碎丹药，用清水冲泡，端给鸶鹰王服用。

鸶鹰王将信将疑，最终还是喝下，没过多时，全身有如灵泉浇灌，顷刻间虚弱全无，生龙活虎起来，一切病痛都消失了。

“真的都好了！大王你真是仁义之君啊！”鸶鹰王不禁赞叹道。

但他还是不愿违背信义，话锋一转，又道：“既然大王救我，我实不相瞒，你与炎帝作对，我觉得不妥，炎帝老人家制耒耜，种五谷，尝百草，明音律，以通天地之德，以神人之和，与之为敌，上天难容。”

姬轩辕回道：“我与炎帝老人家确实无仇，奈何时局如此，非我所愿。”

“但是我相信，我和他最终的目的是相同的，而且我会比他老人家更加强大，你可以相信我吗？”

鸶鹰王不答，姬轩辕也不介意，轻声说道：“你的箭伤虽愈，但仍需爱护，谨记切勿大动，百日后自然恢复如旧，那我就先告退了。”

就在这时，鸶鹰王突然说道：“大王救命之恩，难以报偿，今后我鸶鹰部落……唯大王马首是瞻。”

三　缅怀故人

姬轩辕听闻鸶鹰王之言，心头终于松下一口气，轻声缓缓道：“我知道鸶鹰王仁义无双，我何德何能可以得到鹰王的归附，奈何乱世当道，炎帝不思进取，朝堂昏聩，长此以往定被九黎族所战胜，今日我姬轩辕南下实非侵夺炎帝天下，此大势所趋，非我之过也。”

闻言，鸳鹰王叹了一口气，说道：“大王所言我又如何不明白个中道理呢，只不过炎帝虽未厚待我鸳鹰族，却保我部一方平安十数载，此等恩情实不能忘！”

姬轩辕颔首，安慰说道：“鸳鹰王高义，我姬轩辕自愧不已，我也向你保证，既然今日你归附我有熊，这场和烈山氏之间的争斗我绝不会让你参与其中。”

鸳鹰王连忙朝着姬轩辕抱拳称谢：“多谢大王成全，大王您救了我性命，今后此命就是大王您的了，有事尽管吩咐！”

姬轩辕郑重地点了点头，两人寒暄了一时半刻，感到天色已晚，姬轩辕起身向鸳鹰王告别，随后便带着大鸿与两名死士离开了鸳鹰洞。

天色渐晚，四周仿佛被帘幕遮盖，天光以飞快的速度消失，而大地归于黑暗。

姬轩辕命两名死士点燃火把，四人四骑奔驰在重重山峦高坡堆叠的地面上，急速的风声从他的耳边呼啸而过，正聚精会神赶路的姬轩辕突然听见大鸿的声音，于是放缓了速度，才将其所言尽收耳中。

“大王，现今我们已离家数月，将士们都开始日夜思念家乡了，而且我们储备的粮食也不多了，虽有黑虎、兔儿、鸳鹰三个部落提供供给，但是再往南进损耗更大，你身上又有伤未愈，不宜昼夜行路，依我看我们还是班师吧！”

姬轩辕仔细琢磨了一番，发现大鸿所说确实有道理，于是轻声回道：“我看行，姜水流域的缺口已经被我军打开了，我军既可以趁势南下又可以据守北方，无论是炎帝还是蚩尤，都没那么容易对付我们，三个部落臣服，向南就如入无人之境，我明日交代事宜完毕就率军班师，再做图谋。”

大鸿扬声喊道：“遵命！”

第二日，姬轩辕会见了兔儿岭的黑兔，风后在侧，与其一番耳语，就让他回去了；姬轩辕又将一批战士驻守在黑虎部队中，派遣一名协助使帮助物色新一任的黑虎部落首领；最后他派人向鸳鹰王传话自己班师的消息，并对他委以重任，联合三大部落，成为三大部落的核心。

做完这些事情之后，姬轩辕连夜亲率三十名精壮战士轻装南下，秘密潜入九黎族部落，一路骑着白虎奔腾，终于在深夜来到了旧方雷。现在的方雷已经重现了繁荣气象，许多部落在这片土地上再次崛起，将这片废墟再次建设成繁荣的居住地。

姬轩辕站在夜色掩隐下的断崖边，俯瞰着这片土地，他的眼瞳于此刻显得有些深邃，在头顶清辉的照耀下，他的眼眶中已有了波光。

在他的身后，三十个黑影一字排开，静静地伫立着，宛如雕塑一般，夜半断崖之上的气氛显得有些沉闷，没有人说话，就连大气都没有喘一声。

姬轩辕越看着脚下这片繁荣的土地，他的心中越觉得悲伤，他从没有来过这儿，这片土地却像是他的心结一般，久久无法解开，这儿不是他的故土，却有他的故人。

他默默摘下挂在脖颈上的晶莹骨梳，用食指提着链子，拿到身前，低声说道："十多年过去了，我终于能来看你了。"

姬轩辕缓缓抬头，咬着嘴唇，摇头叹道："我现在已经不是当年那个需要你保护的少年了，但是现在，你又在哪里呢？"

话音已落，他眼中顿时暗淡下来，只见他扬起右手，便欲将手中的骨梳丢下山崖，同时轻声道："这骨梳，我贴身保管了十几年，今天我想让它回来陪你。"

可是就在他准备甩出的那一刻，他的内心牵动之下，竟不再动了，随即他一言不发，将这枚骨梳收拾好又放回身上，似苦笑又似嘲讽，自言自语道："还是舍不得啊……"

风儿轻轻地吹，月光如霜落在他的头顶，落在周围的沟壑上，他从部下的手中接过一壶水酒,仰头“咕嘟咕嘟”狂饮起来,他的喉结上下跳动着,眼角紧闭,可是两行清泪却从中滑落。

当夜,姬轩辕独酌六壶水酒,最终他将最后一壶酒倒在断崖之上,就此负手而去,三十部下紧随其后,一言不发。

第二天,九黎族中便传出了一件骇人听闻的大事。

昨夜,一人纵白虎连闯苗黎十三部落,身后数十人相随,砍杀苗黎族人无数,一路向北,长笑而去!世人见其坐骑,皆称亡国怨魂。

此事再次激起了苗黎族的愤恨,他们认为这是夏族人所为,于是九黎族和烈山氏再次迎来了他们之间矛盾的激化,自此两族从刚刚短暂平息的战事中再次陷入了紧张对峙。

又一日,姬轩辕终于带着手下起程返回姬水,他骑在虎背上雄姿英发,神情如常,就像什么都没有发生过似的。

迢迢月余,不急着赶路的有熊战士们终于走出了黑虎森林,看见不远处连绵的矮人山脉,姬轩辕胯下白虎,迅捷轻巧,三两下便来到了半山腰的那块巨石旁,拍着巨石高声笑道:“果然我有熊国承天之志,此次南下,战无不胜,攻无不克,不愧为承天!”

远处的战士们闻言纷纷敛去脸上的颓色,兴高采烈起来,齐声高喊道:“主公战无不胜,攻无不克!”

战士们的声浪如同连绵的波涛,气势如虹。

就在这时,大鸿突然指着矮人山谷上方的山巅高声喊道:“主公,你看!”

姬轩辕拉动缰绳,扭动虎头,回身望去,只见此时山巅之上一缕红色的狼烟腾腾升起,直上九霄。

他的面色顿时冷了下来,第一时间抽出了腰间的利剑,喝令道:“发现敌情,准备迎战!”

听见姬轩辕下令,将士们的脸色几乎同时沉了下来,一片肃然之下,刀剑纷纷出鞘。

与此同时，姬轩辕转头对大鸿说道："大鸿，你立即朝天发射赤色狼烟，准备进攻！"

原来矮人族的国王生性阴险，利欲熏心，得了好处让他们南下，心中也打着小算盘，知道姬轩辕等人回归之时必然疲敝，于此时用兵偷袭，定然能够取得惊人的成效。但是他千算万算，还是没有算到姬轩辕比他多算了一步，早就在山脉中暗暗伏兵，监视着他们的一举一动。

此时探得有熊部队准备进入矮人山谷，矬王立马令所有士兵倾巢而出，埋伏在山谷之外等待着有熊氏部队进入包围圈，立马围住将其消灭，若姬轩辕和手下精锐一死，其大片疆域，则尽入矬王之手。

矬王已身穿战袍亲自埋伏在山峦后，他美美地想着，建立功勋，在此一举，手下的矮人战士们全都匍匐在山谷外高坡阴面，随时等待着他的号令。

可是过了许久，本应该出现的有熊部队却迟迟没有出现，矬王的心中升腾起了一种不安，或许是他们知道了不敢前来？

随即他摇了摇头，否定道："不可能！我行事如此隐秘，断不会被发现。"

就在这时，他抬眼一望，突然发现天空中密密麻麻的黑点正朝他们而来。

不知哪名矮人战士突然大喝一声："快撤退！是飞箭！"

四　剿灭矮人

听闻天际这些密密麻麻的黑点尽是飞箭，矬王一下子便慌了神，他翻身一滚就从地上站了起来，嘶声喊道："全都给我撤回山谷里去！快！"

话音未落，不远处突然响起了震天的喊杀声，声势浩大，几乎快要将人的肝胆震碎，矬王被这喊杀声吓得双腿一软，竟然跪了下来，所幸在周围战士们的搀扶下他很快站了起来。

这时飞箭已至，矮人部落的阵营里顿时哀声遍野，无数被飞箭射中的人痛苦地倒在地上，更有人背上被射中了十几支箭，就像是一只刺猬，在地上蜷缩抽搐。

矬王身边搀扶着他左手的矮人战士刚走没两步，突然“啊”的一声就朝着前方扑倒在地，他的背上赫然有一支飞箭，半支箭身都没入了他的身体，鲜血汩汩地朝外冒着，他趴在地上抽搐了两下便死了！

矬王脸色大变，脚下速度加快，疯狂地向着近在眼前的山谷手脚并用地爬将过去，但是耳旁的惨叫声仍然不断传来，这一阵箭雨下过，矮人战士们便损失了五分之一的兵马。

矬王见战士们一个接着一个倒下，心中既愤怒又无奈，高声喝骂道：“姬轩辕你个天杀的浑蛋！待我回到山谷就将你守死困死在山谷外！让你不得好死！”

此时矮人族的战神岘天已然赶到矬王的身边护驾，矬王在前，岘天在后阻挡飞箭，就在他们快要踏进山谷时，原本敞开的高大石门的黑暗之处突然蹿出了十余个身高七尺的男儿，他们全都穿着豹皮大衣，手中握着利刃。

刚打了照面，当先一人反应奇快，手中战刀忽而高举，顺势劈下，裹挟着无尽杀意和怒气，向着矬王砍杀过去。

矬王大惊失色，几乎连魂都要吓掉了，但他还算敏捷，在生死关头就地一滚，堪堪避开了寒意十足的剑刃，而这一剑却不偏不倚击中了注意力全在身后的岘天，转眼间，岘天的头颅被劈成两半，直接倒地毙命。

持剑之人一脸寒霜，满面胡茬，尽显沧桑，仔细一看竟是在此等候了数月的常先。他见姬轩辕发出赤色狼烟，又见矮人族倾巢而出意欲埋伏，于是趁势夺了矮人营寨，断了他们的后路，没想到一出山谷就撞见了夺路而逃的矬王，他立刻拔剑劈去，更没想到的是没有杀死矬王，反而将矮人族的战神岘天一剑斩杀。

常先杀了岘天，没有分毫的停顿，再次提起手中浸染鲜血的长剑，朝着一旁倒地的矬王猛然刺去。矬王再惊，一双眼瞪得滚圆，他狼狈慌乱地继续往左滚，躲开了常先的攻势，片刻之后两名矮人战士冲了过来，将常先架住，矬王这才脱险。

慌不择路的矬王见山谷里不断涌出有熊战士，知道回去已是不可能的事，而手下战士们已经被敌军完全分割，散落四方，根本无法集结，而保护他的战神也被杀死了，走投无路的他决定逃跑。

常先见矬王不由分说便狂奔而逃，一剑推开二人之后，伸手往背上一探，转瞬间硬弓箭矢皆在手，他张弓搭箭一气呵成，弹指间飞矢飞出，向矬王击射而去。

不知是矬王侥幸还是命大，这个时候他突然踩到一块石头，一个趔趄，本欲穿心而过的箭矢竟“扑哧”一声射中他的手臂。

矬王惨号一声，也顾不上什么，更加迅捷地奔逃，几乎就要逃掉时，突然从斜刺里冲出一人，此人身体壮硕，赤裸着上身，手持一柄大斧子，不由分说便向矬王砍去，矬王慌乱之中停下脚步，抽出佩剑抵挡，霎时间两人战成一团，短时间内竟难分胜负。

而另一边常先用剑杀了身周六名矮人族战士，看见力牧拦着矬王正在激战，于是再度张弓搭箭，等待着他们分开的时机。

终于两人一番交手后各自分开，矬王无比迅速地直接反方向全速逃遁，力牧见此情景也不去追，从背后取下弓箭，行云流水般抬箭射向矬王，几乎是同一时间，常先箭亦发。

“扑哧”一声，两支箭同时命中，只见奔跑中的矬王突然僵直倒地，顷刻间毙命。

力牧和常先相视一笑，力牧跑上前将矬王的头颅割了下来，乘马而归，高声喊了起来，声震四方，进入了所有人的耳中。

“所有矮人族将士听着，你们的首领已死，你们的家人都在我们手上，你们的战神也已经死了，现在投降的话，饶你们不死，今日你们不义在先,若还想顽抗,我力牧今日就将你们矮人族灭族!”

听到力牧的话,仍在激战的矮人们个个像是泄了气的皮球,终于在一人的带头下,所有人都丢掉了手中的武器,缴械投降。

有熊部队再次大胜。姬轩辕传令派人驻守矮人山脉,他高声号令道:“自今日起,矮人山脉更名函谷关,所有矮人全部随我部北迁至姬水河畔,驻军一百,守此关,即刻起行!”

于是当姬轩辕带着将士们再次起行时,长长的队伍后跟着许多的矮人,他们被迫背井离乡前往陌生的地方。姬轩辕本想给予之前帮助他的那名叫作朋丝的女孩优待,却遭到了拒绝,姬轩辕也如实告诉了她方雷灭国的事实。

骑在白虎之上,回头望着队伍之后的那个号啕大哭的女孩,姬轩辕摇了摇头,双目含泪,但是也无能为力。

历经数月,姬轩辕终于回到了有熊,他潜心养伤,厉兵秣马,开始在乱世中休养生息,开疆拓土,就这样过了一年,突然有一天,一位远方的使者找上门来。

姬轩辕派人宣使者进石殿,见来者是一名老者,面容甚是熟悉,只是一时间想不起来,于是连忙问道:“你是何处来使,我以前难道见过你吗?”

使者也不客气,捋了捋长髯高声说道:“小子,你的记性可真差啊,当年我可救过你的性命!”

两旁的侍卫见此人竟敢直呼主公为小子,当下纷纷拔剑,却被姬轩辕一声喝止。

只见姬轩辕的脸色从震惊变为狂喜,他伸手指着面前这位使者,惊声说道:“你……你是仓古大叔?”

仓古笑了笑,说道:“正是老夫,不瞒你说,我今日前来,可是有一件喜事想与你商洽。”

姬轩辕连忙离座,吩咐左右拿来一把木椅,他跑将过去将仓古大叔扶到座位上，在他身旁坐下，喝退左右，笑着问道："大叔你有什么事就说。"

仓古颔首，神采飞扬道："那我就开门见山了，今日我是代西陵国君前来，向你们有熊国提亲的。"

姬轩辕大惊："提亲？找谁提亲？"

仓古看了他一眼，说道："当然是找你提亲啊，我们公主嫘日夜牵挂着你，国君看不下去，准备将公主嫁给你，一来了却公主的心事，二来也是为了西陵和有熊修好。"

闻言，姬轩辕完全呆住了，他的脑海中突然浮现出一个梨花带雨的小女孩，羞红着脸，低垂着眼眉，啜泣着不忍他离开的情形。想到这里，他的脸突然红了，心中一个念头在回响："十多年了，嫘还好吗？她现在长成什么模样了呢？"

第十章　黎明破晓时

一　西陵联姻

看见姬轩辕的神情显得有些呆滞，仓古大叔咳嗽了一声，这时正好两名婢女端着酒水和鱼肉上来，这才将姬轩辕从沉思中拉回了现实。姬轩辕看着仓古，脸色有些泛红，酒水刚上桌，他立马提起酒壶给仓古大叔倒上一杯，也给自己倒了一杯。

他囫囵喝下，抹了抹嘴，有些结巴道："仓古大叔，这件事……在我的记忆里，嫘公主还是一个小姑娘的样子，而且十多年过去了，我也不知道嫘愿不愿意嫁给我，你说这……"

仓古也举杯共饮，听闻姬轩辕之言，立马放下酒杯，捋着长髯高声道："这你就错了，我们公主这十几年来天天念着你，这次我前来提亲也是经过她同意的，此等喜事，我看你就尽快定夺吧！"

姬轩辕脑海中再度浮现出嫘的模样，以及那楚楚动人的身影，他的心中突然平添了许多思念。

他心中说道："我说过会回西陵看望她，可是这些年当上国君，政务繁忙，竟是忘了！还是一直处在思念女节的感情之中？"

姬轩辕的心仿佛被狠狠地戳了一下，回想当年在西陵的往事，月下的谈话，神道的比肩，离别的依依不舍，全都清晰地浮现在他的眼前。

“唉，原来我也一直在念着她……”

仓古见姬轩辕又陷入沉思，心头烦恼，饮了一口酒道：“大王你到底想好了没有，我仓古这辈子最见不得优柔寡断之人，还请你给句痛快话，是同意还是不同意？”

姬轩辕清醒过来，他莞尔一笑道：“罢了，我心中也时常挂念着嫘，我同意娶她，她会成为我姬轩辕的正妃，我向西陵国君保证，此生一定会好好爱惜她的。”

闻言，仓古开怀大笑起来，他伸手拍着姬轩辕的肩膀道：“我果然没有看错你小子，当年我和你的救命之恩就一笔勾销了，以后你有熊若是有用得着的地方，我这把老骨头随时前来相助！”

姬轩辕一手把酒，一手牵着仓古的手，说道：“我姬轩辕承蒙大叔你的恩情才能活到今天，不然早成为九黎族的刀下鬼了，这份恩情这辈子永远不会忘记，同样，我有熊会和西陵万世友好！”

场中响起了两人开怀的笑声，使得原本冰冷的石殿仿佛有了温度，气氛也热烈起来，昏黄烛光摇曳的石壁让人心头更暖。

第二日，仓古带着数十名西陵骑兵，皆骑花虎，在姬轩辕的送别下，离开了有熊，朝着迢迢归途启程。

他们互相约定，三月之后，他们会再次相见，而那时，就是西陵大队的送亲人马前来之时。他站在城墙头，望着渐渐消失在远方的西陵轻骑，再次想起了嫘，他含笑想道：“这小姑娘当年也是这样送着我离去的，再过三月，也就能再见到她了。”

…………

时间如白驹过隙，三月如烟过。

一大早，听闻哨骑探报，一行百余人的送亲队伍在数百名西陵士卒的率领下已到都城外三十里处，姬轩辕连忙召集军士，叫上所有大臣，全都到都城外等候，而他更是亲自站在城墙头迎接远道而来的送亲大队。

还未到正午，远处欢快而悠扬的鼓乐声已然飘来，缓缓飘进姬轩辕的耳中，他从朦胧中望见了送亲队伍的影子，不知为何，他的心中骤然如响鼓般“咚咚”作响，手心的汗恰好证明了他的紧张。

又过了片刻，送亲队伍已到眼前，一共四辆牛车，每辆由五头健硕黄牛牵动，牛车的样式和十余年前一样，是由牛儿拉着一幢小木屋前进，木屋底下架有干柴用以减小阻力，却依然颠簸不已。姬轩辕倒更喜爱骑乘，觉得坐在这里面定会感到难受无比。

鼓瑟吹笙，笑语飞扬，为首的仓古大叔见到姬轩辕出来迎接，脸上笑开了花，姬轩辕连忙下了城墙头，跑将出来迎接。

仓古下马，和姬轩辕互相寒暄。姬轩辕欣喜地望着他身后的马车，当先说道：“你们倒是把我等苦了，一路上没遇到什么危险吧？”

仓古笑着说道：“没什么事，就是一路太过漫长颠簸，公主的食欲不是很好，身体状况有些差了。”

姬轩辕连忙问道：“大叔，我能去看看嫘吗？”

这时，仓古却摇了摇头，说道：“不行，要按照迎亲的规矩来，现在见面还不是时候，况且成亲之后你们有的是时间叙旧。”

说罢，仓古露出了一丝难言的笑意，看得姬轩辕一愣，心中说道：“没想到这么严肃的仓古大叔，也有这样温情的一面。”

姬轩辕不禁莞尔，于是连忙说道：“我早已置下了酒席，快快招呼将士们进去吧，他们风尘仆仆，需要好好休息！”

于是姬轩辕和仓古携手共进，西陵送亲大队和军士紧随其后，人们的脸上都洋溢着喜悦的笑容，西陵的军士们也都被喜悦的气氛感染，疲惫的脸上透出笑意。

这场宴会与成亲仪式从正午延续到了半夜才结束，有熊的战士们和西陵的将士们纷纷喝得酩酊大醉，两国的将士们勾肩搭背坐在一起，从天南地北的趣事聊到家长里短，豪爽的笑声不时在都城的上空飞扬。

白日里姬轩辕和嫘拜过天地，但是他没掀开嫘的盖头，也没有和她说过话。终于到了夜里，现在离开了纷扰的人群，姬轩辕带着朦胧的醉意回到了寝宫，寝宫内外张灯结彩，他知道那个曾经梨花带雨的女孩此刻正静静坐在房内。

他的心中带着些许忐忑，终于还是推开门帘走进了房间之中，映入眼帘的是坐在床沿的高挑女子，她穿着染红的麻布喜服，顶着盖头，正安静坐着。

姬轩辕缓缓走去，走到了她的身边，当他准备将盖头掀开时，手却被女子一把推开，看到女子生气，姬轩辕感到一阵莫名其妙。

就在这时，嫘突然自己掀了盖头，姬轩辕的眼中呈现着一张熟悉却又陌生的脸庞，和多年前梨花带雨一样，此时的她仍在啜泣。

“怎么了？”姬轩辕急切问道。

嫘的皮肤白皙透亮，精致美艳，一双忽闪的大眼睛泪光闪闪，显得可怜极了，只见她咬着嘴唇，楚楚可怜地盯着姬轩辕，嗔怒道：“你骗人！说一定会来看我的，这么多年都没来过一次！”

二　炎帝求援

姬轩辕听罢觉得心头更是愧疚，他低下头，像个犯错的孩子似的，道歉道：“是我不好，我当年回到有熊仅仅三年就做了一国之君，从此全身心都扑到了国家上，我也想去看你，可是一直都没有时间。”

嫘看着姬轩辕，从他的脸上看到了真诚和愧疚，到底她还是个善解人意的女子，于是她拭去眼角的泪花，破涕为笑道：“好啦我知道了，我现在可是来找你了，以后你也得好好对我。”

说到这里，嫘的脸色顿时绯红，连忙低下头去，之后的话，细若蚊蚋之音，再也听不清楚。

姬轩辕看到这里，不知为何心中竟生出了万分的疼惜，一股难言的感觉在他的心头激荡，让他的全身都如同受熊熊烈焰点燃，转瞬间居然有些无法自抑。

他蹲下身来看着嫘低垂的美目，双手不自觉地抬起，触碰着她柔软的脸庞，将她眼角的泪珠拭去，柔声安慰道："嫘，今天起你就是我的正妃，我会对你好的，永远都不会离开你了。"

嫘痴痴抬首，四目相对，眼波中的柔情似洪水泛滥。夜风轻轻叩动着门帘，好似在敲门，案台上的烛火明灭可见，姬轩辕缓缓靠近嫘，下一秒，闯进屋内的风儿吹灭了案台上的烛火，与此同时，姬轩辕和嫘紧紧相拥，相互依偎。

…………

岁月流逝，时光荏苒。

转眼间几年过去，此时的姬轩辕已经不再是一名意气风发的少年，他已经三十多岁了。

他率领部下一统姬水流域，一路向南迁都，与炎帝部落全线接壤，进入与炎帝的对峙阶段。

有熊国正式成为继烈山氏、九黎族之后最为强大的部族，但是孰强孰弱，未曾开战，犹未可知。

而在这些年内，姬轩辕将幼时发明的独轮搭配了西陵的拖行木屋马车结合而成发明了轮轴驱动的马车，又进一步运用到战争中，发明了战车；与此同时，其妻嫘在盐亭养蚕缫丝，逐渐淘汰了古老的毛皮衣，有熊举国上下皆穿上了麻衣、帛衣，进入了全新的时代。

姬轩辕在两年前拜在崆峒山广成子门下修道，前后三月，姬轩辕从广成子口中知道了治天下和长生之法。三月后广成子飘然远去，只留下一句，姬轩辕将来可成王成帝。

而另一方面，他发明了衣冠，并命国民穿戴，大力培养雷祥所举荐的贤能，发展医学；而仓颉更是造出了一些文字，经由姬轩辕普及，已经广为流传。

最令人感到震惊的是，风后和大鸿一起钻研古今典籍，自创阵法，在剿灭其他部落的战役中发挥了摧枯拉朽的超强作用。

这一天，姬轩辕正坐在新修建的木制宫室大殿中批阅奏章，突然门外一名士卒躬身请求，有事禀报。

姬轩辕招手让他进来说话，只见那士卒立即跑了进来，躬身禀报道："大王，有使者前来，希望面见大王！"

姬轩辕放下手中笔墨，抬眼看着这名士卒，皱着眉疑惑道："哦？何方使者？"

士卒身躯弯得更低了，他恭声禀报道："禀告大王，来使是烈山氏炎帝部落。"

姬轩辕感到很惊讶，他没有想到此时气氛已然如此紧张的情形下，炎帝竟然还会派使者前来。不过他随便想一想也能知道这个使者前来的目的，姜水以西蚩尤部落暴虐横扫，几乎侵吞了他烈山氏半壁江山，若再这样下去，烈山氏便会被九黎族整个吞掉，使者前来，定是求援的。

姬轩辕面无表情，淡淡说道："我现在有事要忙，让他等着。"

士卒怔了片刻，也没敢多问，径直退了下去。

一个时辰、两个时辰过去了，姬轩辕终于伸了一个懒腰，想要活动活动僵直的四肢，就在这时，后方的门内出来了一名女子，女子体态丰腴，一颦一笑都有一种倾城之美。

姬轩辕听到脚步，也不转头，带笑柔声道："嫘，你怎么不好好休息，跑到这儿来做什么？"

嫘缓缓走到了案台旁，将手中的陶碗放在桌上，挑眉笑道："我看夫君你天天为国事操劳当真疲惫，这才熬了一碗鸡汤让你补补身子。"

姬轩辕握住她的手，缓声道："我知道你对我最好了。"

嫘默然颔首，随即说道："我对你是好，但是你对人也别太差了哦。"

姬轩辕疑惑问道："我哪有对你半点不好？"

嫘掩嘴笑道："夫君对我自然是极好的，只不过你也不能让烈山氏来的使者等到天黑吧？”

姬轩辕听此言，这才一拍脑门恍然大悟道：“我刚刚给忙忘了！”

说罢，他扬手喊道：“来人，将烈山氏来使请上来。”

嫘这才收起了笑容，温柔地看了姬轩辕一眼，端起空碗径直离去。

很快，一名上身披着草领、下身系着一条皮裙的男子走了进来。男子面目清秀，头发却杂乱得像稻草一般，赤着的双脚黑乎乎的，修长的指甲随着手垂在两腿边，手执着一条柳条，看上去肮脏不堪，却自有一股出尘之意。

来人面色平静，没有因为姬轩辕的怠慢而感到愤恨难平，他缓缓站定，躬身行礼道：“姬王万安，我号赤松子，留王屋修炼多年，早年间随赤真人南游衡岳，会一些求雨卜算的小本事，所以又被人称作雨师，现在炎帝帐下。今日特受命为使，拜见姬王。”

姬轩辕带着感兴趣的目光盯着眼前这个肮脏男子，问道：“炎帝他老人家遣你为使前来，所为何事？”

赤松子面不改色，欣然说道：“炎帝派我前来，是想让姬王和我主结盟，共同守卫夏族的疆土，击败苗黎族的入侵。”

姬轩辕心中冷笑，表情却未变，问道：“说得确实好听，但我没听清楚，你说的究竟是苗黎族攻打夏族，还是九黎族攻打你烈山氏呢？”

赤松子闻言，停顿片刻，说道：“这两个本就是一个道理，无论是哪一种，都对夏族不妙，若我烈山氏被九黎族侵吞，那你有熊氏也不一定就能得胜，况且若我烈山氏被灭，九黎族势大，你们也很难保全。”

姬轩辕听罢，眼瞳中似有寒光，但转瞬间就已然消失，他用手轻轻摩挲着案台表面，缓缓说道：“这个道理我自然是懂的，不需要你来提醒我。”

“那姬王就更应该同意炎帝的请求，和我们共举大事，抗击……”

可是赤松子的话音未落，就被姬轩辕毫不客气地打断：“合作不难，最主要在以谁为主导，若以炎帝为主导，我断不合作，如果想要合作，定当由我主导。”

赤松子面有难色，停顿片刻道：“姬王，我主炎帝再怎么说也是天下共主，而且有不世之功勋，如若不以他为尊，岂不是名不正言不顺？”

姬轩辕摇了摇头，斩钉截铁道：“这件事没有商量。”

看见赤松子似还有话要说，姬轩辕心中无名之火骤然升温，拍案喝道：“炎帝治世以来，虽恩泽万民，却不崇武强兵，管辖疏松，放任部落侵吞，强族割据，外忧内患，转盛为衰，若他执帅，只会无端损耗我部将士，我绝不同意！”

三　联手抗敌

见赤松子脸色骤变，姬轩辕毫不在意，冷声继续道：“再看看你们烈山氏，蓬头垢面，不思进取，整日幻想处于太平盛世，但是你们要知道，这是乱世，而这乱世，皆是你们的软弱造成的！”

赤松子闻言，原先白皙的面庞突然也沉了下来，但是转眼间就恢复如初，他轻声道：“既然如此，这件事还有转圜的余地，姬王您现在的意思就是只要让你当上联军的统领，你就愿意和我们一起共抗九黎族了吧？”

姬轩辕扶案而起，眼神中只有淡淡的光芒，他面无表情，缓缓说道：“我也不是不通情达理之人，更何况我也明白九黎族的危害确实大于你们烈山氏，既然如此，若我姬轩辕为联军统领，定当全力以赴，为夏族击败蚩尤。”

赤松子连忙恭声说道：“好，姬王此言既出，我这就回去禀报商量，之后再向姬王通禀！”

说罢，在姬轩辕的示意下，他缓缓地退出了大殿。

姬轩辕望着赤松子的目光显得有些深邃，他喃喃自语道：“这个人的心性和修养皆为不凡，看来炎帝虽色厉胆薄，但他的手下却是十分不凡，当年的祝融，现在的雨师，看来以后还是要多提防一些才是。”

就在这时，一双柔软的手儿抚过他的胸膛，将他环腰抱住，姬轩辕知道是嫘，于是柔声道：“怎么啦？”

嫘有些幽怨的声音从他的耳边传来：“夫君，我刚刚没忍住偷听了一些，你当真要去打仗了？”

姬轩辕转过头看着面有忧色的妃子，摸着她的脸颊安慰道：“别担心，你夫君我这些年历经大小战役数十场，除了受些小伤之外，从没有大的伤病，况且时局动荡，九黎族势大，如果我坐视不顾，烈山氏必灭，到时候九黎族趁势北上，我有熊也是很难抵挡，所以为今之计，先得联合烈山氏，把心头大患九黎族击败才行。”

嫘的脸上写满了委屈，一双眼满是担忧，轻声说道：“你若为联军统帅，必然要亲率部下南下，若是炎帝设计陷害你，又或在激战中负伤，我该如何是好啊。”

姬轩辕笑着摇了摇头，说道：“不用担心，炎帝他的品行不至于做出如此下作之事，而且会不会受伤这也非我能预料，但我这么多年都没有负过大伤，你就放心好了。”

说罢，嫘还想说些什么，却被姬轩辕摸着脑袋打断了，随后他便搀扶着她朝后殿走去。

过了数日，赤松子飘然而来，再次拜访。

他带来了炎帝的口谕和药材、兵器等众多宝物，姬轩辕在大殿上再次会见了赤松子。

赤松子还是一如数日前的装束，没有丝毫的改变，姬轩辕一等他上殿就开门见山笑着说道：“赤松子啊，你这次前来得到了炎帝什么命令，说来听听。”

赤松子鞠躬拜见姬轩辕后，这才缓缓说道：“这次我主特命我带来了许多珍宝赠给姬王您，除此之外，还有一份口谕需要我传达给姬王。”

姬轩辕招手说道：“那就说来听听。”

赤松子颔首，整理了一下破旧不堪的衣服，这才昂首开口说道：“我主口谕，自我作为夏族共主数十年来，独领三大共主之首，统领天下浩土，废寝忘食，常忧思难眠，本想以和治天下万邦，奈何天下却非如我所愿，今我烈山氏疲敝，内有群狼，外有猛虎，苗黎族在蚩尤的统治下野心昭昭，妄图取我而代之，趁势覆灭夏族，此诚危机存亡之时，我虽未曾和君相见，但已知君心中的宏图大志，此刻只有我烈山氏和有熊氏两大部落联手才能战胜九黎族，如若不然，你我的下场就会像破晓之灯蛾，亦如被九黎族覆灭的众多大小部落一样，沦为尘埃中的一抔黄土。”

姬轩辕皱着眉头，望着眼前的赤松子。刚刚炎帝的这番口谕确实说到了他的心里。这几日他夜不能寐，无时无刻不在思索着当如何对抗蚩尤，也想过诸多后果。在测算了所有的结果之后，他还是得出了最终的结论，如果不能在此时消灭九黎族而破其势的话，将来再与之为敌，几乎没有胜算。

姬轩辕眼看赤松子沉默以待，哈哈笑了一声，突然说道：“可是，之前我说过的条件，你主还没有给我个明白的答复呢。”

赤松子再次鞠躬，诚恳说道：“我正要说此事，还请姬王不要着急。”

他顿了顿，咳嗽两声清了清嗓子，终于郑重说道：“我主认为平定西方苗黎之乱是头等大事，其余的事情都算不上大事，所以我主决定同意姬王之意，将联军统帅的位置交由姬王您，所有军政大事皆有姬王领导，我主从旁协助，战时烈山氏各部可由姬王调配。”

姬轩辕满意地点了点头，和颜悦色地说道：“这样甚好，那我便同意与炎帝合作，共讨九黎蚩尤！”

这时，赤松子突然话锋一转，扬声说道：“不过在合作之前，还有一事需要姬王首肯，我才能回去交差。”

“哦，何事？”

赤松子说道：“我主将三军交由姬王领导，这是基于一致对敌的条件之上，姬王万不可背信弃义而趁势夺我烈山氏疆土。除此之外，姬王不可有私心，应对两部人马一视同仁，不能暗自徒损我烈山氏部落的人马。”

姬轩辕闻言，脸色顿时沉了下来，冷声道：“你看我姬轩辕像是此等奸佞小人吗？”

赤松子随即大笑，连忙摆手说道：“我当然知道姬王为人仁义正直，断不会做出此等卑劣之事，我只是奉命提点，还请姬王不要介意。”

姬轩辕闭眼深吸一口气，缓缓招手道：“我知道了，你下去吧。”

赤松子再鞠一躬，说道：“既然如此，一个半月之后，我等在姜水以东恭候姬王三军大驾，我赤松子就此告辞！”

…………

转眼间，一个多月悄然而过。

姬轩辕的部队已经出了函谷关，一行七千多士兵的长龙逶迤缓行，不日便来到姜水东岸，随行的将官们个个精神奕奕，力牧、风后、大鸿、常先等老臣紧随姬轩辕之后。

风后骑着一匹白马，离姬轩辕的骑乘最近，他身在高处，低头纵观，望着前方姜水东岸林立的旗帜各异，缓缓摇头说道：“我实在没有想到，烈山氏竟然已经惨淡到了这步田地，除了都城和几座坚城之外，其余的土地全都落入九黎族之手了。”

姬轩辕也看到了眼前的这片景象，他仍自骑乘前行，没有回答。

这时一旁的大鸿却纵马向前，开口说道：“你看烈山氏现在这种光景，根本就没有希望了，我们还来帮他们作甚？”

姬轩辕回头望了一眼常先，平静说道：“若我们现在不来帮助他们，或许五年、十年之后，今日的烈山氏就是明日的我们了。”

常先沉默颔首，而这时风后却接着话头说道：“现在这个局面，一切都还是要看我们有熊的本事了，这一场战役，或许会是我们经历的最为惨烈的一场战役。”

姬轩辕听了风后之言，也颔首表示赞同。他率部踏过高坡，眼前出现了一队人马，这队人马的旗帜上有着炎帝的标志，显然炎帝派部队前来迎接他们了。

姬轩辕带着数位大臣纵马向前，只见当头两人，姬轩辕一眼便认出来其中之一，就是之前为使的赤松子。

四　屡战屡败

赤松子一旁另一位魁梧壮硕的高大男子骑着壮硕的黄牛，凶神恶煞般侍立一旁，一股杀气从他的身上透了出来。姬轩辕望见此人，神情顿时一凛，他没有见过身上杀气如此重的人，更何况此等相貌身材再配上这种杀气，真是神鬼见愁。

姬轩辕骑着白虎，来到赤松子的身前，掉转虎头，望着他说道："赤松子，许久不见，敢问你身旁这位豪杰是何人？"

听见姬轩辕发问，赤松子连忙翻身下了坐骑，看向一旁同样下了牛背的魁梧壮汉，开口说道："我身旁这位名叫刑天，是我主麾下的勇士，我主闻姬王已到，特命我二人前来迎接，还请姬王带领将士随我去和我主相会！"

姬轩辕颔首，他命令力牧带领三军继续前进，自己则和手下几位大将一起随着赤松子和刑天朝前方纵马而去。

终于到了烈山氏的都城，姬轩辕进城之后四处环顾，这才知道原来已为天下共主的炎帝所在的都城竟是这般寒酸破旧，心中不由得平添了几分轻视，但他的面色仍然如旧，只是随着赤松子一路前行，最终来到一座石殿门口。

赤松子进殿禀报之后，立马跑将出来，邀请姬轩辕进殿。

姬轩辕微微笑着，跟着赤松子踏入了有些昏暗的石殿，当他进入石殿之后才发现原来这座石殿竟大得出奇，从外观看觉得昏暗，而置身其中却又觉得明亮如白昼。

他举目望去,发现朝北方向有一高台,高台的地面上尽皆铺就雪白的虎皮,就连王座的石台上也都被虎皮覆盖,石台上一人,正满面笑容地望着他。

这是一位精神矍铄的老者,他穿着藤草制成的衣服,围着皮裙,赤裸着半边身子,显露出他魁梧壮硕的肌肉,而他的头发却蓬松杂乱,白如银丝。最让姬轩辕感到惊异的是他的双眸,两只眼眸中透着炽热的光芒,宛如两盏明灯。

看见姬轩辕进来,老者立马起身下了高台,而姬轩辕也迈步向前,他心里明白,就算是自己没和炎帝见过面,但是眼前的这位老者,一定就是大名鼎鼎的炎帝。

炎帝下了台阶走到姬轩辕身前,伸手便抓着他的手腕,和颜悦色地将他朝高台上领,而姬轩辕也没有反对,任由他抓着随他走上台阶,来到王座边停下。

此时两边侍卫已经抬上了一块半人高的石座,炎帝让姬轩辕坐下,自己则坐回王座之上,两人相距不到三尺。只见炎帝伸手握住姬轩辕的手,由衷地赞赏道:“真是后生可畏啊!”

姬轩辕连忙起身向着炎帝微微鞠躬,轻声答道:“晚辈有熊国姬轩辕,炎帝您老人家之名从小我就如雷贯耳,今日相见,真是深感荣幸!”

炎帝闻言笑得更加开心,两只眼睛笑得只剩下一条细缝,弯成了柳条,开怀道:“过誉了,过誉了!我现在已垂垂老矣,还有什么大名可言!”

姬轩辕低头沉声道:“不瞒炎帝您老人家所言,这次我部和你们烈山氏共同抵御外敌,非我姬轩辕一定要做这统帅,只是我自认为凭着我的能力可以战胜蚩尤,所以不愿增添风险让部下们无端伤亡,并不是想要夺您老人家的权,还请您不要介怀。”

说罢姬轩辕起身单膝跪地,向炎帝告罪。炎帝见姬轩辕跪地,连忙站起身将他扶起,摇头道:“使不得,你现在也是一国之君,岂有向我下跪的道理。我既然能够让你当这个联军的统帅,我心中早就明白了你的想法,你能够让小小的有熊在十几年间成为一个强大的部落,你的能力毋庸置疑,我也很放心把统帅交给你去当。"

两人的心结全都解开了,姬轩辕的笑容更加开怀,原本静谧的石殿中不时传来两人的笑声。石殿之外,烈山氏的侍卫们都很疑惑,究竟是什么,能让许久未曾开口笑过的炎帝笑得如此开心。

后来的事实证明,炎帝之所以笑得如此开心,是因为他看到了烈山氏的希望,而这个希望,就在此时他眼前的这个年轻人身上。

第二日,一件四海轰动的消息以非常迅捷的速度传遍了这片神州浩土,进入了每一个部落的耳中。

烈山氏和有熊氏联合共御九黎族!

紧接着的一个月内,西陵氏宣布加入夏族联盟,紧接着夏族之中的各种小部落纷纷加入了联军。夏族自几十年以来,达到了空前一致的团结。

联军统帅姬轩辕与副统帅炎帝和姜水河畔汇聚的众多部落首领一起宣誓共讨苗黎共主蚩尤,炎帝统治下的第一次也是最后一次大规模战役,就此拉开了帷幕!

…………

此后一年之内,夏族和苗黎族在姜水各地纷纷展开了惨烈无比的激战,大大小小的交战昼夜不息,生灵涂炭,苗黎族在危急关头与另一大族东夷族合作,共同对抗夏族联军,冲突再次升级,越发惨烈。

姬轩辕统御十大野兽图腾部落和九黎族蚩尤手下八十一兄弟分庭抗礼,奈何蚩尤手下兵马强盛,个个骁勇无双、能征善战,而且还会使用毒雾攻击夏族联军。一时间九战皆败,夏族联军内部人心惶惶,竟然传出苗黎族士兵个个铜墙铁壁、刀枪不入的荒诞怪事。

姬轩辕的权威也开始受到了夏族内部少数部落首领的质疑,他们认为姬轩辕一年之内竟没有胜过一回,渐渐对他失去了信心。

这夜,苍穹上的流星划过天际,宛如坠入脚下平原,姬轩辕站在巨石之上,看着脚下的广阔平原,他眉头紧锁,眼中满是忧虑之色。他这番模样,已经持续了数月之久,每次听到前线战场传来的战报都是大败,就连他自己似乎都没有了信心。

“我是不是真的没有做统帅的能力?”

姬轩辕用颤抖的声音喃喃自语,他望着天际滑下的流星,那流星太过明亮,而现在他的眼中,却只有暗淡。

就在这时,他的身后突然响起了一阵窸窸窣窣的脚步声,姬轩辕没有回头,只是轻轻地说了一个字:“谁?”

那人缓缓前来,在姬轩辕的身旁坐下。月光的清辉下,他的脸庞英俊不凡,正是风后。

风后看着失意的姬轩辕,轻声问道:“不知主公因为何事而如此烦忧?”

姬轩辕知道风后这是明知故问,只是摇了摇头,叹道:“我自觉我能力不够,或许真的该让位贤能了。”

风后故作惊讶,看着姬轩辕说道:“主公原来是此等庸碌之人,我风后这些年真是看错了人!”

姬轩辕眼神中暗藏愠怒,但是片刻即消,缓缓说道:“你不必出言激我,一年有余,姜水九战皆败,我还有什么脸面继续下去?”

风后大笑,扬声道:“九战九败又算什么! 没到决战之际,就不算真的失败!”

姬轩辕听罢,眼中似有光亮,缓缓转头望着风后,说道:“你难道有什么妙计? 我这些时日想破了头也想不出有什么好的计策。”

风后摇了摇头,回道:“我也没有什么主意,但是现在确实有一个好的时机,不知主公觉得如何?”

“是何时机?”

风后答道:“我今日夜观天象,测得三日后蚩尤定会率部突袭涿鹿,涿鹿乃我军命脉,不知主公如何决断?”

姬轩辕眉头皱得更紧了,他思虑良久,终于缓慢而又坚决地说道:“决战!”

风后起身鞠躬,欣然说道:“遵命!”

第十一章　硝烟漫黄沙

一　决战开端

姬轩辕的眼中似有风雷，他抬眼望着头顶苍穹流星，风后的这一番话让他体会良多，这辈子他就没有打过这么彻底的败仗！

但是，那又如何？

姬轩辕的胸膛笔直地挺着，他转头看着风后，面庞上逐渐浮现出越来越灿烂的笑，心中的失意急速退去。

他重重地在风后的肩头拍了两下，开怀大笑起来："对，我们并没有真正失败，没有到最后一刻，谁都不会知道究竟鹿死谁手！"

风后也笑了，只见他起身，微微俯身恭敬说道："主公这才是真正的圣君，莫管前方炼狱，只顾此心峥嵘，一切都才刚开始，主公就应该这样，重新打起精神来！"

姬轩辕彻底清醒了，他默默地想，如果自己连失败的挫折都无法战胜的话，将来若遇到更大的挫折，岂不是永远无法振作起来，那有熊的希望，寄托于这样一个一摔就爬不起来的废人身上，有何用处？

"是的，唯我一息尚存，必当死战，既然你已经测算他们三日之后必定大举突袭涿鹿之地，那我们也不再和他们打那些小规模的战役，直接集中兵力和他们在这里决战!”

风后望着姬轩辕,顿时被这般气魄所感染,只觉胸膛中豪情激荡,待姬轩辕一语言罢,他也纵情高喊起来:“此战古来未闻,双方决战规模必定空前绝后,我相信主公必会取胜,成就前所未有的威名,立万世之功勋!”

…………

三日以来,姬轩辕一改之前既定的分兵抵抗方针,暗中收缩了大部分的兵力,在各地只留下了一小部分的兵力,这一小部分士卒每日照常以原来的人数生火做饭,每日操练,喊杀声震天,所有士兵都无法理解,却仍旧照做。

姬轩辕将这些士卒收回,人数足有万人之多,他将他们暗中驻扎在离涿鹿比较靠近的城中且拒不出战,更为奇怪的是,苗黎和东夷的联军似乎也因为某些原因停止了小规模的战斗,整片姜水流域终于出现了最为奇怪的一次息战,两方阵营的人都在疑惑观望,只有两人明白其中内情。

午后,姬轩辕和一众大将骑马行至涿鹿南边一个居于高处的小村庄,一行十余人唯独少了风后,只有姬轩辕知道,风后早已前去集结士兵,根据风后的观星卜卦测算得知,午后就是蚩尤大军大举进攻涿鹿之时。

涿鹿之野乃夏族联军之咽喉要道,北可切断联军的物资补给,西可长驱直入直破联军大营,南可直接切断联军首尾,让联军数万人处于他们的包围之中。

这样一块咽喉要地,姬轩辕自然没有轻视,从一开始就让各地征战的部落轮流抽调五千人驻扎于此,每月换防一次,目的是让驻扎于此地的战士经过血与火的历练,这样才不会滋生懒惰。

所以涿鹿这块地方一直都是夏族联军最为放心的地方,苗黎和东夷根本就不会轻易进攻这片辽原。姬轩辕身后的一干将士,他自己的亲信随从，还有其他部落的精英勇士，对于姬轩辕叫他们会集于此的目的，他们都没弄明白。

力牧、常先等一干人本就是姬轩辕的心腹大将，他们虽然心生疑惑却没开口询问，反倒是那些从各个部落抽调上来的大将面有异色。就在这时，其中一名将官终于沉不住气，开口问道："姬王，你今天把我们大家伙儿全都召集到这个地方来究竟所为何事，为何一言不发？"

姬轩辕仍坐在虎背上遥望着脚下这片涿鹿之野，他的脸色没有丝毫的变化，对此姬轩辕的旧部早已经习惯，而这些外来的将官却感到被怠慢，见姬轩辕不语，此人的面上已有了怒容。

就在其正欲发作之时，边上一人突然骑着一头青牛越众而出，将那名将官拦住，阻拦之人是一名老者，他全身穿着黑色的辟火甲，头戴藤草盔，两只手臂上挂着两个浑圆的火石护臂，一柄长刀挂在胯边，看上去英武不凡。

姬轩辕对此人有深刻印象，因为当时在杜陵，自己偷偷地窥伺着他与电母之间的激战，没想到十几年过去了，他还是这般豪气冲天，此人正是炎帝麾下大将祝融。

姬轩辕转头看着祝融，不由感叹道："真是老而弥坚啊……"

就在所有人的注意力全被祝融吸引过去时，姬轩辕眼睛随意一瞟，发现两人没有注意场间的情况，而是面色有些古怪地看着眼前的涿鹿之野，其中一人正是赤松子，心下感到十分古怪。

但他没有明说，而是暗自记在心中，留了一个心眼。

祝融训斥了这名将领之后，转头望向姬轩辕，微微俯身说道："姬王，此人名叫雷铜，是我烈山氏一员大将，出言不逊，还望姬王恕罪。"

姬轩辕见祝融如此客气，心中料想肯定是他接到了炎帝的命令，一切听从自己的安排，不然以他这般岁数，如何能够对他这样一个三十出头的年轻人如此客气？

"我姬轩辕素闻祝老的威名，有在世火神之殊名，今日一见，果然名不虚传!”

祝融开怀大笑,极为受用,立即说道:“不敢当! 不敢当!”

但他随即脸色一肃,正色问道:“但我也有一事不明,正是雷铜欲问之言,还请姬王解答。”

姬轩辕笑了笑,扬声说道:“不瞒众位,我知道各位对今日我请你们前来都存有疑问,我姬轩辕告诉你们,今天我请你们来是为了看一场好戏!”

听闻姬轩辕所言,场中顿时哗然,就连力牧和常先都带着疑惑的神情望向他。

可是世间就有如此凑巧的事,只见远处突然间尘烟大起,无数士卒在遥远的西边高坡上出现,向着涿鹿狂奔而来。

与此同时小村庄下一名哨骑飞马来报,高喊道:“不……不好了! 苗黎和东夷的敌军已经踏过赤水,直逼涿鹿而来! 到处都是敌人,数目不详!”

二　涿鹿之战

听闻哨骑报告,所有将领的面上都露出了震惊之色,他们望着遥远山脉之上连绵不绝冲杀下来的黑影,有的人面色已经变得惨白,而有的人更是目光呆滞,一时间失了神。

常先也显得很是着急,他看着脸色平静的姬轩辕,朝身旁的力牧小声嘟囔道:“这难道就是主公所说的好戏?”

力牧摇头道:“涿鹿是我部重地,主公既然让我们看戏,一定是早已料到了苗黎和东夷的举动,主公的心思高深莫测,你我不必担心。”

两人对视一眼,都从对方眼中看出了忧虑和不安。

再怎么解释都无济于事,再怎么说,在场的所有将领心目中都非常明白涿鹿之地对于夏族联军的重要性,如果这块地方丢失,夏族联军必然会面临灭顶之灾，但是目前西边奔袭而来的黑影不计其数，粗略估计便已不下万人，仅凭着涿鹿之野上的五千驻军，根本就不是他们的对手。

就在这时，姬轩辕突然高喊："这就是我要让你们看的好戏！蚩尤所部妄图举全部兵力突袭涿鹿，灭我夏族联军，但是早已被我看透，今日我姬轩辕定将九战之耻还给蚩尤，这里就是我们夏族联军和苗黎、东夷的决战之地！"

随即他转身看着身后十几名将领，严肃说道："你们都是夏族联军最为强大的支柱，今天我姬轩辕要在此和蚩尤决一死战！希望众位能够浴血奋战，为了夏族的荣光，付出你们的全力！"

话音未落，他伸手从胸中掏出一面明黄色的旗帜，接着他顺势朝天一挥，短短几个呼吸间，四野鼓声一片，随即滔天的喊杀声喷薄而出，将场中所有人都再次镇住了，只见辽阔的涿鹿之野，无数夏族联盟的战士从各个方向冲杀而出，向着东来的敌人们亮出了锋利的刀剑，喊杀声更是直冲苍穹。

众人的情绪尽皆被带动，他们骑在马背上，在常先的带领下，纷纷高声宣誓道："我等赴汤蹈火，定当奋力血战，诛杀蚩尤！"

姬轩辕豪迈大笑，连说了三个好，接着收回旗帜，一扬马鞭，随即沿着陡坡纵马而下，直奔涿鹿之野而去，十余名夏族将领也纷纷扬鞭策马，呼喊声响作一片，十余骑奔驰向前，直入涿鹿！

这场战役正式打响！无数人影从涿鹿之野的边缘涌入，纷纷向两方收缩，姬轩辕一骑直下，身后十余骑相随，不一会儿，一万余大军和五千驻军会聚在一起，在涿鹿之野的东侧摆好架势，接着在姬轩辕的号令下稳步向前推进布防。

另一边苗黎和东夷无论是将领还是战士都完全没有预料到夏族联军竟会在此布下重兵，大惊之下纷纷乱了阵脚，而这时后方出现了一位由二十余骑拱卫的将领，此人生得虎背熊腰，眉间一道竖纹，宛若第三只眼，面色黄而光亮，铜头铁额，耳垂宛如剑戟般低垂，一看便是苗黎、东夷联军中地位极为崇高之人。

此人见冲锋的军阵一时间乱了阵脚，发生了较为严重的踩踏，心头急躁，暴怒喝道：“全都给我冲杀过去！违令者杀无赦！”

这句话有如惊雷在众人的耳旁炸响，这些人的表情皆是一变，纷纷挥动马鞭纵马继续向前冲杀，很明显可以看出此人在所有战士心中的威慑力有多么的强大！

下一秒，蚩尤军的前锋已经和夏族驻扎的五千守军短兵相接，健硕的苗马如巨石轰然落入人群之中，霎时间撞倒了一大片的夏族士兵，苗黎、东夷的战士们手持着斧、刀、戈，在人群中不断挥舞。

这五千人皆是能征善战的黑部落战士，他们虽然受到苗黎和东夷军队的猛烈冲击，却毫不畏惧，尽皆朝着前方冲杀过去，两军厮杀在一起，势均力敌，难分难舍。

一名苗黎族的战士挥动手中长戈砍翻了一人，随即便被身后一名夏族战士持刀扑杀，与此同时，越来越多的苗黎、东夷战士纷至沓来，加入了战团，另一边风后所率领的一万余士卒也逶迤而来，从两侧突击敌人。

姬轩辕身下的白虎早已全副武装，白虎是姬轩辕心爱的坐骑，不愿让它受伤，于是给它打造了一具适合它的甲胄。

他下了虎背，上了一辆由三头大黄牛拖行的木车，这个木车底座装有四个木轮，能够在黄牛拖动之下飞快前行，而木车边上全都装着锐利石器打造而成的枪镞、锯齿和利刺。

这种车四周全用铁石木块围起，凭借短兵器是无法穿透的，再加上车上的锐利武器，只要战牛冲进人群，战车的杀伤力是无可比拟的。

为了让嫘能够时常回西陵探亲，他发明了带轮子的牛车，此后他突发奇想，在此基础上又发明了现今的战车，并投入战场使用，效果超好，今日涿鹿决战，自然少不了战车的身影。

姬轩辕身后，三十余驾战车整装待发，在其命令下，战车上的人手持细长的鞭绳朝前一挥，霎时间众牛“哞哞”吼叫起来。

它们纷纷在鞭子的抽动下迈动牛蹄向前冲去，三十余驾战车缓缓启动，速度逐渐加快，向着前方混战的人群，冲杀而去。

与此同时，姬轩辕命手下擂起了战鼓，这种巨大的战鼓由牛皮制成，整个大鼓有大半个人的高度，架在五尺多高的木台上，这种巨大战鼓是由常先发明的。

“咚咚咚咚！”战鼓带着节奏的律动在辽阔的涿鹿上空擂响，在前方厮杀的风后听闻鼓声骤起，连忙挥动手中红白二色令旗，顷刻间原本混战的夏族联军见到旗帜后瞬间竖盾而退，他们互相掩护着靠拢，留下数十条宽阔的通道。

蚩尤部以为夏族士兵不敌撤退，之前响作一团的鼓声宛如雷鸣，确实将他们吓得心惊胆战，但是见到夏族士兵突然向后退去，这还是勾起了他们的杀心，于是不由分说朝前追杀而去。

但是过了一会儿，随着夏族军队亮出的通道纷纷响起战车冲锋的异响和低沉的黄牛哞叫声，这些苗黎和东夷的战士才终于明白对方的意图，可是这个时候想要退却为时已晚，三十余驾战车轰然而至。

顷刻间，血肉横飞，鲜血飞溅，无数的苗黎、东夷战士都沦为车下残躯。

整个战场，形势开始逆转！

三　危急存亡

姬轩辕手持着青石剑，站在战车上统领大局，他命力牧率领三千部落精锐迂回到敌军侧翼趁势掩杀被战车打乱冲锋阵形的残寇，顺便接应冲杀的战车返回。

风后和大鸿同时被姬轩辕委任为联军军师，各夏族部落的将领全都被姬轩辕委派下去督军冲杀，这时他的身边只剩下常先、仓颉、赤松子、飞廉四人。

这飞廉也是烈山氏的一员大将，他随着赤松子留在身旁，让姬轩辕不由得多看了几眼。此人面容怪异，两颊生出白色的须发，长着白色山羊胡，眉毛朝着两端垂下，他头顶草帽，帽上装饰着鹿角一般的枝条，枝条上遍布着古怪的纹理，身穿着豹纹毛皮，左手持着一轮，右手拿一羽扇，静静伫立在赤松子身旁，一句话也不说。

虽说素未谋面，但是姬轩辕以前却听过此人大名，飞廉是他的名字，但世人都称他为风伯，他曾拜一真道人为师，在祁山修炼，有人传言他身负聚风、收风的本领，故有此称。

姬轩辕见风伯、雨师二人此时面色皆静如秋水，没有一丝波澜，心头陡然添了几分疑惑，他回想着先前蚩尤还未进攻前赤松子的不安和现在突然冒出来一言不发的风伯，不知道为什么，他总觉得哪儿有些不对劲。

但是场上战机稍纵即逝，他无法分心旁顾，于是只得专心看向战场之中。涿鹿之野极为辽阔，数万人混战在一起，像是一堆小黑影，此时他的眼睛被从东面冲杀出来的一支队伍吸引住了，虽然看不清这支队伍的样貌，但是姬轩辕心中却是明镜一般，这支队伍的主将，就是老当益壮的祝融。

姬轩辕明白在战车冲杀过后，蚩尤部队再次集结冲锋，正面罴部落和风后他们的压力逐渐大了起来，而这时姬轩辕果断命令祝融带着手下烈山氏精锐，用出火牛阵，直冲蚩尤部侧翼，让他们自顾不暇。

当祝融听闻姬轩辕说出火牛阵时，他眼中满是疑惑之色，因为烈山氏虽常年和九黎族争斗，却未尝在大范围战役上使用：一是牛乃烈山氏的图腾，让它遭受灼烧实为不妥；二是使用活牛冲杀难免会有伤亡，又太过可惜。

所以外人大多不知道火牛阵的存在，他实在搞不清楚姬轩辕是如何得知此阵的。

姬轩辕心中暗笑，想道："若不是当年的那场杜陵之战，我还真的不知道原来你们烈山氏还有这么实用的杀招。"

当时祝融也没有多问，直接领命而去，现在姬轩辕站在战车上望着如急风骤雨般冲杀而前的火牛阵，心中顿时畅快多了，他倒是想看一看，蚩尤的军队有何能耐对付火牛阵。

这次夏族联军可是下了血本，上百头带着熊熊烈焰的火牛狂暴地冲进苗黎和东夷的联军之中，野蛮的老牛喷着狂野的鼻息，迈动蹄子在人群中四处横冲直撞，将这些准备赶赴最前线的敌军阵形完全冲散。

这些人不再试图继续前冲，而是转过头来想要对付这些狂怒的野牛，但随着野牛越来越多、越来越猖獗，这些苗黎和东夷的战士终于放弃了抵抗。不时有苗黎和东夷的战士被牛角顶飞至半空，随即摔倒在地，不知断了几根肋骨，就是有残存下来的人，最终也沦为沉重牛蹄下的亡魂。

夕阳西下。

姬轩辕一动不动地望着如此惨烈的战况，他的眉头拧成了一条线，虽然他煞费苦心布置了一个妙局，并且加入许多杀招，但是苗黎和东夷联军还是顽强地冲击着他们的防线，而且随着时间的拖延，人数的劣势竟让夏族联军开始节节败退。

"蚩尤手下的战士太可怕了。"姬轩辕喃喃自语道。

这些人仿佛毫不畏惧死亡一般，红着眼挥动手中的武器横冲直撞，他们将阻碍他们前进的一切障碍物全都扫除，一个人倒下了，身后数十人继续上前砍杀，声势滔天。

夏族联军的士气在渐渐退却，士兵们在防线之后惊恐地望着那些杀得兴起的健硕敌人，看着他们浑身浴血却依然像野兽一般冲杀过来，那股摄人心魄的气势让人无法生出相抗的勇气。

夏族联军的防线不停向后退却，有的地方已经出现了断裂的迹象，原本还有优势的夏族军队转眼间竟面临着崩溃的危险。

此时此刻，姬轩辕的心脏也在猛烈地跳动，他的眼中已有了血丝，两手抓着战车边缘的围栏，十指紧紧扣在木栏上，几乎要陷进去似的，他紧张极了。

这是一场大决战，也是最后的一战，先前的九场激战都以姬轩辕的失败告终，但是这些都没有关系，这一场战役是他堵上了身家性命的最后一战，如果失败，自己能否带领部下撤退犹未可知，但是整个姜水必然沦陷，是时，没有了后顾之忧的苗黎族和东夷族，趁势北上打下函谷关，有熊的疆域也只能任人宰割。

"这一战，一定要赢！"姬轩辕紧咬牙关，在心中暗自想道。

在五十里以外的前沿阵地，一头白牛上坐着一个书生，书生儒雅，一股出尘气息泛起，男子睁着澄澈的眼睛，望着姬轩辕战车所在的方位，轻声说道："主公，这一战，胜利是我们的。"

苗黎和东夷的战士继续向前推进，但最终被风后和大鸿联手布下的阵法阻挡在了二十里外的平原之上。

姬轩辕听得哨骑奏报，心中稍稍安定，但还只是暂时的，他不停地在心中思索着破敌之法，风后和大鸿的阵法只能拖，而他必须想出更高明的计策，且这个计策，必须胜！

但是就在此时，异变突起，姬轩辕感觉到身后一股冰冷的杀意腾起。一个激灵之下，第一个想到的就是之前行为古怪的赤松子，他几乎是在杀意腾起的一刹那便拔出青石剑，同时转身。

四　决死一搏

原来不只是赤松子，只见赤松子和飞廉的手中皆有一把闪着寒光的利刃，此时已然到了他的身前。

姬轩辕没想到这烈山氏的两员大将竟然同时出手想要杀了他，他的心中迷茫起来，一个念头突然窜出，浮现在他的脑海之中。

“难道是炎帝的命令，让他们两人取了我的性命？”

他不相信炎帝会这样做，虽然炎帝不喜欢大动兵戈，但是作为这个世上最后一位神祇，他有着丰富的阅历和老者应有的智慧，绝不会做出如此愚蠢的事情，如果现在将他这个主帅刺杀，葬送的将是整个烈山氏和夏族联军。

姬轩辕大惊之下，躯体的动作却极其冷静，他先是抬脚一踢木栏，整个身体骤然向后仰去，两柄锋利的刀刃霎时间划过，留下两道残影。

姬轩辕趁势倚靠着身后的木制围栏，转眼间一个后空翻直接落地，他将手中青石剑横于身前，冷眼喝道：“赤松子、飞廉，你们阵前刺杀主帅，不怕成为烈山氏的罪人吗？”

见一击不中，赤松子拦住身旁的飞廉，站在原地，飞廉举剑盯着一旁持剑的常先，赤松子轻声笑道：“烈山氏？这个衰老到快要消亡的部落岂能持久，我很早就劝炎帝趁你们有熊未起之时将你们剿灭，可是他不听，这才放任你们发展壮大起来，蚩尤乃人中龙凤，假以时日天下必定尽归于他，我们为了一展胸中韬略，早已弃暗投明，为他所用了！”

姬轩辕这才打消了心中的顾虑，他摇了摇头冷笑道：“你们都是夏族的栋梁之材，深受炎帝的器重，竟然背叛其主，转而相助苗黎之徒，真是可笑。”

赤松子脸色一变，道：“炎帝已经老了，烈山氏也没有将来可言，既然蚩尤能够保证给我们用武之地，我们为什么不能相助于他？更何况你姬王也不是什么省油的灯，在你和蚩尤之中选择的话，我没有理由选择你。”

说罢，赤松子看着远处的夏族战士已经朝这儿赶将过来，于是不再迟疑，低声和飞廉说了两句，两人转头翻身上了宽阔的牛背，拼命一夹牛肚子，牛儿立马奔腾起来，随着身躯纵跃，直下高坡，狂奔而去。

姬轩辕转身望着两人远去的方向，没有出声，也没有动作，只是摇头叹道："唉，没想到这飞廉表面上是个老者，却像是个年轻的莽夫；而这个赤松子年纪轻轻，却有几分老谋深算的味道，确实有趣。"

常先见主公没有派人追杀，心下顿时焦急起来，他连忙张弓搭箭想要击杀奔逃的赤松子，正当他一箭飞出，快要命中赤松子后心之时，飞廉回头望月，手中一柄羽扇横扫，一阵狂风骤起，将箭镞打飞。转瞬间，两人便已经下了高坡，离开了常先射程的范围，向着前方逃遁去了。

姬轩辕看着眼前僵持的战局，不一会儿他的眉头一皱，只见远处两军突然有了异动，过不多时，蚩尤率领的苗黎和东夷的旗帜竟然翻涌起来，好像从夏族联军的一角突破了防线，冲杀进来。

千里之堤，毁于蚁穴，很快被突破防线的夏族联军也溃散开来，整个夏族联军防线在这一时间竟完全崩溃，只有之前布下的阵法在苦苦支撑，牵引着蚩尤所在的苗黎、东夷联军精锐。

姬轩辕的面色骤然间颓丧不堪，他望着涿鹿之野那溃如群蚁的夏族战士，心中的悲痛难以言表，似乎这一战，他确确实实已经失败了。

手下的战士和心腹都在前方这片广袤大地上浴血奋战，生死不知，若是完全失败，他就算回到姬水，也只能束手待毙。这时一名哨骑从坡下奔了上来，他趴伏在老黄牛的背上，身上已经中了七八支利箭。

鲜红的血水早已染透了他的甲胄，他身下的黄牛身上也裂开数道触目惊心的血红豁口，这匹战牛用尽最后一丝气力跃上高坡后，径直向前扑去，牛背上的哨兵滚落下来，摔倒在地。

一旁的常先连忙走了上去，将他从地上拖起来，对着他大声吼道："快说！前方战况如何！"

哨兵此时已处于弥留之际，他将脸靠着常先的耳朵用弱不可闻的声音说了几句便瘫软在常先身上。

常先将这名哨兵扶将在地，将他放平，转身带着悲痛神色，半跪抱拳，沉痛说道："主公！赤松子和飞廉那厮适才逃遁，直下涿鹿往苗黎、东夷部而去，路过我军防线时，仗着在烈山氏中的地位，突然袭击烈山氏大将雷铜，烈山氏士卒顿时大乱，苗黎、东夷联军趁势突破防线，现在全线崩溃，仅有风后、大鸿依靠阵法牵制敌军主力，但是他们此刻已经被团团围住，估计也抵挡不了多久了！”

姬轩辕身体摇晃了数下，他转头望着常先，轻声说道：“召集散落的战士，全部集结起来，随我突入敌阵，救出大鸿和风后！”

常先眸中精光一闪而过，他的脸上满是坚毅和决绝，更多的却是感动。

姬轩辕虽然仍将他们三人视若心腹，但自从他当上了有熊国的国君，他们之间的兄弟情谊已经几乎转变为君臣之情，但是常先和大鸿仍旧一直暗暗在心中将他当作自己的亲兄弟。

没想到在这种时刻，面对着前方浩浩荡荡连绵不绝的敌军，他还是原来的那个姬轩辕，就算是舍了性命都要将自己的兄弟救出来！

一切仿佛回到了十几年前，寒冷却郁郁葱葱的杜陵，那一场围猎。

姬轩辕斩断战车前牵引黄牛的绳索，骑上一头最为健硕的黄牛，他将白虎交给部下，拉动缰绳，不由分说，骑着这头战牛前进。常先背负雕弓箭筒，手拿三尺长剑，紧随其后腾跃而下，姬轩辕望着四处奔逃的夏族军士，嘶声高喊道：“我有熊氏部下，速速过来集结，随我冲杀回去，救出我们的兄弟！”

听到姬轩辕这震天动地的一声吼，周围奔逃的士卒尽皆朝他看来，当看到姬轩辕的脸庞时，原本正欲逃走的有熊氏战士纷纷停下了脚步，他们站在原地低头沉思片刻，提起手中染血的刀剑向着姬轩辕站立的方向走来。

很快，姬轩辕的身边便集结了三百多名有熊氏的士卒，他率领三百多人逆着夏族奔逃的大潮奋勇冲锋，常先在前开道，将士们骑上身边不知其主的战牛，紧随着姬轩辕的脚步，冲向那浩荡的敌军。

紧接着，越来越多溃逃的战士加入了他们的行列，他们有的是有熊氏的战士,有的是其他部落的战士,他们的目的都一样,只为了救出自己在激战中生死不明的战友兄弟。

第十二章　落花又逢君

一　生死契阔

转瞬间，原本三百多人的小队随着一路上各部落逃兵的重新加入，很快便集结出了三千多人的队伍。这些士兵眼眸中全都燃起了希望的火焰，他们重新响应姬轩辕的号召加入回头厮杀的队伍，就已经抱着不能畏缩的决死之心。

姬轩辕的眼中满是决绝之色，此役打到现在这般地步，不是你死，就是我活！

前方连绵不绝的敌军如同潮水涌动，炽热的阳光照耀着大地，反射出无数兵戈上锐利的寒光，染血的刀刃上鲜血已然凝结，而深陷在敌军中的军阵在风后和大鸿的指挥之下浴血奋战，竟然在全线溃逃之际，还能够坚守上半个多时辰。

姬轩辕挥剑直指敌军会聚的地方，身下黄牛飞驰，一往无前，身后的士卒都被主帅身先士卒的壮举所感染，他们纷纷拉转牛首，随着姬轩辕的脚步，手持刀剑长矛，面目狰狞地冲将上去。

姬轩辕执剑独入敌阵，战牛如踏飞燕，纵身飞进敌阵之中，健硕有力的牛蹄将敌人连着藤盾一起击飞出去，右边那个没有带盾的苗黎战士，被战牛前蹄骤然踢中，直接惨死于牛蹄之下。

越来越多苗黎、东夷的战士扑了过来，与此同时，姬轩辕率领的先锋部队已经跟着他的步伐突入了敌军的重围，他们扬起手中的刀剑，不由分说便向敌人的头上砍去。

三千多名夏族战士在姬轩辕的带领下亮出獠牙，扑向人数两倍于他们的敌人。这些战士都知道，就算赢不了，也要从他们的嘴里敲下一颗牙来，让他们知道什么叫作痛！

姬轩辕在常先的保护下一路向前厮杀，竟是硬生生地杀出了一条血路，原先他的身旁还有很多夏族战士相随，到后来就寥寥无几，现在周围到处都是敌人，已经完全见不到一名夏族战士了。

他们已经太过于深入，以至于和身后的战士完全失去了联系。

常先的肩膀上不知被谁砍出了两条深可见骨的血口子，而姬轩辕的头盔也被击飞，头发散乱，满身都是鲜血，不过这些鲜血全都是敌人的鲜血，姬轩辕武艺不凡，再加上常先的拼死保护，所以并没有受到伤害，而常先肩膀上的两道口子也是先前为姬轩辕挡敌人而留下的。

不知冲了多久，姬轩辕的手臂渐渐开始酸麻起来，他挥剑的动作也比先前缓慢了下来，可是四周仍旧有无数穿着黑色甲胄的敌军，看不到尽头，让他第一次感到了绝望。

此刻姬轩辕手中的青石剑不知砍杀了多少苗夷战士，锋利的剑身竟然都出现了缺口，已经被他砍钝了。

常先也扶着缰绳，大口喘着粗气，他一边掉转牛首原地迂回，一边仔细观察着周边的情况，手中的长剑早已换成不知哪里捡起的长枪，横在身后，面目狰狞地盯着周围的敌人。

即使是再不畏死的敌人，看见两个全身被血色浸透的人，也不敢轻易冒进，于是战场之上出现了一个很奇怪的场景：一群苗夷的战士提着兵器将两个血人围在中央，却丝毫不敢轻举妄动。

“老大，我估计我们是走不出去了！”常先沉声对着姬轩辕喊道。

姬轩辕一抹脸上的殷红，有的血渍已经凝结成了血痂，没办法轻易拂去，他也不顾，只是将手中钝了的青石剑扔在地上，随即仰起头，哈哈大笑起来："常先，我从来就没有经历过这么爽快的战斗，哈哈，虽千万人，又如何！"

说罢他陡然拍牛向前，苗夷敌军虽然被吓了一跳，可是没有任何退缩，再怎么说人还是人，就算是武艺多么高强，也抵不过千军万马。

两相冲击之下，姬轩辕迅速卸下身上的甲胄，他拿着甲胄的一角往敌军面前一卷，紧紧钳制住身前几人的长枪，随即踏牛背一跃，避开身后挑来的长枪，然而他身下一直伴随他征战的黄牛却被乱刀斩杀，跪倒于血泊之中。

姬轩辕的眼中没有悲伤，因为他知道自己即将步它后尘而去，虽然如此，他还是不愿束手就擒，将多支长枪夹在腋下，身体压在长枪上往下一荡，霎时间就已来到了敌人的身前，他双臂夹着数杆长枪，身体陡然横扫，一脚便将面前的敌人全都踹翻在地。

此时，他的背后一名苗夷战士正欲上前偷袭，还未出手便被一支利箭贯穿后心，扑倒在地，射中此人者，正是常先。常先也在屠戮着身边的敌人，但是他的心思却全然放在姬轩辕身上，见有人想要偷袭，他立刻张弓搭箭，一击命中。

可是在他射箭的同时，一柄长枪径直捅在他的腹部，敌人的手还左右一拧，常先的脸色顿时煞白，脸上浮现出痛苦的神色。

片刻之后，常先握着腹部的枪杆，右手挥动长枪，一下子便将腹部的枪杆打断。

疼痛让他不由皱了皱眉，但是他的面上怒色更甚，一枪捅死了面前的敌人后，忍着剧痛纵马向前，将围着姬轩辕的敌人纷纷扫清。

但是越来越多的敌人拥了过来，他已然无力再战，手臂像灌了铅一般。

此时姬轩辕也失去了力气，忽而腿下一软，喘息着半跪下来。

气力从他的身躯中渐渐流逝，他已经麻木的手臂似乎再也没有办法抬起手中的长枪。

常先吃力地将姬轩辕扶了起来，这时姬轩辕抬头望着他，嘴角一弯，勉强笑着说道：“这辈子共患难，就算死也没有遗憾，我的兄弟。”

二　峰回路转

常先听罢，眼中的泪水夺眶而出，他和姬轩辕颤颤巍巍地在重围中站定，周围的敌人却没有一人敢上前。

姬轩辕用尽最后一丝力气拔出手中长枪的枪头，轻声说道：“我此生无憾，唯一恨的就是大业无成，我不愿死在敌人的手上，老二，来杀了我。”

常先决绝地摇头拒绝姬轩辕的请求，就算是死他也不会遵命。姬轩辕似乎看透了他的心思，眼角的两行清泪流了下来。

“老大，我们还可以战斗，我带着你杀出去!”常先拽着姬轩辕嘶声吼道。

姬轩辕无奈地笑了一声，他摇了摇头，说道：“没用的!”

身周的敌军终于按捺不住，用手中的长枪刺向姬轩辕，正中他的大腿。

姬轩辕惨叫一声跪了下来，而常先则怒目圆睁，手中长枪横扫，却没有扫中。

周围的苗夷敌人见姬轩辕二人力竭，他们看见两人都颇为不凡，其中一人受到如此保护，肯定地位极高，他们都将手中兵器对着姬轩辕，想割下他的头拿去邀功。

敌军如饿狼一般扑了过来，就在这时，斜刺里一阵异动，紧接着从人群中冲出了一队人马。

为首一匹被鲜血染红的白牛，突入阵中，牛蹄一扬，两名苗夷士兵骤然如顽石般向后飞去。

牛上一人拿着一柄铜剑，脸上虽有疲惫之色，但身上却无半点伤痕。他看见早已筋疲力尽的姬轩辕和常先，脸上顿露喜色，连忙上前来到两人身边。

随后有熊的大军从各处冲了过来，他们一出现便和场中的苗夷敌军厮杀在一起。

这时有一人拨开人群，奋勇冲将出来，他的头被火光映照得锃光瓦亮，面上也同样满是鲜血，他手拿一把从苗夷敌军手中夺来的钢叉，宛如凶神。

这人竟是大鸿，平日里敦厚隐忍的大鸿从没有显露出如此凶残的一面，此时的他看到一旁虚弱的姬轩辕和常先，大惊失色下挥刀将身前两名敌军战士砍成两截，飞也似的狂奔过去。

“大哥、二哥，你们这是怎么了？”大鸿急切地问道，他脸上的汗水混合着血水，显得浑浊不堪。见二人没有回应，他又沉声喊道：“大哥、二哥，你们伤到哪里了？快告诉我。”

姬轩辕费力地抬眼望去，他认出了身前的大鸿，笑了一声，虚弱说道：“你怎么来了？”

大鸿急忙说道：“我和风兄摆下鬼容区大阵，仅凭五千人抵挡住一万敌军将近一个时辰，风兄令我等从敌军最密集的地方突围，没想到一路上竟然没有遇到太大的抵抗，蚩尤或许认为我们这只是故布疑兵，谁知道被我们一举冲破了重围，突围时见到这里正在激斗，赶来查看，没想到竟是大哥你。”

姬轩辕摇了摇头，无力地用手扶着身边的常先说道：“赶快把常先带出去，他被长枪戳中了，再不救治怕是来不及了……”

大鸿听罢，这才注意到身边已经毫无血色的常先，他将原本残留在身体内的枪头拔了出来，一只手将枪头按在地上支撑身体，全身半跪在地上，汩汩的鲜血从他的腹部不断涌出。

大鸿脸色骤变，他让风后看好姬轩辕，自己则脱下里面的衣服，赤身裸体，他将衣服围在常先的腹部，把他的伤口缠裹了起来。然后把他背了起来，风后也拉过姬轩辕的肩膀，将他扛了起来。四周一群有熊氏的战士围了过来，保护着他们的安全。

苗夷的战士再次蜂拥而至，和有熊氏的战士战成一团，背着常先的大鸿，将常先绑在身后，他丢掉手中的钢叉，将地上还陷在死尸身体上的一把大刀捡起，又从另一边捡起了另一把大刀。

双刀在手，大鸿双目圆睁，他在前边开道，手中两柄大刀横劈竖砍，顷刻间对方三人便倒在血泊之中。有熊的士兵在风后的号令下向一处疯狂冲杀，转眼间密不透风的苗夷敌军的包围圈便被打开了一个大缺口，大鸿和风后等人趁势冲出缺口，出了包围圈。

周围全都是敌人，大鸿手中两把战刀从来都不曾停止，他毫不留情地砍杀着一切阻挡他脚步的敌人，但是这一切仿佛没有尽头，他们似乎真的走不出这连绵不绝的包围圈。

姬轩辕被风后扶上了牛背，他将头靠在牛首之上，抬眼望着周遭的一切，天色已经漆黑一片，这黑暗就像是他现在的心情。

“好累啊！”

绝望和颓丧如同夜幕一样包围了他，他感到了寒冷，一种彻骨的寒冷。

这是他这一辈子打过最为艰难的一仗，一切似乎都要结束了，他的戎马生涯似乎就要走到了尽头，他不甘心，但他没有丝毫办法。

他这半生，出生即有异兆，十四岁杀猊兽，不到二十岁登上部落首领之位，十五年间统一了姬水流域，国土扩张了数倍有余，南下函谷关和炎帝抗衡，开疆拓土，将有熊氏的威名散播，也使得有熊成了这片土地上数一数二的大部落。

这一切似乎都很美好，姬轩辕的前半生也很成功，可是现在，他当上了夏族联军的统帅，手握雄兵，和苗黎、东夷联军展开决战，可是他却九战九败；最终在脚下这块叫作涿鹿的地方，他和蚩尤展开了决战，决战到了现在，他只看到了夏族联军的全面溃散，他只看到了绝望。

“远处的山坡上，好像有着微微的火光……”姬轩辕呢喃道。

他迷离之中望着的那片山坡之上，火光攒动，这是一列整齐的军队，他们掩在背坡之下，一眼望去，竟看不到尽头。

站在山坡之上的，是一名女子，她的肤色在火光映照之下略显暗黄，但是面庞却明艳动人，站在夜晚的风中，宛若出水芙蓉，但是她的那一双被火光照耀的大眼睛里，此刻喷薄而出的，竟是翻滚的杀意。

她素手轻轻一挥，紧接着，山坡之上传来了震天响的号叫声，这叫声怪异无比，仿佛是什么奇怪的古老仪式。

但是如果这儿有明事的老者在此，他们一定知道，这是一个国家独有的进攻号令，这个国家早已消失在历史的尘埃中，他们被九黎族所灭，这个国家，就是方雷国！

怪异的号叫声陡然停止，涿鹿之野上的苗夷战士们都被这怪异且压抑的声音影响，没过一会儿，他们渐渐听见了万马奔腾的声响，还有那些叱咤的喊叫声。

就在这时，仿佛永夜般黑暗的夜空中响起了无数道整齐嘹亮的吼声：“故国方雷公主率领七千余方雷战士前来助姬王一臂之力！誓杀蛮贼！”

响声骤起，苗夷的战士们还没有回过神来，黑夜中无数身着兽甲的战士便冲了过来，他们的眼中都闪烁着仇恨的火焰，霎时间，苗夷军队节节败退，竟然支撑不住了！

三　愈演愈烈

涿鹿之野的战况峰回路转，所有人都完全没有料到竟然会出现这样的情况，一支神秘军队的突然出现让苗夷联军的胜势得到了抑制。

风后和大鸿也趁着这个机会终于将姬轩辕和常先保护出了对方的重围，突围成功之后他们径直朝着东方狂奔而去，在十里之外重新整军而待。

这次风后和大鸿率领突围的五千人只剩下三千余名，激战如此之久，仅仅损失了一千余名有熊国的战士，饶是如此，姬轩辕听到报告之后，疲倦的神情上仍然浮现出了一丝悲戚。这五千人全都是有熊国的精锐，是他立国的支柱，一战损失了四分之一的精锐勇士，这种结局显然不是他想要得到的。

整军驻扎好了之后，常先已经被紧急传召来的几名处方和几名医师一同送去紧急救治了，而姬轩辕本也要被送去疗养恢复，可是他却死活不愿，最终雷祥只好给他熬了一帖药剂，让他回过神来。

姬轩辕在大鸿的搀扶下，站在驻扎的坡上，他举目望向前方战场，一天一夜没有休息的他加上之前的连番苦战，极为虚弱，但他还是强撑着，没有一点想要休息的念头。

“大哥，你就先去休息一会吧，战场之上有我和风兄在，你就放心吧！”

姬轩辕干瘪的嘴唇微微翕动，他摇了摇头，虚弱说道：“此战乃生死决战，既然上天让我活了下来，我就要想方法让他蚩尤死在这里。我不能休息，如果失败了，我有的是大把的时间永远地休息。”

大鸿默然无语，他不再劝说，因为他知道主公认定的事情，就算是一直苦劝也没有任何作用。

就在这时，突然一名衣甲褴褛的有熊战士从身后奔来，在姬轩辕身后三尺处跪了下来，高声道：“禀告大王，先前溃散的部队已经重新集结完毕，还剩下六千七百余人！”

姬轩辕听罢，面露苦笑，道：“一万三千余名夏族战士，打到现在，就剩下六千余人……”

他没有接着说下去，而是话锋一转号令道：“这些友军迢迢而来帮助我们抗击苗夷联军,我们不能坐视不管,现在号令三军,无论疲敝与否,都给我往死里打回去,我姬轩辕会和你们共进退,共存亡!”

哨骑沉声领命,随即姬轩辕一挥手便让他退下了。

他转头望着大鸿,面上带着一丝疑问,轻声说道:“这些友军到底是从哪里冒出来的?之前我在牛背上神思混沌,没有听清楚。”

大鸿恍然,连忙道:“原来大哥你没有听见,他们说是故国方雷的战士们,就是那个之前被九黎族灭国的方雷国的军队,统领的好像是方雷国的公主。”

“方雷国的公主!”姬轩辕突然颤抖起来,失声说道。

“对啊,他们还说他们的公主是大哥的故人,我还纳闷呢,你什么时候和方雷国的公主来往了?”大鸿笑着说道。

姬轩辕低下头陷入沉思,渐渐地,他脸上的笑意逐渐透了出来,在火光照耀下显得很是绚烂,他悠悠说道:“三弟,你还记得二十年前我们前往杜陵,在雪原上发生的事情吗?”

大鸿笑了笑,说道:“这哪能不记得啊,我们在雪原上遇到了成群的雪原狼,还差点成了它们腹中的食物了呢!”

姬轩辕顿了顿,缓缓说道:“我们又是因为什么逃脱了雪原狼的攻击呢?”

大鸿不假思索便张嘴回道:“那当然是得到贵人相助啦,那个女子长得可真是好看,当年似乎也和我们差不了几岁吧?我记得她好像是……”

姬轩辕突然出声打断了大鸿的话,开口道:“她就是方雷国的公主,是我姬轩辕,也是你大鸿的恩人,她的名字叫作女节,现在就在我们的眼前。”

说罢,他转头看向大鸿的脸,发现大鸿被他这番话惊得呆滞住了,片刻之后才缓过神来,颤颤巍巍地指着前方火光如昼的战场,失色道:“大哥,你说前来救我们的就是曾经在雪原救过我们的那名女孩?”

姬轩辕点了点头，旋即低头缓缓地从衣服中掏出一个贴身物件，这个物件晶莹剔透，正是他从女节那儿得到的骨梳，这只骨梳他一戴就是二十年。

他望着手中的骨梳，轻声低语道："没想到二十年过去了，你真的没有死，我又欠了你一次，我该怎么还你呢……"

伴随着夜色苍穹中震天的喊杀声，夏族联军的冲锋再次在姬轩辕的耳边响起，纵然疲倦，他还是能够感觉到一股热血沸腾的豪情。

他此刻的力气已经恢复了十之六七，只是手臂的酸麻和全身的酸痛仍让他有些不适，他笑着对大鸿说道："雷祥果然了得，真是妙手回春的神医，我的气力已经恢复了大半，就连精神都缓过来不少。"

大鸿开心地笑了，姬轩辕却突然话锋一转，道："把我的白虎牵来，随我上阵杀敌！"

大鸿面色一变，摇头道："大哥你现在身体刚刚好转，岂能再亲身上阵，万一有个闪失，你叫我等如何是好？"

姬轩辕摇了摇头，说道："我们现在已经缺了士气，我承诺过会和战士们同生共死，共同进退，若我没有行动，你叫他们怎么想，你让我这个统帅如何自处？"

大鸿闻言，沉默半晌，最终也只好点了点头，命人牵来了满身铠甲的白虎。姬轩辕仍有些吃力地跨上白虎的背，大鸿亦上牛，在两声牛鞭脆响声中，战牛嘶鸣两声，倏忽间冲下山坡，就着黑夜中前方的火光，狂奔而去。

夜色中，姬轩辕在火光中看到了夏族联军的旗帜，于是策虎而前，高声呐喊道："将士们，随我杀上去！"

杀声滔天，姬轩辕昂首于虎上，他的精神随着豪迈的喊杀声而变得更加振奋，仿佛先前的虚弱都随着号令声而烟消云散。

与此同时，东方辽阔的远方亮起了火光，姬轩辕见到越来越多的火光涌动，神情疑惑之中带着些许忌惮。

就在这时,远处传来了无数道齐声震动的呐喊:“姬王,西陵国全体战士前来助战!”

姬轩辕心头松了一口气,他转头望去,脸上带着喜色,紧接着另外一队军队高声喊道:“鸶鹰部落、兔儿部落、黑虪部落三大部落军队前来助战!”

响声落处,姬轩辕高扬手中石剑,道:“各位将士,我们的援军已经到了! 现在让我们一鼓作气将敌人赶出我们的地盘! 一雪前耻的机会到了!”

周围的战士们全都用最大的声音嘶吼出来,一夜惨烈的战斗早已让他们憋了一肚子的火,此时听着姬王的号召,他们仿佛被从内心深处爆发出的火焰包裹,眼神中透着腾腾的杀气。

骤然间,力量越来越强大的反击正式开始,激战持续了几个时辰,其间从周边紧急调度的万余夏族战士纷纷赶到了涿鹿战场之上。

相同的是,苗黎族和东夷族也从后方调来了将近万人的士卒,纷纷投入了战场。

四　仁义之君

这场战斗一直持续到了黎明破晓,一轮新日从涿鹿之东的地平线上冉冉升起。

在夏族联军的奋战下,再加上古方雷、西陵国协助,他们终于将苗夷联军暂时打退了数十里。

夏族联军由于损失惨重,无力再追,于是只能暂时驻扎,休养生息。

姬轩辕在战斗结束之后,终于累垮了,他被大鸿从虎背上拽下来时,已经趴在虎背上昏了过去。

接下来的几日里,姬轩辕一直处于昏迷之中,而嫘也随西陵精锐从盐亭的蚕丝园赶了过来,从早到晚陪伴在他的身边照顾他。又过了两日，姬轩辕仍旧躺在大帐中的床上，双目紧闭，虽在昏迷，眉头却仍然皱得紧紧的，似乎还没有从前段时间的战役之中缓过神来。

而十步外的窗台边，站着一名女子，这名女子眉清目秀，身穿着一件虎皮裘衣，她的眼神中存留着一抹坚毅之色，露出了一种野性的美感。

嫘将湿巾收回木盆，她回眸看了一眼女节，轻声道："听说您很久以前就和夫君认识了呢？"

女节爽朗地笑了一声，开口说道："对啊，那是二十年前的事情了，那时候他路过雪原，似乎要去杜棱，我从雪狼的口中救下了他们，也就认识了。"

"杜棱……"嫘陷入了沉思，渐渐地她的表情明朗起来，终于知道夫君一直以来牵挂的那个故友就是眼前这个明眸善睐的女子。

"夫人，你和他什么时候认识的呢？"

看着女节好奇的神色，嫘回想起了第一次和姬轩辕见面的样子，不由羞涩地微微一笑，淡淡说道："我和夫君认识的时间晚于你，我也只是碰巧遇见他，之后仿佛冥冥注定一般，最终还是嫁给了他。"

"是吗……那你还真幸福呢……"

嫘抬眼看去，发现女节盯着身前的地面发呆，似乎完全没有察觉到她的目光，于是嫘更加仔细地看了看她，发现她的嘴角分明透出几分苦涩。

她心中暗自想道："方雷的公主果真璀璨若沧海遗珠，难怪夫君会一直对她念念不忘。"

就在这时，女节的声音缓缓传来："夫人，我想我该回去了，等到姬王醒过来以后你替我传个话，就说之后如果要继续和蚩尤决战，我女节义无反顾，全力协助！"

说罢，她转身告退，可是当她刚走到帐篷门口，躺在床上的姬轩辕却突然咳嗽起来，咳嗽的动静愈来愈大，嫘连忙将他半扶了起来。

听到咳嗽声的女节下意识担心起来，正欲上前，可是当看到嫘将姬轩辕扶起来后，她停住了脚步，而前方这几步仿佛是无法逾越的鸿沟。

就在这时，姬轩辕的脖颈上一串闪烁着光芒的链子进入了她的视线，她的神魂在这一刹那仿佛都停滞下来。她痴痴地望着这串光华流动的链子，略带生涩地艰难开口问道："这个东西，是什么？"

嫘一开始还有些疑惑，但是看到她手指向姬轩辕脖颈上的链条，终于明白过来。

"这是我夫君一直贴身佩戴的东西，这是一枚小巧精致由骨头做成的梳子，从我遇到他开始，他就从未离身，我问过他，他只说这是一个对他很重要的朋友送给他的。"

说到这里，她很惊讶地看见，现在大帐门前的女节早已泪如雨下。

嫘的目光一黯，似乎知道了些什么……

离上一次惨烈的战争已经过了半个月，姬轩辕很早就从昏迷中苏醒，此刻已经可以自如地行动。

此时的他正坐在大帐中听着夏族联军的大臣们向他汇报战况。

大帐中坐着十余名各个部落的重臣，大鸿、风后、力牧、祝融、刑天、鸳鹰王、黑兔、女节……还有一名青衣女子坐在祝融身边。

常先此时已经苏醒，还在静养；赤松子、飞廉叛逃；雷铜被赤松子斩杀；此刻帐中补充了一批生面孔。

大帐正中半跪着一个士卒，他双手抱拳禀告道："这次战役，我方损失近万人、战牛数千，敌方也损失不计其数。"

姬轩辕神色如常，只是淡淡说道："不计其数？苗夷部队的战斗力确实非常强大，我们夏族战士实话实说比之不过，这次损失自然没有我们损失的多。

"虽然说他们没我们损失的多，但是也已经元气大伤了，他们这半个月来一直没有出兵挑衅我们，这就是证据。"

他的目光不由看向下首的女节，连日来他都想找个机会和她交谈一番，可是二十年来的朝朝暮暮，无数想要说的话，见到她之后，他却一直说不出口。

女节似乎也在有意无意地回避他，这几日根本没有机会和他相见，更不用说交谈了。

这时一旁的祝融开口说道："姬王，我主炎帝对赤松子和飞廉之事深感自责，烦请姬王莫要怪罪。"

姬轩辕摆了摆手，声称无事，他只是淡淡说道："这次化险为夷真的要感谢三部落的首领和西陵国的军队，当然还有古方雷的军队，他们的大恩大德，我姬轩辕此生没齿难忘。"

说罢，他站起来向这几位首领一一鞠躬，当他的眸子触及女节的眼眸时，一股难以抑制的情感泛滥而出，而女节也停滞了片刻，但是最终还是转过头去。

姬轩辕感到了一阵失望，只能缓缓坐下，对着下首祝融说道："炎帝为讨伐蚩尤部落每日忧思，我又怎么会怪罪他老人家呢，还请烈山氏众位不要再提此事了。"

祝融深感姬轩辕大义，只见他起身，以从未有过的恭敬朝姬轩辕鞠躬，朗声道："姬王果真是仁义之君，我主决定将全部兵力都增派到涿鹿之野，并且派了我主的妻子前来。"

说罢，坐在下首的一名青衣女子起身走到大殿中央，躬身说道："妾身名叫女魃，乃炎帝妃子，赤水氏之女，所处之地素来无雨，今特此前来对付风伯、雨师，妾身在此拜见姬王。"

姬轩辕惊讶说道："哦，果真有如此奇异本事？"

祝融笑道："是与不是，之后便知。"

姬轩辕大笑，他望着在场众位将领，突然面色肃然，道："诸位，以我姬轩辕愚见，用兵的时候已经到了。"

这时，犬部落的大将雉金突然起身摇手说道："我部伤亡惨重，半月未过，还未缓过气来，又要用兵，此事万万不可！"

除了有熊氏的几位将领和女节、仓古之外，其余部落将领的面上都露出了犹豫之色。就在这时，一人突然拍案而起，这人全身上下都是伤，只见他怒目圆睁，对着在场众人一声断喝！

第十三章　潮平两岸阔

一　诉尽衷肠

“你们伤亡惨重？这次伤亡最大的究竟是谁?！我告诉你们，伤亡最大的就是我们有熊！你们还敢在我们面前提伤亡惨重，在我们深陷重围的时候你们在干吗?!”

场中顿时剑拔弩张起来，每个人的脸色都显得有些阴郁，说话的人环顾四周，怒目圆睁，此人正是力牧。

当时苗夷联军突破夏族联军的防线之后，力牧便率领手下部落的将士们奋力迎敌，他带着战士们所经历的血战称得上是整个战场中最为惨烈的，部落精锐死伤大半，剩下的小部分人，每个人身上都有伤，就连他自已也浑身是伤。

时至今日，他已经知道身边这些夏族部落的首领，除了少部分人以外，其他的都是酒囊饭袋，或许共患难的时候能够见到该有的温柔，可是到了这番田地，他见众人一脸不情愿，顿时气不打一处来，这才拍案喝骂。

姬轩辕连忙示意力牧不要再继续说下去了，让他重新回到座位中去。

力牧见他的脸色似乎有些阴沉，这才住了嘴，带着不甘心的神色缓缓地坐回了椅子中去。

“各位首领、将士，我姬轩辕不会以我有熊有多大的伤亡来胁迫各位遵从我的命令，既然我是夏族统帅，我就有理由让你们出兵。”

众人纷纷拱手，恭敬道：“请姬王指教！”

“这次涿鹿会战，我们夏族联军几乎投入了所有的兵力决心与蚩尤部在此地进行一场大决战，蚩尤他一开始派重兵突袭，被我帐下风后识破，再加上后来陆续增派的人马，以我的计算，就算不是全部兵马，也少不了十之八九。”

他转头带着了然的目光环视周遭，眼神拂过在场所有人的眸子，说道：“而且据哨骑传回的可靠消息来看，蚩尤所部已经开始徐徐撤退，这也证明了他们现在一定是元气大伤，正想要暂时撤退，可我绝不会给他们这样的机会。”

“竟有此事？”祝融惊讶道。

“当然，绝不可能有假。”姬轩辕保证道。

祝融也不质疑，他起身抱拳恭敬说道：“我代表我主同意姬王的提议，坚决要一鼓作气将他们消灭，不能纵虎归山，否则后患无穷！”

姬轩辕抱拳回礼，此刻周围其他夏族部落的将领也尽皆俯首称是，全都表示愿意响应姬王的号召，紧急调动部落的战士们集结，准备对蚩尤部落发起最后的总攻。

待到所有人都从大帐中退出之后，姬轩辕用不急不慌的声音叫住了正准备出门的女节：“女节公主，请……你等一会儿，我有些事情要和你谈谈。”

一些正欲走出大帐的将领见姬王相留，于是纷纷回头看去，但是也仅仅如此，只是一转眼，他们便自顾自走出了大帐。

女节背对着姬轩辕，安静地站在大帐内，没有离去，也没有挪动脚步回头，她就这样静静地背对着他。姬轩辕也仿佛没有了下文，他面对着她，终究抬起了手，却没有勇气开口。

就在气氛降至冰点之时，背对姬轩辕的女节率先开口说道："姬王，请问您找我何事？"

姬轩辕缓缓起身，朝着大帐那个曼妙的身影缓步走去，他的眼中不知被什么东西浸湿了，就连面部的肌肉都有些抽动。

"二十年未曾见了，我本以为你……没想到你竟然还活着，我……"

可随之而来的却是女节冰冷的声音："姬王，我很抱歉，但我不知道你在说什么，二十年前的女节已经死了，现在站在你面前的是古方雷公主。"

姬轩辕沉默了，他此时的心中充满了疑惑与不安，自己难道在什么地方招惹到她了吗？还是他心中那个让人痴迷的女子真的如她所说，早已在那场亡国战役之中殒命，现在的她，再也不是以前那个笑靥如花的女孩了？

"无论你说什么，我都不会忘却，你曾在雪原救了我一命，这次又在涿鹿救了我的性命，如此深情厚谊，我姬轩辕怎会忘记？又怎会胡说？"

女节的身体仿佛被大帐外吹进的冷风吹拂，竟然有些颤抖，但是她的语调仍旧平淡，似乎不夹杂着感情，又像是在抑制着什么。

"以前的事情我已经记不清楚了，这次前来助姬王一臂之力，完全是因为我们方雷与蚩尤和九黎早就结下了血海深仇，这次也是借姬王之手除贼，您不用多虑。"

姬轩辕走向她的步伐渐渐放缓，最终在她身后三步之遥的地方停下，他望着她的秀发，苦笑着说道："那一年我出函谷关南下开疆拓土，曾只身入九黎之境，在西陵故地之畔，伴着皓月清辉举酒祭奠你，那一夜我醉酒连闯九黎十三城，过关斩将，只为了你。"

姬轩辕说到这里，女节的身影又不禁颤抖了一下，但是她仍旧没有回头。

"二十年前，雪原千里，巨狼口前，你救我性命，从那时起，我就再也无法忘记你的容颜，我曾在心底无数次想起你，又度过了多少个彻夜难眠的黑夜。”

说罢，他从脖颈上扯下了那只骨梳，晶莹剔透的骨梳在大帐外照射进来的阳光中显得分外璀璨。

“如果你当初便决心如此，又为何赠我信物？

“这只骨梳，我戴了二十年不愿摘下，我以为这辈子，也就只能靠它才能感受到你的存在。”

说到这里，姬轩辕已是动容，而他身前的女节轻移莲步，终于缓缓转过身来，而她素来坚毅的脸庞上，此刻泪水早已泛滥成河。

姬轩辕两步走上前，一把将她拥入怀中，女节双手掩面，轻轻地依偎在他的怀里，原本冷清肃然的大帐中，似乎有着一把看不见的火焰，在缓缓燃烧……

待到全军整备完毕，半月已然飞逝。

自从上次与女节见面之后，姬轩辕将自己的衷情诉尽，一转眼也有很久不见了，姬轩辕每日都命哨骑三次报告，如今半月转眼过去，蚩尤的大军已经开始全体撤退。

姬轩辕知道，这是他最后一次机会，即使没有办法使夏族联军的战斗力发挥到最强大的地步，苗夷联军的战斗力也不见得会强到哪里去，现在趁着他们撤退，人心浮躁之际，出奇兵以制裁，估计就连蚩尤也没有想到，受到重挫的夏族联军能在这么短的时间内集结军队。

眼看前方上万名夏族战士整装待发，这些战士刚刚经历战火洗礼，有的身上还带着上次涿鹿大战中的伤势，有的则是从各地抽调而来的新兵，这些人马精力充沛，战斗力强劲。

二　长途奔袭

姬轩辕站在用圆木搭建而成的高台之上，抬眼望着浩荡的夏族军队，就在这时，远处尘烟骤起，不多时，不远处的山坡处出现了一支军队。这支军队的战甲各异，为首二十余人，穿着皆为不凡，身后带着各自的队伍。这二十余人正是参与结盟的夏族联军各部落首领，今天为了目睹最后的决战，纷纷不远千里赶来聚首。

乘着青牛在人群最前方的一人，须髯皆白，衣着朴素，头发乱糟糟的，正是夏族共主炎帝，人群中还有姬轩辕的岳父，也就是西陵国君；他们纷纷向高台上的姬轩辕问好，姬轩辕连忙回礼。

接着，随着众人缓缓走进，一头牛率先来到高台之前，牛上的战士翻身下来，跑上了高台，"扑通"一声半跪在姬轩辕的身前，将手中包裹住的如长棍般的东西呈上。

姬轩辕面带疑惑，他伸过手将东西接过，一柄淡金色带着微绿色光芒的长剑赫然出现在他的手中。

耀眼的阳光照射在剑柄硕大的宝石上，竟晃得姬轩辕有些睁不开眼。他将宝剑横放在手中，细细摩挲着剑鞘上雕龙画凤的纹路，感受着冰凉的触感，随即他握住剑柄，朝外一拉，"噌"的一声，清光如水，剑影婆娑，光芒相较之前犹盛百倍千倍。

剑锋两端熠熠生辉，显得极为锋利，欣喜之下的姬轩辕从衣服上拔下一根毛，他小心翼翼地将这根毛轻轻放在剑锋上，只见其瞬间化作两截。

"哈哈，真乃绝世好剑！"

"看姬贤弟笑得如此开心，定是喜欢此宝物了？"

在姬轩辕观剑之时，一行二十余名部落首领早就来到了高台前，下了青牛，上了高台，这时炎帝望着如痴如醉的姬轩辕，指着他手中的剑，笑着说道。

姬轩辕不好意思地点了点头道："当真喜欢，不知此剑有何名字？"

炎帝哈哈大笑起来，说道："此剑尚未得主，它是由我与众位部落首领派人合力打造出来的极品宝剑，剑身一面上刻日月星辰，另一面刻着山川草木，这是我等称赞姬贤弟你海纳百川之胸怀，双肩担起四海之风骨，这才特地打造的，既然姬贤弟喜欢，那你就收下，千万不要和我客气！”

此时众人已然走到姬轩辕的面前，而地下的士卒也都机灵地连忙将木制座椅搬上来，让众位部落首领入座。姬轩辕虽万分喜爱此剑，但是突然接受了那么贵重的礼物，他还是于心不安，即使再不舍，他还是将手中的宝剑推回炎帝的怀中。

“我姬轩辕作为联军统帅，身负剿灭蛮夷之重任，今与苗黎、东夷激战姜水，凡此九战皆败，涿鹿大战虽不分胜负，却仍然伤亡惨重，我有何德何能受此宝剑？”

炎帝却还是将宝剑重新放到姬轩辕的手中，他面带笑容，说道：“我烈山氏和九黎族征伐多年，自然知道他们的战斗力之强远非夏族战士能够力敌，在苗夷联军的大势之下，姬贤弟仍然能够抵挡住蚩尤部落东进，实为难得，这次涿鹿会战令他们元气大伤，我没有看错你，这把宝剑，你当之无愧！”

姬轩辕最终拗不过炎帝和众位部落首领的坚持，且他的青石剑早已在涿鹿大战之中报废，既然已经没有了佩剑，那就接受这柄宝剑吧。因为此剑没有名字，最终在众位首领的力荐下，姬轩辕便以他之名冠之于剑。

此剑名轩辕，为轩辕剑！

高台之上阳光正盛，战士们的情绪被逐渐带动起来，他望着身下的万名将士，没有多说什么，只说了一句话：“今天将他们杀尽，摆酒庆功，犒赏三军！”

说罢，高台下的将士们发出了震天的吼声，没过多久，夏族联军就开始动身，他们轻装而行，每个人都只带着七天所需的干粮。此战，以奔袭为主，重点在于一个快字，只要能够快速将撤退的苗夷联军阵形打乱，就算之后再进行阵地战，蚩尤部也是凶多吉少。

这次进军，万余士卒在前方急行，二十余名首领，包括炎帝在内，都在后方督战压阵，而姬轩辕则不然，作为统帅他从来都是身先士卒，在最危急关头，成为战士们最为坚强的盾牌，所以此时他骑着白额大虎，身后跟着一众将领，同样以极快的速度奔袭。

三日过去，姬轩辕很快便发现了道路两旁行军的痕迹，他的嘴角笑意浮现，知道他们已经离撤退的苗夷联军不远了。

一旁骑着白牛的风后，伸手指了指道路两旁的地面，说道："主公你看，这些地方都没有清理干净，就连所用的灶具都没有掩盖掉就离开了，说明苗夷联军现在已经在慌忙撤退了。"

力牧在一旁疑惑发问："这些蛮人怎么撤退得那么快？他们虽然损失了人，但是肯定还能和我们有一战之力，真是想不明白。"

姬轩辕笑了笑，看着力牧说道："我就告诉你苗夷军队为什么溜得这么快。你看看这些废弃的灶具全都完好无损，他们丢弃的唯一原因就是食物不济，肯定是随军的粮食已经耗尽了，所以这才慌忙撤退，想要到离这最近的城池驻扎。"

力牧听了姬轩辕一句话，恍然大悟，不禁对姬轩辕又多了几分敬佩，道："主公的智慧我力牧实在是佩服得五体投地。"

姬轩辕笑骂道："你什么时候变得这么油嘴滑舌了，还不带着你部落的先锋战士加快脚步，现在可是他们最脆弱的时候！"

风后也附和道："是啊，等他们进了城，再想要交战就只能选择攻城了，到时候对我们很是不利。"

力牧闻言，连忙喊道："遵命！"

随后，姬轩辕命令部队急行军数十里之后原地休整，养精蓄锐了半个时辰，他挥剑发布号令，让部队朝前方全速压过去，打苗夷联军一个措手不及。

姬轩辕骑着白虎在平原上飞速奔驰，身后力牧手下的先锋军骑着一头头健硕的青牛紧随其后，后方步行的战士们也全力赶来，没过多久，他们终于看见了远处一道道黑色身影浮现。

“给我冲锋！杀过去！”

伴随着一声号令，全军发出震天动地的咆哮，纷纷抄起手中的兵戈，向着前方的苗夷联军冲锋。

三　风云突变

平原上，随着姬轩辕发号施令，夏族联军与苗夷联军的距离显得越来越近，奔腾的牛群宛如洪流，似要吞噬前方的一切。

苗夷联军显然也发现了后方突然出现的夏族联军，他们的撤退速度不算慢，可还是被姬轩辕率部赶了上来，他们的脸上都露出了吃惊的神色，正当他们准备回身御敌之时，汹涌的战牛群先锋已然冲破他们的尾部。

夏族联军的战士们仿佛想要一举发泄出心中填满的怨气与怒火，他们的眼中隐有风雷，面目狰狞，向着前方的敌军发出了最猛烈的进攻，他们手中的战刀在空中飞舞。

姬轩辕胯下的白虎狂奔如飞，它驮着姬轩辕于三军之前，第一时间便冲入敌阵，他身后二十余名死士和众位有熊国大将尽皆在侧，保护他的周全。

只见他横劈纵砍，轩辕剑的锋利胜青石剑岂止十倍！凡是光影闪烁之处，敌人鲜血飙飞，苗夷军队害怕之余不敢再轻易上前。

很快，一路鲜有阻挡的姬轩辕带着大鸿、力牧、刑天、仓古四人与十八名死士直奔敌方中军，夏族联军的战士们在统帅杀出一条血路的影响下，纷纷杀退敌军，直逼苗夷联军的中军而来，在那儿，有苗夷联军的统帅——蚩尤。

只见敌军中一名大耳长髯、长发杂乱披散下来的男子睁着铜铃大的眼睛瞪着姬轩辕，四目相对之下，姬轩辕第一时间便认出此人就是九黎族首领蚩尤，他赤裸着上身，健硕的肌肉线条在阳光的照耀下散发出小麦色的油光。

他的手上正提着一把硕大的青铜大刀，刀身上镌刻着各式各样奇怪的纹路，他面色阴沉，冷冷地盯着姬轩辕，姬轩辕也停了下来，骑在虎背上，同样盯着蚩尤，场中的气氛骤冷。

终于，蚩尤开口，声音暗哑粗犷，缓缓道："姬轩辕？我们终于见面了。"

姬轩辕没有想到蚩尤竟然会说夏族语言，他的面上依旧平静，没有浮现出丝毫的情绪，冷冷回应道："久仰九黎族首领的大名，今日以这样的方式相见，还真是令人唏嘘啊！"

蚩尤大笑道："今日我部无奈撤退，你前来偷袭，确实不怎么光明。"

姬轩辕没有说话，身后的大鸿高声喊道："我等今日便要让你在此伏诛，岂会让你有机会轻易脱逃！"

蚩尤闻言，表情更加阴沉："你是什么东西，敢这样和我说话？"

蚩尤的身后十四道身影站了出来，这些人面上都闪着寒光，看上去个个高深莫测，给人一种慑人的凉意。

姬轩辕一眼瞟去，在这十四人中发现了四个熟悉的身影，其中两人便是之前叛逃的赤松子和飞廉，他们看上去面色阴沉，似乎还有些紧张；而另外两人相貌已经有了很大的变化，这两人竟是二十余年前遇到的电母和雷公。

电母的容颜已经苍老不少，头上也浮现出银白的发丝，雷公的脸庞却很意外没有多少变化，只是下颌和唇上的短须愈渐浓密，看上去更加沧桑了。

就在这时，姬轩辕身后的士卒退开了一条大道，从大道中转出数人，这些人有的骑着青牛，有的骑着大虎和山羊，皆是夏族各部落的大将，其中一人花白长髯，走在最前，正是祝融，他人未至，声音却先入众人耳中。

“我主厚德载物，虽未亲至，但却预言了你们的覆灭，而姬王的雄才大略岂是你们这些蛮夷能够相抗的，宵小之辈，还不束手伏诛！”

蚩尤仰天大笑，祝融的老对手电母却用她依旧魅惑的声音高声说道：“老贼，手下败将还敢在此大放厥词，你就不怕闪了腰吗？”

苗夷联军阵中哄笑声震天响起，电母的表情更是夸张，扶着腰模仿着祝融的老态，哈哈大笑起来。

祝融登时大怒：“十二祖巫是吧？待老夫取你们首级，尽挂于姜水之畔！”

说罢，他正欲提刀而上，姬轩辕却挥手制止，他一边指着周遭，一边对着蚩尤缓缓说道：“我知你军早已断粮了，我大军围定之时，无论你们如何抵抗，最终也逃不过被诛杀或是饿死的命运，依我看，你不如投降吧。”

“投降？我蚩尤这辈子就不知道投降为何物！”

姬轩辕摇头，纵目环伺周遭激战，只见夏族联军已经完全将蚩尤所部的阵形分割，完全占了上风，在风后的率领下，一个时辰内将他们团团包围或许不难。

“那对不住了！”

姬轩辕一挥手，身后的将领们纷纷挥动手中兵戈，从姬轩辕的身旁冲了上去，而蚩尤手下的十二祖巫加其余将领也毫不畏缩，提着兵器直接迎上，一时间原本对峙的局势被打破，两边混战一团。

姬轩辕座下的白虎目光冷峻地用前爪刨着脚下裸露出来的黄土，而姬轩辕于混乱中一动不动，目光平静地盯着蚩尤，不远处的蚩尤也一样，不知这到底是他们第几次四目相对。

姬轩辕的嘴角微扬，喃喃自语道：“的确是当世之枭雄……”

在风后的引领下，夏族联军纵横穿插，逐渐将苗夷联军包围了大半。就在这时，十二祖巫居然在包围圈中架设高台，姬轩辕和众人都盯着他们的举动，不一会儿，风后已然来到姬轩辕的身后。

“看来他们还有手段没有使出来……”风后缓缓说道。

姬轩辕若有所思，点了点头。

不一会儿，他的眼瞳突然放大，只见赤松子和飞廉双双踏上高台，眼尖的姬轩辕看见飞廉和赤松子的手中都提着一把木剑，木剑剑刃上贴着两张明黄色的符咒，这个符咒姬轩辕再熟悉不过了。

“我在广成子师父手下修道时，见过这种符咒。”

风后眉头微皱，突然想到了什么，而姬轩辕此刻也露出恍然的神情，两相对视之下，姬轩辕轻声道：“赤松子、飞廉被世人称为雨师与风伯，看来蚩尤暗藏的底牌和风雨有关。”

正当他们交谈之时，赤松子和飞廉在高台之上执剑起舞，过不多时，天际一声霹雳，风云骤变。

四　司南脱险

阳光普照、灿烂明媚的苍穹刹那间飘起黑色的浮云，这些云厚重沉闷，其内仿佛藏着万钧雷霆，下一秒，阴云便密布整片天际，以赤松子和飞廉为中心向着四周扩散开来，接着平原上突然狂风大作，原本略有暖意的空气荡然无存，取而代之的竟是刺骨的寒风。

这些寒风长驱直入席卷整个平原，无论是苗夷的战士还是夏族的战士都呆滞地停下了厮杀，他们被这寒冷的空气压抑得快要喘不过气来，不知道为何这天气会突然变化。

紧接着，阴沉的天空下起了滂沱暴雨，辽阔的平原上响起了蚩尤浑雄暴烈的喊声：“全军撤退！”

听闻蚩尤的号令，苗夷联军立马开始收缩军队，转眼间浩荡的苗夷军队便紧密收缩，将蚩尤和手下大将团团围定。姬轩辕正在疑惑蚩尤的葫芦里到底在卖什么药之际，天际落下的倾盆大雨浇灌在他的身上，竟然有些蒸腾的水汽飘散。

姬轩辕注意到了这个细节，他擦揉着眼眶以为是自己眼花了，可是那雾气仍然分明地飘散出来，他心头更加疑惑，仔细看去，却发现这些雾气不是从他的身上冒出来的，确切地说，是从他的脚下冒出来的。

“脚下的地面有雾气。”

“不会是毒雾吧？”

周围响起来疑惑又惊恐的低吼声，姬轩辕让自己镇定下来，这时一旁的风后却开口道：“这个雾气没有毒，只不过雾气来得诡异，或许是蚩尤布下的障眼法，我们要做好准备，我担心蚩尤以退为进，在雾气下袭击我们。”

“原来如此。”姬轩辕恍然道。

于是他对着慌乱的军士高声命令道：“都别慌，这只是普通的雾气，让包围的士卒们全部撤回来，以防敌袭。”

周遭的雾气越来越浓郁，姬轩辕能看见的范围也越来越小，最后除了近在咫尺的风后，再也看不见周围其他，而一旁的风后也一样，他眼中的姬轩辕正深锁眉头，风后很少看到主公这么紧张。

“苗夷联军的声音已经消失了……”

“呃……”风后突然明白了主公说这句话的意思，心头一惊道：“他们竟然趁着大雾撤退了？”

“看来他们断粮确实断得很彻底，蚩尤并不是一个莽夫，在大雾下他们也是寸步难行，更不会来袭击我们，他走了。”

风后有些懊恼：“我怎么没想到，主公，我们还要追上去吗？”

“此次不除苗黎、东夷联盟，将来就再难有机会了，你也看到蚩尤手下的战将个个骁勇无比，身负绝学，我没有太多的自信。”

风后闻言点了点头，意思已经很明显了，那就追吧！

姬轩辕指着蚩尤离去的方向，略微沉吟，道：“应该是这个方向。”

说罢，他扬声命令周遭的死士循着声音找到各部，统一下达前进的方位。在这样的大雾中，稍有不慎就会走散，姬轩辕不能让这样的事情发生，一切都必须做到万无一失。

在雾气中整肃三军耗费了很长的时间，姬轩辕率领着部下小心翼翼地在平原雾气中前行，极为缓慢，一连半日，可是周围的气息并没有丝毫改变，周遭的雾气还是那般浓重。

姬轩辕终于发现了异常，他高声号令三军停下脚步，站在原地的他下了白虎，一拳砸在身后的战车上，恨恨地说道："这雾气实在诡异，坏我大事！"

拳头落在战车的木栏上，"咚咚"作响，风后站在一旁面带异色，似乎在思索着什么。

姬轩辕颓丧地收回手，他这一战经历了太多的失败，这些挫折狠狠地戳中他的心肺，让他觉得万事休矣，负面的情绪快要将他淹没。

迷雾重重，仿若牢笼，将万余战士深锁在平原之上，不知所行何方。

时间慢慢地流逝，他们看不到头顶的青天，也见不到周遭的景色，不管望向哪里，都只剩下白茫茫的一片，一股恐惧的情绪逐渐化为波澜在每个夏族战士的心头泛起。

姬轩辕颓丧地蹲在地面上，风后仍站在一旁思考着。

"主公，我突然想到了一件事。"

"嗯？"姬轩辕没有抬头，有气无力地应了一声。

"几年前我曾得见一高人，他云游四方，曾教过我辨识方向之法。"

听到这些，姬轩辕突然提起了很浓的兴趣，他"嗖"的一下站起身来，抓着风后的肩头，急切道："这方法是什么？能够带领我们走出迷雾吗？"

风后面带追忆之色，回答道："高人曾给我描述了辨别方向的原理，只是我不曾真实运用，主公你派一些木工给我，再将您的战车调一架给我，我试一试能不能按照那人的描述制作出辨别方向的仪器。"

他对风后是绝对信任的，于是二话不说，命人找来了之前曾在各个部落做过木工的士卒，又命手下将战车驱赶到他们身前，再将战车前的绳索解开，将几头黄牛牵走。

在姬轩辕的关注下，风后指示士卒开始动工改造战车，战车在这群木工的手上逐渐变小，原本高大的战车在一个多时辰的改造下变成了一人高的小型木车，风后让他们制造出许多带有锯齿状的木轮镶嵌在木车内部，然后又在木车上打造出一个木人。

木人制作简陋，其右手平指前方。当木车大功告成之后，姬轩辕走上前来观察这辆木车，可是一番观察下来，什么都没有看出来。

他疑惑地问道："这个木车有什么不同之处吗？"

风后笑了下，一边托起木车后面的两个把手开始将木车全方位转动，一边说道："让它静止当然看不出什么，现在主公应该能够看清楚其中玄机了吧？"

见到木车开始转动，姬轩辕原本充满疑惑的目光骤然变得明亮起来，他紧紧盯着木车上方的木人，因为在他的注视下，无论木车转向何方，这个木人始终指着一个方向，不曾变化。

姬轩辕惊喜道："这个木人所指的方向究竟是何方？"

风后轻声回应道："禀告主公，这个木车所指方向，是南方。"

"哦？苗夷所逃遁的方向也是南方，真是天无绝人之路，风后你就是我的珍宝啊！"

说罢姬轩辕欣喜地拍了拍风后的肩膀，随即命令大军随他前行。

姬轩辕走在木车之后，而前方的木车由两名战士推着，木人指示的方向在可见的范围之内，而三军则是依靠声音的传导来辨别行军方向。

这次行军还没过一个半时辰，前方的雾气突然变得稀薄起来，姬轩辕心中一动，于是命令三军加快步伐，不出他的预料，没过多久，姬轩辕与身旁大军就陆续从迷雾之中走了出来。

当大军完全踏出迷雾，战士们再也抑制不住心中的激动之情，绝处逢生的狂喜让他们紧紧相拥而泣。姬轩辕坐在虎背上，望着左手边遥远天际渐渐落下的残阳，脸上也流下了两行清泪。

一切颓丧和绝望几乎将他撕碎,可是此时此刻,他的心中却有什么在重生。

“众位将士,上天不让我们灭亡,上天是保佑我们的,让我们挥动手中的利刃,将蛮贼赶出我们的疆界!”

在震天的回响中,姬轩辕回头望着风后,说道:“我想给它起个名字。”

“司南。”

第十四章　四海奋鹰扬

一　十二祖巫

逃脱迷雾牢笼后的夏族战士们听了姬轩辕一席话后，眼瞳中都燃烧起跳动的火焰，这是充满自信又极度嗜血的火焰。

在姬轩辕的号令下，夏族三军以有条不紊的步伐快速推进，继续向蚩尤部落方向高速移动，这场奔袭战争就像是一场声势浩大的追逐，充满了血腥，也被疲惫填满。

在披星戴月的奔袭过后，第二日清晨破晓之时，夏族联军和苗夷联军终于再次相遇。

苗夷联军对夏族联军的突然迫近始料未及，大概就连蚩尤也没有想到，他们如此自信的迷雾大阵竟然只困住了敌军这么短暂的时间，他们连城池都还没踏入，就被这群带着凶狠戾气的夏族士卒赶将上来。

姬轩辕再次看见这些苗夷的队伍，心中感慨："或许，这一战就可以完全决定我们的存亡。"

于是，在姬轩辕的缜密布置之下，夏族战士分作几个部分有条不紊地向前继续推进，风后在大鸿的协助下运筹帷幄，布下进攻的阵形，势必要一举歼灭敌军。

四面鼓声大作，雷霆般的鼓声在四野传响，这对于夏族的战士来说就像是胜利的号角，而对于苗夷联军的士卒们来说，却像是末日前的丧钟。

由于断粮两日，他们的面上除了连日奔波的疲倦，还有体力不济的窘迫，面黄肌瘦的苗夷士卒早已没有了之前涿鹿大战时的士气，就像是亡命的野狗，眼中充满了恐惧。

在苗夷联军的军阵中央，魁梧健硕的男子骑在一头食铁兽之上，他望着远处浩荡汹涌、气势磅礴、滚滚而来的敌军，眉头皱得很紧，无论是怎样布阵施法，看起来都显得黔驴技穷，似乎在这样的情形下，只有背水一战才是唯一的办法。

风声有些紧，他的头发在大风吹拂下飞扬舞动，手中的武器被他握得更紧。征南逐北几十年，灭了多少部落，获得了多少疆土，他原本是姜水之畔一个小小的九黎族的首领，后来凭着本事扩张，使得九黎族成了苗黎最大的部落，自己也成了整个苗黎族的共主，他本想吞并老迈的天下共主烈山氏，进而蚕食整个夏族，统御天下。

可是偏偏夏族的北方出了一个叫作姬轩辕的人物，他是姬水河畔有熊氏的部落首领，在他之后才开始崛起，可是现今却成了他最大的阻碍。

在最关键的时刻，即将吞并烈山氏的狂喜在有熊氏和烈山氏宣布结盟时刻起戛然而止，几乎是同时他私下找人接洽赤松子和飞廉，最终成功策反二人，可是仍然无法说动炎帝解除结盟，最终他只能将二人当作棋子，安置在敌阵之中。

随着夏族结盟共御苗黎的开始，感到压力的蚩尤也寻求与东夷族的合作，在陈述利害和给予许诺之后，苗黎和东夷结合成了苗夷联军，蚩尤统率。

之后战争全面爆发，姜水流域的九次战役，最终都以自己的胜利告终，此时的他认为夏族军队不堪一击，所以，他为了让自己威名广播寰宇，决定亲率精锐部队突袭夏族联军重地涿鹿。

以他当时的心智，只觉得姬轩辕不可能想到他这一步棋，因为当时各地战火纷飞，虽然集结兵力会出现短暂的停战期，但是姬轩辕绝对没有这么迅速的反应立刻做出应对，而只要他集中兵力偷袭涿鹿，打下涿鹿后有一万种方法将夏族联军拖死。

可就是这么凑巧，在他号令全军对涿鹿发起全体进攻的时刻，姬轩辕竟然早就部署重兵严阵以待，连绵不绝的夏族战士从四面拥出。虽然暗藏的两枚棋子临时见机行事，让自己的部队能够冲破敌人的防线，可是充满韧性的敌军还是拖住了他的脚步，连番苦战之下，问题终于还是无法避免地暴露了出来。

由于这次本是偷袭，所以蚩尤命令战士携带少量的干粮准备速战速决，可是最终这场战役还是成了持久战，看着愈渐缺乏的粮食，蚩尤部队陷入了两难的境地，后方运输粮食的军队需要花费很长的时间才能将粮食运到，而队伍在这段时间却难以为继，他最终选择撤退。

在宣布撤退的时候，作为一个常年征战的统帅，他早已经嗅到了一丝危险的气息，没想到这么快就应验了，虽然他使出了许多手段，可最终仍旧无法逃避。

身边的所有将领尽数被他派遣下去应敌，他自己则驱使着食铁兽号令三军，其他的事情想再多也无用，现在最重要的是打赢这场战斗，就算无法取胜，将敌人打退，争取些时间也好。

两军已经开始交战！

姬轩辕座下白虎在不停地低声嘶吼着，一股肆虐的战意从它的身上散发出来，虽然这只虎也刚刚成年，可是猛兽的野性还是在它的身上显露无遗，这种野性是让敌人胆寒的一大利器。

与之不同的是，乘骑着白虎的姬轩辕却一脸冷静地观察着场中的形势。虽然夏族战士们经过两日的奔袭已经很疲倦了，但当他看见苗夷的战士们同样疲倦，多日没有吃饱的饥饿感从他们的脸上显露无遗，姬轩辕的嘴角浮现出一丝笑意。

远处力牧早已将上衣弃掷一旁,他手拿一把宽刀,这把刀是他在涿鹿之战中从蚩尤部手下缴获来的,据说这种刀十分稀少,是蚩尤秘制而成的战刀,比一般的石刀锋利百倍,尤胜玉石刀,是不可多得的宝刀。

而此刻与他缠斗在一起的,是一个乘着黄鸟纵横的怪人,他生得很是丑陋,面目扁平,鼻梁塌陷,身躯肥厚,其人如此,身下的大鸟更让人称奇。

这只鸟身上布满黄色的羽毛,只有双翼处生出赤色羽毛,宛如舞练,又似赤焰,它的口中不时传出清脆动听的曲调,若静下心倾听,一定会觉得无比动听,整个身心仿佛都快要深陷进去。

姬轩辕心中大动,不禁回头问道:“风后,你可识得此人?”

风后看着姬轩辕所指之人,嘴角弯弯,笑道:“此人为共工氏的首领帝江,他们部落的图腾也是帝江,相传帝江是混沌初开的降世神灵,他们信仰的真神是盘古,所以你看此人手中拿着的这柄巨斧便是模仿盘古开天的巨斧。”

姬轩辕若有所思,看来这就是蚩尤手下十二祖巫之一的帝江,他的目光不由再向场中望去。

只见力牧骑在青牛之上,手中战刀不停劈砍,势若重锤,仿佛刀身的每一次挥动都要将从天空中坠下攻击的黄鸟瞬间击杀,可是黄鸟灵巧无比,不要说击杀,就连一根羽毛也没掉下,反而力牧的攻势受阻,屡屡险象环生。

坐在黄鸟之上的肥大男子手持巨斧纵贯而下,一招一式都直逼要害,虽然他的动作看起来迟钝不堪,但是速度却着实不慢,再看满头大汗的力牧,姬轩辕的眉头微蹙起来。

二　圣石灵佑

“风后,统御三军的重责就交给你了,力牧情况不妙,我得去帮他一下。"说罢，姬轩辕一声大喝，胯下白虎直冲前方战场，风后刚想抬手阻止，却只看见姬轩辕远去的背影。

"唉，主公还是这个秉性，从来不注意自己的安全……"

风后兀自说着，姬轩辕早已驱使白虎来到力牧身旁，他纵身一跃，手中轩辕剑"噌"的一声霍然出鞘，身形一晃，朝着急坠而下的黄鸟猛然横扫。一股杀意骤然惊得黄鸟尖啸起来，黄鸟之上的帝江睁着小眼望着姬轩辕，眼瞳中充满暴戾的冷光。随即他将巨斧往黄鸟身前一挡，刚好挡住了姬轩辕的雷霆一击。在剑刃碰撞到巨斧的一瞬间，帝江和姬轩辕同时闷哼一声，两相退却，与此同时黄鸟猛然振翅，避开了力牧的长刀劈砍，纵然如此，还是被刀刃斩下了羽翼上的几根火红鸟羽。

风声如旧，姬轩辕从半空坠下，刚好落在赶将过来的白虎身上，他持剑望着苍穹，只见承载着黄鸟的帝江在半空中歪斜着飞行了一段距离，终于稳下身形，他肥硕的身躯颤动着，让人感到莫名的恶心。

帝江俯身望着白虎，神情由惊讶转为平静，他的面容上浮现出了笑意，这股笑容却狰狞无比，就连姬轩辕也不禁眉头一皱。

帝江挥动着手中巨斧，喝道："你就是那个有熊的姬轩辕？"

姬轩辕冷冷回道："何须废话，下来与我一战！"

帝江哈哈大笑起来："你能奈我何？"

姬轩辕目光渐冷，这时突然一声厉啸响起，只见一支飞箭带着破势之力横贯而来，直射半空中的帝江。

飞箭到了近处才被帝江发现，他身躯猛然一倒，堪堪避开飞箭，而身体也因为重心不稳从半空坠了下来。黄鸟见帝江坠下，急忙坠下想要接住帝江，可就在这时，姬轩辕的身影却突然出现在帝江的身边。

只见帝江的面上突然浮现出惊惧的神色，刚想拿起手中巨斧抵挡，可是姬轩辕哪里还会给他这样的机会，随着破空声响起，轩辕剑如惊鸿出云，一剑直接劈在帝江的脖颈上。

下一秒，帝江硕大的头颅仿佛流星般从半空中坠下，"扑通"一声砸在地上，与此同时一旁的黄鸟见主人已死，正欲振翅逃遁，一只花白的猛虎却突然出现在它的身下，没有给它任何反应的机会，一口咬住黄鸟的脖子，将它拖拽而下。

原来姬轩辕见帝江下坠，于是连忙踏着白虎的脊背直上准备给帝江最后一击，而白虎随后也借着周围一名士兵的身躯作为跳板，将半空中的黄鸟咬了下来。

落下的姬轩辕被力牧接住，几乎同一时间大地仿佛都颤抖起来，只见帝江的尸体如山体落下般发出极大的声响，他的脖颈断口处光滑平整，如注的鲜血涌出。

姬轩辕冷眼看着这具令人生恶的肥大躯体，面带嘲讽道："怎么，你还是死在我的剑下。"

虽然这场战争完全是以一边倒的情势进行，但是蚩尤不愧是征战数十年的枭雄，在他的指挥之下，苗夷联军继续一边与夏族联军交战，一边往冀州方向撤退，此战持续了一个昼夜，从平原杀到了山峦，十余里的宽广战场之上到处都是尸体和鲜血。

这场战斗可谓是耗尽了苗夷联军的元气，十二祖巫便在这一战中损失了三分之一，帝江被姬轩辕斩于轩辕剑之下，坐骑黄鸟被白虎撕碎；雷公和电母均被刑天一人手持干戚砍为两截，善用大风的天吴更是被众人围杀，身中二十余枪而死。

最终的结果是次日正午，冀州方向的援军终于抵达接应蚩尤所部，将夏族联军全员抵挡在崇山峻岭之上，蚩尤带着残兵败将趁势下了高坡，眼看着就要直奔冀州而去。

姬轩辕站在山岭之上纵观前方战况，心中万分焦急，此时的苗夷联军是他们交战至今最弱的一次，往后再也没有机会遇到这么弱的苗夷联军了。想到这里，他手中轩辕剑的剑柄就被握得更紧。

风后站在他的身边，一向乐观的他此刻看上去也显得很是沉重，只见他遥望远方开口说道："看来今天还是没办法一举剿灭这些蛮夷。"

姬轩辕的脸上终于抑制不住沉痛之色，就在风后准备转而安慰他的时候，却发现此时姬轩辕的手中竟然拿着一块石头，而这块石头上印着龙的图腾，这分明就是有熊国的图腾！

“主公，这是……龙图腾圣石？”

闻言，姬轩辕没有回头，眼睛仍然一动不动地盯着前方，只是缓缓地点了点头。

“难道主公是想以此召唤应龙？”

这次，姬轩辕宛如一块雕塑，没有再说什么。

这一生，他曾唯一一次召唤过应龙。就是在姬轩辕十四岁的时候，未见应龙，却见漫天大雨和一个小黑影，不然他早已死在了猊兽手中，那一次他差点被九黎族扣下，也差点被西陵氏杀掉。可是，他仍觉得这是一件对他的霸业十分有用的无上利器。

数年前，他拜广成子为师，重提此事，他的师父将一切全都告诉了他，原来天上应龙无法降世，自盘古开天辟地以来就因为某种原因和这块圣石的主人签订了某种契约，后来圣石的主人死去，圣石流落到姬水被有熊氏得到，从此成了有熊氏的圣物，姬轩辕对此深信不疑，但是神龙见首不见尾，他从未一睹龙颜。

此圣石自有其作用，但是听广成子师父所言，使用圣石是要付出代价的，那就是必须燃烧自己的寿命，而这圣石更是不知要几万年或几十万年的时间来恢复因召唤而损失的神力，对此姬轩辕仍然深信。

所以他轻易不使用圣石，这个秘密，他从来没有和任何人说起。

但是风后却能大致猜到姬轩辕的心思，就从他拿着这块圣石踌躇的表情和之前各种危急关头也没见他拿出来用过便可以知道，他只是不想说出来罢了，因为在主子面前太自作聪明的人，是没有什么好下场的。

看着蚩尤所部越行越远，姬轩辕最终还是没有办法释怀，终于他的眼中厉色一闪而过，紧接着整个人似乎变了一个样子。风后望着姬轩辕的身影，发现他挺着身子仿佛想要接受天空的回应，整个人也陡然变得高大起来。

接着，一阵充满洪荒气息的呢喃在风后的耳边响起，渐渐飘远，声音宛如魔音般，他怔住了，似乎周围的一切都变得无比缓慢，或许是他们的心理作用，但是整片天空却突然风云诡谲起来。

天空中霎时间乌云密布，紧接着夏族联军阵中鼓声大作，似野兽怒吼，然后一声雷霆霹雳带着撕裂苍穹的电光从空中劈下，白昼突然变黑了。

风雨骤起。

三 天河逐浪

随着风云突变的景象，姬轩辕的脸色显得有些潮红，他痴痴望着云层之后的庞大黑影，喃喃自语道："终于又见到你了。"

苍穹突然降下大雨，接着便是滂沱大雨，黑暗的云层深处，天光如影随形。从没有见过如此大雨的夏族战士和苗夷战士们全都两股战战地望着头顶苍穹，不知所措。

不只是这些战士，就连各大部落的首领或是将领，都看到姬轩辕站在山岭之上，手持圣石，手中的圣石表面泛起点滴光芒，他头顶的雨水以之为中心开始旋转收缩，紧接着从这片漩涡的中心，出现了一道天河。

"姬王……真龙天子……"烈山氏的夸父站在山岭之侧，望着姬轩辕，喃喃道。

随之而来的，是山岭两侧的所有夏族军士，他们见此情景全都如同浪潮一般跪拜下来，在滔天大雨之下，臣服！

于是一幅别开生面的画卷就此定格，青光散播天际，普照四方，这道青光照在所有人的身上，无论是夏族士卒还是苗夷战士的身上，都被照耀得亮堂堂，姬轩辕一人手握圣石站在山岭之巅，周围夏族士卒和将领尽皆匍匐，山岭之下的苗夷战士们面带恐惧，仰望苍穹，就连远处食铁兽上的蚩尤在天光的映衬下，脸庞都显得很是扭曲。

虽然只是刹那，但是雨水毫不停息，滚滚而下，地处低洼的苗夷联军叫苦不迭，强大如斯的气势震天慑地。姬轩辕眼中闪着凌厉的冷光，冷眼望着脚下的敌军，似乎没有半点情感。

接着又是一阵异变，暴雨倾盆的平原顿时刮起狂风，吹得人们睁不开眼。

山岭之上的姬轩辕，口中呢喃，自言自语，目光不时在平原上的苗夷联军身上扫过，接着目光愈渐阴沉，最终化为两道杀意，他的目光完全移到山岭之下的苗夷军队之上，发出了一声号令。

“整军！”

三军震声，音波震碎飞雨，更震破了部分苗夷战士最后的希望，雨水沿着地势高处倾盆而下，向着这些苗夷战士滚滚而去，他们丢掉了手中的兵器开始逃跑，可是还没跑出几步，只见一个将领模样的人走了上来，手提长剑，直接穿心而过，将这名逃兵击杀。

于是，逃兵的现象很快便被遏制，他们既不敢逃跑，也不敢迎战，显然被姬轩辕吓坏了。

过不多时，周遭的风雨越来越急，更远的地方，漫天的雨珠凝聚成了更大的雨帘，而这些雨帘又在半空中汇聚成了河流，顿时向山岭之下的平原轰然砸下，远近两处，雨势竟如瀑布。

天之尽头，滔天雨势，化为大河，大河之歌，响于山岭之上。

姬轩辕不知何时从身上掏出了一支竹管，这支竹管细长如棍，有成人小臂之长，竹管上每一寸便有一个圆润的空洞，鳞次栉比。青绿色的竹管在姬轩辕的口中传出悠悠的清脆声响，这股声音伴随着滔天洪水，宛如天籁。

这支竹管是他在无意之中制作而成的，今日站在山岭之巅，遥望头顶苍穹，他的心中汹涌澎湃。

“主公，你看那儿！”力牧踏上山岭，指着前方平原言道。

姬轩辕顺着力牧所指的方向望去，只见脚下平原不远处的苗夷联军竟然以中军蚩尤所在的地方收缩，摆开古怪的六方阵形。

“面对天降河泽，他们仍然抱着幻想……”风后的冷笑从他俊俏的素面上浮现。

可是下一秒，风后的脸色却突然大变，与此同时，姬轩辕的面色也沉了下来。因为这一刻，滔天的洪水已经直冲大地，将整片平原化为洪流。

只是唯一出乎他们预料的，就是以蚩尤为中心收缩的军队，却在洪灾之中屹立不倒，他们完全没有受到洪水的侵袭，宛如野兽般咆哮翻滚的水流在触碰到他们身前一丈的地面后，竟仿佛撞上了坚实的墙面，翻着波浪向反方向退去。

“这是怎么回事？”

姬轩辕的面色极为严峻，此时洪水已然淹没脚下的平原，洪水早已高过敌军头顶一丈有余，可是那堵看不见又无法逾越的空气高墙却一直耸立着。

风声急，雨声骤，姬轩辕心头的阴霾也逐渐深重了。

风后扬着手中明黄色的幡，表情和姬轩辕一样严肃，他的眼角不停地抖动，像是无法接受所见的一切，心中说道：“原来这才是风伯和雨师真正的本事。”

“赤松子和飞廉怎么做到这一切的我不清楚，但是我能很确定，蚩尤手下不只有擅使风雨大阵的风伯、雨师，十二祖巫虽然减员四人，其余的个个身负绝学神通，神石虽降下河泽，但看起来效果并不大。”

姬轩辕放下手中轩辕剑，沉默颔首，一次又一次的希望总是伴随着更甚之前的失望打击接踵而至，不知道胜利何时才能出现的他，望着前方于洪水之中屹立不倒的大阵，眼瞳中带着悲戚和怒火，逐渐明亮。

“现在这滔天的洪水不分敌友，我们只能在这山岭之上，无法直下平原与他们决战，只有等待洪水散去，我们才能徐徐图之。”

听罢姬轩辕的低语，风后颔首，他转头喝令三军原地休整，以逸待劳，做决战前的准备。

而姬轩辕则缓缓走到身前的那块大石头前坐了下来，他似乎在发呆，可是虽说像是发呆，他的目光却依然紧紧盯着远处苗夷联军的大阵。

毁天灭地的洪水逐浪而过，许多来不及收缩的苗夷联军战士霎时间便被这滔天的洪水裹挟淹没，他们在水流之中挣扎，但是这吃人的洪水听到他们的悲鸣却更加欢腾。

苗夷联军的旗帜倒下了，他们乘坐的战牛和狮虎被洪水卷走，就连他们的图腾塑像也都在大浪下消失无踪，似乎一切都在朝着胜利的步调前进，尽管蚩尤和手下们苦苦支撑，情形依旧很难逆转。

眉头紧皱的姬轩辕并没有被这虚无缥缈的胜利冲昏了头脑，他敏锐地观察到一点，敌阵边的浪势趋于平稳，而这澎湃凶猛的浪花竟然全都掉转方向，向着他们山岭这边涌来，虽然还没展现它的威力，可是姬轩辕下意识觉得，这并不是一个好兆头。

果不其然，滔天的洪水仍从天际降下，可是蚩尤阵旁的水流却完全静止，无数浪花一浪高过一浪向着山岭扑来。

四　诛杀蚩尤

终于第一道巨浪裹挟着巨大的浪花冲至身前，巨大的浪头径直拍打在山体之上，而此刻置身山体低洼处的夏族战士没有幸免于难，随着浪头退去，几十名战士直接被浪花拍死在岩石之上。

伴随着恐惧的尖啸，反应过来的夏族战士开始慌乱起来，他们纷纷朝着山岭更高处爬去，但是接踵而至的浪头没有给他们更多的机会，这些大浪没有感情更没有丝毫宽容，无数的大浪撞击着山岭，就像是万钧巨石猛烈撞击产生的威力，那些刚爬到一半的士卒连声音都没有发出来，便被浪潮无情地吞没。

那些可怜的夏族战士在大浪下沦为了冰冷的尸体，姬轩辕早已从大石上起身，走下山岭，沉着冷静的士卒朝着最为安全的路径向上收缩队伍，但这还是抑制不住战士们心中的恐惧，他们为了求生而互相争抢，无数的士卒在争抢中被挤下山岩，葬身脚下狂暴的洪流。

情况万分紧急，奔腾而来的巨浪越来越高，高达四五丈的巨浪每次拍打在山岭上都让姬轩辕有种地动山摇的感觉，可是面对如此的天灾他无法控制，更无法阻止，一股无力的感觉最终让他停止了对应龙的召唤，应龙渐渐地停止了攻势，天空中的雨势逐渐转小。

可是雨势虽然停止，平原上汇聚而成的大河却丝毫没有减退的趋势，浪潮依然如旧，而且越来越高，似乎马上就要骤然拔高，将整个山岭巅峰覆盖。

“原来风伯和雨师竟然有如此高深莫测的能力，我姬轩辕当真是失算至此，就算是败了，也无可厚非。”

“主公你不必担忧，天无绝人之路，我心中已有筹谋，待我布阵应对。”

风后的回应让姬轩辕的面色稍缓了一些，他正欲询问风后有何良策时，从山岭之侧突然徒步走来一名娇小的青衣女子，姬轩辕看着逐渐走近的女子，露出思索的神色。

“姬王，小女子有应对之法，只是不敢造次，可是现在情形越来越不利，我只能冒昧说出，还请姬王恕罪。”

姬王看着她，问道：“我们虽身处不同部落，但是联军中的大小事务本就是所有部落的事，我又怎么可能会责怪呢？而且，我好像见过你？”

“姬王是贵人多忘事，之前小女子已经和姬王在大帐中见过面，小女是炎帝妃子，名叫女魃，是烈山氏人。”

“噢,你就是世人口中所说的旱神女魃?”

“正是!”

“你有什么计策,说来听听。”

女魃略微欠身,对着姬轩辕说道:“风伯飞廉所使法术乃藏风之术,借大风凝聚无形块垒以拒河泽;雨师赤松子所使法术乃弱水之术,降细雨藏天河之内,平息河怒;此种法术,我皆可破除。”

姬轩辕眼神一亮,顿时来了兴趣。

“旱神有何妙计破之?”

女魃望着眼前波澜,纵声道:“藏风之术以炎韵波及,驱散之;弱水之术,以日炎炙烤,驱散之!”

“好!”姬轩辕欣然领悟,哈哈大笑起来。

“旱神既有对策,一切听凭旱神做主。”

随着越来越多夏族战士的生命消殒在洪流之下,山岭之巅一座木制构造的台子也被夏族军士以极快的速度造好。

浪头还在翻滚,可是此时山峦四周却响起夏族联军整齐而响亮的鼓声,鼓声响毕,一女子身穿青衣缓缓走上山巅高台,她的手中拿着一串兽骨支撑的三角形物件,另一只手执着一条长鞭。

她在高台上缓缓转了两圈,随着一声鞭响,霹雳之下,苍穹之上似有异动。

她的口中吟咏着高深莫测的咒语,这些咒语回响在河谷之间,竟隐隐有一丝应龙现世的洪荒感。姬轩辕望着身形曼妙的女子,心中升腾起了莫名的感觉,他知道,这个女子定然不凡。

紧接着又是数道鞭声炸响,天空中的乌云竟然以肉眼可见的速度向着两边飘散,然后开始逐渐分裂。

姬轩辕抬眼望去,只见刺眼的阳光透过层层密布的云层照射下来,半空中飘舞的细雨逐渐蒸发。

待到半空中的细雨完全消逝之时,河泽之中,异象骤起,原本蚩尤所部周遭平静的水面突然像是沸腾一般，然后远方连绵的大水浩瀚而来，一时间平静的水面与野兽般咆哮的洪水骤然相接，猛烈地冲撞着离苗夷联军一丈处的空气。

姬轩辕的嘴角浮现出了笑意，因为他知道，弱水之术，已经被旱神完全破除。

紧接着天空中的乌云在旱神的梵语唱和之下完全消散，只见远处四五丈高汹涌滚滚而来的浪潮纷纷晃了晃，接着便从半空颓丧落下，仿佛气力皆被抽离一般，奔向山体而来的波浪完全消散。

最终一轮耀目的太阳独悬于天际，太阳上泛起柔和的圆弧阳光，一圈又一圈向外扩散，这些光圈缓缓降落在姬轩辕四周的地面，没过多久，在一声乐器奏响之下，远处敌阵周围数丈的洪水骤然崩塌，将数千苗夷联军完全淹没！

“九黎族，终于消灭了……”

姬轩辕喃喃的声音伴随着高台上青衣女子窈窕的身姿而显得生动传神，这幅画卷，映照在天光之下，姬轩辕望向不远处的仓颉，仓颉也笑了，因为他知道，传奇才刚揭开。

一个昼夜过去，潮水终于退去，似乎是天命注定，蚩尤竟然没有死，而是身在浮木之上被夏族联军的战士们擒了下来，除此之外，打扫战场的夏族战士们还找到并生擒了赤松子、飞廉等一众残余的苗夷士卒。

最终这场夏族和苗夷族的重大战役以苗夷族的失败而宣布告终，蚩尤被姬轩辕秘密斩杀，对外姬轩辕宣布蚩尤被软禁在有熊都城，并敕封其为战神，以此宽慰苗夷残部之心。

蚩尤死后，历时半年，夏族联军最终全线占领苗黎族和东夷族的领地。虽然遇到少数部落顽强抵抗，但是姬轩辕毫不留情地将整个部落屠杀殆尽的手段也震慑了剩余的部落，于是虽然不太平稳，夏族的足迹还是遍布了这片神州浩土。

此战之后，在以风后等一众有熊旧臣的极力苦谏和其余众多小部落的附和之下,除了烈山氏保持沉默之外,夏族几乎全体部落,都极力苦求声望空前的姬轩辕登上帝位,继续引领夏族子民。

经过数次推辞,姬轩辕最终同意择日登上帝位。

第十五章　振臂呼四海

一　迎娶女节

姬轩辕自此战之后，成为夏族的英雄，威望与日俱增，风头直逼树立丰碑数十年的夏族共主炎帝，无数部落为其歌功颂德，有的地方甚至于部落中竖立起姬轩辕的雕像。

随着苗黎联军的覆灭，东夷族从此对夏族俯首称臣，所有苗黎族的部落全都并入夏族的管辖之内，经过多方谈判，最终烈山氏重新收编这些原本属于蚩尤的地盘。

姬轩辕心想就算和炎帝争夺姜水流域的地盘，中间有烈山氏阻隔，也没有多大的价值，不如顺水推舟，给炎帝一个人情，但是他仍然从炎帝的手中分得了很大一部分苗黎族的战利品，可谓满载而归。

就在即将回归有熊的前一晚，姬轩辕只身站在大殿的石柱旁，他举目眺望着部落中摇曳的灯火，不知在想些什么，就这样他宛如雕塑般站立沉思了半个时辰。

就在这时，大殿中一道身影缓缓从门内转了出来，脚步声打破了这份沉寂，夜风依旧在，姬轩辕感到身后的脚步，他没有回头，初秋的天气逐渐转凉，静如秋水的夜，竟也有些清冷。

多年的默契感使他光听脚步就能知道身后走来的就是他的妻子嫘，姬轩辕感到肩上传来的厚重，一件毛皮大氅披在了姬轩辕的肩头。

“天冷了，怎么还在这儿一个人吹风呢？”

姬轩辕伸手抓住嫘柔若无骨的小手，虽然嫘已年过三十，可是一点也没有衰老的迹象，无论身体还是灵魂都仍然这么年轻、这么温柔。

“夫君，你这是……”

姬轩辕将嫘从身后缓缓拉到身前，看着她的眼睛，他的眼中满是暖意，似乎要将嫘的心儿融化，接着，他缓缓将嫘拉入自己的怀中，拉动厚实的大氅将她裹着。嫘也很配合，就像一只安静的小兔儿，趴在姬轩辕的胸口，她能感受到那健硕胸膛传来的心跳声。

“天凉了，你这么单薄，别着凉了。”

姬轩辕收回一直望着远处的目光，两人就这样在月光的清辉下依偎，感受着秋风瑟瑟，听着秋蝉的悲鸣。

“夫君你是在想着一个人吧？”

“嗯……没有。”

嫘突然将双手附在姬轩辕的胸膛之上，仰头望着他的脸，轻声说道：“你莫骗我，这么多年了，你的一个眼神我便知道你想要做些什么，难道还猜不出你的心思吗？”

姬轩辕无言，他沉默片刻，叹了口气，道：“唉，我知道一切都瞒不过你。”

“是在想着女节姑娘吧？”

姬轩辕微微颔首，苦笑道：“她明天就要离开这儿回到姜水去了，虽然她应我的邀请来有熊玩了一段时日，可将要离开，还是有些不舍。”

嫘沉默片刻，眼中似有光芒闪烁，她嘴唇翕动，缓缓说道：“那……夫君你想让她留下来吗？”

“她终究是要离开的……”

话未半，嫘骤然打断，这也是她这十几年来第一次打断姬轩辕说话："如果夫君想让她留下来，我……不介意。"

姬轩辕有些震惊，他呆呆地望着嫘写满真诚的面庞，睁大眼睛说道："什么？你真的不介意？"

"对，只要夫君开心，我真的不介意。"

这下轮到姬轩辕沉默了，他抱着嫘沉寂半晌，终于轻声在嫘的耳边说道："我看还是算了吧，我也不知道女节姑娘她是怎么想的，更何况你的心里肯定会难受，说不介意也只是安慰我罢了，让她走吧，我明天去送送她。"

"我知道夫君的心思，我也和女节姑娘谈过了，她与你相识于我之前，你有情她有意，本就应该在一起，我又有什么理由反对呢，既然我都不介意，你也得尊重自己的内心，这也是对我的尊重。"

看着嫘，姬轩辕的心里酸楚难言，温婉如水的嫘总是体贴入微、事无巨细地照顾着他，包容着他，他心中最柔软的地方疼了一下，最终他只好摸着嫘的脑袋，轻声说道："好，我听你的。"

…………

第二日一早，嫘就充当说客前往女节的居所，将自己的想法和女节说得一清二楚，想要她留下来和姬轩辕成婚。

一开始女节百般推托，但是最终在嫘苦口婆心的劝说和引导之下，她终于承认自己对于姬轩辕的爱意，也被嫘口中的姬轩辕所感动，同意留在有熊和姬轩辕成婚。

午后，姬轩辕在嫘的嘱咐下亲自上门拜访女节。他站在女节的房门口沉默半晌，一直没有勇气叩响，最终他还是拿出了战场上的果决，重重叩响了这道木门。

没过多时，门中出现了一个高挑的身影，她一开门看见姬轩辕的脸庞，原本显得英气十足的脸上突然透露出了几丝绯红，但她强装镇定，轻声道："有事吗？"

当姬轩辕看到女节的脸庞时，他的面色突然镇定下来，仿佛是在讲述着一个非常古老的故事，又像是在说出自己从小未完成的心愿。

“嫁给我行吗？”

女节被他如此直白的五个字震惊到说不出话，她扶着门框的手逐渐用力，看上去几乎要将门框握碎。

见女节没有说话，姬轩辕的面色有些焦急，不由说道：“这些年我一直在想你，从当年离开雪原之后我就再没有忘记你，今天再遇，我不想让你离开了。”

女节的眼中泪光闪烁，良久，她终于缓缓开口道：“当年望着你离开的背影，我曾说过何时能够再见，如今一见，我满身风雪，早已不是当年的我了，但是我曾向天祈求，谁能替我灭了仇人，这辈子我就为他做牛做马，如今你既然替我杀了灭国的仇人，想要我嫁给你，那就嫁吧！”

姬轩辕盯着她的眼睛，缓缓上前，女节后退了两步，他将手搭在女节的肩头，心疼地说道：“我知道这些年你经历了太多太多，现在蚩尤已死，九黎族已然覆灭，你不必再故作坚强，从今往后，我保护你。”

这句话犹如利刃，终于穿透了女节最后的一丝防卫，她的泪水止不住地涌出了眼眶……

三日后，有熊都城。四处都热闹非凡，在所有人的见证之下，一场盛大的婚礼即将举行，这场婚礼的主角是即将晋封帝位的姬王和已消亡的方雷古国末代公主，只不过这次婚礼和十多年前的那场婚礼不同，举行的场所在有熊城外。

午后，有熊城外的高台早已架设完毕，姬轩辕和女节正站在台上接受整个都城子民的祝福。

完婚之前，女节站在台上正式遣散了追随她的这群古方雷战士，结果却没有一人离去，最终姬轩辕让他们加入有熊，成为有熊的一分子。

女节和姬轩辕成婚礼毕，她只对姬轩辕说了一句：“要对嫘好，她是个好妻子。”

二 轩辕黄帝

自从女节介入了他们的生活后，姬轩辕的爱意似乎就被女节分去了一半，他对女节的爱意同样真诚而炽热，可是嫘却一点儿也没有嫉妒和失落，她知道夫君的心意，无论世殊时异，在他的内心深处永远保留着自己的一席之地，这就足够了。

自此之后，嫘和女节成了无话不谈的好姐妹，她们一起照顾着姬轩辕的生活，充当他称霸天下的坚实后盾。

时光荏苒，初秋的寒意绵长，日子转眼来到了深秋。

这一天，将是一个非常重要的日子，对于姬轩辕来说，这一天将是他人生中最重要的时刻，少年时的他多么希望自己的未来会有这么一天，逐渐长大的他也不改初心，一步一步地朝着这个目标前行。

今天，他终于即将实现自己的理想。

加封帝位！

"当我年幼时，望着浩荡的姬水，我觉得这个天下便是这片姬水；少年时，当我挥鞭逐鹿，驰骋姬水时，我觉得只有南下才能走向更广阔的天地；步入壮年后，现在的我就要称帝了，可是仍有许多艰难困境摆在眼前。父王，难道真的像你所说，时间能够给予我最真实的答案吗？"

他望着窗外的青山绿水，神情如常，却有份追忆缅怀之色，多少年过去了，父王的良训犹在耳畔，从来不曾在姬轩辕的脑海散去。

"大王，封帝大典就要开始了，其余部落的首领都已经陆续到场了，您何时起行呢？"

门外的士卒躬身侍立，恭敬地问道。

姬轩辕回身望去，眼波平淡如水，他轻声问道："炎帝他是否来到？"

"不曾见到。"

姬轩辕笑了笑，自嘲道："看来天下共主对我称帝之举并不赞同，就连顺应天下大势的封帝大典都不愿赏光前来。”

说罢,他摇了摇头,缓缓走出大殿,头也不回地说道:“我现在就过去。”

姬轩辕昂首阔步,几名侍卫跟在他的身后,朝着远处走去。

有熊都城中最大的广场上,此时已被拥挤的人潮占据,一座高台平地而起,雕龙画凤,看上去好生雄伟,高台两边摆满了雕花木椅,此时各地前来的部落首领和手下大将纷纷择位而坐,更远处由士兵维持秩序的外围,更是挤满了从各地前来的有熊百姓。

随着一阵欢呼声响起,喧嚣的会场瞬间被点燃了,有熊百姓们的脸上都洋溢出兴奋而崇拜的表情,呼声宛如浪潮般,一浪高过一浪。

姬轩辕带着一名侍卫缓缓从不远处走来。

感受到会场无与伦比的气氛,他原本平静的面上,也不禁浮现出恬淡的笑容。民众的爱戴,让他充满了自我成就的自豪,他是有熊的儿子,也是引领有熊开拓未来的领袖。

姬轩辕缓缓地站到了高台之上,当他的右脚踏上高台的木板上时,会场再次爆发出排山倒海的喝彩声,台下座中的各位部落首领和将领也都笑着鼓掌,欢迎姬轩辕的到场。

“大家安静一下,大典马上就要开始了……”

就在这时,远处突然传来了一声高喊:“炎帝驾临!”

所有人都转头望向身后这声呐喊传来的方向,面上带着各色的表情。

有些和烈山氏交好或在他管辖之下的部落首领露出了忧思之色;有些和烈山氏交恶的部落首领露出了幸灾乐祸的神色;而还有一些从没有与烈山氏交集的部落首领昂着头,一副看热闹的模样,饶有兴致地望着。

山雨欲来风满楼。

姬轩辕也感到了有些不安,他不知道炎帝此番前来到底是不是怀揣着祝贺的心态，但是换位思考，姬轩辕自认为他断不会有这种心思，再怎么说，数十年的光景，这夏族的帝位，也只有他炎帝一人罢了，现在多了他一个，任谁也没有祝福的心思。

“那他是来做什么的呢？”

正想着，姬轩辕远远便望见徒步朝着会场走来的炎帝，他的身后整齐地跟随着十名护卫，这些护卫个个浓眉大眼、凶神恶煞。

姬轩辕停止了思索，他连忙走下高台迎了上去。

炎帝见姬轩辕赶来欢迎自己，隔着老远，就哈哈大笑起来：“轩辕贤弟，今日是你封帝吉日，我紧赶慢赶还是来迟了，还请贤弟勿要责怪我啊。”

姬轩辕行晚辈礼，客气回道：“今日炎帝亲至，使我有熊上下蓬荜生辉，我庆幸不已，岂有责怪之理？”

“不怪老夫就好，老夫已经老了，眼睛花了，腿脚也不方便了，未来还要姬王你好好掌握啊，哦，不对，现在你已经是有熊帝君了！”

姬轩辕从炎帝客气的话语中似乎听出了其他的意思，他没有改变神色，依然平静而恭敬地说道：“我虽然登上帝位，但年纪尚轻，还需要炎帝您多教导才是。”

“你已是猛虎，偏叫我这头老牛指导你。”炎帝话语言半便闭口不谈，他摆了摆手，缓缓向前走去。

周遭同时迎上来的风后和大鸿听到这句话脸色皆是一变，因为炎帝口中的意思已经再明显不过了，他们能够听得出来，可是一旁仍然面不改色的姬轩辕只顾搀扶着走向会场的炎帝，情绪没有丝毫波动。

其实风后和大鸿能够理解的事情，他又怎么会不知道呢？

封帝大典正式开始，高台之上，除了姬轩辕和保卫安全的侍卫之外，还有一张椅子，炎帝半睁着眼坐于其上，显得垂垂老矣。

一个士卒走上前，摊开手中的羊皮，高喊道：“姬水河畔，有熊姬王，幼而通灵，成以合天，开疆扩土，振兴邦国，夏族统帅，掌领三军，殚精竭虑,敢于争先,冲锋在前,赴汤蹈火,终克苗夷,复我疆土,以土德兴,晋封帝王!"

一语言罢,四野震动,苍穹之上风云变色,云朵飞逝消散,阳光照耀着有熊都城的每一个角落,似要将所有污浊涤荡。

异象突起,场中所有人在惊叹之后,再次爆发出一阵比之前还要响亮的呼啸,在座所有的部落首领或手下将领纷纷抬首,他们眯着眼望着洒向地面的光芒,心中充满了惊诧。

"难道,姬王他真的是天选之子?"黑兔坐在位置上,望着台上被阳光覆盖的姬轩辕,喃喃自语道。

这样的异象就连炎帝都震惊了,他半睁的双眼已然睁得滚圆,默默地注视头顶苍穹。

"以土德瑞,号为黄帝!"

士卒在阳光下高喊着,一语毕,有熊城内连接着城外,无数有熊的士卒开始高喊起来:

"黄帝万岁! 黄帝万岁!"

三 误入险谷

姬轩辕站立于高台之上,闭目领略着山呼海啸般的声浪,他的嘴角勾勒起微妙的幅度。

无论何时,这种万民归心的感受从来不会从人心的世界散去,他亦如此。

风声卷集着这股滔天的浪潮,在晴空万里的有熊都城之上经久不息,天光乍现,飞虹贯日,此等奇观百年未见。

姬轩辕睁开双眼,他缓缓抬手,排山倒海般的声浪逐渐熄灭,只剩下有熊都城之外的军队兀自高喊。

他微微颔首,高昂的声音在空旷的广场之上回响:"今日我姬轩辕晋封帝位，于有荣焉，即日起有熊氏更名帝鸿，今后你们都是帝鸿氏的子民！”

说罢，人们的欢呼声将他的话语淹没，看来有熊氏子民对他的爱戴已经达到了空前的高度。

台下座中许多部落的首领也跟着有熊臣民，凑热闹般鼓起掌来，每个人都抱着各自的心思，更何况曾经的夏族共主炎帝此时正在领略着这一切。

这是一件多么有意思的事啊！让这位年老的共主看着自己一步一步走向衰败的过程，着实有趣。

人们的声音很快便停息了，这不是因为他们自愿，而是因为一个人制止了他们的欢呼。

此人不是别人，正是从高台座中缓缓起身，双手抬起似乎有话要说的炎帝。

不知从何时开始，炎帝那苍老的脸庞上突然增添了几分苍白，他强自笑着，说道：“今日是贤弟晋封帝位的良辰吉日，我没有什么可以相送的，特赠良牛千匹，粮草五千石，聊表心意，不成敬意。”

姬轩辕不出一言，回身径自鞠躬，表达了对炎帝的尊敬和感谢。

姬轩辕心里明白，如今这片神州浩土之上，蚩尤已亡，苗黎伏诛，东夷束手，在他的眼中已经没有再多的对手，时间仿佛回到了多年之前，他眼前的对手，应该只有一人，那就是此时站在他面前的炎帝。

“或许他的内心也是这样想的！”姬轩辕暗自思索道。

夏族此时已经统御了这片天下，所谓一山不容二虎，这片广阔疆土容得下两位帝王，却容不下两个不同的主宰者，蚩尤和他是这样，炎帝和他亦如此，这种事情从没有跨越族群部落的差异，无论是怎样的两个人之间，都一样。

“也许过不了多少年，一场战争终究无法避免。”

封帝大典持续了很久，直到太阳快要落山，这场盛会才随着姬轩辕的离开而宣布结束。一切仿佛都回归平静，和往日一样没有任何的差异，除了姬轩辕现在已从世人口中的姬王变成了天下人所尊敬的黄帝。

时间流逝于指缝，流逝于天边的流云。

在这期间，炎帝完全收复了姜水流域，他巩固了自己的王权，而姬轩辕的威望却日益壮大，帝鸿氏宛如东方朝阳冉冉升起，黄帝的威望也加尊四海。

一日，姬轩辕坐在大殿中处理政务，就在此时，一名侍卫疾步走入大殿正中，他跪下恭声说道："陛下，常大人率领一队士卒在城外猎场附近失去踪迹，我等寻遍谷口猎场，全然找不到常大人和手下士卒，特此前来禀报。"

姬轩辕霍然站起，他手中握着牛皮奏章，面色低沉，沉声道："千真万确？"

"千真万确！"

"他们在猎场失踪了……"姬轩辕陷入了沉思。

猎场素来便是姬轩辕和手下大臣们围猎的好地方，这块广阔的山谷离帝鸿的都城并不远，而且还临近都城外的牧场和林场，谷中各种野兽层出不穷，这些动物的体形肥硕，相较家养的畜生更为精壮，就拿野生黑熊来说，若是一个普通人与其相遇，不难想出这个普通人是怎么被徒手撕裂的场景。

姬轩辕的内心有些焦急，常先素来大胆，又极喜欢狩猎，今猎场狩猎失踪绝非一般的事故。姬轩辕甚至觉得，也许是常先在见到什么危险的猎物之后，就率领着手下兵卒追赶上去，完全没有顾忌潜在的危险。想到这里他就觉得有些心悸，猎场中的危险不亚于战场，有的野兽的威胁甚至强过士兵。

"马上牵我的白虎过来，我要进入猎场寻找常先。"

侍卫应声而退。

姬轩辕的步伐不是很连贯，仿佛在思考着什么，但仅仅片刻，他就迈开大步朝大殿门口走去，大声道："顺带拿上我的宝剑和战甲，吩咐将士在城外待命！"

姬轩辕骑着侍卫牵来的白虎来到了都城正门口，此时城外刀枪林立，正站着两千余名帝鸿氏的精锐战士，他们整装以待，随时等待着黄帝的号令，发兵前往猎场。

但是姬轩辕看见如此庞大的队伍，突然皱了皱眉，对着一名将领说道："猎场才多大，我带这么多人去做什么？他们若是随我起行，都城的防卫怎么办？"

看着将领的恐惧神色，姬轩辕尽量缓解了一些脸上的凝重，他让自己的声调听上去尽量柔和一些，说道："你去给我挑选二百名最精锐的士卒，我只要二百人随行，其余人回到自己的岗位去。"

将领领命，没过多久，两百名体格强壮、身形魁梧的战士便来到了姬轩辕的面前，他们的脸上透着坚毅之色。姬轩辕一眼便能看出来这些人是真正经历过血与火考验的战士，而非新招入伍的兵丁，脸上笑容不觉多了几分。

"进军，目标猎场！"

一个时辰很快就过去了，姬轩辕和二百精锐已然进入了由少数帝鸿氏战士守卫的猎场，正朝着更深处的地方行去。在当地士兵的带领下，骑着白虎的姬轩辕在猎场中不停地行走，时常有小鹿和各种动物在远处观望着他们，但是他此刻的心思全然在常先身上。

终于在当地士卒的带领下，他们来到一块密林之中，失踪的地点大概就在这个范围之内，于是姬轩辕连忙吩咐手下呈地毯式的方法向四处搜索，每个人之间仅隔着两棵树的距离，前后更是布置了好几重士卒，就怕有什么遗漏。

姬轩辕骑着白虎四处查看起来，他曾经也经常带极度喜爱狩猎的常先来猎场围猎，对于常先喜欢的路线和习惯，姬轩辕有些许印象，所以他一边摸着手边树干上粗糙的树皮，一边环顾着四周，似乎想从记忆中得出一些线索。

最终，在胯下白虎的带领下，他不知不觉地来到一个山谷的谷口，姬轩辕这时才回过神来，他望着眼前这座隐藏在绿影婆娑之下的山谷，心中充满了疑惑，但是他却逐渐笃定了一件事。

“在这片猎场中出现了这么一块奇怪的地方，或许常先和士兵的失踪和这个山谷有关。”

想到这里，姬轩辕的心中已被好奇心完全填满，他驱使着脚下的白虎缓缓向山谷内部行驶，很快身后的谷口便消失在这条罕有人迹、杂草丛生的小径后。

一路走着，姬轩辕看着周遭的环境，他只觉得这是一块寂无人烟的野谷，可是当他抬眼看见手边的一行小字时，他的心却“咚”的一声坠入无边谷底。

四 登索命崖

这行小字在他左手边的一块山岩上，字迹凌乱，是由鲜血凝结而成的，有些模糊不清，但是姬轩辕知道这些肯定是常先和他率领的部下所写，因为这种字体就是仓颉创造出来的，当今夏族也就只有他们帝鸿氏用得最为熟练，再追溯到之前，根本没有可能会出现这样的字。

这些字迹虽然有些凌乱，似乎看不太清楚，但是姬轩辕还是通过自己的认知将这些血渍理解成了三个大字。

“有野人！”姬轩辕喃喃道，他的瞳孔骤缩，只觉得背上一阵凉风吹过，不由抬头向四周看去。

看了许久，周围仍然没有动静，于是姬轩辕从虎背上跳了下来，几步便来到这块山岩旁，伸出手指摸了摸岩体上的血迹。果不其然，他发现这些血渍还没有完全干，仍有一丝残余的黏性出现在他的指头上，姬轩辕印证了他的感觉，心头更是大惊。

曾有人传言在有熊都城之外遇见过野人，但仅仅是传言，而且也没有经过佐证，姬轩辕一直对这种说法抱有一笑置之的态度，此刻骤然闻言，心中不免又多了几分讶异，更平添了对常先的担忧。

“若是遇到成群的野兽，地形又不熟悉，他们怎么可能抵挡这些凶残的野人呢……”姬轩辕盯着眼前的血迹忧虑道。

就在他准备回头召集手下精锐进入这片暗藏野人的山谷时，他的目光突然被远处的一个巨大黑影吸引住了，这个黑影藏在大树后面，似乎在窥伺着观察血字的姬轩辕。

更让姬轩辕毛骨悚然的是，这具看不清的黑影直立着，竟几乎有三米之高，似乎已暗中观察他多时，若是姬轩辕没有略微一瞟，可能他完全发现不了这个隐匿在黑暗中的怪物。

就在他站起身继续朝那边望去，想要一睹这个黑影的真容时，那个黑影却突然缓缓地躲进树干的阴影中去了。姬轩辕心下一动，一把抽出身侧的轩辕剑，跨越着碎石从一旁的斜坡绕了上去，便朝着远处山峦之上摸了过去。

他越爬越高，左边断崖的高度已经达到让他望而生畏的地步，低伏着身躯的姬轩辕控制着自己呼吸的节奏，尽量让自己屏气凝神，不发出多余的声响，眼睛前方的那棵大树也越发靠近了。

终于，就在离那棵大树还有三四米的地方，他把心一横，纵向直接跃上岩体，三个箭步直接上前，闪到树后的他对着空旷处就陡然出手，一剑破空刺出，接着让他意想不到的事情发生了。

这一剑竟然刺空了！

他看着树后空荡荡的一切，脸上露出了不可置信的表情，他没有揉眼睛，因为他自信自己绝对没有看错，之前的黑影是真实存在的。

“我一直盯着这棵大树，根本没有眨眼，可是这个黑影就如同鬼魅一般凭空消失了。”

姬轩辕猛然向上看去，发现头顶的大树枝干空空荡荡，什么都没有,他正想观察四面的情况时,静谧的空旷地带突然传来一声清脆的"咔嚓"声。

"这是树叶被踩碎的声音!"姬轩辕连忙转眼朝声音处望去,发现在视线中有一道黑影骤然落到前方的岩体之下去了。姬轩辕确定是那个黑影,于是二话不说,立马冲了过去。

可是总是差那么一点,每次姬轩辕都扑空,几次下来,姬轩辕终于冷静地停下了脚步。

他冷眼看着刚刚绕过林梢的黑影,心中默然想道:"看来那个黑影是想要引诱我踏入他们的陷阱。"

想到这里,姬轩辕不愿再往前走,他提着轩辕剑准备转身按照原路返回,可是这个时候异变终于来了!四周突然传出了几十道高昂的嘶吼声,这些嘶吼声不像是野兽,如果要说相似的,便是人猿的叫声,姬轩辕心头急躁连忙后退欲走,可是脚下的山体却突然好似断裂了般朝下塌陷,姬轩辕"啊"的一声还未发出来,就坠入了下方的深谷。

待到姬轩辕清醒过来时,发现自己挂在离地面不远的树上,这棵树斜斜地生长在断崖的崖壁上。不仅如此,在他的周围还长着许多相同的大树,这些树有成人两臂之长,姬轩辕料想应该是上方的风将树的种子吹进了山谷,然后落在岩缝之中,经过时间的洗礼长出枝干树叶,又因为向光生长而变成现在这番样子。

姬轩辕顺着崖壁裂缝小心翼翼地下了离地一丈高的大树,此刻他觉得全身骨头都快要散架了,手上和脸上青一块紫一块的,心中不禁暗骂道:"这群该死的野人!"

骂归骂,重归地面的姬轩辕还是开始寻找逃生的路径,可是一番查寻之后他终于颓丧地发现,这块深谷的空间并不大,两边似乎都被人为地堆砌上了不可逾越的巨石,而且这些巨石旁堆满了散落的骨架,这些骨架历经多年,早已风化。但是姬轩辕很清楚,这片深谷,就是野人们的猎场。

但是皇天不负有心人，姬轩辕一直不停寻觅着生的希望，最终还是让他找到了得以逃生的途径，这是隐藏在崖壁之后，由数根细长藤蔓捆扎结成的绳索，绳索一直延伸到谷顶上方，长十余丈，周边光滑的岩壁毫无落脚之处。

姬轩辕站在藤蔓之下，面色凝重地仰头盯着这条藤蔓。对于他来说，攀爬这条宛如通天的藤索，实在是太过于艰难了。

这条藤蔓，对于姬轩辕来说难如登天，可是对于野人来说或许并不如此，他们不仅身高比正常人要高得多，而且臂力更是惊人，据说一个野人能够和一头棕熊相抗，并且还能手撕独狼，按此来说，一口气爬上这个深谷并不是不可能的事。

虽然这样说，但是姬轩辕现在已经没有别的出路了，如果有野人从这根藤蔓上下来，他可能就活不下去了，就算没有野人现身，他也会饿死在这个深谷之中。

终于姬轩辕开始尝试着攀爬，可是果然不出所料，他每次爬到一丈高的地方就会失去气力滑下来，有一次爬到两丈高的地方差点因为脱力摔下来，还好被他用腿钩住绳索，缓缓滑下。

姬轩辕决定转变方法，倚靠着双脚将轩辕剑牢牢夹住，用剑锋抵住插入平滑的岩壁，靠着脚下的劲头一步步向着谷口登临。

一步……十步……百步……

姬轩辕一步一步朝着谷口靠近，头顶的苍穹天光越来越亮，他的脸上布满了汗水，全身已被完全浸透。

第十六章　肃乱诸宵小

一　出征弱水

“八丈!”

姬轩辕从心底呐喊而出的声音让他的爆发力完全释放出来，裸露的手臂上青筋突起，纹路清晰地遍布在他的肌肤上。

“九丈!”

他夹住轩辕剑的双脚开始颤抖，由极其细微的抖动变得越来越明显，脚下的剑锋颤颤巍巍，他心中更是着急。

“十丈!”

姬轩辕的手臂和身体也开始止不住地抖动起来，已经到了他身体的极限，一种难以为继的感受充斥着身体，也许下一秒，他就会脱力掉落，摔成肉泥。

“十一丈!”

姬轩辕终于看到了谷口外的风景，他用尽全力呐喊，终于他的脚不需要剑锋就能抵住岩壁，姬轩辕调整剑锋的长度，继续向着上方爬去，最终在一声暴喝下，他抓着谷口的岩体，用尽最后一丝气力撑着谷口，离开了这个索命的山崖。

姬轩辕瞟了一眼深谷后，就顺势一躺平铺在岩石上，半点力气都没有了，他的灵魂像是腾空了般，就这样，他躺在地上不再行动。

天色将暮，姬轩辕在朦胧中被一群黑影抬起，他想要抗拒，可是生不出半点力气，最终他昏了过去。

醒来的时候已经是第二天白天。

他躺在一个小山洞中，他不是自己醒来的，而是被边上的人拱醒的，原来此人正是失踪的常先。

见到姬轩辕醒来，常先急忙问道："主公，你怎么会被抓到这里来?"

"我是为了来找你，结果冒进，就被擒下了。"

常先看着姬轩辕，也无奈地低声笑了，这一笑惹得姬轩辕和他四目相对下也笑了起来，小山洞里躺着被捆着的三十多人，这些人全是帝鸿氏的战士。

姬轩辕笑罢，终于平静下来，他轻声问道："老二，这些野人为什么把我们关在这里?"

"他们是把我当作存粮，等着以后吃掉吧，这几天已经有几个兄弟被这些该死的野畜生吃掉了。"

看来常先这几天一直被恐惧围绕着，此番看见姬轩辕，心中更是悲苦难言。

就在这时，姬轩辕突然想起了什么，在常先的耳边轻声说道："你看到过我的剑吗?"

常先摇了摇头。姬轩辕想到在自己即将昏迷的时候，好像把那把剑和剑鞘一起藏到自己的靴子中去了，此刻他的脚因为捆绑太紧已有些麻木，无法感知，只好让常先查看一下。

常先依言查看，发现在姬轩辕的靴子里真的有他的轩辕宝剑，于是用仅剩能动的嘴叼住姬轩辕剑的剑柄，缓缓地从他靴中的剑鞘抽了出来。

看他抽出轩辕剑，姬轩辕的面上喜色一闪，他指示着常先将捆绑着他的绳索割开，锋利的剑锋果然轻易就将他的绳索割开了，待到姬轩辕的绳索松开后，他一把拿过轩辕剑替常先和山洞中所有战士解开了束缚。

有的人被绳索捆绑已久，身上的血液阻塞不通，经过了很长的时间才恢复知觉。不过还好，这段时间一直没有野人造访，他们这才安全度过了最危险的时刻。

按照姬轩辕的指示，所有人将身上的绳索覆盖在身上，假装仍被捆着难以动弹，天将暮时，终于等到了千载难逢的机会。

只见两个三米多高的野人缓缓出现在洞口，他们大步朝着姬轩辕他们走来，口中咿咿呀呀不知在说着什么。姬轩辕目光隐藏着杀意，所有人都在等着他的指令。

终于这两个全身长满毛发的野人来到了人群之中，似乎在挑选今天的晚餐，姬轩辕在他们背对的时候，骤然跃起，他手中锋利的轩辕剑如电光而出，顷刻间刺入一名野人的心脏。

仅仅刹那间，这个巨大的野人连话都没有说出便瘫倒在地。

剩下一个野人反应非常迅速，见同伴身死，他挥着手臂就朝姬轩辕而来，力道巨大，如果姬轩辕的脑袋被击中，很可能像爆裂的西瓜。

但是姬轩辕早有防备，他立马朝后退，直接退倒在地，接着常先从侧后方杀出，一脚踹在野人的关节上，但是效果不大，仅仅让野人稍微停顿了片刻。

但是这一个瞬间就已经足够，只见周围的帝鸿氏战士纷纷赤手扑向野人，将他团团围住。

下一秒这些帝鸿氏的战士全都被野人狂怒的动作甩飞出去，他大怒着正要吼叫，却被再次冲上来的姬轩辕用轩辕剑锋贯穿喉咙。

他瞪着大眼睛，喉头发出呜咽，瘫倒死去。

“走，现在是突围的最好时机！”

姬轩辕带着数十名帝鸿战士冲出山洞，沿路击杀了数名野人，他们自己也损失了几名战士，最终引来了更多的野人，姬轩辕他们渐渐陷入了困境，几名野人便可以缠斗二十余人，他们又手无寸铁，所以也无可奈何。

就在这时，远处一阵高声呐喊，紧接着无数人从山谷上方翻越而来，朝着这片不深的谷壑冲了下来，正是姬轩辕带来的二百精锐。

最终在二百名精锐的拼死血战之下，二十余个野人被全部屠杀。事后证明将姬轩辕擒获的这二十余名野人正是一个野人部落。

所幸虽然损失不小，但还是最终将常先救回，并且消灭了这些危害帝鸿百姓的野人。

姬轩辕纵览这片山谷，望着自己攀登逃生的那片野人制造的陷阱，轻声对着周围战士们说道："从今往后，那片断崖就叫作索命崖，这座山谷就叫作野人谷，今后在谷口做上标记，不容有人进入。"

姬轩辕带着剩下的战士们通过猎场的大道回到都城。

姬轩辕骑着白虎正准备进城，可是风后却突然出现，他一路小跑来到姬轩辕的面前。

风后在姬轩辕成了黄帝之后，也被封为相，以前他虽为有熊部落的相，但是今日才是真正的实至名归，人们将他称作风相。

"风相，何事如此紧急？"

"禀告主公，昆仑山下与我们世代交好的弱水国，前任国王是钟山山神烛龙，现在他的儿子窫窳成了弱水国王，但是一名叫作贰负的人杀了窫窳，谋朝篡位，他受手下的危指使，使得弱水国大乱，贰负不仅与我们断绝了关系，还主动与烈山氏交好，如果他们归入烈山氏手下，我们在昆仑一带兵力孱弱根本不足以应付。"

姬轩辕的面色也冷了下来，他的双拳紧握，恨恨地说道："这该死的贰负，乱臣贼子，该杀！"

风相继续说道："主公，窫窳是个忠厚老实的君主，他一直都是我们帝鸿氏最为可靠的盟友，我们得替窫窳报仇，这样既能重新拉回弱水国这个盟友，还能够为将来与烈山氏争斗提供保障。”

姬轩辕陷入沉思，虽然他不愿意承认，但是以后和烈山氏的争斗在所难免，最终他还是颔首，沉声说道：“立即点齐兵马，出昆仑，灭贰负！”

二 讨伐贰负

浩荡的五千余名帝鸿氏军卒逶迤而行，连日的进军对于作战经验丰富的帝鸿氏来说已经不算什么难以完成的事情。姬轩辕骑着白虎，缓缓地在大军侧面前行，他的面色稍显疲惫，之前误闯野人谷被那群野人部落整得神思委顿，前脚带着手下精锐士卒踏平了这个野人部落，后脚回到都城便听闻风后的禀报，没有丝毫歇息，点齐兵马就再次踏上征程。

常年征战的他，深知战机稍纵即逝，更何况此行弱水，是替盟国平叛，更应该速战速决。

坊间早就流言四起，自从他封了轩辕黄帝之后。烈山氏和帝鸿氏就被天下百姓提到明面上来议论，他和炎帝之间的战争是一定会到来的，关键在于是在三五年内还是十余年之后，如今炎帝气衰势微，他犹如东升之朝阳，他在虎背上思索着，既然终究要和炎帝一战，那么最具天时、地利、人和之机便是三五年之内发动全面决战。但是如今炎帝仍是天下共主，若自己贸然发兵，形同谋逆，想要得到天下百姓的支持，必须想出一个两全其美的办法。

对敌之策，姬轩辕的心中早已有了雏形，无非是在相对和平的局面下尽量蚕食一些依附于烈山氏且犯了忌讳的小部落，烈山氏最终一定会按捺不住，发动战争。

此次进攻弱水国，便是这个道理。

风后随着驾乘的青牛缓缓行到姬轩辕的后方，他望着处于沉思中的姬轩辕的侧脸，终于打破了这份寂静道：“此去昆仑，莽莽群峰，冰川纵横，我等生长于河畔平原的战士们必定不适应作战，况且昆仑乃诸山之祖，弱水长居于此，对山势地形更是了如指掌，虽我军气盛，然还是处于劣势。”

姬轩辕知道风相深知自己的脾气，将自己比作一团熊熊烈焰，那他就如一泓浇熄烈焰的清流，无论自己在多么冲动冒进的时刻，他总能恰到好处地出现，给出最正确也最为冷静的判断。

姬轩辕摸了摸白虎后颈处的毛皮，心情不错，轻声道：“我五千精锐北指昆仑，贰负乃篡权之奸佞，其座下皆是佞臣贼子，此为人和；我等厉兵秣马数年，今朝宝剑出鞘，试其锋芒，所向披靡，此为天时；然独缺地利，也不足为惧。”

风相听罢，摇了摇头，道：“为战者，天时、地利、人和缺一不可，三者缺其一，战则有可能不胜。想要万无一失，还要将这三者全然做到，方可万无一失。”

“哦？那风相你有何妙计？”

风相会意一笑，他也不卖关子，扬声说道：“只带轻骑，假意谈判，诱敌出城，大军掩杀。”

姬轩辕沉声道：“若贰负趁势剿灭我等又何如？”

“贰负胸无雄才大略，只会用武，其下如危这群奸佞鼠辈，只懂唆使使坏，更无法为其出谋划策，给他们几个胆子也不敢对主公您冒犯，如果让他们认为你有意谈判，他们高兴还来不及呢！”

姬轩辕将这句话考虑了一会儿，颔首赞同。

不出两日，姬轩辕终于带着大军来到弱水国不出四十里外，他号令三军整军站定，自己带着力牧、常先、女节三人，率领三十余名骑着青牛的力士，全速朝着前方弱水国边城驰骋而去。

身后的数千大军在风后和大鸿的有序调度下缓缓前行，和姬轩辕他们保持着一定的距离，身上用伪装掩饰，在山体的遮掩下并没有露出端倪。

姬轩辕一行人顺利无碍地来到了弱水边城之外，姬轩辕派出手下力士前往叫门，让贰负出来相见，商谈此次篡逆之事。

木栅栏内的士卒听闻城外竟是轩辕黄帝亲至，这些曾在姬轩辕麾下和苗夷联军交战的士卒皆大惊失色，他们一致对姬轩辕崇敬有加，但是慑于贰负的淫威，他们不敢轻易决断，于是和黄帝言罢之后，作为守城统帅的将领命人飞马回弱水都城向贰负禀告此事。

弱水原乃一个小国，疆土并不辽阔，姬轩辕等人只是等待了半日，栅栏内便又有了动静。

只见在人头攒动之下，栅栏内的士卒数量急剧增加，姬轩辕冷哼一声，显然贰负对于自己此行非常惧怕，特此将弱水国的全员精锐都调派过来，以防不测。

姬轩辕遥遥望去，只见一人长着狭长的面庞，身高七尺，面色素白，身穿毛皮战甲，肌肉健硕，姬轩辕确定此人正是贰负。

“传言此人乃沽名钓誉之徒，唯一的优点便是健步如飞，因为这一特点被封为弱水国神将。”姬轩辕一旁的女节娓娓道来。

就在姬轩辕看向他的时候，城内的贰负率先开口道：“黄帝陛下你此番前来，究竟是想要与我贰负谈判呢，还是带兵前来剿灭我的呢？”

他说到后面剿灭二字的时候，口气压得极重，看来是想要强调自己已经早就知道他们的计划，让姬轩辕他们不必再装了。

女节这时低声地在姬轩辕的耳边说道：“夫君，依我看这贰负的表情极为不自然，如果他没有刻意加重语气，我还姑且相信他看穿了我们的计划，但是他既然如此行事，一定就是虚张声势而已。”

姬轩辕微微颔首，沉默片刻的他突然从虎背上翻了下来，看着城内满满当当的军队，沉声高喊道：“我今日只带三员大将，数十人随行，怎么会惊动你贰负派出如此大的阵仗相对，难道你想要让我挥师数千，踏平你的部落吗？”

贰负表情显得很不自然，嘴角抽搐了数下，最终他还是冷着脸说道:“我现在已经依附在天下共主炎帝手下,你胆敢主动挑起战争,你就是对炎帝不敬,你更是天下的罪人。”

“哦? 这么大的一顶帽子就想扣在我姬轩辕头上?”姬轩辕数声冷笑,面上带着不屑的神情,继而说道:“就算是我反掌之间灭了你偌大一个弱水国,烈山氏也不会替你说上半句好话,不然你试上一试?”

这番恐吓之下,贰负不再言语,他似乎显然相信姬轩辕此言属实,如今轩辕黄帝日盛,烈山氏炎帝式微,他一个弹丸部落,想激起战争,确实没有什么说服力。

姬轩辕见他沉默,心知已经成了一半,他继续开口喊道:“如果你没有诚意与我谈判,那我们就此别过,各展刀兵,决一死战,告辞!”

说罢姬轩辕一个眼神,众人立即掉转牛头,径直离去。

三 帝王之势

果不其然,就在姬轩辕等人作势离去之时,远处突然传来贰负略带急切的话语:“黄帝陛下莫走! 我愿意坦诚相待,与您谈判。”

姬轩辕缓缓站定,心想事情正往他所料想的方向发展,对于这种小人,便要以小人的方式让他们尝尝,感受到真正的痛苦。

姬轩辕再次转身,望着城内的贰负,笑着说道:“既然如此,那我姬轩辕便在此等你出城商议。”

“黄帝陛下,城外太过简陋,还请黄帝陛下进城到大殿中好好洽谈,也让我贰负尽一尽地主之谊吧!”

姬轩辕看去,此时贰负身旁一个尖嘴猴腮留着两撮山羊胡样貌的男子,正在他的脑袋边耳语着什么,姬轩辕眉头一皱,转身问道:“贰负身边那人是谁?”

常先看了一眼,没有说话,姬轩辕身旁的女节望了一眼后碰了一下他的手臂,淡然道:“此人就是唆使贰负杀害窫窳谋逆篡位的危。”

姬轩辕颔首，表示知晓了此事，他没有迟疑，径直说道："进城我看就不用了，你那城里的士卒多得已经落不下脚了，若我只带着身旁数十人你也不敢出城商谈，我看这样的谈话也不必了。"

城内陷入了死一般的沉寂，士卒们全都默然无语，姬轩辕皱着眉感受着这种奇怪的感觉，直觉告诉他，这座城早已沦为了空城，如今只剩下士卒，那些部落子民究竟去了哪里，谁也不知道。

"好吧，那烦请黄帝陛下稍等片刻，我这就出城与您商谈。"

姬轩辕没有说话，站在原地默然无语。

力牧和女节缓缓骑上牛背，数十头青牛摇摆着尾巴，不时发出"哞哞"的叫声，显得极为优哉。姬轩辕已经在此等待多时，对于贰负来说，这已经很有诚意了，但是久待还是让姬轩辕心中被怒火填满，只是面上没有表现出来而已。

没过多久，贰负似乎也知道黄帝在此等候了半日有余，不敢让他再继续等下去，连忙领着三百余名弱水的战士，拉开木制门栏，从城内尽皆跑了出来。贰负骑着一匹独角的野物，这个野物全身青色，似鹿非鹿，似犬非犬，但是身形庞大，足有一头成年黄牛大小。

姬轩辕转身骑上白虎，白虎发出了沉闷的低吼，他们就这样在原地等待着缓缓而来的贰负。

贰负骑着野兽快速来到了姬轩辕的身前，他的身后数百名士卒摆开队形，当贰负从野物背上跳下，并半跪在地上时，这群士卒也纷纷跪拜，对姬轩辕行大礼。

姬轩辕心想这些士卒估计就是贰负的心腹精锐，也是他杀害窫窳夺取王位的有生力量吧。

于是他垂目看着近在眼前的贰负，淡然道："贰负，你带这么多士兵出城和我商谈事宜，是什么意思？"

贰负轻笑，他低着头沉声道："轩辕黄帝前来，实在是有失远迎，还请黄帝陛下恕罪。"

姬轩辕沉默片刻，终于用严肃的语气说道：“贰负我问你，身为弱水国的臣子，食国家俸禄，本应为国王效力，为何背主弑君，篡位自立？”

贰负缓缓抬头，姬轩辕这番话宛如利刃句句扎在他的心上，但是他不敢辩驳，毕竟此人是轩辕黄帝，而他一时也不知道应该说些什么，只好低头沉默。

这个时候，他身后一脸奸邪相貌的危突然抬头，对着姬轩辕谄媚说道：“黄帝陛下啊！这些都不关主公的事情，是那窫窳暴虐无道，横征暴敛，致使弱水百姓民不聊生，主公见百姓不幸，最终无可奈何才杀了暴君！”

“放肆！”

一声断喝从力牧的口中响起，只见他横眉倒竖，哼了一声，继续说道：“黄帝陛下和你主子说话，你一个下人有什么资格插嘴，信不信我一刀砍了你的狗头！”

危的笑容凝固在了脸上，可以看出他的眼中暗藏着怒火，可是此时并不是发作的时候，他只是缓缓低下了头，不再多嘴。

半跪着的贰负此时却突然开口说道：“钟山神烛龙的儿子窫窳为了获得王位，让他的兄弟鼓与另一个名大臣合谋，他们担心我谋反，所以将掌管兵权的葆江杀死在昆仑东南与猪部落的边境地带，葆江是我的兄弟，我为了报仇杀了窫窳，弱水不可一日无主，所以我最终选择做这弱水的国君，为保一方平安。”

姬轩辕冷笑道：“你说窫窳杀了你的兄弟葆江，这不过是你的一面之词，可有证据？”

贰负半日也没有听闻姬轩辕让他起身的指令，心中本已顿生火气，此时又听他质疑，陡然怒容显露，声音渐大道：“黄帝陛下不会是想要取我性命，霸占弱水吧？！”

“窫窳乃弱水承继大位之正主，你们将他杀了，这就是犯上作乱，弱水国是我们帝鸿氏的盟国，你们既然罪无可赦，我就要代表已经被你们害死的窫窳国君，将你们擒下！”姬轩辕肃然怒喝，气氛顿时降到了谷底。

贰负再也忍不住，他直接从半跪的姿态站了起来，双目如电般看着眼前的姬轩辕，身后的危和百余名战士纷纷起身，整齐划一，一股杀意骤然间弥漫开来。

“我等可不会任你宰割！”

姬轩辕冷笑道：“我还是奉劝你束手就擒，我可以饶你一命，若是冥顽不灵，我定叫你死无葬身之地。”

贰负闻言后突然发笑，笑声无比猖狂，他手臂一扬，竟然指着姬轩辕的鼻子，骂道：“你这狗屁黄帝，不过就是运气好些的小人而已，想要窃取我弱水国的地盘，没门！”

说罢，他大手一挥，身后的危带着狰狞面目号令数百名士兵高声喊道：“给我亮出你们的刀剑，把这些人给我围起来。”贰负发完号令后，看着肃然的姬轩辕，缓缓笑道：“你以为现在的你能掀起多大的风浪吗？我想杀你只需要动动手，黄帝陛下啊，你只身前来就是最大的错误，不是吗？”

姬轩辕听罢，原本肃然的脸庞上突然露出了一副意味深长的笑容，这股笑容让得意无比的贰负的笑声戛然而止，他看着兀自发笑的姬轩辕，恼羞成怒：“你笑什么！”

“我笑你这么蠢的人竟然也想觊觎弱水国的大位，这是我听过最可笑的笑话。”

一语说罢，姬轩辕身后数十人尽皆发出热烈的笑声，这股笑声震天响，贰负的脸随着笑声的延续由白变红，接着又由红转青，显然给气得不轻。

就在贰负身后的危叫嚣着准备号令全军杀了姬轩辕时，姬轩辕却早已抢先一步，只见他拔出腰间的轩辕剑，一声断喝：

“全军出击！”

顿时一片密集的脚步声响了起来,只见近处潜伏着的帝鸿氏大军纷纷从山体出来,连绵不绝的战士让人眼花缭乱,那股沸腾的战意,让弱水士卒恐惧万分!

姬轩辕胯下白虎朝前猛然扑去,轩辕剑划过一道锋利的线条,一道血痕随着剑锋肆意挥洒起来,刚刚还叫嚣着的危转瞬间成了剑下亡魂。

贰负吓破了胆骑上坐骑翻身朝着城内奔逃,姬轩辕则纵虎猛然向前,他目光凌厉,身躯中霸道的帝王之气尽显无遗。

四　窫窳异变

白虎的速度如闪电一般,它的獠牙闪着寒光,全身上下的毛发都竖了起来,虽然贰负座下野兽的速度也不慢,可还是略逊一筹。

贰负望着近在咫尺的城门,慌忙对着城门内的士卒大声喊道:“快给我放毒雾,毒死这群畜生!”

他的表情狰狞,胯下的坐骑被他抽得“啪啪”响,可是姬轩辕还是一点一点地向他靠近,他回身望去,那闪着寒光的轩辕剑锋上还染着危未干的血迹。

可是城中的士卒仿佛没有听到他说话般,贰负咆哮着命令士卒,可是根本没有人听从他的命令。

紧接着,从城中冲出了一队弱水的士卒,贰负宛如抓住了救命稻草般,眼中闪着生的光芒,可是接下来发生的事情,却从头到尾给他浇下了一盆凉水。

这些士兵的瞳孔中都闪着复仇的光芒,无论是窫窳被他杀害时的神情还是他残忍镇压那些窫窳支持者的神情,都和现在迎面而来的弱水战士们的神情何其相似,贰负从头凉到了脚,他骤然明白这些弱水国的战士并不是前来救他的。

贰负猛然掉转坐骑想从旁经过,可是身后的姬轩辕早已赶到,他手中的轩辕剑破空而至，冰冷的剑锋瞬间将他的王冠斩落，剑尖触及他的面颊，转瞬间鲜血便从脸上流了出来。

姬轩辕翻身下了虎背，一只手骤然伸出，死死地掐着他的脖颈，紧接着似将全身力量灌注于右手，猛然一提，径直将健硕的贰负从野物的身上拽了下来，重重摔在地面上。

还没有等贰负从震荡中回过神来，姬轩辕已经手持轩辕剑，站在平地上，直指他的心脏。

最终，贰负不再反抗。

数千帝鸿战士剿灭数百忠心于贰负的弱水士卒简直是手到擒来，不消多时便将数百余人屠戮殆尽，而那些边城的士卒尽皆向姬轩辕投降。

由于没有了国王，弱水国的大臣统一决定成为帝鸿氏的一分子，可是姬轩辕在这个时候却表达了善意的拒绝。他听说临近的猪部落素来便有部落大巫师，巫师拥有着神鬼莫测的法力，能让死人复生，可是猪部落乃炎帝臣属，就算如此他仍要一试，让窫窳复生。

做出决定后，姬轩辕即刻起程。由于如今他们和烈山氏还是井水不犯河水，处于相对和平的阶段，姬轩辕肯定不会率先发起争端，于是他决定只带着百人轻骑，全都骑着青牛随他星夜前往数十里外的猪部落。

第二日一早，天刚刚亮，姬轩辕便看见不远处升腾而起的炊烟，他料想已经快要到达目的地了。

姬轩辕只带着常先一人前来，他转头瞟了眼常先，发现他正在出神发呆，于是姬轩辕缓缓靠近，挥手拍了拍他的肩膀，将他骤然从沉静中惊醒。

常先慌忙醒过神来，支支吾吾道："老大，有情况？"

姬轩辕摇了摇头，盯着他说道："我都看了你一晚上了，你都是这副心不在焉的模样，我知道你的心里在想什么。"

常先尴尬地笑了一声，似乎想要将此事敷衍过去。

姬轩辕自然没给他这个机会，悠悠说道："你是想问我为何放着大好的机会不收弱水，反而一心想要复活他们的主公对吧？可是你又怕问我会惹得我不开心，所以这才独自闷声思索吧？"

常先苦笑，道："还是什么都瞒不过老大你。"

姬轩辕笑道："这倒不难，我可以告诉你原因。"

"首先我们现在还只是帝鸿氏，我们所有的一切都是基于有熊这个部落之上建立的，虽然我已经称帝，但是黄帝这个称号却是一把双刃剑，随着我们越来越强大，周边的部落就会越来越惧怕。"

常先不愧是常年跟在姬轩辕的身边，此刻闻言，他突然觉得自己好像明白姬轩辕的意思了，但他仍然静心聆听。

"如果我们轻易将弱水氏吸纳，无论主动与否，都会被认为是侵占，若如此，所有部落就会转而支持烈山氏，我们即失去了天时。"

常先"噫"了一声，缓缓说道："那意思就是我们救活了窫窳，然后让他重新登上弱水国君的王位，他感恩戴德之下，就会完全效忠于我们。"

姬轩辕颔首。

常先回头看了一眼被牛车拉着、覆盖着一张草席的窫窳尸体，也如姬轩辕一般，微微颔首。

他们肃清了所有依附于贰负的弱水氏叛党，一直都没有找到窫窳的尸体，最终一个弱水氏朝臣将窫窳的尸身献了出来，尸身在这位忠于窫窳的朝臣保护之下依然完好，这让姬轩辕感到了意外，所以之后才萌生出复活窫窳的想法。

一行人来到猪部落，此时一队人早已在土丘旁等候，这些来自猪部落的人盛情招待了姬轩辕一行人，大巫师更是请姬轩辕推杯一叙，姬轩辕在席间说出了来意，也得到了大巫师的一口应承。

大巫师的面目被他头顶宽大的长袍给完全遮盖，看不清面目，只能看见花白的胡须，姬轩辕认为这有可能是为了统治需要保持的神秘感，也不好意思开口想要一睹真容。

到了午后，大巫师挽起姬轩辕的手臂，缓缓走出了大帐。

姬轩辕一路听着大巫师话语，原来这个时辰正好是复活窫窳的吉时，于是常先随着姬轩辕和大巫师等一行人缓步来到了河流之畔。

“这是昆仑山下留下的弱水，极有神性，若想肉体重生，以弱水浇灌，再以往生咒语为辅，便可以回阳重生。”

姬轩辕闻言，大喜过望，迫不及待地想让大巫师开始复活仪式。

大巫师也不多言，直接命人将窫窳的尸体放置在弱水之中，然后退到远处，河畔只剩下姬轩辕、常先和大巫师三人。

大巫师在河边手舞足蹈地轻诵着怪异的咒语，这些咒语都有奇怪无比的发音，让姬轩辕很是着迷，他静静地看着弱水中的尸体，想看一看究竟会发生怎样的变化。

时间一分一秒地度过，姬轩辕聚精会神地观察着窫窳的尸体，终于这具尸体发生了变化，可是姬轩辕看着尸体，却不知为何心中有种不安的感觉。

只见窫窳原先已经煞白的皮肤突然以肉眼可见的速度慢慢变红，接着周身肌肤都赤红一片，然而他的身体也仿佛如河水泡涨了般越来越大。姬轩辕看着，眉头却皱了起来。

就在这个时候，远处山坡突然冲出一人，这是一名女子的身影，她刚现身便将双手放在嘴边大声喊叫起来：“黄帝陛下！你快离开！他们是想要害你！”

姬轩辕见那人影面露獠牙，黝黑无比，嘴咧得巨大，面目狰狞地盯着他看，这让他不由怔了怔。

与此同时，他耳旁突然响起了宛如婴儿的啼哭，在常先的一声大喝下姬轩辕猛然回过神来看向弱水河中，窫窳的尸身此刻竟然站了起来，他全身肿胀得像是一头牛，腿宛如马腿，正睁着猩红的眼睛盯着河边的姬轩辕。

第十七章　一战定乾坤

一　迎娶嫫母

再稍用余光一瞟，姬轩辕蓦然发现原先和他一起站在河边的大巫师此时竟然无声无息地随着猪部落的士兵们退到身后两丈的地方，此刻正阴沉着面孔盯着不远处的那个人影，他那张布满褶皱的侧脸第一次在姬轩辕的眼前显露出来，可谓丑陋至极。

常先焦急低语道："主公，看来这猪部落大巫师定是心怀不轨，想要害我们！"

姬轩辕回身盯着弱水中的怪物，他缓缓动嘴，道："我还是忘了这猪部落到底是烈山氏的臣属，怎么会这般爽快地答应我，原来其中暗藏杀机啊！"

随即他手中轩辕剑陡然出鞘，锋利的剑刃在阳光下熠熠生辉，竟豪爽地大笑起来："我不管你究竟受谁的指使，此等小人，该杀！"

就在这时，弱水中的怪物窫窳突然破水而出，径直扑向岸边的姬轩辕。常先同时拔剑，挡在姬轩辕的身前，手中长剑横陈，与那只怪物结结实实地撞在了一起。

顷刻间，常先倒飞，姬轩辕跃然向前，转眼间便直到窫窳身前，窫窳虽尸身成了怪物，却生出灵性，姬轩辕料想，莫不是这弱水之灵赋予了他神魂？

只见他身影一闪，堪堪避开姬轩辕的剑，与此同时他布满利爪的手臂径直伸向姬轩辕。姬轩辕大吼一声，身躯猛然后退，他可不想和这个人不人鬼不鬼的怪物硬碰硬，看架势这个怪物定力大无穷。

姬轩辕一瞟，发现身后的常先已经和大巫师身边的猪部落战士战成一团，常先就像是疯魔了一般，出手无情，招招致命，可是自己周身却也破绽百出，被刀枪戳了一两个窟窿，也许是因为攻势太过猛烈，所有人的注意力都完全放在他的身上。

"这个妖巫看起来并不会斗法，还需要这么多人保护，既然如此，你就受死吧。"

姬轩辕嘴角一翘，露出戏谑的微笑，紧接着他左手伸入衣服中，骤然掏出了一张白符，上面龙飞凤舞地写就一连串字符。

谁也不知道这是什么，但是姬轩辕却握着这张符咒轻声冷笑起来。

当年和广成子师父学习道法时他便用心钻研过符咒，后回归朝政，闲暇之时用少年时杜陵猎兽时那头猊尾巴上的九颗小球研磨成了粉末，再用这些粉末画符，经过大鸿的最终改良而成了他此时不轻易拿出的大杀器。

"怪物，我就让你尝尝这道符的厉害。"

说罢，他周身无风竟有沙砾翻滚，刹那间手中符咒顿时明亮，姬轩辕单手掐诀，联结着铜钉的符咒下一秒如流星般骤然飞出，直接命中怪物的额头，紧接着这张符咒突然闪耀出九色异光，光芒流动成火，只见窫窳的头颅开始"刺刺"冒烟，身上的动作也停了下来。

姬轩辕料想得不错，于是不再管站在原地的窫窳，身体朝着不远处的大巫师，趁着周围护卫都没有注意的时候，一双脚蹬在平地之上，身体前倾，飞射而去。

仅仅是几个呼吸间，姬轩辕便已来到了这群猪部落战士的身后，他右手负剑，左手骤然拧断前方一名战士的脖颈，那人连惨叫声都没有发出便已经毙命。紧接着他只是随意伸手一抓，便如抓猪狗一般擒住大巫师宽大袍子下的脖颈，随意一扔，径直砸向那早已化为怪物的窫窳身前。

“砰！”

大巫师囫囵落地，他忍着全身上下如同散架般的剧痛，正欲爬将起来，可是窫窳额前的符咒却在此时无风自燃，与此同时窫窳的身体开始疯狂抖动，静止的躯体又恢复了知觉，徒留额前一枚铜钉。

随后，这只硕大的怪物猛然朝前扑去，顷刻间便覆在大巫师的身上，他强健如牛蹄的手臂陡然重击地面，只见鲜血飙飞，一股和着殷红血水的浑浊液体飞溅而出，大巫师的头颅竟在一击之下脑浆迸裂，还未出声，便已死透。

姬轩辕脸上没有半点惧意，反而略带微微的嘲讽，喃喃道：“自作孽，不可活。”他转头望着十余名猪部落的战士，冷声喝道：“我为救弱水先君窫窳，求救于你们，谁知这妖巫狼子野心，阴邪狡诈，竟想置我于死地，还害得弱水国君窫窳化为嗜血怪物，为祸一方，终逃不过天道昭昭，神人共愤，自取灭亡。”

“我姬轩辕乃当世轩辕黄帝，意图谋反者当诛，我翻掌之间便可让你们身首异处，满族受戮，但念在此事皆由这妖巫所筹谋，你等均只奉命行事，现可饶你们不死，若你们还执意妄动刀兵，格杀勿论！”

此言诛心，原本还有些愤怒不安的猪部落战士见大巫师已死，对方又是当世轩辕黄帝，他们再不敢生出不敬之心，纷纷丢弃手中的刀剑，跪下表示臣服。

这场闹剧就此结束，之后姬轩辕从弱水国抽调一百名帝鸿氏的精锐将猪部落与妖巫为伍的一干人等全部肃清，再向全天下宣告妖巫的丑陋行迹。

自此弱水无主，归入帝鸿氏，猪部落徐徐归之，从烈山氏的臣属中抽丝而出，逐渐被帝鸿氏接管。

但是出乎意料的是姬轩辕没有斩杀贰负，而是将他逐到蛮荒之地，此生永远不能踏足昆仑。百事皆毕，姬轩辕又向天下昭告了一件更为震荡的大事。

继有熊氏更名帝鸿氏之后，短短数年，姬轩辕第三次更改国家的名称，这一次他以夏族中的夏字为名，自称华夏！

自此，华夏生于这片广袤的中原大地之上，千万年后，依然延绵不绝，生生不息。

该做的都做了，也该轮到姬轩辕返回都城了，可是就在他准备号令部下班师时，从远处缓缓走来一人，此人身形窈窕，是名女子，但头戴狰狞嗜血假面，看上去丑陋至极。

人们只远远观望着两人交谈，后来他们才知道，这名与黄帝交谈的女子便是之前救他性命的那人，她向黄帝控诉了部落之间丑恶的抢婚之事。

最终出乎所有人意料的是，姬轩辕居然昭告众人将此女带回都城，择日迎娶封为妃。

此人，名为嫫母，以丑陋闻名。

二　遍访白泽

回到都城之后，姬轩辕立马撤换了国家所有的旗帜，并以华夏冠绝帝鸿，自此辖下子民尽称华夏子民，再无人提有熊或帝鸿二字。

世人皆知姬轩辕之心，但却不言。

姬轩辕站在都城大殿前，望着欣欣向荣之景，他的面上似有笑意，天下皆知他的宏图大志，而这“华夏”二字，便是他故意为之，便是要这世人皆知，他的帝王之道。

以试天下人之心！

更让神州震动的是，贵为帝王的姬轩辕竟然娶了世间奇丑女子嫫母，此女乃猪部落人氏，从来只戴着一张假面，所有见过她真实面目的人都早已从这个尘世间消失不见，所以坊间有许多版本的流言。

有一种说法是嫫母之所以戴着假面是因为她生得比假面更加丑陋，黄帝之所以娶了嫫母，只是想用其震慑开道而已；而另一种说法似乎更加平易近人，那就是嫫母本身是一名美艳动人，姿色不输当世美人嫘祖与女节的女子，面戴假面则完全是因为被黄帝勒令禁止的抢婚所致。

嫘早已不是当初姬王身边的夫人了，现今她早已成为轩辕黄帝的正妃，一人之下而众生之上，所有华夏的子民，包括一些其他部落的百姓，也都恭恭敬敬地敬她一声嫘祖。

这不仅是因为姬轩辕黄帝的威名，其实更多的是嫘用自己的能力福泽万民，养蚕制衣，仁爱待人，替黎民百姓着想，确确实实当得上这一声嫘祖。

姬轩辕封帝之后，同时册封了手下四大臣，这四人分别就是风后、常先、力牧、大鸿，风后更是被姬轩辕拜为帝相，所掌权柄，几乎与黄帝并举。

除此之外，姬轩辕册立方雷女节为次妃，此外除了第三个迎娶的彤鱼氏，就剩下新近迎娶的嫫母，无论是嫘祖、女节还是彤鱼，都是大部落的千金，只有嫫母一人乃一介庶民，此举着实耐人寻味。

但是随着确立华夏之后，姬轩辕的一系列举动就更加耐人寻味，完全让世人捉摸不透。

风雨不动，巍然而立，数月之后，姬轩辕起驾。

此次起行，姬轩辕点齐帐下五千精锐，帐下股肱大臣、勇武大将皆执牛缰相随，拥兵出都城，望泰山而行，非动刀兵，也非威服四海，巡东海之滨，只为访真天瑞兽白泽。

意欲何为，昭然若揭，白泽乃天下至高神兽，踪迹难寻，少有寻访得见之人，它是祥瑞象征，传言见者皆有大富贵恩泽，有令人逢凶化吉这般神鬼莫测之能。

此神兽头有两角，狮身山羊胡，青眼混沌姿，脊背竖尖角，达于万物之情，更有传说此神兽灵智早开，上知天文义理，下答苍生黎庶，有透析过往、启示未来的无上玄通，亦能人言，精通数十种部落之言。

姬轩辕带着手下一路向东，他乘于白虎之上，神情平静如素，内心却犬牙参差。他此行东海访白泽，自然不是世间愚痴之人所想的那般，若只是为了给烈山炎帝一个下马威，又何来如此麻烦。

常先每问及此，姬轩辕神思倦怠，终于开口："涿鹿之战斩蚩尤，然蚩尤虽死，帐下八十一兄弟犹存些许，他们自然不会相信我敕封蚩尤的战神令，忌惮于我的实力，尽皆往东海之滨去了，可是这群蛮夷虽避难东海，仍散播谣言，谓余嗜杀无道，今日我往，大道便是诛杀余孽，而其他种种，皆是末道而已。"

姬轩辕一言出，常先方悟。

军行千里，四周景观迁移变幻，四时更迭，已逾半载，姬轩辕率部逶迤而行，并不求急行，反而走走停停，赏风土人情，大军过处，对异族部落百姓大施恩泽，众多部落纷至咸服，威望鼎盛。

东巡半载，终至东海，带数人登桓山，寻访缥缈白泽。

姬轩辕徐徐前行，半载韶光，他将一颗充满急切的心儿沉寂下来，去感受这个世界安静的一面，在这半年东巡路途中，他这一颗心，却显得越发澄澈，摒弃了浮躁，获得真我。

他望着周围风景，心情大好，不觉哼起脍炙人口的曲调，眼眸低垂，正好看见山林中一老农正扛着两捆柴火，嘿嘿哟哟地朝着山下行来，姬轩辕和这老农正好打了个照面。

姬轩辕恭敬唤住眼前老农，柔声开口问道："这位老伯，请问你是此山中樵夫？"

老农咧嘴憨厚地笑了声，他一口大白牙比他皱黄的脸儿不知要好看多少，他挑眼看向姬轩辕，肩头的柴火抖了两抖，爽朗道："我家住这座山的山脚，清早便上山砍拾一些柴火，不知这位大人有何事要问我的，您尽管问！"

姬轩辕觉得这老农甚是憨厚朴实，和外面那些钩心斗角之人相比，竟是更加讨人喜欢些，他带着笑意，说道："老伯你可知道这座桓山上一只叫作白泽的神兽？"

老农摆手说道："我一介草民，哪里见过什么神兽，倒是和野兔山猪打过不少交道。"

姬轩辕听闻老农言语，顿时有些意兴阑珊，但他依旧没有表现出不好的情绪，仍是恭声与老农告别，欲继续上山。

可是正当他抬腿时，那老农却突然想起了什么，连忙叫住姬轩辕，说道："这位大人，不过我世代居住此山，曾听祖辈流传下来一则传说，传说中有一神兽正栖身于此山之中，莫不就是大人你口中所说的那只神兽？"

听到这里，姬轩辕霍然转身，一张脸上顿时写满了兴趣，只见他急切上前握住老农的手问道："老伯，你快将这个故事与我道来，可好？"

老农点了点头，他将肩上的两捆干柴卸下，缓缓走到一棵树旁"哎哟"一声坐了下来，显得极为惬意，然后也不顾露出丑态，娓娓道来。

"相传我祖辈世代居住的这座山，也就是桓山，山中野兽众多，珍禽遍地，但是在大山深处有一野兽，此兽形似山羊，头上有两角，却不是羊角，它的脊背上也长着短小的角，全身毛皮如练，闪着耀目白光，如天上下凡的仙驹，在此山中，见首不见尾。"

姬轩辕听着老农的描述，眼眸渐渐明晰，他心中已有九成可以笃定，老农口中仙驹，便是瑞兽白泽。

"在桓山之巅光秃的岩壁之上有一棵小树，此树不知历经多少年风霜，在我祖爷爷那辈便已经长在那儿了，我从小砍柴途中经常看见这棵树，到现在这把年纪也仍天天看着，可就是不长个！"

姬轩辕嘴角微抬,似有些兴致。

“我的祖爷爷把这棵树叫作神羊树,我祖爷爷因为目睹那个状如山羊的神兽现身保护此树,才给这棵树取了这个名字。”

“白泽保护着那棵树?”

看着姬轩辕疑惑发问,老农却有些得意,多少年不曾有人如此听他这般讲话,于是吞咽了一株随手摘下的草,继续说道:“当年我祖爷爷在世时,这座山可不只有我一家落户,那时一位猎户不知发了什么神经竟要砍掉这棵树。”

“然后呢?”

“他啊……死了呗!”

三　画卷预言

姬轩辕疑惑地“哦”了一声,轻声说道:“愿闻其详!”

老农继续大口嚼着随手采摘的草本植物,大声说道:“那个老猎户啊是个倔脾气,一意孤行,就想要砍了那棵神羊树,结果还是遭了报应,不知那头老神羊从哪儿冒出来,那猎户就直接死了。”

姬轩辕惊讶道:“猎户怎么死的?”

“我也不清楚,听说直接就没气儿了。”

姬轩辕唏嘘道:“不是被那神羊杀死的?”

老农笑道:“传言哪有那么多细节,不过听我祖爷爷说,那神羊只是出现,并没有伤人。”

姬轩辕沉思片刻,脸庞上浮现出笑容,对着这位老农作揖道:“多谢老伯,我就在此谢过了,我还要上山,就不叨扰您了。”

老农“噫”了一声,悠悠从大树边站起身,乐呵呵一笑,伸手举起一旁的扁挑,扛在肩头颔首道:“好嘞,大人你们且慢行,这桓山之上不乏毒蛇猛兽,还要多加小心!”

说罢他也不再多言，悠悠下山，口中哼着小曲儿，悠闲自在。

姬轩辕看得怔怔出神，常先见他神情呆滞，出声将他唤醒，姬轩辕随即转头，略带羡慕意，抬脚向着山上行去，悠悠说道：

"山中村夫，怡然自乐，羡慕啊，羡慕啊！"

看着他略显萧索的背影，常先嘿嘿一笑，随即跟上了他的脚步，其余几人也面面相觑，不知主公心中所想，也都迈开步伐。

一路上山，四周树木茂密，林寒涧肃，溪流"叮咚"，飞鸟挂于林梢，野兽潜伏于四野，静谧的山林除了不时响起"窸窣"的野兽活动声，清脆的鸟鸣声，就只剩下姬轩辕一行人徒步行进的脚步声。

他们沿着老农夫下山的路，观景般向着山上缓缓而行，姬轩辕不时停下脚步领略周遭景色，呼吸着山间清甜的空气，不由心旷神怡。

终于，随着海拔的升高，周遭的树林渐渐稀疏，再走上三五十米的高度，四周顿时开阔起来，这里仿佛是树木的禁区，由岩石划出了一道明显的长线，长线之上，竟是山岩，寸草不生。

见此奇景，姬轩辕心中稍动，可脚下动作却不停止，依旧如常朝着山上攀登。

"果然是一座能够栖身真天瑞兽的灵山，山不在高，灵哉！"

不出半个时辰，他们离桓山的山巅只差数步之遥，而那棵老农口中的神羊树也被他们亲眼所见，树干细小，树仅有半人高，姬轩辕怎么也想不到这样一棵小树竟然是那位老农口中生长数百年的神羊树。

"长在岩石上的树，果然没啥用。"一位名叫兽剡的随将嘿嘿笑道。

他身边另一名随将腰间挎着佩剑，此人名叫鹿岐，是姬轩辕钦定的佩剑剑侍，身高八尺，器宇轩昂，但性格内敛，自傲寡言，除了姬轩辕之外，就连四大臣与他交谈，都常常吃闭门羹。

"你懂什么，白泽守护之树，岂容我等妄言？"

见鹿岐出言讽刺，兽剡本就暴躁的性子顿时被激了起来，他又不好对黄帝剑侍鹿岐发作，众人已来到神羊树前，于是他掏出腰间大刀，骂娘道:“什么白泽瑞兽,我看这就是一棵病树而已,待我将它砍下给你看上一看!”

说罢,他挥刀向神羊树,刀锋切割空气,猎猎作响,下一秒径直击打在神羊树上,本就细弱的小树却纹丝不动,被刀锋击中的树干上竟然闪烁起金石火花,兽㸚大惊,姬轩辕更是惊声喝道:“兽㸚!不得无礼!”

兽㸚心想这神树竟是有些门道,正欲收刀,可是不知为何他持刀的手臂却不听使唤般垂下,紧接着身体一软,闷哼一声瘫倒在地,这异变让众人又是一惊。

大鸿连忙上前,伸手触摸兽㸚的脖颈,片刻后,他面色阴郁,回头对姬轩辕摇了摇头,叹道:“死了……”

姬轩辕面色沉了下来,兽㸚是个不错的将领,带兵打仗勇猛非凡,只是性格暴烈了一些,对他也极为忠诚,此番竟然应了老农口中的传言,只是砍了一刀,便死了。看着他的尸体,姬轩辕心中涌起一阵悲戚。

就在这时,一旁的常先却突然大惊出声道:“你们看!”

姬轩辕见常先伸手指向身侧,顺着他的手指望去,竟发现在不远处的山石上正站着一只动物。这只动物他从未见过,但是看着头顶那双短角,全身皆白,背上脊角纵横,姬轩辕笃定此兽定是一直想要寻找的白泽。

他当即朝着这只瑞兽跪倒在地,紧接着随着他一声低喝,常先、大鸿等人也随着他的动作跪了下来,尽皆匍匐于地。

“白泽神祇,我乃华夏黄帝,姓姬名轩辕,此次东巡东海,登桓山,便是为了前来拜见您,有些问题想要请教,但是说这些事情前,还请神祇您将我随将兽㸚救活,他只是脾性暴烈,没有坏心眼,此番得罪神祇,罪不至死!”

他见白泽眼中似有雷电,周身闪烁着白光,闻言之后竟是嘶鸣一声,没有再说什么,转身朝着远处离去。

姬轩辕心中急切,连忙高喊道:“白泽莫走!”

可是瑞兽像是没有听到他的话语一般,身影渐行渐远,最终化为一缕尘烟,消散无踪。

姬轩辕抱憾,脸庞耷拉着没有半点起色,好不容易见到了瑞兽,可是还没有问上几句,它就走了,以后再想见到,几乎是毫无可能了。

就在他神色戚戚之时,身旁大鸿却突然惊喜道:“主公! 兽剟活了!”

姬轩辕霍然转头,却见兽剟的胸膛有了起伏,居然起死回生了!

姬轩辕爬将起来,走到了兽剟的身边,发现他真的逃出鬼门关活了过来,心头稍有安慰。看着仍处于昏睡的兽剟,姬轩辕却像是想起了什么,突然疯了似的向白泽先前落脚的地方狂奔过去。

众人见姬轩辕跑到不远的山岩上,怔怔盯着地面,突然一声豪爽的大笑从他的口中发出,接着姬轩辕形如疯魔,一屁股坐倒在地,笑声愈渐洪亮,连绵不绝。

大鸿令鹿岐背上兽剟,众人一同来到姬轩辕的身旁,却发现此刻在姬轩辕的手中竟出现了一张皮,却看不出是什么动物的毛皮,而且更让他们惊讶的是,这张皮上竟有字迹。

字迹是仓颉造出的文字,一直为华夏沿用,很好辨认,左边是一段深奥的字谜,右边则描绘了一方巨大的器物,此物有九足,器物身形庞大,形有酒樽神韵,号为九鼎,以铜为兵,至高无上。

皮卷下方更描绘了一幅画卷,是关于一场战争的描述,内容翔实。姬轩辕认出画卷中双方军卒着装,竟是华夏与烈山氏,难道这真是一场预言?

姬轩辕望着最下方细不可见的两个字:“阪泉。”

他知道这是一处地名,他抬首怔怔望着白泽远去的方向,跪拜叩首。

四　炎黄交兵

姬轩辕率众下山，数千大军在桓山之下整军而待，旌旗延绵，望风而荡，三军气势恢宏，具伏虎吞狼之势，姬轩辕策坐下白虎，直指泰山，上泰山之巅祭祀天地。

祭祀礼毕，姬轩辕将连日来昼夜参详的皮卷收回衣袋，他突然仰天大笑起来，声势有如惊雷，众位大臣将领皆是一惊。

只见他目光如炬，炯炯有神，高声喝道："天机已尽在股掌之中！"

说罢，他骑虎而下，欣然起行，三军随往，如汹涌波涛。

二月余，世人皆知黄帝率五千精卒，踏东海巡狩，得白泽天机，诛尽东海之滨蚩尤旧部八十一鬼神余孽，肃清东海，东海数十部落望风咸服！

同年冬，炎帝昭告天下，以天下共主神农神祇为名，号令天下诸侯，扫清寰宇，宣称黄帝铸鼎而王天下，意图不轨，妄图取代神农，进而取天下，特此昭谕四海，起兵共伐华夏，诛杀姬轩辕！

夏族二帝，炎帝与黄帝就此撕破脸面，兵锋相对。

开战后，姬轩辕下令，令所有臣属部落归入华夏，部落称号不变，西陵率先同意，紧接着鸶鹰部落、兔儿部落等中型部落也纷纷响应黄帝号召，战争之迅疾惨烈出乎所有人的预料，响应即可以获得华夏兵马援助，于是所有臣属部落最终尽数响应，华夏融合，彼此援助，将炎帝这场来势汹汹的进攻抵御在冀州一带，无法再进分毫。

战火再起，九州动乱，生灵涂炭，炎帝座下大将纷纷出兵，大将刑天领军直指常羊山；夸父率族人由泰山西进，直逼华夏领地；老将祝融率军出昆吾，杀向弱水；炎帝义子共工率部直奔涿鹿；炎帝带烈山氏主力，陈兵阪泉。

五路大军齐头并进，从各个方向进攻华夏，一时间神州浩土战火连天，到处都充满了鲜血与烈火，这场战争的惨烈程度不亚于蚩尤之乱。

由于蚩尤之战损耗了大量的元气，虽然华夏融合了众多部族，但是手下的战力还是无法达到全盛之时，反观炎帝一方，手下兵卒乃夏族旧部，虽日渐式微，可是基础兵力仍然强大，再加上吸纳了苗黎和东夷的兵力，与姬轩辕的华夏兵力相比，仍势均力敌。

姬轩辕调配兵力，由四大臣领先的华夏军队分兵迎敌，丝毫不惧，一片动荡乱世画卷，就在眼前！

…………

姬轩辕站在雄浑滚滚的战车之上，三千余名精锐跟随在侧，他遥望着远处，脸上带着恬静的笑容。

风后骑着白牛在他身侧稍后，看着姬轩辕带着笑意的侧脸，他不由出声问道："这几日一直见主公发笑，不知何事令主公心情大好？"

姬轩辕没有回头，他的食指与中指在身前的战车木栏上弹动，欣然道："我笑炎帝年老，竟连脑袋都有些糊涂了。"

风后也笑了："炎帝虽老，但此举也不是那般不堪。"

姬轩辕转身靠在木栏边，一手抚在腰间的轩辕剑柄上，轻轻地摩挲着，缓缓说道："我姬轩辕缺的就是一个重启战端的由头，既见我改国号华夏，又见我东海访白泽，登泰山祭祀天地，又怎会不知道我的想法，这样轻易开战，岂不是老糊涂了？"

风后座下的青牛发出了"哞哞"的叫声。

骑着白牛的风后拍了拍白牛的粗大脑袋，让它噤声，这才转头望向姬轩辕说道："但是若不开战，只怕再过几年，他就连一战的机会都没有了。"

"吾辈男儿，当驰骋疆场，一战降敌，比不战自来降，快意千倍万倍。"

说罢，姬轩辕和风后两人同时仰头大笑起来，快哉！快哉！

"主公，烈山氏兵分五路，一路进攻您的故居常羊山，为将者战神刑天；一路由昆吾而来，乃火神祝融老将执牛耳；夸父族随族中当代夸父首领出泰山，望西而来；水神共工兵锋直指涿鹿旧战场；中军炎帝亲率，战力尤盛，被炎帝赦免的风伯雨师相随，陈兵前方阪泉，此行我们与烈山氏正面碰撞，真刀实枪地战上一场。”

姬轩辕喃喃道：“阪泉。”

“看来白泽的预言所言非虚，此战核心为阪泉，只要阪泉之战胜利，大势便已定，炎帝手下战将皆在外，我想不出他有何气力打这一战？”

“主公莫要轻敌，烈山氏共主已百年，瘦死的骆驼比马大，我们还要小心应对。”

姬轩辕笑了，打开木栏从战车上跳了下来，招手间一匹硕大白虎突然从旁蹿出，温顺地来到姬轩辕的身旁，低头在他的掌心蹭了蹭。

姬轩辕跨上虎背，与风后同行，轻声道：“烈山氏战神刑天确实有本事，但常先那小子曾一招斩杀岘天，这次我便再让他去常羊山会会这位战神，看他能否成为战神克星。”

风后听着姬轩辕的俏皮话，不禁莞尔，姬轩辕继续道：“力牧的手下勇冠三军，皆是行军冲锋在前的好料子，涿鹿地势开阔，我命他驻守旧战场，挡住炎帝义子共工的攻势。”

风后笑着道：“主公妙计！”

姬轩辕摆了摆手，转头看向风后：“大鸿擅于兵法奇术，但还是略逊风相，只不过他一身武艺也是不低，我拨给他两千兵马，让他去截西进的夸父族，你觉得如何？”

“主公算无遗策，大鸿将军虽手下兵马不多，但夸父族荒蛮愚钝，灵智并未全开，以大鸿将军智勇双全之力，两千兵力足矣！”

姬轩辕哈哈一笑，显得极为快意。

“还剩一路昆吾，对方定会以弱水为缺口，妄图由此侵入华夏，为将者是那老迈祝融，若他年轻二十载我尚会在意，我派陆吾为帅，英招、离珠、兽斶为偏将，抵挡他数千兵马足矣，况且陆吾生于昆仑丘，我不担心他。”

说罢，他仰望着头顶苍穹，几只青鸟向前飞去，他拊掌梳理着身下白虎的毛皮，轻语：“兽王，追上去！”

白虎闻声而动，风驰电掣般向前跑去。

风后望着姬轩辕的背影，淡淡笑道：“这只白虎，也长得太快了。”

…………

大战持续了半载，黄帝亲临前方战场，手握一万雄兵，来到阪泉之北，与陈兵阪泉之南的炎帝遥相对峙。曾经对坐饮酒的两个夏族帝王，此刻竟相距百里，针锋相对。

随着烈山氏的突然冲锋，战争正式打响。

姬轩辕听闻敌方冲锋的消息，立马出了中军大帐，带着风后来到山坡高处，遥望着奔腾杀来的数千烈山士卒，一言不发。

“主公，如今我们身边也没有什么可用的将领，这场仗并不好打。”

姬轩辕转头一笑，轻声道：“我只要有你风后一人在侧，胜似千八百将，这场战争就输不了！论出谋划策，我不如你，你可统率三军，而我还是比较适合带兵冲锋。”

“这怎么可以？”

“怎么不行，从来都是我亲自带兵冲锋，此番对手既是炎帝，更应该我亲自冲锋陷阵！我要让他看看，千古一帝，当如何！”

第十八章　成败论英雄

一　一战阪泉

姬轩辕亲率三千军为先锋，冲杀烈山氏中阵，一名烈山氏的将领从中军竖盾开合处骤然杀出，直奔黄帝而来，手中长戈银光闪闪，好生了得！

轩辕黄帝丝毫不怵，轩辕剑骤然出鞘，座下白虎疾驰如风，待到与那名迎面而来的将领相近，白虎突然一声咆哮，那将领座下青牛被惊吓得骤然收了牛蹄，生生停了下来，突逢变故的烈山大将更是差点被颠簸下来，好不容易才将身形稳住。

就这短暂的时间之内，那员大将早已失了先机，姬轩辕随白虎向前跃起，负于身后的轩辕剑陡然刺出，顷刻间清光一闪，那将领功夫竟也不俗，大惊之下直直避开这凌厉一刺，姬轩辕面无表情，见一击落空，接着又是一记横扫。这名烈山将领双目如铜铃，惊恐万状地目视近在咫尺的一剑，却是避无可避。

“扑哧……”

随着一个圆球似的脑袋滚落在地，这名直立在青牛之上的无首之躯才笔直栽倒在地，激起一阵尘土。

两个回合斩敌首，华夏军卒尽皆受到黄帝威势鼓舞，士气大振，在风后的号令下，三千精卒前锋直冲敌方中军，烈山氏众人见中军先失大将，早望风披靡，遍野而来的华夏战士更是如虎狼一般，锐不可当。

就在危急关头，烈山氏军阵中传来了炎帝的军令，只见所有烈山军卒在大敌当前强自镇定下来，纷纷竖盾陈枪，严阵以待，接着烈山氏军阵两翼大开，只见开合处涌出两队健硕群牛，牛身墨黑如炭，身上附着着一些藤草，藤草之上大火弥漫，整头牛的身体都被火焰包围。

这些牛如同疯魔一般，自两翼涌出之后，径直朝着华夏部黄帝亲率的三千前锋军狂奔而来，姬轩辕目光一沉，手中轩辕剑却没有丝毫停顿，直接握于身前，他座下白虎见前方百牛如潮，不知是兴奋还是激动，竟然冲得更加迅捷，一跃便朝前方火牛群迎了上去。

一头白虎当先扑入火海，姬轩辕手持轩辕剑拨指轻弹，剑身甩在一头迎面而来的火牛前蹄之上，只见这看起来并不凌厉的一招，竟将这头黑牛的整只牛蹄完全击碎，“咔嚓”一声如干柴爆鸣，紧接着牛身轰然倒下。

白虎灵巧躲避，载着姬轩辕避开了火牛的倾轧，而这头黑牛去势不止，仍向前冲刺了三四米，这才停了下来，可是藤甲上的火油却淌了一身，它黑炭般的身躯骤然被火焰包裹，发出了撕心裂肺的长鸣。

姬轩辕目光深邃，避开之后便只管目视前方，转瞬之间他又砍下一个牛头，与此同时三千先锋军正式和火牛群接触，黑烟弥漫四野，烈山氏在后方持弩箭径直逼停了先锋军的进军脚步。

见先锋军受挫，中军阵前，风后骑着白牛观战，紧紧皱眉，他不敢让黄帝有任何闪失，于是命熊、罴、狼、豹、貙、虎为前驱，雕、鹖、鹰、鸢为旗帜，分兵各路，朝烈山氏军阵冲锋，援助黄帝脱离险境。

熊、罴、狼、豹、貙、虎前驱直冲敌方中军大营，整兵八千甲，直冲斗牛，解火牛乱阵、三军合围的燃眉之急，雕、鹖、鹰、鸢为旗帜，摇旗呐喊，鼓动声势，分兵袭扰敌方侧翼，断敌方合围之势。

姬轩辕骑虎纵身出牛群，屹立于敌方阵前，前后不过五十步，身后火牛群渐行渐远，尘土飞扬之中，数千华夏军卒脱身而出，此前在火牛阵的一番冲杀之下已然显得有些狼狈，可是军威未失。

姬轩辕手持轩辕剑，面上带着笑意，眼尖的他一眼便望见对方竖盾横眉的中军之后人头攒动，一名花白须发的老者站在兵甲簇拥的人潮之中，徐徐望来。

姬轩辕哈哈大笑，执剑指着不远处的那人高喊道："炎帝老兄，没想到自上次姜水一别，还没多少时日，你我又在这冀州地界碰面了！"

"姬贤弟，不，我现在应该叫你轩辕黄帝，我虽垂垂老矣，但仍是这夏族共主，你若要杀我，恐怕没那么容易！"

姬轩辕双目如炬，手中剑遥指前方众人，声如洪钟，高声道："你虽为夏族共主，却因过度轻武致使夏族乱世数十载，你瞧瞧你这烈山军阵，乌泱泱一大片，有什么霸气可言！"

炎帝面色一寒，似乎被戳中痛处，眼中愠怒浮现。

姬轩辕翻身下虎背，一剑插在地上，指着炎帝的鼻子骂道："乱世蚩尤，几乎灭你烈山氏，风伯雨师因你孱弱投靠蚩尤，竟然还能够得到你的宽恕，心软愚蠢到这种地步，你真的老了，该让位了。"

"做你的春秋大梦！"

炎帝勃然大怒，喝令一队劲旅冲出中军，一言不发，便朝着姬轩辕冲杀而来，但姬轩辕却岿然不动，早在先前他瞟向身后便发现了自家阵中已有异动，他对风后非常信任，果不其然，就在华夏三千精卒扑了上去和炎帝派遣劲旅混战一团之时，远处鼓声顿时大作，金角齐鸣，紧接着熊、罴、狼、豹、貙、虎六大部落的旗帜在华夏王旗之后陡然出现，尘烟卷集着冲杀声滚滚而来，吓得烈山氏众人肝胆欲裂。

姬轩辕转身上虎，立即斩杀两名扑将过来的烈山士卒，血色掩面之下，他脸上露出罕见的峥嵘之色，白虎低吼，獠牙外露，疯魔般纵身一跃，正好踩在一排铁木盾牌上，白虎体形庞大，体重自不用说，这结结实实的一踏之下,敌方四名带盾战士顿时向后倒去,盾牌散落了一地,原本仍算坚固的阵营突然破开了一个缺口。

战机稍纵即逝,姬轩辕一骑当先,三千先锋军紧随其后,鱼贯而入,烈山氏第一道防线完全失守,纷纷向后退却,可是溃散即代表着死亡,华夏士卒完全不留情面,对着那些兼顾着逃亡和抵抗的烈山氏士卒就是一顿乱砍。

姬轩辕一破防线,一心想要找到坐镇中军的炎帝,可是一番查看之下却徒劳无功。

"呵呵,跑得倒是挺快。"

二　单骑破军

熊、罴、狼、豹、貙、虎六部大军一到,烈山氏转瞬即溃,后军顶上前掩护撤退,虽仍有一战之力,可待到雕、鹖、鹰、鸢四部突然诡然从侧翼突袭而来,烈山氏就此大乱,全军完全溃败。

到处都是华夏的旗帜,漫天烟尘处,烈山氏士卒惊恐的脸庞上沾染着污泥和血渍,成为华夏战士刀剑之下的亡魂,这一战,炎帝败了!但就在姬轩辕准备乘胜追击之时,远方一阵喊杀声响起,斜刺里风伯雨师二人带着一队死士悍然杀来,不仅截断了雕、鹖、鹰、鸢四部的袭扰之势,还让姬轩辕转瞬被敌方赶上,陷入重围。

由于想要找到炎帝,姬轩辕一路纵情厮杀,身边竟已没有一人跟随,此刻飞廉和赤松子突然领军前来,百八十人围困之下,他难以冲杀出去。

姬轩辕坐于白虎之上,来往纵横,手中轩辕剑所到之处必定出现一篷血雾,接着只见他弯腰前倾,一剑刺出,一名男子立马被他捅了个透心凉,手中长枪滑落,被姬轩辕一挥握于手中。

他左手持枪,右手执剑,昂首挺胸,神情桀骜,神挡杀神,佛挡杀佛,一骑潇洒处，百尺莫敢近，赤松子与飞廉在数丈之外，冷眼瞧着被围的姬轩辕，冷笑道："姬轩辕，负隅顽抗已无用，你若想活命，我劝你下来跪拜受降。"

"可笑，我轩辕黄帝岂会向你们这种反复无常的小人投降。"姬轩辕抬手以枪尖示赤松子，鄙夷之情溢于言表。

"况且，你们以为真能杀了我？"

赤松子看见姬轩辕死到临头犹嘴硬，心头无名火燃起，他大手一挥，周遭士卒再次冲了上去，但是没过半炷香的时间，这群烈山氏士卒丢下了十余条人命，缓缓退回原点，姬轩辕浑身浴血。人们眼中的姬轩辕可怕极了，烈山氏众人哪敢再上。姬轩辕一人站在包围圈内，目光所到之处，皆是战栗的烈山氏士卒。

飞廉目光阴沉，冷眼看着场间，对着赤松子说道："要不我们一起上，宰了他！"

赤松子颔首，两人一人执羽扇，一人执大刀，径直冲向姬轩辕，烈山氏士卒见两大主将冲将上去，不知哪来的勇气，竟也不甘落后，冲杀而上。

转瞬间刀兵相接，姬轩辕一声暴喝，左手长枪直抵赤松子眉心，被赤松子一羽扇隔开，右手轩辕剑当头一斩，裹挟无穷怒意，被飞廉长刀横于头顶招架住，兵马转瞬拥来，姬轩辕神情一凛，拍虎背而起，左手枪倒插于地，抬脚蹬在枪柄之上，收回轩辕剑，双手持剑以惊鸿贯日之姿向着一侧赤松子斩下！

赤松子面色骤变，大惊失色，他完全没想到贵为黄帝，竟会与他以命相搏，他本就不是什么视死如归之人，生不出半点抵抗之心，想都没想便向一旁暴退，飞廉正欲上前偷袭姬轩辕后背，却见眼前白光一闪，黄帝座下大白虎直扑他面门，利爪光华闪动，锋利无比。

飞廉同时大惊，连忙疾退，白虎利爪落空，却撕下了几缕衣帛，另一边赤松子一退，姬轩辕一追，毫不顾忌已到身旁的烈山氏死士们，赤松子背后冷汗直冒，见姬轩辕大有此时不决死不休之意，心中便懊恼万分。

那些面露喜色感觉就要得逞的死士刚露出手中兵刃，突然面前白光一闪，他们还来不及抵挡，咽喉处便浮现出一抹淡淡的殷红，原来白虎逼退了飞廉并没有追杀上去，而是反身回来护卫一心追杀风伯赤松子的姬轩辕。

没有了后顾之忧的姬轩辕更是得心应手，他和赤松子近在咫尺，他一剑劈下，赤松子朝左闪避，慢了一步，但姬轩辕剑势已去，无法在第一时间内再次举剑，只得抬起左手，对着已在眼前的赤松子，将铁拳轰然砸下。

赤松子的身形一颤，整个身体如同断线的风筝般坠向一丈远外的地面，他痛苦得五官几乎都快要拧成一团，一口鲜血喷在地上，全身颤抖之下，竟挣扎着无法再多动弹。

与此同时，远处一阵喊杀声已在眼前，死士的背后一面面华夏旗帜闪动，姬轩辕的部下们已然杀到，只见一名彪悍的华夏战士手持弓弩，前冲改为半跪，瞄准之下一箭射倒烈山氏死士中央的王旗，王旗应声而落。

紧接着无数华夏战士拥来，裹挟着强大的杀意，淹没了这群死士，没过多久，他们的身躯就完全被华夏军队的洪流吞没。

此时的飞廉找准机会，一张符咒于手中浮现，他歃血为字，念起符咒，顷刻间沙尘遍布，大风漫卷，他则趁着此等良机，健步如飞，在姬轩辕一个分神之下硬生生从他的刀下夺走了必死的赤松子，而赤松子只是暗淡惨笑，随飞廉遁去。

姬轩辕停剑伫立，不再追去，此时手下将领已然来到身边，骑着白牛的风后慌慌张张地从后面奔来，还没到近前就滚下马来跑到姬轩辕的面前告罪。

姬轩辕撑着手中轩辕剑，摇头大笑道："想要杀我还太嫩了，我哪会那么容易便将身家性命交出去?”

周围一片狼藉,白虎从不远处缓缓走来,龇着牙显得有些痛苦,姬轩辕一看,只见它雪白的虎皮早已结满污秽,更让姬轩辕感到痛惜的是,白虎的身上竟然有几道深可见骨的伤口,看上去触目惊心,姬轩辕心痛地蹲下身抚摸着白虎的脑袋。

“这该死的赤松子,下次我一定要活剐了他。”

说到这里他突然双眼一黑,昏了过去,风后慌乱之下,第一时间扶住了失去知觉的姬轩辕,在场众人也尽皆大惊失色。

风后更是整张脸都被吓白了,他连忙派人前去召随军处方雷祥,擦着额头细汗,着急忙慌赶来的雷祥最终诊断之后长嘘一声,微微颔首叹道:“黄帝陛下只是力竭晕倒,身上倒有几处小伤,一处贯通伤,但都不致命,并无大碍!”

风后也松了口气,他摇着头苦笑道:“这事儿要是被常先那痴人知道,可又要和我拼命,唉,所幸并无大碍!”

风后命众人抬着姬轩辕回师阪泉以南,这一场阪泉上的交锋,华夏大胜,但是这场胜战仍旧付出了惨痛的代价。

三　二战阪泉

月明星稀,姬轩辕披着一件毛皮大氅静静站立在大帐之外,每逢寂静深夜,他总喜欢独自一人望着辽阔旷野,求得内心的平静祥和,此刻姬轩辕的面色苍白如纸,双手紧紧地收紧着裹在身躯之上的毛皮大氅,脸上带着莫名的戚戚。

他看向头顶苍穹,不由喃喃自语道:“父王,数十年戎马征程,就要在这儿结束了,我儿时的愿景和您临终的期冀,都即将会有结果,这就是最终的结果吗?”

天下归心!

数十年前，世间最后一支神祇以火德瑞，成了夏族共主，正是年少的炎帝，而那时的他，是不是也认为做了夏族的共主，就达到了一切的终极？

现在姬轩辕同样面临着这样的抉择。

“这就是最终的结果吗？”

这句话犹如魔障一般深切地在他的脑海中回荡，良久之后，气色不好的姬轩辕身形不动，只是轻轻口吐两字：“不是。”

…………

两军之间的僵局没有持续多久，战火再次充斥了阪泉之野，相比第一次接触，这次战斗的激烈程度有过之而无不及，连绵的烈山氏战士和华夏战士一日之内多次冲杀，尸横遍野，把阪泉之野的河水都染红了。

姬轩辕还没有完全痊愈，身体仍处于虚弱状态，他依然佩剑亲自统领三军，虽然受到了风相等人的苦劝，但他固执地驳回了所有人的请求，执意出征，只是和风相保证了一点，那就是再也不亲自率军做先锋上阵杀敌，只作为一名统帅，指点江山。

他苍白的两颊不知为何浮现出了两抹潮红，就连鼻尖都被寒冷的天气冻得通红，但神情依旧凛冽，一双手摩挲着剑柄上的珠玉，看着阪泉四处交兵，一言不发。

一名兵卒正半跪在他的身侧，振聋发聩道：“神农氏一路大军刑天率军已经攻上常羊山，在山腰处和常先大将军所率兵马鏖战，大战已经持续了三天，那刑天勇猛无比，浑然不惧，还说了一些大逆不道之言……”

“哦？不用担心，你尽管说。”

“他把黄帝陛下您比作鹊巢鸠占的猪狗……还说不仅要夺回原本属于神农氏的常羊山，还要砍下您的头颅。”

此言一出，周遭众人的面色都是一变，有愤恨也有担忧，目光纷纷汇聚在姬轩辕的脸上。

姬轩辕却面色不变，只是不咸不淡地轻声道：“哦？既然刑天认为真有那个本事便看他到底能不能言出必行了，倒是我还真想尽快结束这场阪泉之战，回常羊山会会那烈山氏所谓的战神。”

说罢，他摇了摇头，轻笑一声，转而严肃问道：“除此之外，炎帝手下其他几路大军的情况怎么样？”

士卒低头拱手，低声禀报道：“神农氏第二路军由祝融率领直奔昆吾，被陆吾巧用昆仑之下弱水，筑堤蓄洪，水淹敌军，现在祝融折损了大半人马，已成陆吾将军瓮中之鳖矣！”

姬轩辕再笑，这已经是他半个时辰来第四次笑了，他目光仍平视前方，开口问道：“兽剟那儿如何了？”

这时一旁一位看上去三十岁出头的将官走出说道：“兽剟将军浑身是胆，一身泼天勇武令敌军胆寒，他总是冲锋在前，身负十余伤，死战不退，夺取祝融帐下两名偏将的性命。”

姬轩辕不自觉地撩了撩鬓角，意气风发，轻声说道：“我华夏儿女，无一孬种！”

“涿鹿古战场，力牧将军率帐下精卒，纵横涿鹿之野，杀得神农氏义子共工所部丢盔弃甲，奔袭三十里！”

“西进夸父族被大鸿将军布下鬼容区兵阵，两千士卒当关，生生抵御数倍之敌，夸父族个个如巨人一般，气力极大，可是愣是无法前进分毫！”

姬轩辕手中轩辕剑骤然出鞘，他执剑于身前仔细观察，震声说道：“五路兵马尚且如此，我等坐镇中军，直面烈山氏中枢核心，若不奋力一战降敌，有何脸面！？”

一言既出，士气大振，周遭将领纷纷神情肃穆，俯首效忠，誓破烈山氏于一役，风相站在姬轩辕身后，面上浮现出了笑意。

此后众将纷纷领命离去，做好筹备战事的准备，姬轩辕看向敌军，淡淡说道：“我不像你，这天下应生万物，而不是如你这般，荒废大好河山。”

就在此时,鹿岐突然上前,对着姬轩辕说道:“刚刚有人来报,神农氏使用火攻,大火十丈高,将我军大半人马围困在阪泉西北,这该如何?”

姬轩辕皱着眉,眼眸却望向西北方向,但见浓烟滚滚,他嘴角一蹙,淡然道:“只会用火攻吗?”

随即,姬轩辕伸手,手掌中突然多出一块古朴的石头,上面印着龙图腾,正是姬轩辕从小带在身边的龙图腾圣石。

风相见此,轻声道:“主公,不宜使用圣石,圣石功效,玄之又玄,我信有应龙于天,但从未见过,圣石古怪,我这辈子算是解不开了。”

姬轩辕苦涩笑道:“知我莫若风相,此举乃逆天之举,我数次使用圣石,依照师父广成子所言,本就有违天道,不仅寿命亏损,更是心神殚竭,但是现在大军受困,想要脱身虽不是极难之事,但多有不易,就算脱身不仅贻误战机,还会损失许多我华夏的大好儿郎,他们的性命,同样珍贵。”

听闻姬轩辕一番话,风后不再多言。

只见姬轩辕将龙图腾圣石高举,紧接着天空中风云变化,云如旋涡,电闪雷鸣,紧接着瓢泼大雨,直下九霄。

暴雨成河!

姬轩辕伸出右手,众峰隐于雨中,像是臣服在姬轩辕的脚下,姬轩辕面带微笑,可是一股肃穆之情却从体内喷薄而出,让人生出跪下的意愿。

“想不到还能见到如此景象,当初我还以为是天数机巧,没想到真是圣石之功!”风后面色震惊非常,深吸一口气,“此雨自会浇熄西北方向连天火势!”

暴雨如注,天色晦暗,然天光暗藏,飞鸟皆四散逃遁,走兽惊惧,山鬼匍匐,紧接着,雨势进一步加大,姬轩辕仰头在暴雨之中岿然不动,脸色在雨珠的拍打下显得更加苍白,雨水从他的发梢鬓角垂落,从他的眼窝嘴角淌过,随即,眼前一黑,雨势骤息。

姬轩辕缓缓睁眼,发现头顶竟是一张大氅,再转眼一看,发现原来是风后脱下了身上的大氅,将其支撑在姬轩辕的头顶。

“天寒地冻,主公莫要受凉。”

听着风后的话语,姬轩辕一把搭在他的肩头,将他拉进大氅之下,他左手接替风后的一只手支撑起毛皮大氅,两人并肩而立,姬轩辕笑着说道:“三军亦要靠风相,你自己也别淋雨了。”

这场雨极其酣畅,下了足足一个时辰,西北方向的黑烟早已散去,雨势停止,原本十丈高的火势也熄了。

姬轩辕命令手下战士痛打落水狗,号令三军追着烈山氏的大军一路砍杀,最终随着三军的奋力追杀,炎黄第二次交战,最终以烈山氏三军尽数被赶入阪泉河谷告终,自此黄帝主导阪泉战局。

四　画地为牢

阪泉隆冬两战,河谷浮尸,天上不知何时竟下起了大雪,仿佛要将阪泉之野那些肮脏污秽全然埋葬。

华夏战士们对于这场阪泉大战早已胜券在握,昆吾、涿鹿、常羊山或是泰山以西,连日来捷报频传,烈山氏犹如残阳西下,看起来竟是了无生机,大雪弥漫,被围困河谷的炎帝,似乎也没有太多机会撑下去了。

与华夏战士们的满腹欣喜不同,姬轩辕这几日可谓眉头紧锁,并没有一点儿看到胜利希望的喜悦,他踩在两三厘米厚的雪地上,发出了“嘎吱嘎吱”的声音。

这是他第三场战争爆发之前的总动员,只见他的身侧将士皆束牛皮厚甲,头戴牛皮盔,用毛皮遮住双耳,防止冻伤,众位将领站在姬轩辕身前,一声令下,擂鼓声起,众将半跪,茫茫四野所有兵卒尽皆匍匐。

姬轩辕裹了裹肩头大氅，缓步走上点将台，此台由厚实的青木制成，木材是华夏运来的，他环顾白雪中的点点身影，由远及近，数千将士，连绵不绝。

姬轩辕掸去肩头白雪，突然振声高喊道："敌军已退守河谷，这些时日，在我看来，尔等已觉胜券在握否？"

姬轩辕声音肃然，众人闻言竟不敢出一言以复，茫茫四野将士，却没有半点声响，只有飘雪四野响起的擂鼓之声，使得广阔周遭，显得肃杀一片。

见无人答复，姬轩辕脚步轻移，又向前走了两步，他面色冷清，淡淡说道："我姬轩辕封帝位之前，在姜水与蚩尤所率的苗夷联军九战，皆惨败，那时候世人只知我败军之将，螳臂当车，可是我只凭着最后一战，肃清姜水，屠戮苗夷，复我夏族，成轩辕黄帝未至最后一刻，胜败如浮萍，今日我华夏二战皆胜又如何？尔等自以为是，此举让我无法不追忆往昔，如若我三军之内尽皆这般浮躁，今日我华夏，亦是昔日之苗夷，你们可想我姬轩辕成为旧时蚩尤！？"

连番质问之下，四周更加安静，鼓声也渐渐停止，静得几乎连落雪的声音都能听得清楚。

轩辕黄帝一怒，三军变色，半跪的将士匍匐，而匍匐的战士们，早已五体投地。

姬轩辕环视众人，面上的严肃之意也稍稍缓和了些，连声音也显得温和了些："如今我们握有大势，可我轩辕黄帝不是蚩尤匹夫，我们华夏儿郎也莫效苗夷莽夫，今日河谷之战，我还请各位休要掉以轻心，也莫生轻视之情，烈山氏笑傲夏族数十年，百足大虫死而不僵，底蕴多深犹未可知，我华夏要登顶夏族，必须一步一步走下去，尔等可明白？"

此言一出，众将抬首，数千士卒一齐抬首，仅仅片刻，震天动地的齐呼猛然响起：

"我等明白！"

姬轩辕欣慰一笑颔首，右手拇指习惯性地摩挲着腰间轩辕剑柄上珠玉，对着身边剑侍鹿岐轻声道："传令下去，令哨骑前往五路大军，将我今日之言口述给众将听上一听，我想他们定会知我何意。"

鹿岐弯腰鞠躬，领命而去，姬轩辕纵目向远处依稀隐藏在大雪之中的河谷望去，心道："此刻背水一战，你炎帝再不拼尽全力，神州浩土便尽在我姬轩辕掌中，你可知道？"

说来也巧，这看似只有姬轩辕能够听见的喃喃自语刚毕，四野再次喧腾起来，鼓声复响，声势相较之前更加猛烈，遍野雪原上的身影缓缓站了起来，姬轩辕豪气干云，拔剑出鞘，厉声如雷：

"出击！"

阪泉之野，声势如雷："杀！！"

甲胄碰撞声此起彼伏，刀剑出鞘声叮当作响，群牛低哞，擂鼓喧嚣！

姬轩辕站在身边冲锋如流的华夏战士之中，轻骑白虎徐行，他用细若蚊蚋之声的喘息喃喃自语道："常先啊，大鸿，若是你们领兵归来就好了，这场雪像极了那年雪原飞雪，我等少年，不知不觉就度了半生。"

随即他语调渐高，突兀大喝："快哉！"

兵锋已破河谷第一道防线，烈山氏的旗帜迎风而倒，但不知为何第二道河谷防线竟是耗费半日也不见丝毫进展，见风相骑着白牛缓缓而来，姬轩辕大笑一声，说道："不足惧，虽然第二道进攻不顺，我已知炎帝老儿黔驴技穷。"

风后与姬轩辕相视一笑，敬声说道："主公终于不想再藏着掖着了？"

姬轩辕抚摸着座下白虎的额头，白虎眯着眼在他的手心里蹭了蹭。"常羊山上的那个要斩我项上人头的战神还在作妖，我想快些回去会上一会，就不拖沓了。"

风相抱拳领命，只见他起身随手召来一名将领，这名将领见风后招手，连忙跳下牛背，一路小跑来到轩辕黄帝和风相面前，俯首以待。

风后只是淡淡道:“传黄帝陛下口谕,三军星斗七旗阵,军中尽用星斗七旗战法,全力破防!”

不消片刻,三军猛然变阵,如神龙摆尾,阵首如卧龙,阵尾如长蛇,首尾相连,一动一静,阵形犹如天罡七星,阵首卧龙直插敌军防线,破防而入。姬轩辕见阵首莽撞陷入重围,表情毫无变化,看了一会儿后,径直拨转虎头离开,留下了不咸不淡的一句话:“我念炎帝数十年造福万民,不杀,围困之后便招降。一日不降,便等上一年;一年不降,便等上十年。”

看着姬轩辕消失在风雪之中的身影,风后回头望向阵中。

龙首在敌军重围之下竟如磐石。

“好一个我自岿然不动。”

第十九章　丹心治天下

一　剑斩刑天

世人皆说炎帝有一颗通透玲珑心，能够洞察世间一切不如意，体恤百姓，任人唯贤，可是这些年来，夏族受异族兵戈，百姓疾苦日甚，任人唯贤说更是荒唐，在姬轩辕的眼中，赤松子、飞廉二人便是实打实的亡国祸水，炎帝老儿心肠一软，饶他们性命又委以重任，本就是老眼昏花。

姬轩辕不再去想这些，他骑着白虎，身旁数百近卫相随，招摇向北，直逼常羊山脚下，离了那莽莽阪泉雪原，此时身上虽仍觉寒意，可周围青山绿水，相比犹在阪泉时已是再好不过了。

“唉，老都老了，还要在冰天雪地中受彻骨之苦，待兵马尽粮草绝，便要杀骑烹人而食，数十年积下的功德毁于一旦，又是何苦来。”

姬轩辕回望阪泉之处，片刻后回首，不复再望。

行不多时，前方一簇人马出现，为首一人身形精壮，背负一篓箭筒，筒中数十支飞箭装得满满当当，他身侧一剑一弓，弓是老旧的黄杨硬弓，剑则是一柄玄奇青铜长剑。

此人面容俊俏，气色有些颓靡，可是眼中光芒却无比明亮，脸上更是带着欣然笑意。

还未及前，姬轩辕遥相望去，大笑道："二弟，好久不见，甚是想念啊！"

常先下牛背，徒步而来，姬轩辕也径直跃下白虎，迎了上去，两人紧紧相拥，姬轩辕笑着拍了拍常先的肩膀，随即松开。

常先眼眶中似有光华，嘿嘿一笑，挠头说道："大哥你交给我的任务我可是圆满完成了。"

姬轩辕没有接他的话茬，看着他愈渐消瘦的脸庞，叹道："从小你就是个忙碌命，跟着我鞍前马后，不知负了多少伤，看这脸儿都不知给消磨成什么模样了，现在让你坐镇中军，怎的还是这般消瘦？"

常先笑了笑，淡淡道："军政大事素来不容马虎，大哥知我向来便少了一颗玲珑心，做事总是莽撞，为了不负大哥所托，我只有殚精竭虑才能保证不让常羊山上那只烈山氏的猛虎搅动风云，即便如此，还是有些吃力。"

"不妨事、不妨事，那烈山氏的战神不是要取我项上人头吗？这便让我上常羊山，手提三尺剑，会一会这大头战神！"

常先和姬轩辕徒步向常羊山走去，面带忧虑说道："之前我听闻大哥只身深陷重围，力竭昏死过去，我都想骑着座下老牛冲到阪泉一枪捅死那小白脸，就连他座下的白牛也一并砍了，可是你一道令旨，让我只好留在这山中每日看着一群秋后的蚂蚱蹦跶，大哥你身体可否还行，依我看还是别去招惹那刑天。"

姬轩辕挥手便朝常先的脑袋上拍了下去，皱眉骂道："你这浑蛋匹夫，风相为我华夏鞍前马后，你就不能对他客气一些？还好风相大度，凡事都看在我的面子上容忍三分，若非如此，你早就吃了大亏，还不知足想举枪捅死人家？就你这点脑子，还不够风相动手的，今后切莫再说此等气话！"

常先扭过头去，低头不语，似乎在生闷气。

姬轩辕转怒为笑，抬手再拍常先后背，说道："你、我和大鸿三兄弟情同手足，风后等人也乃股肱大臣，我视为左膀右臂，都是华夏支柱，以后和和气气，休要计较，可好？”

常先沉默良久，最终服软，低声道：“二弟知错了。”

姬轩辕哈哈大笑，震得腰间轩辕剑碰撞在青铜束带上，“哐哐”作响。“知错就好，你领路带我去见那刑天，我轩辕剑斩过苗黎族的那位战神，也不怕再多杀一个。”

常先看向姬轩辕，问道：“这些时日我亲眼所见，刑天真算得上是一条好汉，即使如今被我军困于常羊山上，仍举着手中干戚大骂，浑然不惧，我们也奈何不了他，若是能把他招降，或许是华夏之幸。”

姬轩辕摇了摇头，轻声道：“既是烈山氏战神，自有那一份战神的傲气，就是炎帝降了，他也不会降。”

“为何？”

“炎帝可为手下将士性命，为苍生的安泰而降，可这刑天，有什么理由投降？”

常先思索片刻，摇了摇头。

姬轩辕笑骂道：“那你小子还不带路！”

…………

山腰，遍地尸体横陈在沙砾乱石之中，稀疏的树木上到处都是刀剑的创痕，而一行数百人，皆穿着烈山氏战甲，以这片稀疏树林作为依障，负隅顽抗。

一名身材魁梧的大汉，战甲尽碎，衣衫褴褛坐于一块大石头上，面上满是血污，蓬头垢面，低着头一言不发，突然听闻东边有成群的脚步响动，蓦然昂首，眼瞳中带着无尽杀意，手中两柄干戚骤然紧握，点上一百士卒，便向东径直出了这片林子。

汉子一出树林，眼界骤然开阔，只见不远处一行人簇拥之下，一名龙颜俊俏男子和一名清瘦的男子一道走来，身后数百士卒相随，而周遭围定的数千精卒整军以待，手中刀剑擦拭得锃亮。

这名汉子正是鏖战常羊山已久的刑天，他已被围在常羊山数月，粮草早已耗尽，现在就连座下战马都快被手下数百名残兵败卒吃光了，他心中不由感慨真是虎落平阳被犬欺。

此刻他望着眼前两人，眼瞳中的怒火几乎就要冲天而起，因为他知道，那个看起来有些病态的瘦削男子就是半年以来的老对手，黄帝帐下四大臣之一的常先，而自己正是折在他手中，才成了现在这副模样。

男子右边那名衣着不凡的中年人，头戴帝王之冠，身披虎皮大氅，腰佩天下第一轩辕宝剑，正是当今神州第一人轩辕黄帝！

刑天阴沉地盯着从远处缓步走来的一行人，手中干戚翩然起舞，衣衫褴褛的刑天虽然体态健硕，但是手中两柄干戚当空舞动，竟有一种莫名的雄伟美感。

姬轩辕看着这位烈山氏的战神，叉着腰大喊道："当年姜水一别，刑将军还是这般英雄气概绝伦，只不过身上衣服残破了些，要不要我命人给你换一身衣裳？"

刑天听出了此话中的讽刺意味，勃然大怒道："莫要耍嘴皮子功夫，姬轩辕你不是向来喜欢身先士卒快意杀敌吗，可敢与我烈山氏刑天一战！"

姬轩辕闻言没有立即回答，只是走到身前一块大石头前缓缓坐下，看着从林中走出越来越多的烈山氏战士，他们几乎衣不蔽体，在寒冷的冬日常羊山，在轩辕黄帝面前，瑟瑟发抖。

"我在阪泉听闻你烈山氏战神要取我项上人头，我不敢怠慢，一剿灭烈山氏，杀了炎帝老儿就连忙赶来了。"对于"杀"字，姬轩辕念得极重。

刑天闻言，手中干戚戛然而止，面色先是潮红，接着煞白一片，眼中骤然血红，似有血泪流出，颤声道："我主……真的死了吗？"

姬轩辕冷笑一声，翩然起身，毛皮大氅应声而落，他手持轩辕剑缓缓走向刑天。

这场战斗持续到了日暮。

傍晚,刑天死,一片悲声起。

二　三十河东

这场单打独斗随着刑天头颅被姬轩辕一剑斩下而宣告结束。可刑天的身躯却仍然挥舞着手中干戚,凭着惯性冲向姬轩辕,四周围堵站定的华夏士卒纷纷变色,被刑天此举惊吓得惊惧万分。

姬轩辕只是轻微侧了侧身,刑天的身躯就与他擦身而过,断颈处的鲜血喷洒而出,粘在姬轩辕的身上和脸上,他看着去势不止的刑天摔下一块巨岩,终于倒在地上不再行动,可是手中干戚仍然紧握,他的面上嚣张轻蔑渐退,缓缓升腾起来的竟是一股悲戚的怜惜之意。

不知何时,常先终于来到姬轩辕的身旁,面带疑惑之色,轻声问道:“大哥,炎帝真的被你杀了?”

姬轩辕嘴唇翕动,低声道:“没有。”

常先神情凛然,恭敬回道:“我知道了!”

姬轩辕看着常先瞳中夹杂着多种情绪的目光,仿佛猜透了他的心思似的,终于平静道:“若我不有此举动,我恐怕敌不过他。”

说罢,姬轩辕大手一挥,轩辕剑回归剑鞘,转身迈步向来时路走去,身前的华夏士卒顿时如潮水般涌去,让开了一条大道。

常先面带苦涩,低头用仅有自己可以听闻的语调说道:“我常先又不是瞎子,就算陛下您不说,我也知道他胜不了您。”

这一句话,“陛下”两字显得极为深刻,仿佛下定了极大的决心。

帝王之术,仿佛一剑斩在二人身前,留下了一条看不见却截然分明的鸿沟。

这时走在前头的姬轩辕突然回首,看着孑然一人,有些孤独的常先,平淡说道:“常先,你派人厚葬刑天,就在烈山氏故地找一块好地方,以后炎帝老儿降了,或许可以来看上一眼。”

常先颔首,单膝跪下,震声道:“臣遵命!”

…………

常羊山一战,剩下数百烈山氏战士尽数望风跪拜,向华夏将士投降,当华夏士卒将吃食给予这些形如乞丐的烈山氏降兵时,这些饿昏了头的降兵如同饿虎扑食,在山岩中打滚争食,狼吞虎咽,让人唏嘘不已。

姬轩辕平定常羊山后,手下探哨飞骑来报,涿鹿之野力牧率军追击数十里,杀三千人,共工率残部奔帝丘而逃;西进夸父族,在大鸿掌兵之下,损失惨重,数月一步未进,被逼退至泰山脚下,不敢再犯,大鸿所部仅损失百余人,已班师回华夏都城。

姬轩辕哈哈大笑,号令整顿常羊山的一千兵士,立马起程奔昆吾而去,准备亲自会一会烈山氏功勋老将火神祝融。

姬轩辕座下白虎日行数百里,行军多日,已经来到弱水前,站在昆吾之上,见平原上两军对垒,看祝融排兵布阵,自有大将风度,虽被陆吾水淹三军,仍然不见颓势,这让姬轩辕忍不住颔首激赏。

再看华夏一方,陆吾虽较为年轻,但行兵极为果断,狂猛中带着稳重,不失大将风度,姬轩辕的目光中带着光芒,不由赞了句:“了得!”

说罢,他大手一挥,顺势直下昆吾,一骑当先直插两军交会处,身后轻骑尽骑黄牛,牛蹄如滚滚山石直冲而下。

两军都发现了这支突然出现的军队,只见军队皆竖华夏军旗,陆吾一方顿时大喜,纷纷擂鼓助威,后方将士喊声如雷,气势陡然大盛;祝融一方旌旗大动,显然受到惊吓,最终在祝融大将连忙收兵之下,只损失了三百余条性命,终于将全军撤了回去。

阵前祝融老将鬓发如霜,但身板挺直,在牛背上纹丝不动,望着前方骑着白虎的姬轩辕,心下顿觉不妙。

他想姬轩辕本该在中军阵前和他主炎帝陛下一较高下,怎么会跑到这弱水河畔来与他相对,想到这儿他便不敢再往下深思,一张脸却早已布满寒霜。

姬轩辕座下白虎抖擞着精神，左右迂回，姬轩辕执剑于虎背之上，似笑非笑地望着老将祝融，昂首扬声道："火神将军，我姬轩辕今日前来见你一面，我知道你想问我为何得空前来，我姬轩辕告诉你老人家一声可否？"

祝融吹胡子瞪眼，不甘示弱，喝骂道："无耻之徒，你休要猖狂，待我一刀斩了你去，让你在此胡言乱语！"

姬轩辕不怒反笑，不知何时，剑锋朝后一挑，只见剑尖上不知何时出现了一方残破旌旗，姬轩辕看了一眼这旗，又看了一眼祝融，喊道："老将军，你可认得此物？"

祝融顿时失色，不禁出口问道："你为何会有刑天大将的将旗！？"

姬轩辕轻抖手中利剑，剑锋上的残破旌旗陡然滑落，姬轩辕不紧不慢道："你烈山氏战神刑天已被我枭首于常羊山，从今以后，普天之下只有一帝立于世，那就是我，轩辕黄帝！"

声音从一开始的平淡无奇转到之后的气势逼人，一股杀意伴随着滔天的威势回响在弱水河畔，平原之上，无论是华夏战士还是烈山士卒都不经意间安静了下来，仿佛被这种气势压抑得喘不过气。

远处陆吾提着一柄长剑，遥遥望着坐于白虎背上姬轩辕的背影，他的一番话如同惊雷般在陆吾的内心炸响。

陆吾有些痴了，喃喃道："此生为黄帝之臣，死而无憾！"

说罢，他直接跪下，接着这片平原上，以他为中心，所有华夏战士如同潮水席卷一般，全都跪了下来。

烈山氏的数千战士面面相觑，仿佛都揣摩到面前这位轩辕黄帝口中的隐喻含义，能离开最为重要的中军，还前往常羊山斩杀了战神刑天，率一队轻骑潇洒东来，还能意味着什么呢？

"你已经很久没有得到你主的消息了吧？"姬轩辕突兀说话，打破了原先的氛围。

祝融面如死灰，嘶哑着声音道：“我主……怎么样了？”

姬轩辕平静道：“放心，他活得好好的，只不过如果还不投降的话，这样的严冬还是会让他吃一些苦头，就不知道他那把老骨头能否撑得下去。”

祝融身体一颤，面部五官扭曲片刻，突然开始剧烈地咳嗽起来，良久才缓过来，道：“呵呵……成王败寇，老夫恨哪！恨在姜水和蚩尤对垒时，没有斩下你的项上人头！”

姬轩辕大笑：“我的项上人头谁都想要，可是你们拿得去吗？”

祝融黯然。

就在这时，姬轩辕突然话锋一转：“老将军，其实我十几岁时便见过你。”

祝融抬眼看去，紧紧盯着姬轩辕。

“那年杜陵，我仍是少年郎，意气风发，曾言令我有熊成为不比烈山氏和苗黎族相差多少的大部落。”

“今天我兑现了，那时的你会觉得这是天方夜谭吗？”

祝融老将一动不动地盯着姬轩辕良久，最终哈哈大笑起来，笑声虽大，却一阵凄风苦雨，他振声说道：“天下大势沉浮数十载，我真是老了！老了！”

随即他举起手中长刀，挥刀自杀。

伴随着震天的哭喊声，烈山氏五路大军，除了炎帝坐镇的中军仍在负隅顽抗之外，其余四路尽皆败北，自此天下渐入太平，围困于阪泉河谷的烈山氏残军再也阻挡不了华夏的滔天之势，包括姜水流域在内的神州浩土尽皆望风而降。

天下尽归姬轩辕之手。

三　河清海晏

三年之后，固守于阪泉河谷的炎帝最终宣布投降，当华夏军队的铁蹄踏入河谷之内，一片狼藉的惨景让人作呕，这些顽抗的烈山氏士卒三年来捕鱼、狩猎，待鱼尽猎消，他们又吃些青蛙之类的动物，青蛙也没了，他们则开始刨草根剥树皮充饥，到了最后什么能吃的都没了，他们就开始杀马，马被吃完了，他们连身上的皮衣都能吃得下去，若不是炎帝最终决定投降，这些人或许就要互相残杀相食了。

接受投降的将领是大鸿，他自从与夸父族相抗之后班师回朝，便被黄帝派往阪泉河谷，唯一的任务便是盯住这股烈山氏的顽固分子，一如三年前姬轩辕那一句“一日不降，便等上一年；一年不降，便等上十年”。

大鸿走进这片河谷，一股恶臭顿时扑面而来，就连见惯了血腥场面的他都忍不住屏息皱眉，而那些早已不似人形的烈山氏士卒更是让华夏众将士不忍直视。

他一眼便望见坐在远处大石头上的那名老迈男子，这名男子早已没有之前大鸿所见的那股出尘潇洒之意，此刻他蓬头垢面，衣衫单薄地坐在石头上，全身的骨头都清晰分明，看上去只剩下一张皮了。

“陛下还是高估他了，十年太多了。”不知为什么，他口中的大哥，竟在此时也悄无声息地换了称谓。

十日之后，黄帝城的街巷之中。

姬轩辕穿着一件朴素的麻布衣，正在街巷的一角，此时他的手上并没有那柄杀蚩尤、斩刑天，名震四海的轩辕剑，有的只是满手污泥，他笑呵呵地将一把稀烂的黄泥拍在面前的一堵泥墙上，将这堵不均匀的泥墙加固了一下，这才转过头望着一名面目清秀的妙龄妇女，身前双手扶着一个孩子的肩头，看起来十岁出头，约莫是她的孩子。

“从今天起，我华夏族人不用再依靠山岩住着那四季皆寒凉的阴暗山洞，也不用住那危险的树上居，这个河清海晏的世道，没有猛兽侵袭，我造的宫室才是我们华夏人应该居住的地方。”

姬轩辕笑得很真诚，他的身边只带着那名剑侍，鹿岐的年龄并不大，也只和姬轩辕打过这场阪泉大战，但是一战之下，他对于眼前的黄帝陛下早已是佩服得五体投地。

“但是打仗的时候和没有打仗的时候这主公怎么就差别这么大呢!”鹿岐看着面前满含笑意的姬轩辕,百思不得其解。

这时,那名清秀小媳妇的孩子见姬轩辕如此和蔼可亲,也不怕生,嘟哝着肉嘟嘟的小嘴,说道:“叔叔,你用这些泥巴做什么呢?”

年轻的清秀妇女连忙轻拍了下身前小孩的脑袋,道:“不得无礼,叫大人!”

姬轩辕对着妇人摆了摆手,看着面前小男孩宠溺地笑了笑,道:“叔叔造的这个是你和你的母亲今后的家,这个泥墙之内啊,就是你的小天地。懂了吗?”

男孩突然挠着脑门笑道:“叔叔我知道了,就是我的地盘了!”

男孩的语调显得幼稚,却惹得姬轩辕哈哈大笑起来,就连鹿岐都被他的笑声感染,抱着剑在身后偷笑。

女子这时突然插话道:“我这卑贱女子幸得大人的帮助,诚惶诚恐,但我仍要再感谢轩辕黄帝的天恩。”

“何恩?”

“轩辕黄帝废止抢婚制度,若不是如此,我都不知道我这小孩能否活着长大呢。”

鹿岐本想告诉女子她面前的就是轩辕黄帝,但被姬轩辕用眼神制止。

姬轩辕看向年轻妇人,眼中似有光芒,轻声道:“放心,一切都会越来越好。”

泥墙竣工之后,姬轩辕擦洗干净了双手,用食指刮了刮小男孩的脸蛋,便和这一母一子告别,然后带着鹿岐继续朝着黄帝城的黄土大道缓缓行去。

姬轩辕回首,留给鹿岐一个侧脸,轻声道:“那年轻妇人的丈夫在阪泉大战中战死了,她独自带着一个小孩子不容易,今后你让人多照顾一下。”

没过多久，他觉得不妥，又回首说道：“是我思虑不周，现在天下安泰，你着手派人给那些战死在涿鹿或是阪泉的华夏儿郎的家属每月发些供给，每到种植的季节，派战士们到这些地方给他们耕田种地。”

鹿岐好奇问道：“陛下，你是如何知道播种百谷草木的？”

“神农氏可尝百草，我姬轩辕就不能播种百谷了吗？”

鹿岐讪讪一笑，不再询问。

就在这时远处一名兵卒一路跑了过来，到了近处便直接跪了下来，对着姬轩辕说道：“陛下，阪泉河谷，神农氏率众投降，大鸿将军问陛下怎么处置。”

姬轩辕笑了笑，扬手道：“保留他的帝位称号，让他去南疆吧。”

这名跑死了健硕黄牛，拼命赶来的哨骑应声而退，一旁的鹿岐踌躇许久，最终还是忍不住心中疑问，嘟囔道：“陛下啊，神农氏他可是威望仍在，放去南疆犹如放虎归山，而且还保留他的帝位，您到底图什么啊？”

姬轩辕回身轻拍鹿岐的脑袋，笑骂道：“我现在是统御天下的轩辕黄帝，有什么可怕的？”

鹿岐噘起嘴，哼道：“陛下您自负了。”

姬轩辕似笑非笑，不管不顾地向前走去，口中淡淡道：“炎帝已老迈如斯，我会杀蚩尤，是因为他的年纪和野心，我不杀炎帝，也是因为他的年纪和野心，到了他这个年纪，经此一败，他还能卧薪尝胆以求东山再起？若他当年有这份心思，我姬轩辕帐下莽莽三军早已成他烈山氏刀下亡魂。”

接着他又蓦然转身，轻声笑道：“炎帝再不济也有民心所在，杀了他只坏不好，还不如留下他，不用我动刀，这时光啊，杀人从来不见血。”

鹿岐望着姬轩辕的面孔，居然有一丝凉意，帝王心术！相较之下，他只剩“心胸狭隘”四字可以形容，可那份宽广心胸下，又藏着怎样的无情冷酷？

姬轩辕的身影似乎就要消失在道路尽头，鹿岐回过神来，连忙迈开脚步赶了上去。

四　生死之约

平定天下已过十年，年过半百的姬轩辕愈来愈得到天下百姓的爱戴，华夏族同心同德，百姓富裕，一派盛世景象，竟比炎帝在位时的巅峰还要胜上一大截。

除此之外，姬轩辕实行开疆扩土的养兵战术，一面施行重兵开疆，驱赶野兽，一面增派兵马屯田播种五谷，所有以前独立加盟的部落，都在姬轩辕的军令之下撤销了部落名称，只保留军队的图腾信仰和番号，便于调度，华夏开始真正融合会聚！

姬轩辕走出黄帝城，来到郊外的田亩之间，素闻炎帝在位时曾教世人种植五谷，近世人仍以种植五谷为如常基准，姬轩辕一年之前发明百谷种植，相较炎帝时教人种植五谷更为便捷，百谷之多，种则有所得，五谷之长世所共享。

姬轩辕带着鹿岐行走在垄亩之中，看见众多农夫正在种植黍，夏日天气燥热，田垄之中的昆虫鸣叫恼人得紧，但姬轩辕却不急不慌，只是带着鹿岐缓缓前行。

炎帝曾令夏族百姓种植五谷，可是姬轩辕不认这个，他自认为世间可种植的谷物定有百千种，人们本就什么都吃，五谷岂能满足所有人的吃食，或许只有更多的果腹之物才能让华夏子民安饱开泰。

于是姬轩辕卷起裤腿，穿着一身沾满污泥的麻布衣物缓缓走到满是污泥的田垄之中，姬轩辕的双脚在满是污泥的田地之中行走，周围的老农见黄帝陛下亲至，纷纷上前走到姬轩辕身旁，“扑通”一声便跪倒在泥泞之中，口呼黄帝陛下。

姬轩辕扶起面前的一位老农,又让众位农民起身,这才开口说道:“我看这一些稷的长势似乎不太好,这到底是何缘由?”

老农脸上沟壑纵横,背很弯,皮肤被太阳晒得黝黑干燥,手上遍布老茧,死皮都快要卷起来了,似乎被常年的劳作压弯了腰,担负了太重的东西,向来是直不起身的。

他低着头,显得极为纯朴,讪讪笑道:“不瞒黄帝陛下,这两年雨水不好,所以收成也低,不过这光景算是好的了,放在十几年前,早就饿死了!”

姬轩辕没有说话,他仔细观察着周遭的田垄,突然开口说道:“我往年周游四方,曾在北地见过一种草本植物,此物有五彩色,白、红、黄、黑、紫各色皆有,长势旺盛,在大旱的时节里,小麦等其他谷物长势不好的时候,只有这东西屹立不倒,反而更加旺盛了。”

老农连忙问道:“陛下所言何物?”

姬轩辕继续说道:“这种草本植物称为粟,过两日我派人带一些种子来,老伯,你姑且开出一方田地种上试一试,即使雨水不好也不妨事。”

老农脸上顿时浮现出喜色,再次跪倒在泥泞之中,周围的农夫也随着他再次跪倒,老农颤颤巍巍,连呼黄帝陛下。

姬轩辕拿起散落在地上的锄头,也不再多说什么,只是吩咐他们起身莫要再拜,便自顾自地在这块田中劳作。

在南方一处叫作利乡的地方,有一座宫室。

宫室大殿之中有一方木制案台,案台旁伏着一位老者,老者的身上盖着一件蚕丝织成的薄毯,在案台之上整齐叠放着一堆龟甲,而在龟甲之上镌刻着方正的笔画。

这位老者名叫仓颉,他跟着如今的千古一帝纵横征伐数十年,从一个书生气十足且风华正茂的中年男子变为现今垂垂老矣的老者,虽然他不会马上征伐的手段,也没有舞刀弄枪的本事,但是以笔为刀,谈笑间自可杀敌。

他眯着有些昏花的老眼，无奈一笑，看着堆叠满桌的龟甲，这些龟甲上全都是密密麻麻的字迹，他缓缓站起身来，走到大殿外看着苍穹上的阳光，带笑说道："十年了，我没有辜负陛下您的厚望，终于将这些文字整理齐全了。"

从今往后，世人会永远记得，他仓颉，是这片土地上最早发明文字的那个人，在黄帝的授意下他整理出来的文字，也必定会给未来这片广阔的大河，掀起漫天的波涛。

他缓缓走出大殿，将全身沐浴在阳光之下，轻声自语道："陛下啊，你还记得那年在有熊旧都，你问我可否将你的功绩留给后世，我一口答应，今天有了这文字，这件事，便成了！"

仓颉始作书契，以代绳结，数十年如一日。他随黄帝云游四方，足迹遍布神州浩土每一寸土地，搜集、整理流传于世的先民象形符号和不同部落的各异符号，创造发明了"鸟迹书"，震惊世人。

这十年来，他返归故里，独居利乡西部的一处山沟沟之中，家中只有两个老奴，都是从黄帝城带出来的忠心仆从，他每日观察废寝忘食，时常于夜半登临谷口，仰观奎星的奇诡走势，白昼则游于深山老林之中，观察龟背的纹理，鸟兽的爪痕，山川的形貌和手掌的纹理。

不知不觉，仓颉又顺着山谷来到了谷口巅峰处，只不过这一次他不再观察什么，而是遥望着黄帝城的方向，望北而跪，叩首三次。

回到家中，仓颉将一座小山般的龟壳装了好几个大麻袋，命两名老奴坐着牛车把他交到黄帝手中，临行前，仓颉又将一个小麻袋放入车上，吩咐道："这个给陛下，他自然会懂。"

第二十章　声名万世传

一　有字著书

黄帝城(今新密市境内)王宫大殿内,昏暗的烛光在大殿中静静摇曳,时至深夜,可是有的人还不曾睡去,此时姬轩辕穿着薄裳站在空旷的大殿之中,他不是不想睡下,沉重的国事让他神思倦怠,身体仿佛有千斤重,此刻,他不愿睡去。

他手中拿着一块龟甲,面色平静如水,可是眼眸中的那一丝微光却将他出卖,这块龟甲触手冰凉,但在姬轩辕的心里却异常灼热,这一块龟甲不重,在他的内心,却有千斤重。

抚摸着甲骨之上不平的字迹,姬轩辕再也控制不住,但是还未等两行清泪流到脸颊,他便伸手拭去,嘴角微微上扬,自嘲道:"多少年未曾流泪,竟被你这死老头骗了些许眼泪。"

他仔细看着龟甲上的字迹,轻声读道:"黄帝,姓姬名轩辕,生于轩辕之丘,其父少典,其母附宝……"

目光上移,龟甲之上四字赫然跳入眼帘:轩辕黄帝。

姬轩辕的目光黯淡,伸手轻轻摩挲着这四个字,喃喃自语道:"当年有熊还是一个小小部落,故都的大殿外,我的一句玩笑话,没想到你竟然记了一辈子!”

这时,姬轩辕想起曾经年过半百的仓颉造出文字时面见自己的那份欣喜,音容笑貌犹在眼前,那个昼夜不疲,教他识字的人,如今再也见不到了,就算是想骂上一句,也是茫然四顾,再也寻不见了。

姬轩辕叹了一口气,将龟甲放在身后的木案之上,转身大步流星来到殿外,夜风习习,夏虫低鸣,他忽而放声大喊道:“仓颉,你死了,我这一生交由谁写?”

风声呼啸,远处站岗的士卒看着往日高高在上的黄帝陛下正对着苍穹星辰说着让人捉摸不透的话,他们还不知道,那个以前常常与黄帝寸步不离的仓颉,早在多日前,便消殒在利乡,魂归幽冥。

第二日,仓颉的死讯由姬轩辕亲口传出,瞬间,传遍华夏大地。

仓颉,被黄帝奉为先师,被万民尊为圣人!

此后黄帝命人将仓颉所留龟甲之上的象形文字由数万人传抄,分发至华夏神州各地,命世人学习,从此,华夏神州,大兴文字!

自此,三岁孩童犹可识字,华夏文明由此开始!

世人皆尊黄帝为天,一方面轩辕黄帝任人唯贤,另一方面大举贤人异士,提出以德治国,建立古国体制,划野封疆,八家为一井,三井为一邻,三邻为一朋,三朋为一里,五里为一邑,十邑为一都,十都为一师,十师为州,全国分九州。设官位司职,设立左右大监,监于万国,设三公、三少、四辅、四史、六相、九德等一百二十个官位,分级分职责做好本职工作,共同维护万民生计,匡扶江山社稷。

对于各级官员,轩辕黄帝还提出“六禁重”,重为犹过,即声、色、衣、香、味、室六大禁重,不仅要求治下官员勤俭朴素,仁爱待民,还反对奢靡之风。

正所谓无规矩不成方圆,在轩辕黄帝的治理下一切都井井有条,他无时无刻不在朝着千古一帝的目标前行,无论是不是后无来者,至少可以说是前无古人了吧!

韶光如流水，一生如朝露。

炎黄之间的战争已经被华夏百姓渐渐淡忘，姜水再无烈山氏之说，而苗黎和东夷的名头也从这片神州之上淡去，无人再提起。

华夏自此再无战事，黄帝命风伯、力牧、常先、大鸿治民，常先仍喜狩猎，前些时候不知从何处抓住一头夔牛，制了八十面夔牛大鼓奉送给了轩辕黄帝，黄帝非常喜爱，欣然接受。

大鸿过不惯清闲日子，多年之前便按捺不住性子，主动请命前往具茨山练兵，一练便是多年，也有许久没有进过黄帝城了。

这些年，黄帝除了治理国家，在与民生息息相关的农业之上下了苦功，付出了很多心血，有了许多发明创造，其中最为重要的就是实行了田亩制度，在黄帝之前，田亩没有边际，耕作更是随心随意，没有限制，在黄帝之后，他以步丈量田亩，为了防止争端，他将田亩重新划分，以“井”字划分，每大块田亩，中间一块为公田，归国家所有，而周围八块田则为私田，由八家合种。

八家的收获有一部分要上缴成为国家的公粮。不仅如此，他还在全国各地开凿水井，以便民生存，有的地方离河水较远，有了井水之后方便了不少。

五年前，姬轩辕的坐骑白虎病逝，被姬轩辕以贵人礼遇葬于黄帝城外。

今天他骑着一头青牛，出了黄帝城。好久未出城，他今天想去涿鹿古战场看一看。

姬轩辕带着百来骑，朝着涿鹿方向扬蹄飞奔，他的身后有一人，是位老者，老者生于岐山，故人称岐伯，是位享誉四海的名医，被姬轩辕收归帐下，而以前的处方雷祥早已病死，今日的岐伯自是成为处方之首。

姬轩辕逐渐松懈，骑牛缓行，一双手放开缰绳，任青牛自在前行，他扬声问道：“岐伯，你行医多年，志向为何？”

岐伯的声音绵长，悠悠入耳：“我自小便喜爱观察星辰日月，风土寒暑,山川草木,后立志学医,只为天下百姓能少些死于疾病,足慰平生。”

两鬓已有华发的姬轩辕抿了抿嘴,放声说道:“我有一故人,和你相见,或许会觉相见恨晚!”

岐伯也不问是谁,姬轩辕自然不答,两人一前一后,很是优哉:“你会什么?”

骤闻黄帝冷不丁问了这句话,他想都没想,径直回答道:“治病,救人。”

“除了这个呢?”

“我自认看待世间问题,入木三分,除了这些我还略懂些音律。”

“哦?哪天我赠你三面夔牛大鼓,你可用大鼓奏乐一试。”

“不敢!”

姬轩辕笑了笑,继续发问:“依我看,你的志向和所掌握的都是治病救人,可是治病只能治百姓之疾,又如何能治天下之疾?”

岐伯摇头,叹道:“百姓疾苦为先,天下之疾,我不在乎。”

黄帝含着笑容,脸上略显沟壑,审视般道:“你不在乎天下之疾,视百姓之疾为重,就算你治得了现在的百姓,那以后的百姓又怎么救?”

岐伯沉思半晌,突然抬头,坚定道:“著书!”

二　故人西去

姬轩辕放声大笑,但是还未笑几声,便戛然而止,随之而来的是剧烈的咳嗽声。

他苦笑道:“老了,果真是老了。”

待咳嗽止,岐伯的耳中缓缓传来黄帝话语:“仓颉造字,你著书,甚好,甚好。”

姬轩辕面露追忆之色,见岐伯不语,也不在乎多废话几句,笑道:“这趟回去之后,就像今天一样,我问,你答,著一本医书,供后世参考。”

这句话勾起了岐伯的兴趣,他年老却光滑红润的面上带着笑意,问道:“陛下既要我著书,那此书总该由您赐个名字吧?”

姬轩辕思虑片刻,说道:“素问、针经何如?”

岐伯答:“好!”

一番谈话之后,众人不知不觉已经来到了涿鹿古战场。这虽然是姬轩辕的发迹之地,但是姬轩辕却很少到此,短短一生,仅有三次。第一次与蚩尤战于涿鹿,第二次剿灭五路大军,在涿鹿迎接力牧,而这一次,跨越了多少岁月,到此时早已不再年少。

姬轩辕腰间佩带的仍是那柄轩辕剑,看着莽莽苍苍的涿鹿之野,当年那个意气风发的青年成了白发渐生的老人,他手中的那柄剑也不再出鞘。

岐伯问道:“当年陛下您单骑纵横涿鹿,一战毙蚩尤,是何等的英雄气概啊!”

姬轩辕苦涩笑道:“现在不是英雄气概了,只是迟暮残阳而已!”

“何来迟暮?在我看来陛下您可活百岁有余。况且英雄迟暮,就不是英雄了吗?依我看这更是大气概!”

姬轩辕感觉岐伯一言着实有趣,心境放开了些,于是面上的笑容更加绽放,说道:“好一个迟暮即是英雄气概,我此生文能治国,武可单骑闯万军,谁敢说我姬轩辕不是英雄?”

岐伯俯首道:“陛下说得是。”

姬轩辕的目光萧索起来:“但是现在我年过七旬,就连仓颉那个老家伙都不知道这些年头是否投胎寻了个好人家,按照时日来说,他现在或许已是一轻狂少年郎了。”

岐伯摇头不语。

姬轩辕仰头望天,天意不可知。

他命人拿来一个木盘,盘中三樽酒,他拿起一樽一饮而尽。

饮下一樽,他将空樽放回木盘,从中再拿出一樽酒,倒于脚下黄土。

“这一杯，敬你九黎蚩尤，当世枭雄，我懂你！”

他再拿过第三杯酒，面朝南方，若有所思。

可就在此刻，一阵风拂过，尘土飞扬，落入酒樽之中，姬轩辕皱眉，远处一名士卒却一骑飞来，直到近处翻身而下，小跑至姬轩辕身前，半跪振声道：“禀告陛下，炎帝于南疆尝百草，救治无效，毒发身亡！”

姬轩辕面色一窒，手中酒杯应声落地，酒水倾洒而出，渗入泥土之中。

姬轩辕声音嘶哑道：“真的死了？”

来骑颔首，岐伯却轻轻挥手命他退下。

这名士卒牵着黄牛离开。岐伯翻身下牛来到姬轩辕的身前，弯腰从地面上捡起沾满泥土的空樽，缓缓放回木盘之上，恭敬道：“还请陛下莫要太过悲伤。”

姬轩辕鬓角的华发随风轻轻拂动，他的眉头紧皱，摇了摇头，缓缓说道：“我本以为涿鹿之时天下三人，还剩其二，可是现在就剩下我一人了。”

随即他补了一句：“我为炎帝老儿伤感，也为自己伤感，我真的老了！”

说罢，他转身对着一名将官说道：“命人以帝王之礼厚葬炎帝，华夏能有今日，有他一半功劳，生时我给不了他，如今故了，这些虚名却还是要给他的。”

岐伯听罢，也感慨道：“炎帝他老人家一生虽平平，但是仁爱爱民却是真的，造福百姓也是真的，既然他未能完成宏愿，我岐伯就替他尝尽百草，著书立说！”

黄帝一问，岐伯一答，两人著书立说，此时黄帝在前，岐伯在后，正朝着黄帝城的一处宫室走去，这个宫室规模不小，正是风相府邸。

姬轩辕的面色不好，他急切道：“要快些，岐伯，你这次一定要将风相的身体治好，我不容风相他有任何闪失。”

岐伯愁眉苦脸,摇头道:“风相这些年身体愈发孱弱,我什么方法都用了,可是就是不见好,这次突然病重,情况不妙啊……”

姬轩辕怒色显露,低喝道:“不许胡说!”

两人一前一后进了风府,大步流星,府中的家丁士卒们不敢出声,见轩辕黄帝心情不好,纷纷跪倒匍匐。

姬轩辕来到风相的寝居,略一思考,缓缓推门而入,他怕凉风涌入,在岐伯进门后急忙将门关紧。

此时风后正躺在床榻之上,他面容枯槁,嘴唇青紫,气若游丝,神情涣散。姬轩辕看了一眼,也知道回天乏术,而岐伯更是摇了摇头,默然无语。

姬轩辕没有出言,只是坐到床榻边沿,搓热了双手,将风后的手紧紧握住。

风后的手被握紧,他的神志清醒过来,涣散的眼神也变得有神,只见他嘴唇翕动,姬轩辕连忙贴耳倾听。

风后虚弱的气息勉强能够听见:“陛……陛下,我苟活了十年,拖着病体占着这相位,确实是该死了。还希望我死后,陛下你能选一个贤才接替相位,这样我就放心了。”

姬轩辕摇了摇头,低声道:“我还要你做我华夏百年宰相,不许胡说。”

风相用尽力气,“扑哧”一笑,虚弱道:“陛下你还是喜欢说笑,我这次不能再陪你开玩笑了,还好如今华夏无战事,不然我风后放心不下陛下你,就是死也不能瞑目。”

姬轩辕眼中泪光闪现,他握着风后的手在不停颤抖,缓缓才道:“我知道了,还有什么遗愿尽管说,我全部帮你完成。”

风后声音细弱道:“我曾在涿鹿大战中于绝境制司南车反败为胜,这是我最自豪的一件事。我想死后就葬在那儿。”

姬轩辕默默点头。

“还有最后一件事，房中有一本我苦心撰写数十年的著作，希望对陛下有用，内含风后毕生薄学。此外，无憾。”

说完最后一个字，他的话语戛然而止，气息消散。

姬轩辕面色煞白，顺着他垂下的手看去，只见案台上放着好几张羊皮，上面写着洋洋洒洒的字迹，上书“八阵兵法图”。

次日，全国举孝，从黄帝起，尽着白衣。

三　共游天下

千古帝王，马踏中原，却逃不过时光荏苒，故人东逝水，徒留一人白头。

姬轩辕垂垂老矣，再也没有了当年的少年心性，不知为何，他突然明白了那个九泉之下的老人，虽说这辈子他们是盟友，也是敌人，更像是老友，但是到了他这般年纪的时候，突然心生缅怀，想要和那九泉之下的老者炎帝饮上一杯酒。

姬轩辕重重叹了一口气，他突然想到那个躺在床榻之上，自己见了一辈子的女子，此时也身受顽疾所困的嫘祖，她早已风华不再，美丽在她的脸上如抽丝般缓缓流逝，身材也愈渐佝偻，可是不知道为什么，姬轩辕温柔地自嘲般笑了笑，他就是看不完，就想能够一直看着那熟悉得不能再熟悉的女子，直至最后一刻。

如今无论是作度量衡的隶首还是制音律的伶伦，都已经徐徐老矣，姬轩辕身边的老将一个一个全都老去了，令他心痛万分的是一直陪伴着他度过挫折与困楚的女节也已不在人世了，他的眼前还不时想起，那个英气十足的女子。有时候长生对于帝王来说，竟是一种致命的孤独。

听到岐伯的一声呼唤，姬轩辕起身，整理了身上的衣服，这件衣服还是很久以前嫘祖给他用蚕丝织成的，缝缝补补好多年，还是不舍得丢掉。他抬起目光，缓缓朝着岐伯的方向走去。

推门而入，一间温暖的房间，阳光从窗外照射进来，星星点点洒落在地板上，这间房中只有一张案台，两张椅子，一张床，整个空间放眼望去显得极为宽广，而这就是嫘祖的居室。

姬轩辕缓缓来到床榻边坐了下来，伸手抚摸躺在床上半睁着双眼的嫘祖，他看着案台上蒸腾着热气的药汤，蹙眉轻声道："怎么了？你可要好好吃药，身体才会好。"

嫘祖笑了笑，咳嗽了一声，白眼道："都活了大半辈子了，身体好不好，都没有什么差别了。"

姬轩辕本想反驳，但是着实想不出她的话有何不对，于是又缄默下来。

嫘祖见夫君不说话，于是抬手，姬轩辕望见，便将她的手握在手中，只见嫘祖缓缓硬撑着从床上爬了起来，远处的岐伯也不说什么，转身便离开了房间，留下姬轩辕和嫘祖二人独处。

嫘祖见夫君一直盯着自己，连忙伸手遮住脸颊叹道："老了，不能看了！"

姬轩辕伸手拨开女子有些皱纹的手，缓缓道："我们都老了，但是我不在乎你长什么样，在我心里，你永远都是初见时的模样。"

嫘祖温婉一笑，虽花容已没，但仍有一片风骨，她叹道："最怕是春归了西陵月，人老了偏在黄帝城。"

姬轩辕伸手拿起案台上的药汤，药汤尚且温热，姬轩辕伸手递到她的嘴边，嫘祖就这样看着他，张嘴吞下一勺药汤。

"身子不爽利，就不要到处走了，等好了再说。"

嫘祖的目光垂下，半晌道："我这辈子不曾违拗你的话，但是这次我真的想出去走走！"

姬轩辕又缓缓喂了她几口药汤，最终终于点点头，叹道："好，去！我陪你去！"

嫘祖又轻笑了一声，显得极为开心，就像个孩子般，靠着床头，仰天望着房顶,悠悠道:“女节妹妹这一走不知有多少年了,我这些年一直很想念她,好在无论是我还是女节妹妹都给你生了几个孩子,以后你应该不会孤独了!”

姬轩辕将碗放回案台,一把搂过嫘祖,平静道:“有你陪着我就不孤独了,你看这天下,我姬轩辕不敢说其他,但就民生之计这一点,无论是炎帝或者其他人,都比不过我,我既然已经让华夏崛起,那将他交给子孙后代,也就心安了。”

嫘祖在他的怀中没有说话,良久之后,姬轩辕感觉到怀中的女子竟开始啜泣,这么多年,他从没见过温婉如水的女子哭过。

两个时辰之后,姬轩辕离开了嫘祖的居室,他缓缓关上门,对着大殿外的一名守卫轻轻招手。

年轻侍卫急忙跑到黄帝身前。姬轩辕身板挺直,即使是老了仍让他觉得气度不凡,他禁不住就想跪下,却被黄帝一把拉住,这个愣头小子呆立在姬轩辕面前,连话都说不利索:“黄、黄帝陛下……”

姬轩辕扯住这名守卫的衣服,制止了他想要跪下的举动,和颜悦色地轻声说道:“年轻人,来帝宫当差多少时日了?”

年轻守卫昂首挺胸,回答道:“进帝宫三年了!”

姬轩辕颔首,拍打了一下他的肩膀,语重心长道:“好好干!”就在姬轩辕转身准备离去之时,他仿佛又想起了什么,回头对着这名守卫说道:“你去一趟,就说我三日后要御驾游天下,让他们好好准备!”

…………

三日后,黄帝城锣鼓喧天,黄帝偕嫘祖共游天下!

四　与鼎魂归

这一行,姬轩辕和嫘祖同乘坐一辇,辇是由上好的沉木制成,由四位身强体壮的士卒抬住四角而行,即使是初秋时节,嫘祖被病痛消磨许久的身体也被包裹得紧紧的，他们出了黄帝城，直奔东海。

漫漫长路，道路两旁尽皆布满遍野的粟苗，这些粟苗青黄相接，马上就要迎来它们大丰收的日子。

就在这遍野的粟苗之中，站着许多卷起裤腿，袒胸露背的黝黑农夫或是汉子，此时这些人纷纷停下手上的活计，望着道路上华夏龙旗和黄帝的王旗，纷纷俯首跪倒，一边匍匐一边高呼万岁。

“夫君，你看看这华夏百姓多爱戴你啊。”躺在辇上的嫘祖，嘴角含着笑意说道。

姬轩辕和嫘祖相视一笑，无奈道：“我若是真如他们所言活上万载，那可是当真要成为孤家寡人了，我受生离，不愿受死别，还是算了吧！”

嫘祖白眼道：“德行！”

姬轩辕也不反驳，将嫘祖脖颈处的被角掖好，命人停辇，他穿好部下递来的鞋子，又命下属牵来一头青牛，准备坐上青牛，再驰骋一番。

这时嫘祖躺在辇上发话：“都一把年纪了，你还当是年轻的时候吗？小心点，莫要摔了你这一把老骨头！”

姬轩辕讪讪一笑，回头道：“不妨事！”

他驾着青牛驰骋了一段路程，就气喘吁吁地牵牛而回，一边走一边说道：“哎呀，这畜生就是比不上我那只白虎兄弟，那才是真正的坐骑。”

嫘祖苍白的脸上浮现了一丝笑意，道：“你啊，就知道打肿脸充胖子，明明就是夫君你老了，被颠几下骨头都快散架了吧？”

姬轩辕看着脸上浮现笑意的嫘祖，心头不觉畅快了许多，也不反驳，只是哈哈一笑。

姬轩辕和嫘祖一道来到东海，带着一干人等上了桓山，遗憾的是并未见到白泽，姬轩辕也不停留，只是在神羊树旁叩首三下，便带着嫘祖和众将士下山，趁着初秋踏遍东海之滨。

巡游完东海，姬轩辕一声令下，队伍立刻南下，日出而行，日落驻扎，小有些时日便渡过姜水直入东夷。不知为何自从离了黄帝城，嫘祖的病好了许多。

东夷如今早已并入华夏许久，虽有些小部落隐匿荒山中仍不服管束，但是大部分子民却已经身许华夏，自姬轩辕进入东夷之后，东夷百姓望风而拜。

在东夷逛上一圈，姬轩辕命队伍转而向西，进入东夷相邻的苗黎领地。当年蚩尤战死，苗黎族野心未亡，多少部落表面归降，暗中却沆瀣一气，想要依托烈山氏对付华夏，可是随着东海之滨的血腥屠杀和烈山氏的覆灭，这股暗潮最终被完全掐灭。

四合疆土，黄帝以恩义治天下，唯独对南疆苗黎一地，数十年威压让苗黎百姓惊惧万分。然数十年过去，苗黎百姓的日子却一天比一天过得舒畅，对于黄帝的惧意也悄然化为感恩，这些年苗黎地区的参军人数也越来越多，华夏的旗帜终于竖立在苗黎大地的每一寸土地上。

姬轩辕刚到苗黎，便遇到两位老熟人。姬轩辕骤见二人，心中涌起一股难言的亲切，这世间熟识之人都离开了，剩下的反而越显亲切。

姬轩辕望着二人，笑着唤道："鹿岐、兽烈，你二人如今在具茨山大鸿帐下领兵，在我文武双全的三弟手下，你们可要有些出息！"

鹿岐、兽烈躬身拜见黄帝，在姬轩辕的示意下缓缓起身，二人虽未言语，可是姬轩辕却早已明白出了何事，他之前之所以说了那番话其实是在压抑心头强涌的悲伤，是啊，早已麻木了。

这两个老熟人在此，无非为的就是老熟人之事，还能为谁？

姬轩辕摆了摆手，无言哽咽，片刻之后他用略带嘶哑的声音说道："今日起，具茨山练兵不可荒废，我华夏儿郎当屹立不倒，今后鹿岐为主将，兽烈为偏将，统领具茨山兵马。三弟他生于在雍，死后派人将他带回家乡厚葬，我就不去看他了。"

鹿岐、兽烈二人不愿让姬轩辕再睹物思人，于是便领命离去。可当他们转身渐行渐远时，身后洪亮的声音却再次响起。

"具茨山今日起改名大鸿寨（今河南许昌大鸿寨），在雍更名故鸿家,以祭奠我三弟亡魂!”

耗费数月时间,姬轩辕终于带着嫘祖重返了西陵。他稍稍一想,自从天下大定之后,嫘祖就再也没有回过西陵,可是西陵却在嫘祖的努力下发展成为华夏最为富庶的一块地方,有着最为宏大规模的织造技艺,盐亭尤胜。

这场共游以西陵为终点,同样也以嫘祖的病逝而结束。

姬轩辕在西陵盐亭下葬了嫘祖,命同行的次妃嫫母指挥祭祀,监护灵柩,同时以面具示人,威慑华夏。从此嫘祖之名大显。姬轩辕相信嫫母贤能,一切事情皆由其料理,之后他带着数人拜访了仓颉的坟墓后,径直离开西陵这片伤心之地。

公元前2599年。

此时腿脚不便的姬轩辕身居黄帝城而不出,突然一日他召来孙子颛顼,并将自己的帝位传给颛顼。年迈的姬轩辕将一切事情都料理清楚之后,便带着一些旧臣出城,踏出了这座城池,前往荆山。

姬轩辕带着数十人,此刻的他像当年的嫘祖一样,只能由部下抬着木辇前行。他半眯的双眼遥遥望向荆山方向,悠悠叹道:“东海之滨白泽曾让我制鼎,制了些陶鼎,了无趣味,今日铸铜鼎,临了临了,也得去凑个热闹!”

姬轩辕等人缓缓来到荆山,此刻铜鼎已成,此鼎乃采首山(今襄城县南五里)铜制成,鼎身庞大,一股滔天威势从鼎身上散发出来。

老迈的姬轩辕颤颤巍巍来到鼎旁,抚摸着鼎身,用尽力气喊了声:“好!”

姬轩辕嘴角带笑,从怀中摸出了那块龙图腾圣石用力砸碎,霎时间大风骤起,他只是仰头,须髯飘扬,嘶声喊道:“走吧!”

天空阴沉,泛着淡墨色的光芒。

当天华夏大雨凄凄,狂风悲号不止,世人皆说黄帝铸鼎乘龙飞升。

他带着恬静的笑意,斜靠着鼎身,缓缓闭目。

后　记

中天明月照孤影，夙夜废寝书轩辕。今天，我仍然是在奋笔疾书中迎来了第一缕晨光。与以往不同的是，此时的我虽然因熬夜过敏而浑身奇痒难受，但心中却是喜悦满怀，因为《轩辕黄帝》终于定稿！我凝望着电脑里的目录，回首这段创作时光，如同在回溯数千年历史长河的起点，探寻着炎黄子孙的基因图谱，以初心入墨，努力书写我心中轩辕黄帝的英雄光辉。

世间的缘分总是在不经意间降临，《轩辕黄帝》得以问世，缘起我曾经在“轩辕故里”河南机场集团团委三年多的工作经历。新郑古为有熊氏之国，被尊为中华人文始祖的轩辕黄帝生于斯、居于斯，开天立极，一统天下，肇造文明。庄子曰：“世之所高，莫若黄帝。”千流同源，万脉归宗。工作之余，仿佛有一种声音呼唤，我来到具茨山中，观瞻轩辕黄帝大气雄浑的塑像，摩挲“轩辕故里”碑，就如同在触摸炎黄子孙的根脉。我常常想：这就应当是我们炎黄子孙的精神纽带。但，彼时工作繁忙，又在拍摄《人生不能重来》电影，后又将其改编为长篇小说，就没有动笔创作《轩辕黄帝》！调到许昌工作后，在曹魏文化的浸润下，我几易其稿完成了长篇历史小说《曹操传》的创作。这部书在全国发行之后，引起热烈反响，成为许昌城市文化建设的一张崭新“名片”。这让我深深感到：“根之茂者其实遂，膏之沃者其光晔”，优秀传统文化精神感召的力量之强大，魅力之闪光更坚定了我传承历史文化基因、汲取传统文化智慧、倡树文化自信逐梦路上的决心和勇气。而此时，轩辕黄帝站在高高山岗上指点江山的伟岸形象也时常出现在我的梦中，我下定决心创作《轩辕黄帝》。

挑灯人海外，落笔深更时。无数次的蕴蓄，无数次的抒发，多少个夜晚奋笔疾书，如琢如磨，终于写好了《轩辕黄帝》！此书中，我打破了关于黄帝的一些神话传说，而是在传说的基调中将神怪灵异等虚无缥缈的事件完全隐去，让黄帝真真正正褪去神性。他只是一位平常的英雄，也有喜怒哀乐，也有七情六欲，也有儿女情长，伟大如黄帝，也会有诸多缺点，也会有恐惧和绝望，但他总是能够在困境中战胜各种磨难，取得最后的胜利！正如曹植赞黄帝的一首四言诗中所言："少典之子，神明圣咨。土德承火，赤帝是灭。服牛乘马，衣裳是制。化云名官，功冠五列。"他的这种一往无前、艰苦卓绝的奋斗精神奠定了炎黄子孙的基因力量，也每每让写过《曹操传》的我更为"天下承平、海晏河清"的进取与壮志多一份鼓舞和感动！

历史是最好的老师。生于这个伟大时代，我深深感受着中华文化生生不息、历久弥新的永恒魅力。"国家之魂，文以化之，文以铸之。"辨析历史的脚印，是为了寻找力量的源头、明天的脉络。家国情怀，既是中华优秀传统文化最浓厚的精神底色，也是中国当代文学最应承扬的精神品质。每个炎黄子孙都有责任端起"历史望远镜"回望祖先走过的道路，感受祖先对黑暗、孤独、寒冷、暴力的恐惧，更感受祖先对光明、合作、温暖、富足、公正的渴望，让文化的脉搏联系起我们今天的心跳，从而激励我们秉承轩辕黄帝这种"风雨如晦，鸡鸣不已"、不怕牺牲、济世兴邦的奋斗精神，在延续穷且益坚、砥砺不懈的文化血脉中开拓前进，在时代洪流的大浪淘沙下不屈不挠、浴火重生，冷风热血、洗涤乾坤，担负起历史赋予的使命，以自我革命的精神进行新的伟大斗争，昂首迈步走向辉煌。这就是我创作此书的初心所在！

值《轩辕黄帝》出版发行之际，衷心感谢“四十分钟来电”，这“四十分钟来电”犹如天籁，睿智大气，给了我无穷的力量，指明了我创作的方向，令我终生难忘；这“四十分钟来电”亲切关怀，温暖人心，让我慢慢走出痛失祖母的悲伤，重新坐在电脑旁开始修改已完成多日的《轩辕黄帝》草稿。感谢我的恩师陈先生，他总是通过讲故事的形式点拨我，百忙之中发来美图鼓励我，足以安慰长夜中凄清的孤影，尤其让我感激的是，他不顾出差劳累，直接到酒店看望我在京城看病的父母，一番劝慰让两位老人也走出了失去母亲的痛苦阴影，脸上重展笑颜，这让我没有后顾之忧，能够在夜晚静下来安心创作。感谢许昌市委书记、市长胡五岳，市委副书记史根治，市委常委、市纪委书记、市监察委主任赵文峰，市委常委、宣传部部长徐相峰，副市长赵淑红等领导支持指导小说的写作，提出了诸多建设性的意见，令我受益匪浅，更坚定了我执着前行的信心和决心。感谢中原出版传媒集团郭元军董事长和河南文艺出版社陈杰社长及各位编辑同志们一直以来对我的信任，我将努力利用业余时间创作出精品以不负期望。感谢著名学者王立群先生为小说撰写序言，您的鼓舞激励着我。感谢市纪委监察委的各位同事，你们的帮助感动着我。最后要感谢我的家人和朋友们，1000 多个日子，虽然我一直在外工作，但我们的心一直相牵、相连、相通。岁月流逝，不负韶光。一轮月、一孤影、一支笔、一清音，万般情意皆在这字里行间……

由于时间仓促，书中难免会有疏漏不当之处，敬请读者谅解。

张小莉

（2018 年 10 月 29 日于许昌市纪委 3219 办公室）